GW01607858

# California 83

**Pepe Colubi**

# California 83

ESPASA

El papel utilizado para la impresión de este libro es cien por cien libre de cloro y está calificado como **papel ecológico**.


Avinguda Diagonal, 662, 6.ª planta. 08034 Barcelona (España)
www.espasa.com
www.planetadelibros.com

Fotografía de la cubierta: © Sharon Montrose / The Image Bank
Primera edición en esta presentación en Colección Booket: enero de 2013

Depósito legal: B. 31.861-2012
ISBN: 978-84-670-1873-8
Impreso y encuadernado en Barcelona por: 

Printed in Spain - Impreso en España

**Biografía**

La obra completa de Pepe Colubi, asturiano de 1966, conforma una de las carreras literarias más absurdas e inclasificables de los últimos años. Ha publicado cientos de entrevistas, reportajes y artículos en numerosos diarios y revistas, aunque últimamente ha encontrado cierta estabilidad en *El Jueves* y *Cinemanía*. Su desmedida afición a merendar todos los días le empujó a escribir libros como *La Tele que me Parió*, *El Ritmo de las Tribus*, *Planeta Rosa*, *Diario Disperso*, *Pechos Fuera* o *Ilustres Ignorantes*, todos ellos genuinos pilares de la literatura ligera de aeropuerto. En 2008, harto de una dieta repleta de leguminosas y carente de filetes, publicó su primera novela, *California 83*. Desde entonces no hace otra cosa que repetir la misma frase: «Estoy preparando la segunda parte.»

*I am beginning to think that everyone*
*in California is here by mistake.*
*(Empiezo a pensar que todo el mundo*
*en California está aquí por error).*

WOODY ALLEN

# AGOSTO

## *WANNA BE STARTING SOMETHING*

«Por favor, plieguen sus bandejas, mantengan el respaldo de su butaca en posición vertical y abróchense los cinturones. A las tres y cinco de la tarde, hora local, aterrizaremos en el aeropuerto internacional de San Francisco».

Imagino que la azafata continuaría con su letanía de datos cálidos e inútiles, pero yo ya no recibía; llevaba meses esperando esa frase mágica y, cuando por fin había llegado, sentía que el avión, más que descender, se precipitaba sobre California.

Conmigo dentro.

Por delante, diez meses de vacaciones, o de exilio, o de aventura, o de castigo, en cualquier caso casi un año de incertidumbre con la cabeza llena de tópicos y pájaros. Yo iba a «hacer COU» en Estados Unidos. Como si el COU fuese un muro de ladrillos, una tarta de queso o un vientre que evacuar.

Qué lejos quedaba aquel día de primavera, seis meses atrás, en el que mi padre me había preguntado si prefería hacer la mili o estudiar COU en Estados Unidos viviendo con una familia americana. La pregunta no era de coña, aunque lo pareciese; había solicitado el servicio militar voluntario porque era la única forma de asegurarme destino en mi propia ciudad. No me veía en Ceuta, Huesca o Cartagena, lejos de mis amigos, de las calles en las que había crecido y de las comodidades de la rutina. Mis padres, mosqueados ante una posible vocación militar, decidieron proponerme un plan alternativo. La combinación de COU y California provocó un seísmo emocional en mi universo adolescente; en un segundo decidí que les dieran a mis amigos, a mi ciudad y a la rutina. Claro que tuve que contárselo al capitán del regimiento al que ya había sido asignado. «¡Así que te vas a Hollywood!», me dijo en la cantina, el aliento espeso de coñac con farias, la cabeza llena de tópicos y pájaros.

Viví el verano anterior a mi viaje como una continua despedida; malvendí mis discos, presté mis libros, llamé a gente con la que casi no me había tratado y salí noche tras noche invitando a todo el mundo, apurando lo que yo sentía como mis últimas horas en España. Por alguna extraña razón, estaba convencido de que California me atraparía como una tela de araña; era el destino, inexorable, que venía a colocarme en el sitio adecuado y en el momento justo. Con la ignorante felicidad que proporciona la insensatez, mi amplio abanico de posibles ocupaciones incluía ejercer como Ángel del Infierno, bajista suplente de los Dead Kennedys o surfista profesional, aunque no supiera arrancar una Vespa, afinar un triángulo o extender la parafina.

Los tópicos, los pájaros.

Y ahora, 30 de agosto de 1983, estaba sentado en un avión vacío aparcado en la inmensidad del aeropuerto internacional de San Francisco. Los últimos pasajeros abandonaban el Boeing que había volado desde Nueva York mientras yo repasaba una de esas hojas plastificadas en las que se detalla con dibujos casi infantiles qué hacer en caso de verse obligado a salir por una puerta de emergencia. Intentaba imaginar lo que sería leer esa hojita con los motores del avión en llamas, las mascarillas desprendiéndose del techo, las azafatas pidiendo calma y las señoras gordas gritando como posesas.

—Excuse me…

Un dedo índice enguantado en blue velvet me picaba en el hombro como un dulce pájaro carpintero. La aeromoza de la TWA sonreía de forma exagerada; los dientes blancos y alineados en perfecto estado de revista intentaban mostrar comprensión hacia aquel retrasado que repasaba la hoja de instrucciones con el avión aterrizado, parado y vacío. La miré con una silenciosa súplica escrita en mis ojos de cordero: «Por favor, lléveme de vuelta a España». Su única respuesta, sin dejar de sonreír, fue presionarme gentilmente la chepa con la palma de la mano izquierda mientras con la derecha me indicaba la puerta de salida.

Fuera me esperaban unos desconocidos con los que compartiría un año de mi vida, un fragmento de mi biografía que comenzaría en el mismo instante que saliera del avión. Mi «familia americana», como la llamaban los comerciales de ForUSA, agencia responsable de mi estancia en Estados Unidos, estaba compuesta por una viuda y su hijo, según el escueto formulario que me habían entregado una semana antes junto a una carta manuscrita de la señora que describía en un párrafo su vida, casa y familia. Esos dos folios, que ahora guardaba en el bolsillo interior de mi cazadora, eran el mapa del tesoro que me llevaría a la gloria o al fracaso. Yo, un imberbe español de diecisiete años con una maleta llena de tópicos y una cabeza repleta de pájaros. Ellos, una viuda y su hijo, dos seres humanos con un catálogo de grandes afectos y pequeños rencores desarrollados entre sí a lo largo de toda una vida. El choque era desigual; para empezar, eran dos contra uno. Podrían hablar entre ellos sin que yo me enterara, decir cosas como «qué careto de memo tiene hoy el españolito» mientras yo sonreiría cordial, amable, tonto, estúpido. Si la agencia no se dedicaba al intercambio de estudiantes, ¿por qué aquella familia había decidido acoger a un adolescente extranjero? Ni los cien dólares que recibirían cada mes me parecía suficiente compensación, ni las patrañas sobre «compartir sus costumbres con amigos de otros países» —como rezaban los folletos de ForUSA— bastante motivación. Además, ¿por qué una viuda? ¿Permitía la Convención de Ginebra que las mujeres enlutadas de América dieran cobijo a púberes españoles de provincias? ¿Cuánto hacía que había fallecido el cabeza de familia? ¿De qué había muerto? ¿Arrastraba algún trauma su hijo?

Ésos eran mis bonitos pensamientos mientras avanzaba, sin prisa, por el finger que unía el avión con la terminal, tenían que llamarlo precisamente terminal. Aquellos metros de suelo de caucho y paredes de fibra me recordaban las precauciones de los científicos que rodeaban la casa de Elliot, el niño amigo de ET. Por supuesto, yo era el extraterrestre. Ni aduanas, ni aeropuertos, ni pasaportes; en ese preciso momento tuve la certera sensación de que abandonaba lo que había sido mi vida hasta entonces. Con dos maletas y un tembleque alcancé la puerta de Llegadas. Allí me encontré frente a una sonriente señora con el pelo cardado; en sus manos, una copia tamaño folio de una foto que conocía bien.

Una foto mía, quiero decir, de mí.

Cuando mis padres decidieron enviarme a Estados Unidos, ForUSA les pidió un retrato mío «de cuerpo entero» para enviar a su filial americana. Eso habían dicho: un retrato de cuerpo entero. En aquel mismo instante, mi paranoia inició su particular efecto dominó: ¿Para qué la foto? ¿Había reuniones de posibles familias donde se mostraban los retratos de los alumnos españoles? ¿Se hacían comentarios jocosos sobre el acné de éste o las pobladas cejas de aquél? ¿Por qué de cuerpo entero? ¿Estudian las proporciones? Ante mi negativa a permitir que dicha foto cruzase el Atlántico para que toda una nación se riera con ganas, mi madre envió, por su cuenta y riesgo, esto es, sin consultarme, una instantánea en la que yo mal lucía traje oscuro y corbata chillona en la boda de una prima. El traje me sentaba como un tiro, la corbata era prestada y a mí me habían obligado a disfrazarme de esa guisa bajo amenaza paterna de quedar desheredado de por vida.

Y ahora, 30 de agosto de 1983, Betty Johnson, nacida en Bonneville, Idaho, viuda, jubilada de la compañía Hertz, sostenía en sus manos la foto de un adolescente español enfurruñado que vestía un traje demasiado grande.

—¡Hooolaa! —dijo Betty, sonriendo como una azafata de la TWA.

En su afán por hacerse entender, la mujer había pronunciado la palabra tan despacio que pensé que asistía a una retransmisión en cámara lenta de mi llegada a Estados Unidos. Inmediatamente asocié la idea a un paseo en descapotable con miles de personas aclamándome desde las aceras, y ese pensamiento me llevó a la imagen de Kennedy en Dallas, y esa fantasía a que mi cabeza estallaba y la viuda gateaba gritando. Todo a cámara lenta.

—Soy Pepe —afirmé con acento tarzanesco, mis ojos fijos en la foto que ella sostenía por sus márgenes con la sola presión de sus pulgares e índices, como si manchara, como si ella fuese una madre de la Plaza de Mayo y aquella instantánea la única que le quedaba de su hijo. La verdad, en ese momento no me habría importado estar desaparecido.

Betty seguía sonriendo, al borde de una seria lesión maxilar, pero en un veloz movimiento, digno del mejor David Copperfield, guardó la maldita foto en el bolso que le colgaba del hombro y se apartó un poco para dejar visible a un adolescente en el que hasta entonces no había reparado. De nuevo el mundo se ralentizó mientras la viuda señalaba a su vástago con ambas manos, como hacen las azafatas de *El precio justo* con los regalos por tasar.

—Éste es Phil.

¿Ya está? ¿Betty y Phil? Allí no había nadie más y todas las presentaciones estaban hechas. La verdad que, como recepción, la cosa no había resultado muy espectacular. Permanecimos callados un par de segundos, mirándonos, estudiándonos, quedándonos con la primera impresión. Betty, sesenta y seis años según el formulario que ahora latía en mi bolsillo, vestía gabardina a lo Colombo, pero en limpio, sobre vestido estampado y zapatos marrones de los que debían de existir en todo el mundo unos treinta y ocho millones de pares. Digamos que no se puso de punta en blanco para recibirme. Phil, diecisiete años, parecía haber intentado una suerte de elegancia británica —pantalón beis de pinzas, jersey fino marrón, mocasines— con un bigotito a lo Cantinflas ciertamente desconcertante, ya que parecía un mostacho de broma en una cara de niño. Intenté imaginar qué impresión se podrían llevar de mi atuendo: vaqueros desgastados, un polo azul marino sin marca y unas Adidas John Smith. Me quedé en blanco. Debieron de ser un par de segundos, pero yo sentía que la retransmisión a cámara lenta había pasado a una foto fija en la portada del *San Francisco Chronicle:*

**PANOLI ES RECIBIDO EN SAN FRANCISCO POR MUJER CON GABARDINA Y SU HIJO CON EXTRAÑO BIGOTE**

Ya me estaba acostumbrando a quedarme quieto, de hecho me habría quedado el año entero allí parado con mi estúpida sonrisa, cuando Phil rompió el hielo explicando —esto lo entendí por la mímica— que su madre le había enseñado la foto a todo el pasaje que iba saliendo del avión; mi sonrisa petrificada no dejaba entrever que no me hacía gracia. Me acordé de la falla de San Andrés que dormía bajo nuestros pies; ignorando que unos meses después asistiría, muy a mi pesar, a uno de sus famosos amagos, le supliqué que, de una vez por todas y en aquel mismo instante, se tragara toda la costa oeste de Estados Unidos. Por fin, como si alguien hubiera echado una moneda en el cacillo de nuestra estática representación, mi recién estrenado «hermano» deshizo el cuadro para coger una de las maletas, mientras nuestra «madre» intentaba agarrar la otra y yo respondía con encendida euforia y varios «gracias» para impedírselo. Fueron otros dos eternos segundos de reverencias, tres cabezas reunidas en círculo a un metro del suelo, seis brazos agitándose sobre las maletas. Qué graciosos debíamos de parecer. Hecho el reparto, Betty extendió su mano derecha para indicarme el camino, sonriendo como si le hubieran pegado los maxilares con Supergen, totalmente ajena a la incomodidad que produce la amabilidad extrema.

El paisanaje del aeropuerto internacional de San Francisco me remitió a un gigantesco casting de las series que llevaba viendo en la tele toda mi vida; en el primer vistazo había distinguido un policía de azul oscuro, la gorda más gorda que nunca había visto en pantalones cortos, un limpiabotas negro enfundado en un mono beis, una familia mexicana, cuatro rubias rollizas y sonrosadas…

—Jaus wei yon wuach?

Betty me preguntaba algo y eso fue lo que le había entendido. Puse cara de idiotez pasajera —supe que tendría que ponerla muchas veces— y ella extendió los brazos para indicar que me preguntaba por el avión.

—Bien, bien… —farfullé en un inglés de andar por casa. Y no por cualquier casa, sólo por la mía.

Esta vez el silencio fue más largo. Seguimos andando y el trayecto hasta el coche lo hicimos en un riguroso mutismo salpicado de miradas furtivas y amables sonrisas; cada vez que esto ocurría, no sabía dónde meterme de pura vergüenza, turbación e incomodidad. Decidí que si una vez al mes hubiera que pasar por trances de tamaño calibre, la vida sería insoportable. Al abandonar la terminal del aeropuerto, el sol de California comenzó a calentarme los cascos, que diría mi abuela, y las dudas que me asaltaban empezaron a crepitar en mi cerebro como pescaíto frito.

Ya me había acostumbrado a andar con la maleta pesando y el sol ardiendo, pero no estaba seguro de querer estar así todo el año, caminando en silencio por un parking junto a una viuda y su hijo. Igual nos íbamos a casa a pie, o quizá habían aparcado en el límite del estado con Nevada, o puede que tampoco supieran qué decir y por eso daban vueltas sin sentido, pero por fin apareció el coche. Grande, enorme, largo, uno de esos coches que también formaban parte del mobiliario habitual de los telefilmes americanos. Sólo había un asiento delantero, de lado a lado; siguiendo las indicaciones de Betty, me coloqué en el extremo derecho mientras ella se acomodaba atrás y Phil, muy ufano, ¡se sentaba al volante! Creí que era una broma, así que me giré hacia la cabeza de familia y solté una carcajada exagerada para demostrar la gracia que me hacía el chiste (y de paso, liberar la tensión acumulada); me respondió con una risotada tan excesiva como la mía mientras Phil, quizá convencido de que el español era tan lerdo como su madre, arrancaba y enfilaba la salida del aeropuerto. Betty y yo seguíamos riéndonos frente a frente, pero al ver que el del bigote realmente iba a conducir el coche, mi carcajada se tornó mueca de terror, lo que a su vez ahogó la risa de la viuda; aquel tío tenía diecisiete años recién cumplidos, ¡lo ponía el formulario! Estuve a punto de sacarlo de la cazadora para comprobarlo y mostrárselo a aquella señora que ahora me miraba con cierta inquietud.

—Daj yus fil rai?

No sabía qué me decía, pero el lenguaje universal de los signos me indicaba que todo estaba bien, bajo control, que no había por qué preocuparse, que el coche era robado y su hijo un yonqui, que total qué importaba que nos detuviera la policía si todavía llevaban el cadáver de su marido en el maletero. Phil, como si leyera mi paranoico pensamiento, estiró consecutivamente el brazo, el puño y su dedo índice y, sin despegar la espalda ni un milímetro del respaldo del asiento, pulsó play en el radiocasete. Como un gas narcótico, el *Michelle* de los Beatles fluyó por los estratégicos bafles de aquel Buick del 76.

Así fue como me enteré de que en el estado de California se puede conducir desde los dieciséis años.

En el coche optamos directamente por no hablar. Los Beatles lo hacían por nosotros con una de esas obvias y eternas recopilaciones repletas de *Let It Be* y *Yesterday*. Nos dirigíamos por la autopista 101 camino de San José; era una de las cinco ciudades que aparecían dentro de California en un pequeño mapa general de Estados Unidos que encontré en mi atlas. Fue todo lo que necesité para respirar aliviado y saber que, al menos, no me enviaban a una de esas asfixiantes comunidades con pastor vociferante y sheriff intransigente. ¡Ay, los telefilmes! Dispuse de 52 minutos, los que separaban el aeropuerto de San Francisco de mi nuevo hogar, para llegar a la firme conclusión de que aquella aventura era un error. No había sabido leer las señales del escueto formulario que me había llegado una semana antes a casa; una viuda de sesenta y seis años y un hijo de diecisiete. La primera idea era pensar que el extranjero —en este caso, yo— serviría como compañía al chavalín de la casa en caso de que no hubiera superado la muerte del padre, pero ¿qué sabía yo de esa muerte? ¿Cuándo había ocurrido? ¿Cómo?

—Wais frondei der aks spanish —interrumpió Betty señalando una especie de misión restaurada.

Phil se mostraba cordial, pero sus mocasines y las cintas de los Beatles o Bruce Springsteen que asomaban en la guantera no predisponían un acercamiento a mis Adidas y casetes de Bob Marley o los Clash. Además, en la casilla de preferencias religiosas del formulario de ForUSA, los Johnson habían escrito «metodistas» y a mí, que cargaba sobre mis espaldas cientos de años de educación católica, apostólica y romana, aquello me sonaba a secta, a mormones, a masonería.

—Cust for main diere hir?

Miré a Betty con ojos bovinos, esbocé una sonrisa y me imaginé durante un año entero rodeado de gente que habla swahili con la boca llena de Freetos.

Hacía rato que nos habíamos salido de la 101 y llevábamos un cuarto de hora por inmensas e idénticas avenidas de cuatro y seis carriles. En el cruce de la Tercera con Washington Street, Phil, tarareando *The Long and Winding Road,* giró el Buick una vez a la izquierda, dos a la derecha y otra a la izquierda —intentaba recordarlo por si fuera necesario un plan de fuga—, entró en Carpet Drive y se detuvo en el número 1264. Mi casa.

—¡Hogar, dulce hogar! —grité con un tono a medio camino entre Tarzán y Hitler, desesperado por hacerme comprender.

Betty aplaudió mi entusiasmo, dio una especie de saltito y sonrió con una mano delante de la boca, aunque no se podía imaginar lo sincero que era mi berrido; por primera vez desde que el avión despegara de Madrid, una agradable sensación de bienestar invadía mi percepción. Aquella calle tan ancha, con su franja de césped entre la calzada y la estrecha acera, con sus chalés de una sola planta separados por arbustos y rosales, con sus garajes y la rampa de cemento que los unía al asfalto, componía una imagen fabulosamente familiar y cercana. Aquella calle eran las mil calles que había vivido en la tele y en el cine, y sólo faltaba que por encima de mi cabeza pasara volando un mocoso en bicicleta con un extraterrestre cabezón dentro de la cestita del manillar.

Una vez superado el suspiro de ensueño me fijé en la casa que, vista de frente, tenía muy poco que ver; una pared a juego con los pantalones de Phil, una puerta blanca en medio, un enorme ventanal a un lado y una ventana a secas al otro. En la rampa del garaje había un BMW descapotable y aparcado en la calzada un pequeño utilitario de color marrón que identifiqué, al pasar a su lado, como Ford Maverick. Ni siquiera reparé en la evidencia de que, contando el Buick en el que habíamos llegado, eran muchos coches para dos personas; de momento sólo asimilaba información. Un braco negro apareció de pronto —recordé que en el apartado del formulario dedicado a «mascotas» los Johnson habían escrito «un perro y muchos peces»—, se abalanzó sobre Phil y se mantuvo con las dos patas delanteras apoyadas en su fino jersey marrón. El dueño me señaló y dijo:

—Cat, éste es Pipi.

Esta vez lo había entendido a la perfección. El perro se llamaba Cat y a mí me había presentado como Pipi; así leían ellos mi nombre.

—Pepe —corregí.

—¿Perdón?

—Pepe, se dice Pepe.

—¿Cómo?

—Que-mi-nom-bre-es-Pe-pe.

Intentaba, con poco éxito, que mi tono no sonara muy quisquilloso.

Phil sonrió con la misma cara que yo debía de poner cuando no entendía algo. Afortunadamente, una voz ajena vino a sacarnos de aquel diálogo de besugos.

—¡Pipi! ¡Bienvenido, Pipi!

La voz, chillona, correspondía a una mujer de mediana edad, bajita y rechoncha, vestida con un chándal oscuro, que ahora me abrazaba como si yo fuera el soldado Ryan.

—Soy Lori, tu hermana americana —gritó con unas risitas que me recordaron a la señora que venía detrás en el coche. Su madre.

Si me hubieran mirado a los ojos, los Johnson habrían notado cómo las lágrimas empañaban mi mirada, aunque, bien pensado, lo achacarían a la emoción, no al sufrimiento que, por cierto, no tenía fin.

—¡¡Pipi!!

En esta ocasión se trataba de una anciana de notable edad que avanzaba encorvada y con los brazos extendidos hacia mí. No pude hacer otra cosa que dejarme estrujar por aquella estructura ósea; en mi intento de resultar agradable, la rodeé con ambos brazos y deposité mis manos en su chepa mientras ella aplastaba la nariz contra mi esternón. Me imaginé como una embarazada descansando ambas manos sobre el vientre hinchado. Al separarnos, la señora farfulló:

—Guan mai for dei taim splas, Pipi —y rompió a reír y salpicarme con saliva mientras la dentadura postiza bailaba en su boca.

La anciana se echó a la izquierda sin soltarme la cintura, Betty se hizo fuerte en mi lado derecho y Lori pasó el brazo por encima del hombro de su madre. Entrelazados como soldados chechenos dispuestos a ejecutar una danza guerrera, Betty tiró del cuarteto feliz en dirección a la casa. Estaba a punto de empezar a gritar, quería despertar de ese sueño; miré a Phil con una horrible mueca entre la angustia y el desconcierto pero sólo me encontré su gesto apesadumbrado, como si estuviera resignado a la triste suerte de vivir con una familia así. Eso pensé, sin sospechar que la aflicción de su rostro bien pudiera deberse al peso de mis dos maletas que ya cargaba con solícita y silenciosa entrega.

La buena noticia fue que no duramos mucho de aquella guisa. Cerca de la entrada, Betty decidió que entráramos de uno en uno en vez de, no sé, girar graciosamente sobre nuestro eje y enfilar la puerta de lado como ritual metodista de bienvenida. Para abrir la puerta real, primero había que abrir otra que sólo era un marco con mosquitera; de nuevo miles de películas y series, caras o baratas, me trajeron a la memoria millones de escenas que incluían una de esas falsas puertas, como que el bueno llamaba al timbre y la chica abre pero entre ellos todavía queda una red que difumina los rostros e impide el contacto. Debería flipar con otras cosas, lo sé, pero no podía evitar que la mosquitera convirtiera la casa en un plató.

Ya me habría gustado. Por fuera no había mucho que ver, pero por dentro parecía el cierre por liquidación de una tienda de Todo a 100. La poca mercancía a la vista no la querría Dolly Parton ni para sus pesadillas; además de unas descoloridas y desiguales figuritas de porcelana barata, el más abundante adorno de la casa eran fotos de gente, supuestos familiares, pensé, dado el carácter eminentemente amateur de las mismas. Había fotos por todas partes, enmarcadas en la pared y en marquitos pequeños sobre las mesas o enganchadas en los espejos. La más grande mostraba una pareja posando en un estudio el día de su boda; el esposo guardaba un asombroso parecido con Phil, pero más grueso y con menos pelo; no era su padre porque la contrayente no era Betty y, además, se notaba que la foto era relativamente reciente. Pues eso, que estaba asimilando información; tenía un año por delante.

El ventanal que se veía desde fuera correspondía a un salón con un gigantesco sofá en beis, sillón del mismo color y mullida moqueta a juego, una torre de música, un mueble con baldas llenas de figuritas y ninguna televisión. Tuve un acceso de pánico: ¿tendrán los metodistas prohibida la tele? La estancia estaba un par de escalones por debajo del nivel de la entrada y al fondo, un pasamanos con barrotes blancos separaba el salón de un pasillo, de nuevo elevado. A la izquierda de ese pasillo estaban la habitación de Betty y la mía, además de un cuarto de baño y un estudio con libros, papeles, trastos y un ordenador personal. Era la primera vez en mi vida que veía uno de esos aparatos dentro de una casa; enseguida supe que era una buena ocasión para adelantarme a mis futuros compañeros de universidad. Tenía que aprovechar la oportunidad, profundizar a lo largo del año en los secretos de la informática para volver a España dotado de un novedoso conocimiento tecnológico; diez meses después, mi máxima y única habilidad con esa computadora sería llegar a la quinta pantalla del *Burger Time*.

Siguiendo el pasillo hacia la derecha se llegaba a la cocina, que a su vez comunicaba con la habitación de Phil, otro baño y el garaje. Más allá había un pequeño comedor con una puerta corredera que accedía al no menos famoso, típico y peliculero jardín-patio trasero con balancín y cachivaches.

Todo eso me lo había explicado Betty en el hall de entrada, como si quisiera transmitirme un esquema mental de la distribución de la casa antes de conocer las habitaciones personalmente. Empezamos por la mía; acorde con la línea austera de lo que ya había visto, tan sólo constaba de cama estándar, mesa estrecha, espejo largo, armario con patas doradas y pecera. Una pecera gigantesca. Un acuario colosal. Al lado de la cama.

—Peces —explicó Betty al ver que los miraba petrificado.

Sí, los peces. Y la pecera. No una pecerita redonda con dos bichos, no, una señora pecera con filtro de agua, aireador, termómetro, calefactor y luz fluorescente de 25 watios. El océano Pacífico encerrado al lado de mi cama, rugiendo como una zódiac vieja día y noche. Busqué mi reflejo en el espejo, que estaba justo enfrente de la puerta, y me vi entre dos ancianas sonrientes; por detrás asomaba la cabeza de una señora de mediana edad con chándal negro que se ponía de puntillas como si hubiera mucho que ver allí. Más al fondo todavía, divisé la neutra expresión del adolescente con bigote. Quizá si me girara inesperadamente, comprobaría que aquellas personas no existían y que eran espectros que, en mi demencia, sólo yo veía reflejados en el espejo. Me giré poco a poco. Seguían allí, mirándome y sonriendo.

Lo siguiente era visitar el que iba a ser mi cuarto de baño y hacia allí fuimos como la Santa Compaña que éramos, aunque ya sin Phil, al que había perdido de vista después de que dejara mis maletas al lado de la pecera. Desde la puerta del baño miré con miedo y asco una especie de moqueta de peluche anaranjada que cubría el suelo; en una tosca combinación que habría hecho las delicias del Elvis de Las Vegas, la tapa del váter también estaba forrada con aquella felpa despeinada. De nuevo, nos quedamos quietos admirando el progreso higiénico de la humanidad; la anciana, en un gesto que sólo entendería más tarde, señaló el tirador situado en el centro de la tapa de la cisterna y, mostrando la dentadura postiza en todo su esplendor, tiró de él mirándome con los ojos muy abiertos y las cejas alzadas. ¿Me estaba enseñando a tirar de la cadena? No me paré a pensarlo porque Betty, después de indicar que la siguiente puerta era su habitación, dio media vuelta y nos apremió a cruzar el salón en dirección a la cocina. Resultó ser pequeña, casi más pequeña que el frigorífico, cuya puerta abrió solícita la encorvada longeva para mostrarme el bien nutrido interior; es curioso lo difícil que resulta identificar la comida que hay en una nevera si no estás familiarizado con las etiquetas de los envases. Eso sí; en la segunda bandeja, un escuadrón de enormes botellas de cristal mostraban sin pudor el logo de Pepsi, a mí que llevaba años defendiendo los colores de Coca-Cola. Un mostrador de madera separaba la pieza del comedor, donde, al fin, divisé una preciosa televisión de veinticuatro pulgadas de la que Phil hacía uso con un mando a distancia en la mano. Con su habitual gesto imperturbable cambiaba de canal en canal ¡y todos eran distintos! Un cosquilleo me recorrió el espinazo al adivinar el final de mis tristes días televisivos en España, dos cadenas y una emisión de diez horas al día. Canalicé mi incipiente nerviosismo con una amplia sonrisa, celebrada por aquel extraño trío femenino.

Una vez vista la casa, supuse que mis anfitrionas esperaban un gesto de aprobación, de alegría suprema, de éxtasis inmobiliario, pero sólo me apetecía decir:

—Bueno, no es exactamente lo que buscaba. Muchas gracias y perdonen la molestia, pero tengo que coger el avión a España ahora mismo.

Esta vez fueron las huesudas manos de la anciana las que tiraron de mí hacia la habitación del chaval del bigote, la única de la casa que me quedaba por visitar. Me acerqué a la puerta con desgana, pero no pude disimular mi asombro cuando la vetusta guía, empeñada en mostrarme los avances del progreso californiano, se sentó en la cama de Phil de un salto; el colchón respondió al impacto con unas suaves ondulaciones que mecieron levemente a la octogenaria; así supe que mi hermano americano dormía sobre una cama de agua. Un montón de revistas, libros y aperos deportivos ocupaban una de las paredes, pero en la mesita de noche reposaba un ejemplar de *Playboy* impune, chulesco y desafiante, esto es, a la vista de las ancianas y de la mía propia. Inquieto como si hubiera hecho algo malo, me apresuré a salir de allí para llevarme a las potenciales fuerzas represoras lejos del objeto del delito; salimos a la encrucijada formada entre la cocina, el comedor y el salón. Phil, los pies sobre la mesa, me miró un instante sin girar la cabeza, los párpados medio caídos, y volvió la vista al televisor. Al momento, el bigotito se convirtió a mis ojos en un pedazo de mostacho. Volví a mirar a las sonrientes mujeres que me rodeaban de nuevo: «¿Será que los metodistas promueven la pornografía?».

Betty lanzó un par de órdenes tajantes y sus acólitos se acomodaron tras la barra de la cocina mientras la viuda, cogida a mi brazo, me conducía a la habitación. Una vez allí, y después de un cuarto de hora de ralentizada vocalización, entendí —aunque no las tenía todas conmigo— que me sugería deshacer la maleta porque ella tenía que «guan seif ples dine». Permanecí quieto en medio de mi cuarto mientras Betty desandaba, marcha atrás, el camino hacia la puerta, diciendo no sé qué con su eterna sonrisa en la boca. Me hubiera gustado cronometrar el tiempo que tardó en salir, cerrar y dejarme solo, más que nada por si se había batido algún récord mundial de lentitud en la despedida.

Lo primero que se me ocurrió fue tumbarme en la cama, como si aquello fuera un hotel cutre en el que me iba a hospedar… diez meses. «Ay, dios», susurré mientras pensaba que el colchón parecía demasiado blando. Intenté relajarme un momento pero el runrún de la pecera llenó por completo el presunto silencio. Apoyé la cabeza sobre la oreja izquierda y conté los peces: uno, dos, tres, cuatro… cinco… seis, siete… y ocho.

Acababa de llegar a California y ya tenía ocho enemigos.

Intenté hacer una primera valoración: chungo. Intenté hacer una segunda valoración en positivo: la tele tenía varios canales y la mosquitera molaba por una razón demasiado vaga e inútil. Punto. Así que continué rebuscando motivos de optimismo: Phil tiene un *Playboy* en la mesita; ¿cuándo tendremos la confianza suficiente para que me deje ojearlo y sacarle el jugo propio de una adolescencia repleta de testosterona? Hay una anciana con la que no contaba; debe de ser la madre de Betty y dormirán juntas en la habitación que no me enseñaron. El formulario sólo ponía un hijo, así que Lori no debe de vivir en esta casa porque además no tiene habitación; el BMW es suyo, fijo. La moqueta del baño me producirá alergia, hongos, herpes, supuraciones. La nevera, repleta de Pepsi. ¿Por qué no hay congelador? He oído hablar de religiones que no permiten la ingestión de alimentos congelados, ¿o eran las transfusiones de sangre…?

—Pipi…

Me dolía la cabeza, tenía la boca seca.

—Pipi…

Abrí los ojos.

—¡Pipi!

—¡Sí! —grité en un español alto y claro.

—Guan seif ples dine nau.

Me había quedado dormido. Los últimos minutos de mi vida pasaron ante mis ojos: El aeropuerto, Betty y Phil, California, los Beatles, San José, la señora del chándal, una anciana, la mosquitera. ¿Qué tenía que hacer ahora?

—¿Pipi…?

Salté de la cama y abrí la puerta. Betty echó un vistazo a las maletas sin tocar y atendió amablemente mi torpe explicación.

—Dormir… —balbuceó el Tarzán que llevaba dentro apoyando la cara en la palma de la mano.

Estaba desorientado, no sabía cuánto tiempo llevaba durmiendo, pero lo que me pareció entenderle a la viuda me despistó aún más:

—La cena esta lista.

Calculé que a las seis, más o menos, me había quedado solo en la habitación y al pasar por el salón busqué con la vista un reloj que había divisado al entrar: las seis y media. ¿De la tarde? No podíamos cenar tan temprano; ¿qué me había dicho entonces? Al doblar la esquina de la encrucijada me encontré la mesa del comedor lista para revista, con la anciana, la señora de mediana edad y Phil sentados alrededor de un estofado.

Sonreí. No sé de dónde saqué la fuerza y las ganas, pero sonreí. Imaginé un trozo de aquella carne colonizando mi aparato digestivo y un amago de arcada se revolvió en mi estómago como el aire en una cañería vieja. No estaba preparado física y mentalmente para ponerme a cenar a las seis y media de la tarde, sólo llevaba tres horas digiriendo California después de un vuelo repleto de Toblerones y cacahuetes. No.

—No tener hambriento —argumenté con cara de pánfilo.

—Ah, no, de eso nada, tienes que comer, hombre, ¿a que sí? ¿A que vas a comer un poco de este estofado tan rico?

Era la más anciana. No sé si me estaba diciendo eso, pero sus gestos y entonación traducían el lenguaje universal de las abuelas. En cualquier rincón del planeta ocurre lo mismo; cuando una senil anciana se empeña en hacer comer a un joven que no tiene hambre, los adultos con edad y posición para tomar decisiones se ausentan de sus obligaciones. La propia Betty separó la silla de la mesa para que me sentara en una cabecera; ella ocuparía la otra. Yo miraba al estofado intentando de todo corazón buscar un punto apetitoso, una razón que me ayudara a tragar aquello sin vomitar, pero no sólo era demasiado temprano para merendar, es que el trozo de carne parecía el brazo incorrupto de Kojak; su aspecto sólo invitaba a arrojarlo por la ventana para que Cat, el perro, lo enterrase bajo el cerezo que daba sombra a la triste ventana de mi habitación, donde probablemente habría enterrados cientos de estofados incomestibles. La cena se componía básicamente de aquel proyecto de solomillo con aspecto chamuscado y varios platos que no invitaban a formar una guarnición muy llamativa: había una fuente con guisantes mondos y lirondos, otra con mazorcas de maíz y otra con un puré marrón que podría ser de manzana. Deduje que la vajilla era la de las ocasiones especiales, a pesar de que el tallado barroco del pie de las copas me recordara más los juegos de cristalería que se podían conseguir en las tómbolas de una feria veraniega que el supuesto refinamiento a lo Falcon Crest; además, las servilletas eran bordadas y el mantel de hilo. Claro, que, visto lo visto, también cabía la posibilidad de que todos los días cenaran con tamaño montaje. Betty había dispuesto dos enormes utensilios para cortar el tronco carniforme, aunque yo habría sido más partidario de la motosierra. Antes de asistir al típico trinchado, todavía me quedaba otro rito iniciático.

—Lori..., cuando quieras —indicó la matriarca con solemnidad.

A una señal del Dios Duracell, todos bajaron la cabeza como si se hubiesen quedado sin pilas. Lo siguiente fue que se cogieron de las manos para formar una cadena alrededor de la mesa. Phil estaba sentado a mi derecha, la anciana al otro lado; cada uno me cedió su mano y agarré ambas como el que escoge pistolas para un duelo en el que se sabe perdedor. Lori respiró hondo antes de soltar su panegírico y yo, con los dedos de los pies encogidos dentro de las Adidas John Smith, no sabía si apretar mucho las manos que me habían tendido o sólo tenderlas sin más, pero a ver quién pone la medida en eso mientras pasaba una vergüenza española y católica muy alejada de la metodista California que se mostraba ante mí en todo su esplendor, y esto se avisa, que en los folletos de ForUSA no ponen nada y uno ya se habría preparado para lo que le echaran...

—Señor..., guans weich for jandres Pipi con nosotros. Guan an seif ander durante un año. Feir san burer flai como un hermano. Amén.

También aquello se parecía a muchas cenas de las películas y series que había vivido en TVE y el UHF —el deseo de quedarme a solas con la tele de veinticuatro pulgadas era lo único que me mantenía vivo—, aunque las únicas comiditas que me venían a la memoria eran las de Michael Landon en *La casa de la pradera*. Pero fue Betty, y no mamá Ingalls, la que inició el trasiego, disponiendo una ración de carnajo en cada uno de los platos que Lori le acercaba entre risitas y aprobaciones fuera de lugar. Las fuentes pasaban de mano en mano, decorando cada plato en verde, amarillo y marrón; los guisantes eran insípidos, la mazorca era como comerse un collar de perlas y el puré, efectivamente, tenía un lejano sabor a manzana muy verde. La hebra carnosa, sin embargo, tenía el amargo regusto del albatros, o del ocelote, o del tapir, en definitiva, de cualquier animal que ni había probado antes de llegar allí ni esperaba probar en lo que me restaba de vida. Para regar el banquete, Phil servía una especie de moscatel encerrado en una de esas botellas cuadradas de jerez, cuyo tapón de cristal, coronado con una bola tallada del mismo material, tenía un tope de plástico grisáceo para que el brusco tintineo no partiera en dos tan delicado envase.

Con los platos llenos —es un decir—, volvió el silencio a la mesa, sólo quebrado por el entrechocar de los cubiertos, bien entre sí o contra la dentadura de la anciana, pues ésta se había entregado con frenética mascadura a la deglución de su rancho. Fue Betty, de nuevo, la que rompió la escarcha que se estaba creando en el ambiente para explicarme la genealogía de los presentes.

—Verás, Pipi...

—Es Pepe... Pe-pe —rebatí. Todos me miraron, sorprendidos, sin dejar de masticar. Betty se quedó congelada, con la cabeza levemente ladeada y los ojos muy abiertos, como rumiando fonema a fonema la exacta pronunciación de mi nombre.

—¿Pie-pie? —susurró con lentitud.

—No... Se dice Pepe —aclaré otra vez. Justo entonces cometí uno de mis muchos errores californianos.

—José es Joseph como Pepe es Joe.

Yo sólo intentaba explicarme.

—¡Joe! —gritó con alborozo la anciana—. ¡Joe! —repitió mirando al resto de comensales.

Betty asintió con una sonrisa, Lori aplaudió dos veces —era hija de su madre, sin duda— y Phil se embuchó una cucharada de puré de manzana. Comprendí que aquella gente había abandonado mi antiguo nombre para siempre. Es más, ya lo habían olvidado. Ya no era Kunta Kinte, ahora me llamaba Joe. Para sellar tan insospechado bautismo, la anciana alzó su copa y gritó por tercera vez:

—¡¡Joe!!

Lo dijo con tal ímpetu que la dentadura salió disparada y aterrizó sobre su propio plato. En un rápido movimiento, cazó la prótesis al vuelo, la depositó entre las encías y me miró con una sonrisa traviesa. No sabía dónde meterme, o mejor dicho, cómo meterme, porque en mi nervioso empeño por restar importancia al incidente derramé una copa sobre el mantel.

Lo que después vino a contarme Betty mientras cenábamos —su lentitud y su paciencia para que la entendiera le valieron mi primera dosis de verdadero cariño filial— era que la señora Miller, nombre de la anciana sentada a la mesa, no vivía en la casa, ni siquiera era pariente, sólo una buena amiga de toda la vida, compañera de trabajo de Betty hasta su retiro a mediados de los setenta. La mayor sorpresa, sin embargo, vendría de donde menos la esperaba: ¡Lori tenía veinticinco años! No disimulé el asombro que me causaba el dato; yo habría jurado que pasaba de los cuarenta y cinco, pero todos se tomaron mi sorpresa como síntoma de que la imaginaba mucho más joven. El resto de sus datos eran que vivía con su novio cerca de Palo Alto (a tres cuartos de hora de Carpet Drive), trabajaba desde hacía dos años en una empresa británica y, ¡bingo!, el descapotable era suyo; es más, se ofrecía a llevarme de excursión por los alrededores al día siguiente. Mientras me hacía partícipe de su breve currículum, la observé detenidamente; en efecto, si me fijaba bien, no tenía un rostro de señora de mediana edad, lo que la convertía en madura prematura era todo lo demás, en especial el peinado, una melena con capas a lo Farrah Fawcett-Majors que a partir de ese momento iba a ver mil veces repetida en las cabezas femeninas menores de treinta años.

Betty también me habló del chavalote cuyo retrato de boda colgaba en el salón —la muy astuta no me preguntó si me había fijado, sino que directamente dijo: «La foto que has visto en la entrada»—; se trataba de su hermano pequeño, Robert, casado con Sheila. La pareja vivía en Fort Wayne, Indiana, al otro extremo del país, y todos, incluida la señora Miller, los echaban de menos. Phil Johnson, por su parte, asistió impertérrito a los halagos de su madre, un currículum que incluía ser presidente de no sé qué club en el instituto, pertenecer a no sé qué otra historia relacionada con las matemáticas y poseer el tercer coche que estaba aparcado fuera. Durante el discurso de su progenitora no dejó de masticar búfalo y puré de manzana; nos miraba de reojo y esbozaba una mueca próxima a la sonrisa. El desdén que mostraba, el bigotillo que lucía y el hecho de que tuviera coche y un *Playboy* en la mesita me ayudaron a visualizarlo como el malo que mola en una película de kung fu.

Betty seguía siendo muy amable conmigo, pero el repaso a las biografías de los comensales no hacía más que aumentar mi inquietud en previsión del probable punto final: el difunto señor Johnson. Temía no estar a la altura cuando Betty señalara la dolorosa ausencia del esposo y padre; podía prever que el espeso silencio instalado sobre la cena me causaría una profunda incomodidad acorde con ese español sentido del ridículo que no había hecho más que aumentar durante el vuelo transoceánico. Sólo sabía que Betty era viuda porque la casilla correspondiente en el formulario estaba marcada con una X; en la carta manuscrita que había enviado a la agencia no hacía ninguna mención a su esposo ni a las circunstancias de su muerte, y supuse que aprovecharía aquella cena de bienvenida para aclarar y zanjar un tema desagradable que estrecharía aún más los lazos de nuestra unión. Sin embargo, Betty saltó del «Ésta es su vida» dedicado a Phil al apartado «Convivencia cotidiana: normas y costumbres», un previsible listado sobre hacer la cama todos los días, limpiar la habitación y el baño una vez por semana, ayudar en la casa, sacar la basura los lunes y todos esos mil pequeños dolores puestos en la Creación para recordarnos que no estamos en el Paraíso. Ya en la sobremesa, la señora Miller, espoleada con mucha guasa por Phil y Lori, se lanzó a cantar a pleno pulmón una melodía que identifiqué como country metodista; entendí que el extinto señor Johnson no iba a ser tema de conversación aquella noche. En principio me relajé e incluso acompañé las palmas con las que Phil jaleaba tan mostrenca performance —un genuino gesto de fascinación freak hacia la anciana con el que subió otro peldaño en la escala de mi admiración—, pero pronto caí en la extrañeza del cuadro presentado: o los Johnson se habían olvidado del cabeza de familia o actuaban como si el padre y esposo nunca hubiera existido. Al comprobar en un apurado repaso visual que entre tantas fotos familiares que adornaban la casa, no había ni una sola de alguien que pudiera ser el señor Johnson, la maquinaria de mi paranoia se puso en marcha para evidenciar la incoherente naturaleza de mi ser: media hora antes habría dado un brazo a cambio de que nadie sacara a colación su muerte, pero ahora mismo daría cualquier otra extremidad por saber todos los detalles del suceso. Lo bueno es que tenía un año por delante para enterarme.

Poco después de cenar —nada dijeron sobre mi ración de guisantes, mazorca y carne sin tocar—, recogimos la mesa entre todos; Lori, detrás de la barra, recibía los platos, fuentes, copas y cubiertos y después de aclararlos bajo el grifo del fregadero, los colocaba en el lavavajillas. La señora Miller sólo rompió una copa.

Llegaron mis primeras despedidas en California; Lori se iba en el BMW y Betty en el Buick para llevar a su vieja amiga a casa. Todas prometían volver; Betty en media hora, las otras al día siguiente.

Así que nos quedamos solos Phil, Cat y yo; por fin me senté frente al televisor. Mi nuevo hermano me entregó el mando a distancia como si fuera la espada mágica del rey Arturo; eran las nueve de la noche y me encontré informativos, telecomedias, concursos, reposiciones y películas. Todo al mismo en tiempo en treinta y cinco canales de televisión. Treinta y cinco. Había necesitado un vuelo de Madrid a Nueva York y otro de allí hasta California para sentarme delante de una tele con 35 canales. Empecé a cambiar compulsivamente hasta que encontré unas imágenes de Robert Plant paseando por un motel desierto y polvoriento. Phil me observaba con curiosidad científica y yo, que me sentía el chimpancé más listo de la clase, pregunté qué estábamos viendo.

—Se llama MTV; emite vídeos musicales todo el día.

—¿Todo el día? —pregunté mientras miraba el reloj con intranquilidad—. ¿Hasta qué hora?

Phil soltó una sincera carcajada.

—Quiero decir que emite vídeos las veinticuatro horas del día... Y todos los días del año —subrayó por si acaso quedaba alguna duda.

Juraría que los nervios y las ganas me hicieron sudar y salivar al mismo tiempo; de golpe, mi estancia en aquella casa cobraba sentido. Diez meses por delante con un canal que emite videoclips las veinticuatro horas del día suponía, a priori, suficiente motivación para quedarme en esa familia que ya empezaba a sentir tan mía como la que había dejado en España. Después de Robert Plant apareció Stevie Nicks en pantalla. Y luego Tom Petty & The Heartbreakers, vestidos de Mad Max pero en cutre para cantar *You Got Lucky,* y después unos horrorosos que se hacían llamar Loverboy. Cuando Phil se fue a su habitación, Donna Summer interpretaba *She Works Hard For The Money.* Y salió Pat Benatar y los Duran Duran con *Hungry Like The Wolf* antes de que llegara Betty y se despidiera hasta mañana y que descanses, Joe. ¡Y ahora el *Rock The Casbah* de los Clash! Y con el *Every Breath You Take* de Police, Cat se durmió a mis pies. Y volvió a salir Stevie Nicks con el *Stand Back,* y Thomas Dolby con *She Blinded Me With Science,* y el *Down Under* de Men At Work, y si no me gusta el que va detrás de estos Huey Lewis and The News ya me voy a la cama, pero va y sale el *Sunday Bloody Sunday* de U2 en directo…

Estaba tumbado en un prado, boca arriba, con los ojos cerrados y los brazos extendidos. Al azul del cielo le habían dado varias capas de pintura y las nubes parecían explosiones de algodón tupido. Me sentía feliz y despreocupado hasta que un leve zumbido comenzó a distraerme. Poco a poco, el mosconeo se convirtió en un escándalo a mi izquierda. Parecía una moto de poca cilindrada o una cortadora de césped; odié al ser humano que manejara la fuente que causaba aquel desorden. Como el ruido se hacía cada vez más fuerte, abrí los ojos lentamente y vi… una pecera.

Mi primer despertar en California fue demasiado brusco; pasé del sueño de una tarde de verano a verme sentado en mi nueva cama, despeinado, desorientado y haciendo acopio de datos. El vetusto despertador chapado en dorado que gobernaba mi mesita marcaba las 11.25 de la mañana, así que me levanté de un salto y salí al pasillo como si mi habitación fuera la nave de Charlton Heston recién llegada al Planeta de los Simios. Nada más asomar la cabeza, Betty surgió del salón con alborozo, pronunció varias frases ininteligibles según pasaba de largo y entró en su cuarto, así que me dirigí al baño, sentí la felpa naranja bajo mis pies y me fui a la cocina. Allí estaban Phil y Lori, esta vez con un chándal brillante de color azul.

—Benos díasss —saludó Phil en un incorrecto español.

—Buenas mañanas —respondí en un incorrecto inglés.

Lori, que venía dispuesta a cumplir su amenaza de enseñarme los lugares más interesantes de la ciudad, me sirvió un café clarito y me ofreció las muchas y variadas piezas de bollería que ocupaban el centro de la mesa donde ayer mismo habíamos celebrado la autopsia de bienvenida. Teniendo en cuenta la cantidad de horas que habían transcurrido desde mi última comida en condiciones, una nueva ola de optimismo me invadió al observar los donuts, bollos y pasteles, además de una jarra de litro con un espeso zumo de naranja, que se me ofrecían como primera comida del día. Hasta el mismo Phil levantó una ceja cuando me vio deglutir donuts como si se acercara el fin del mundo.

Contaba con una visita a monumentos y lugares históricos de San José, si es que los había, por eso las palabras de Lori, después de pedirme que me abrochara el cinturón en su BMW negro, me sonaron a música celestial:

—¿Preparado? ¡Nos vamos a San Francisco!

Es lo que ocurre cuando no entiendes el swahili; efectivamente, algo me había dicho sobre San Francisco el día anterior, pero yo había asentido con efusión, feliz por el simple hecho de haber entendido el nombre de la ciudad y aprisionado por esa vergüenza tan poco torera que mostramos los españoles a la hora de hablar otro idioma. Nada más enterarme del destino de nuestra excursión, una ola de incontenible alegría me invadió el pecho y todos los órganos internos; como si quisiera rebajar mi taquicardia,

Lori pulsó el play del casete para liberar una serie de canciones de Kenny Rogers. En circunstancias normales habría sido un auténtico bajonazo, pero camino de San Francisco, habría aceptado hasta la discografía completa de Los Sabandeños.

Lo primero que me llamó la atención en el viaje fue la inmovilidad del peinado de mi conductora; el coche superaba en ocasiones las prudentes 55 millas por hora indicadas como velocidad máxima y aun así, ni un solo pelo de su tocado se removía, enredaba o descolocaba en la mata capeada. Durante los 52 minutos que duró el trayecto, Lori me contó toda su vida con cuidado de hablar alto, claro y despacio; sin duda había heredado la paciencia y amabilidad de su madre. Así fue como supe que llevaba tres años con su novio Desmond, aunque las cosas no les iban demasiado bien, y dos años trabajando en una empresa llamada Redding & Mitchell, en la que albergaba serias esperanzas de ascender a medio plazo. Lo que no pude entender, a pesar de sus detalladas y lentas explicaciones, fue qué fallaba en su relación con Desmond o a qué demonios se dedicaba su empresa. Lo más llamativo es que Lori se sinceraba conmigo de una manera a la que yo no estaba acostumbrado; jamás un adulto me había hablado con esa franqueza sobre sus expectativas, miedos o anhelos. Y, sobre todo, nadie lo había hecho con Kenny Rogers sonando de fondo. La situación era ligeramente incómoda, y digo ligeramente, porque, al fin y al cabo, viajaba en un BMW negro descapotable por la autopista 280 rumbo al Golden Gate, primera visita que mi improvisada guía había anunciado con orgullo franciscano. Antes de Daly City, nos metimos en la 19th Avenue que nos llevaba directos al puente. Cuando por fin lo cruzamos, yo quería hablar de Kim Novak en *Vértigo,* de Clint Eastwood en *Harry el sucio* o de Michael Douglas en *Las calles de San Francisco,* es decir, del casting completo de actores y actrices que asociaba a esos 1.350 metros de hormigón y acero pintados en «naranja internacional» aunque lo llamen dorado. Quería decirle que aquel decorado, la mosquitera de su casa o la bendición en la cena, formaban parte de la película de mi vida imaginada, ni peor ni mejor que la verdadera, pero tangible como si fuera real. Quería decir muchas cosas, pero en ese minuto escaso de gloria, saboreando cada metro de puente, mirando al cielo, a los cables, al asfalto, a Lori, a las caras de los otros conductores, luchando por fijar cada milésima de segundo en mi memoria, lo único que parecía era Paco Martínez Soria en la gran ciudad.

Qué le vamos a hacer.

Cuando alcanzamos la otra orilla llegué a gritar un «¡Sí!» como la copa de un pino que mi conductora celebró con un arranque de onomatopeyas cherokees que habrían asustado a los demás conductores de no ser por el endemoniado viento que azota el puente.

El resto del día lo empleamos en patear el Fisherman's Wharf, esto es, la zona comercial y gastronómica situada en el muelle de la ciudad, sin perdernos las paradas obligatorias —lo que diga Lori va a misa— en los centros comerciales de Ghirardelli Square, Pier 39, The Anchorage o The Cannery. Nunca he sido defensor de las distancias largas a la hora de caminar; desde mi más tierna infancia he promulgado la ley del mínimo movimiento como motor inmóvil de mi universo. Dicha cualidad había forjado en mí un carácter abiertamente contrario al esfuerzo, sobre todo si éste consistía en ver nuevos lugares sin más afán ni fin en sí mismos que ser vistos. Quiero decir, que el tradicional turismo de estar «en cuantos más sitios mejor» no estaba diseñado para mí, a no ser que tal circunstancia se desarrollara en un carrito motorizado de golf, lo cual no era el caso. Y menos mal que, cuando ya pensaba que los marines habían entrenado a mi hermana americana en el turismo de supervivencia, hicimos un alto en la expedición para comernos unos genuinos perritos calientes. La cosa es que Lori estaba convencida de que podíamos ver la ciudad en seis horas, pero, además del muelle y todas su tiendas, lo único que nos dio tiempo a visitar fue una de las calles más absurdas y bonitas del mundo, Lombard Street, esa travesía que entre Leavenworth y Hyde se convierte en una empinada serpentina con curvas repletas de flores.

De vuelta a San José, Lori diagnosticó que yo era tímido, pues apenas si le había contado algo sobre mi vida, a pesar de su insistencia en preguntarme. No le dije que la mitad de las veces no la entendía, y que cuando me repetía, despacio, paciente, una frase por tercera vez, yo asentía y sonreía, sólo para no admitir que parecía tonto o estaba muy cerca de serlo. Tampoco le expliqué que no tenía muchas cosas que contar; que no había grandes emociones pasadas o presuntas en mis diecisiete años de vida, a no ser las propias que vive o espera un adolescente de una pequeña ciudad española en edad de merecer…

—¡Una película! —gritó Lori de repente.

Hasta Kenny Rogers se había sobresaltado desde el radiocasete, y más lo hizo cuando añadió con la cara iluminada y un brillo en los ojos:

—¿Quieres ir al cine?

Asentí con un gesto torpe, incapaz de quitarle la ilusión. Semanas más tarde comprendería que Lori lo decía todo de aquella forma entusiasta. No importaba si se trataba de ofrecer azúcar para el café, preguntar la hora o comentar un programa de televisión; ella vivía cada instante como el más importante, definitivo y trascendental de su vida. Como yo no conocía esa cualidad suya, dije que sí, que quería ir al cine porque creía que si le decía que no, aparcaría el coche en al arcén de la autopista 101 y se echaría a llorar. Un policía de tráfico como los de *ChiPS*, con uniforme caqui, gafas de espejo y casco blanco, se detendría al lado del BMW negro.

—Disculpe, ¿por qué llora, señorita?

—Es que este españolito de mierda no quiere ir al cine, con la ilusión que me hacía.

—¿Y bien?

—Bueno, verá, es que estoy agotado, llevamos todo el día caminando y todavía estoy ubicándome, como quien dice, y si ahora son las nueve de la noche, a ver a qué hora llegamos a casa, agente.

—¿Te parece que ésa es forma de tratar a una dama? Muchacho, sal del coche con las manos donde pueda verlas.

Tenía tiempo para pensar en chorradas porque a ratos permanecíamos callados, especialmente al llegar ese momento bobo que asalta a los viajeros cuando el cansancio hace mella y parece que el coche no se mueve, que es la carretera la que pasa por debajo como una cinta transportadora. Lori había decidido que los perritos calientes nos daban suficiente autonomía si acompañábamos la peli con unas no menos genuinas palomitas con mantequilla derretida. Por fin, se detuvo ante un panel colosal lleno de títulos de películas y me invitó a escoger una. Acepté con el ya habitual gesto idiota que me caracterizaba, pues no veía cerca ningún edificio que pudiera albergar un cine. Sin preguntar de qué iba aquello, caí en la cuenta de que la penosa costumbre española de traducir los títulos de las películas me convertía en aquel momento en un analfabeto funcional frente a aquel menú cinematográfico; *Terms Of Endearment, The Big Chill* o *Tender Mercies* me sonaban a chino y la única que reconocí —aunque ya la había visto— fue *Poltergeist*.

—¿Seguro que la quieres ver? —preguntó Lori con una mueca que, imbécil de mí, interpreté como advertencia de las muchas pesadillas que podría causarme dicho largometraje.

—Sí, sí, ¡*Poltergeist!* —afirmé, estúpido, picado por la sombra de la duda.

Lori apretó las mandíbulas; con una seriedad que no había visto en ella hasta entonces —y que más tarde comprendería— dirigió el coche hacia una entrada para vehículos situada a la derecha. Desde ahí divisé la enorme pantalla y comprendí que nos encontrábamos en un autocine. ¡Un autocine! Demasiadas emociones en un solo día. Unos postes con cables dispuestos en cada plaza de aparcamiento permitían escuchar el sonido de la película a través de los bafles del coche; con el sonido regulado y la pantalla nítida en el horizonte del parabrisas me dispuse a destripar, una vez más pero en un formato fabulosamente nuevo, las desventuras de una moderna familia asentada sobre un cementerio indio.

Por eso al cabo de un rato no lograba entender qué coño hacía Lou Ferrigno vestido de romano en aquella enorme pantalla.

A la media de hora de péplum de saldo empecé a ponerme nervioso. La tortura seguía su desarrollo, es decir, no era un tráiler, no era una broma, era una película en toda regla, ¡pero protagonizada por Lou Ferrigno! No entendía nada: ¿Qué quiere decir *Poltergeist* en inglés? ¿Podía esta mierda que estábamos viendo titularse *Poltergeist?* ¿Me había metido Lori, con toda intención, en una película que no fuera de miedo? El buen rollo de la excursión se había convertido ahora en abierto desprecio, en deseo de venganza, en delirio de ultraviolencia.

Sobre todo al observar —de reojo, claro— que ella se había dormido.

Los defectos especiales de la película en su traca final nos despertaron a los dos, y ambos disimulamos sin pericia el abatimiento que nos había producido. Como observé que no arrancaba ni hacía amago de ponerse a ello, pensé por un momento si se me estaría insinuando.

—Enseguida empieza *Poltergeist* —dijo con una resignada voz baja.

Por fin entendía la seriedad de su gesto, la extrañeza que le había causado mi elección, la apatía al entrar en el cine-parking. *Poltergeist* era un programa doble que alguna mente diabólica había preparado junto a *El desafío de Hércules.* Si ella no había rechistado ante mi empeño por verla, yo no podía ahora decirle que era broma, que después de Lou Ferrigno nos íbamos a casa. Teníamos dos horas por delante, así que miré al frente y me hundí en el asiento. De forma concienzuda, masticando mentalmente cada una de las sílabas, me cagué en todas y cada una de las muelas de Steven Spielberg.

## SEPTIEMBRE

## *SWEET DREAMS (ARE MADE OF THIS)*

Era sábado en casa de los Johnson, bueno, en realidad lo era en todo el estado de California, en la Unión, en el planeta y, si me apuran, en la Vía Láctea, pero para mí, sólo era sábado en aquella habitación del 1264 de Carpet Drive. En sueños, empecé a escuchar el odioso zumbido del motor de la pecera —definitivamente, algo había que hacer con aquel molesto mar en miniatura— y como el ruido crecía, desperté fijando mis ojos vidriosos en el acuario zumbón. Cuál sería mi sorpresa al comprobar, con los sentidos despejados, que el estruendo que me había espabilado superaba con creces el producido por la ingeniería mecánica subacuática y provenía de una vigorosa cortadora de césped que alguien guiaba al otro lado de la ventana. En dos veloces movimientos de precisión karateka, giré la cabeza a la derecha para ver el reloj —eran las diez y cuarto— y salté de la cama como un resorte, con el pelo y el carácter alborotado; con cuidado aparté la cortina y vi a Betty, con un pañuelo en la cabeza a lo Carmen Miranda, manejando la segadora con alegre determinación. Como si intuyera que estaba siendo observada, se paró en seco, dio media vuelta y me saludó con una sonrisa feliz que yo achaqué, dadas las circunstancias, a alguna patología psicótica.

Aquello era un serio contratiempo. Los sábados no se madrugaba. Punto. No se madrugaba ni se cortaba el césped ni se hacían grandes esfuerzos porque así estaba estipulado desde el principio de los tiempos. En España, mi familia y las familias de mis amigos se idiotizaban los sábados, y más por la mañana; si alguno tenía trabajosos afanes o prematuros amaneceres, pues se iba al monte y no molestaba. Pensé hablarlo con Betty y decirle que aquella no podía ser la tónica sabatina; que yo jamás madrugaba en España para cortar el césped, no sólo por una cuestión de principios sino porque vivía en un cuarto piso. Llegué incluso a abrir la puerta de la habitación para salir al jardín y cantarle las cuarenta con mis pies descalzos sobre la hierba —habría sido un bonito cambio respecto a la moqueta naranja—, pero afortunadamente un soplo de coherencia me detuvo a tiempo: yo estaba de paso en su casa y debía acomodarme a sus horarios. Era el césped contra el huésped; tenía las de perder. Volví a la cama; me acurruqué con los ojos abiertos y la mirada perdida durante tres cuartos de hora, ajeno al agravio que se cocía.

Cuando me cansé de las musarañas, me levanté, encendí la MTV y preparé el desayuno con el *Billie Jean* de Michael Jackson meciéndome los donuts. La traslúcida jarra marrón made in Taiwan, a la que la señora Johnson había encomendado la única misión de contener zumo de naranja, estaba vacía y con ella en la mano me encontró Betty al volver de su exterminio vegetal. Me miró durante unas décimas de segundo, suficientes para hacerme comprender lo molesta que estaba con mi actitud respecto a la segadora; no había ayudado, no había movido un dedo, no había hecho ni el amago. Me puse nervioso, y en un desastroso intento de desviar la posible bronca, agité la jarra y dije:

—No zumo de naranja…

Me arrepentí enseguida, al ver que la viuda hinchaba las aletas de la nariz y ponía los brazos en jarra made in Taiwan, así que rectifiqué a tiempo, esbocé una disculpa y con una actuación digna del mejor Marcel Marceau, expliqué que, a partir de entonces, yo y sólo yo me ocuparía del

Departamento de Parques y Jardines. Se le iluminó la cara, recuperó la sonrisa base y me indicó que me enseñaría a fabricar zumo de naranja. Al lado de la puerta de la habitación de Phil, ausente esa mañana —pronto comprobaría que ésa sí era la tónica habitual— había una salida al garaje, al que accedí por primera vez desde mi llegada; era como los que tantas veces había visto en la tele. En sus paredes colgaban un montón de herramientas y aperos de jardinería; su inequívoco aspecto de llevar mucho tiempo inactivos motivó mi más sincero arrepentimiento respecto a la promesa forestal que acababa de formular. En una de las esquinas había una nevera, o eso parecía; en realidad era un enorme congelador vertical de dos puertas donde los Johnson guardaban el grueso de su alimentación. Betty se detuvo ante el frigorífico y me explicó que en la parte de arriba había pijadas poco nutritivas pero muy ricas y abajo comida para morder y mojar. Lo dijo con otras palabras que no entendí hasta que abrió ambas puertas: abajo había burritos, tacos, pizzas y muchos donuts; arriba, varios recipientes de cinco litros de helado, pasteles de chocolate, profiteroles de nata y un ejército de latas de zumo de naranja, una de las cuales extrajo de aquella tumba glacial antes de cerrar de golpe.

A continuación, todavía impresionado por la fabulosa provisión de comida basura que aquella familia atesoraba como base alimenticia, fui instruido en el sencillo arte del zumo de naranja instantáneo, operación que debía realizar siempre que detectara la jarra marrón vacía: un litro de agua del grifo, una incisión con el abrelatas en la base del bote congelado y una apertura en toda regla de la parte superior, para que un gelatinoso tronco naranja chillón saliera como el Alien de John Hurt y se mezclara bien con el líquido. Ya está, la boda de Caná en versión cítrica. También me explicó que hoy vendría la señora Miller de visita y que entre los tres podíamos descongelar y limpiar el frigorífico del garaje. Asentí con una profunda pereza interior, imperceptible a los ojos de Betty, mientras el *Do You*

*Really Want To Hurt Me?* de Culture Club sonaba desde la tele con meridiano oportunismo.

La Miller no tardó en llegar en un Ford Pinto, probablemente uno de los coches más feos que había visto en mi vida. Entró en casa agitando los brazos como un molino desbocado:

—¡Joe! ¡Joe! —gritó estrujándome entre sus huesudos brazos como si acabara de volver de la guerra—. ¿Todo bien?

Sin esperar respuesta se echó a reír como una hiena.

Diez minutos más tarde, en una operación de escaqueo tan admirable como deleznable, Betty me dejó a solas con la señora Miller delante del congelador; eso sí, antes de evaporarse nos había provisto de guantes y raspadores de plástico para retirar el hielo. La torpeza de la Miller, mi propia desidia y el fondo del electrodoméstico, mucho mayor de lo que aparentaba desde fuera, hicieron demasiado pesada la tarea, pero mi compañera de trabajos forzados no perdía el entusiasmo, la sonrisa y las ganas de hacer aquello a conciencia. Cuando colocamos de nuevo la montaña de colesterol envasado sobre las lirondas bandejas del frigorífico, la señora Miller retrocedió un par de pasos para observar el resultado de nuestro esfuerzo y, con la mayor de las sonrisas, pronunciando cada sílaba como si fuera de cristal, me preguntó:

—¿Tenéis congeladores en España?

¿Qué? ¿Qué había dicho?

—¿Perdón?

—Con-ge-la-do-res. ¿Los tenéis en vuestro país?

—Eeh... Sí, sí... hay congeladores en... mi país —balbuceé a duras penas—; y en mi ciudad también —añadí sin saber por qué mientras ella arqueaba las cejas y asentía complacida.

Su gesto de cordial asombro acabó por desarmarme; ¿qué idea se había hecho esta gente de mí? Estarían convencidos de que en España teníamos cuatro o cinco neveras que íbamos a visitar en procesión con nuestras burras cargadas de alforjas. Con gesto cándido, la señora Miller recogió guantes y raspadores, se dio media vuelta y entró en la casa. Yo me quedé allí parado, dándole vueltas a la boina entre las manos y con la Milana bonita en el hombro. No me faltaron ganas de orinarme los sabañones.

La tarde y la noche del sábado las dediqué a meterme entre pecho y espalda siete horas de televisión, sólo interrumpidas por la cena a las seis y media, horario al que me estaba acostumbrando, entre otras cosas, porque no quedaba otro remedio. En nombre de una nación aburrida con dos cadenas de televisión tenía que recuperar los años de retraso frente a tantas series, programas y concursos. Mientras me habilitaba en el noble deporte del zapping imperioso caí en la cuenta de que la absurda pregunta de la señora Miller sobre congeladores no iba tan descaminada en asuntos televisivos. Yo venía de un país donde los programas eran *Más vale prevenir, 300 millones* o *Gente joven,* y las teleseries *Verano azul, Los gozos y las sombras* o *Cañas y barro.* Había que ver eso o nada, porque nada más había. Pero ahora me había metido en la boca del lobo, en la patria de *Colombo, Kojak, McCloud, Los ángeles de Charlie* o *Starsky & Hutch,* y estaba encantado; si hasta hoy los había disfrutado en cuentagotas semanal, ahora podría empacharme a diario si quería. Los Johnson tenían tele por cable, lo que significaba treinta y cinco canales, ochocientas cuarenta horas de programación diaria y unas ochenta series distintas cada día, además de fabulosos freakeríos como la MTV, los canales religiosos o una cadena exclusivamente dedicada a la teletienda. Varios de esos canales eran de televisión pública, emisoras regionales dedicadas a la reposición sindicada de series nuevas y antiguas; por ejemplo, los sábados a las nueve de la noche podía ver un nuevo capítulo de *Vacaciones en el mar* en la ABC y a las dos horas ver uno de hacía tres años en la KNTV. ¡Ole!

Antes de retirarse a su dormitorio —cosa que, para mi alegría, solía suceder a eso de las nueve— Betty puso sobre la mesa otro espinoso asunto.

—Joe —la gravedad del tono me hizo presagiar lo peor—, los domingos que quieras oír misa, no tienes más que decírmelo. Conozco una iglesia católica muy cerca de la mía.

Rebusqué en la profundidad de mi educación religiosa para recuperar el más beatífico gesto del amplio repertorio que manejaban los curas del colegio, de la parroquia, de toda España.

—Gracias, Betty. Te lo agradezco de verdad.

Si bien tenía alguna vaga intención de ayudar en las tareas de jardinero, desde aquel momento supe que jamás pisaría aquella iglesia a la que me invitaba la señora Johnson; su error había sido proponerme la vocación en vez de ordenarla, que era lo que hacían los sacerdotes que yo había conocido hasta entonces. La viuda cumplía así con su conciencia y con la cruz, nunca mejor dicho, que mi madre había marcado en la opción «Católico» contenida en el epígrafe «Religión» de mi formulario, donde, por cierto, no aparecía la posibilidad de declararse «Metodista».

Fue el despertador, no la pecera, el que me espabiló de forma brusca a las siete y media de la mañana; definitivamente, madrugar era devastador a ambos lados del Atlántico. Esa idea me llevó a calcular qué hora era en mi ciudad, en mi familia, en mis amigos: las cuatro y media de la tarde. El dato no me sirvió de gran cosa porque enseguida ocupé mi cabeza con el motivo que me levantaba a una hora tan intempestiva: dentro de hora y media tendría mi primer contacto con el instituto, la clase, los libros, la de dios.

Pero antes, debía conocer a la señora Sternberg.

La agencia que me había buscado familia en Estados Unidos disponía de una red de tutores —recibían esa rimbombante denominación— que se ocupaban de los estudiantes que caían en su ciudad, aunque nunca tuve claro qué grado de «ocupación» tenía la señora Sternberg hacia mí. Sólo la vi tres veces en todo el año, y la primera tenía que ser esa misma mañana de lunes; me acompañaría al instituto en mi primera toma de contacto aunque las clases no empezaban hasta el día siguiente.

Mi tutora llegó en un largo Cadillac verde oliva que subió precipitadamente la rampa del garaje de los Johnson y frenó en seco a escasos centímetros de la puerta; la suspensión balanceó el automóvil de arriba abajo y, por extensión, la cabeza de la conductora. Cuando se bajó del vehículo constaté que la señora Miller ya no era la mujer más anciana de Estados Unidos que conocía. La señora Sternberg vestía de forma tan aparatosa como su conducción; un traje de chaqueta confeccionado con gruesa tela naranja, rematado con sombrerito de finales de los cincuenta y zapatos blancos de tacón. Comprendí que iba a vivir la peor pesadilla de cualquier adolescente; no sólo empezaba en un nuevo instituto repleto de estudiantes que hablaban swahili, sino que el primer día llegaría de la mano de una anciana estrafalaria que no sabía aparcar.

Contra todo pronóstico, Judy Sternberg me cayó bien desde que me acomodé en el asiento delantero de su nave espacial. Y no sólo por las casetes de Beach Boys, Grateful Dead y Love que adornaban el salpicadero —eran de su hija, según me explicó—, sino por ese carisma que desprenden las personas que han vivido mucho. Judy —me rogó que omitiera el trato formal— estaba de vuelta y lo demostraba con pocas palabras, mucha complacencia y una pizca de curiosidad. Sin más base que mi intuición deduje que habría tenido una vida muy interesante y lamenté que no fuera tan sincera conmigo como lo había sido Lori.

Catworth High School. Ése era el nombre del instituto que me habían asignado en el formulario de la agencia y ése era el nombre que, en grandes letras rojas, aparecía en el muro del edificio que se divisaba al final de Rushmore Avenue. La construcción era de una sola planta en forma de H; los largos pasillos con las taquillas estaban al aire libre y las oficinas, junto a la biblioteca, en el tramo central que unía las dos filas de aulas, en total 48. El campus se completaba, en la parte trasera, con una enorme explanada de césped y cemento coronada por el edificio que albergaba la cafetería y el comedor. Más allá, había unas instalaciones deportivas que superaban por sí solas las de la mayoría de pueblos españoles que yo conocía; un polideportivo, dos canchas de baloncesto al aire libre, un gimnasio, dos campos de fútbol, uno de béisbol, piscina reglamentaria, cuatro canchas de tenis y pista de atletismo. Tuve un acceso de pánico al pensar que aquello era más bien un Centro de Alto Rendimiento y que me obligarían a probar y sudar cada una de aquellas instalaciones.

A la derecha del recinto había un aparcamiento como para tres Prycas. Mientras me preguntaba qué sentido tenía un parking tan desproporcionado, Judy me condujo sin vacilar —se notaba que había hecho aquella operación muchas veces— al despacho de Warren Crosby, flamante director del centro.

—¡Judy! —exclamó el funcionario con patente alegría.

—¿Qué tal, querido? —respondió mi tutora con una carismática ausencia de emoción.

Mientras se preguntaban por sus vidas —me pareció entender que llevaban un año sin verse— me imaginé un antiguo romance entre ambos; en la habitación de un mugriento motel de carretera, Warren, en calzoncillos, le suplica a Judy que abandone a su marido y se vaya con él a Tijuana. Cuando el director del Catworth se dirigió a mí, yo ya lo había visionado de rodillas y en ropa interior, así que poco podía impresionarme.

—Jovencito, vamos a hacer que te sientas como en casa.

Jamás me había sentido como en casa en un instituto, así que desconfié de aquel individuo próximo a la jubilación, dato que deduje de las canas y las arrugas que poblaban, respectivamente, su escasa cabellera y su ajado rostro.

Mi siguiente paso en la integración académica fue conocer al señor Powers, cuyo nombre de pila nunca llegaría a saber; incluso hoy en día dudo que lo tuviera. Por lo que entendí era jefe de estudios, cargo que no negaba su aspecto: alto, cuadrado, bigote ancho y recortado, camisa blanca de manga corta con bolígrafo, rotulador y portaminas asomando en el bolsillo del pecho, estrecha corbata negra y forzada sonrisa permanente. Me dio la bienvenida a Estados Unidos en su pequeño y austero despacho, como si yo fuera el último europeo vivo en la Tierra y mi jet privado acabara de aterrizar en aquel campus. La solemnidad del discurso en su reducido cuarto casi movía a la compasión. Cuando agotó los adjetivos —y a mí mismo— afirmó que el centro educativo me proporcionaría los libros de texto, con la condición de pagarlos en caso de desperfecto grave o extravío; de un plumazo me libraba de las engorrosas peregrinaciones por las librerías españolas, como cuando buscaba *El mundo de la música* de Segundo de BUP o el *Introduce Me!* de Tercero. Finalmente, extrajo unos folios del cajón superior de su mesa y los colocó frente a mí.

—Bien, ahora tienes que decirme qué asignaturas quieres estudiar.

Los de ForUSA me lo habían explicado en unas jornadas informativas celebradas en Madrid antes de volar a Nueva York, pero hasta ese momento no lo había asimilado; las asignaturas que había estudiado en mis tres primeros años de instituto español me concedían suficientes «créditos» como para escoger ahora lo que me diera la gana. Era como lo de Amsterdam; sabes que se puede comprar hierba y hachís en los coffee shops porque la gente te lo cuenta, pero hasta que no llegas allí y le dices a la camarera «me vas a poner 25 florines de Super Skunk, reina», no lo tienes muy claro. Pues así me sentía yo en aquel trance; después de un BUP lleno de engorrosas asignaturas que poco o nada aportaban a mi disipada vida, el señor Powers, todo sonrisas, me alcanzaba seis folios con un listado de materias de todo tipo para que yo diseñara un COU apañadito.

—¿Qué es Repostería? —pregunté pensando que se había confundido de lista.

—Ahá —al señor Powers le encantaban las preguntas cuya respuesta conocía—, se trata de aprender a cocinar los mejores postres —remató con las manos entrelazadas sobre la mesa. Nada más acabar la frase volvió a su estado sonriente; por lo visto, la explicación le parecía suficiente.

—¿Postres...? ¿En clase?

—Tenemos un aula con varios hornos. Te encantará.

El jefe de estudios veía en mi interés cierta vocación culinaria, pero yo no quería hacer postres; la posibilidad de que una de mis asignaturas de COU consistiera en aprender y practicar hasta la perfección el arte de la tarta de manzana me llenó de un gozo sobrenatural, sólo comprensible para un españolito abrumado, sin ir más lejos, por el latín y el griego del curso anterior. De todas formas, no quería dejarme llevar por el ímpetu de una elección poco meditada; aquel COU tenía que ser, con diferencia, el más fácil, llevadero y cómodo de toda la historia de los COU californianos. Me lo merecía.

Antes de cerrar la lista, Powers me indicó que, para cubrir expediente, tenía como asignaturas obligatorias Inglés e Historia Americana; agradecí la primera por pura supervivencia y la segunda con el alivio de estudiar un país que apenas contaba quinientos años. Además, debía ocupar un semestre con algo llamado «Gobierno de Estados de Unidos», materia cuyo título me dejó absolutamente indiferente. A partir de ahí, lo que quisiera, y lo que quise fue Dibujo Artístico (tras comprobar que sólo se trataba de dibujar y que no había penosos exámenes sobre Historia del

Arte) y Psicología (pues tenía una vaga e indeterminada intención de estudiar esa carrera). También elegí «Estudio», que no era otra cosa que estar una hora al día en la biblioteca del instituto. Tuve que preguntarlo varias veces para asegurarme de que no se trataba de una opción trampa, pero Powers me lo dejó muy claro; sí, podía dibujar, leer o escribir, sólo tenía que estar allí para que me contara como una asignatura más. ¿Quién podía resistirse? Finalmente, rematé el meticuloso diseño de mi COU de gominola con una ocupación más cercana a «pasarlo bien» que a las fatigas propias de una asignatura académica: «Conducción». Más alucinante aún que el aula con hornos, existía una clase convertida en gigantesco simulador de tráfico gracias a unos volantes en los pupitres y una enorme pantalla encima de la pizarra. Y además, al final del curso, te sacabas el carnet de conducir por la cara. Firmé el listado y estreché la mano del jefe de estudios; me sentía como McEnroe recogiendo uno de esos gigantescos cheques de cartón pluma. Lo importante era bailar, eso no me lo quitaría nadie.

Judy me acompañó al siguiente rito iniciático. La señora Jimenez —secretaria de Crosby— me entregó un papelito azul con la combinación de la taquilla que me había sido confiada. La mosquitera, la bendición de la cena, el Golden Gate, el autocine y, ahora, la taquilla del instituto; el decorado de mi película americana avanzaba a pasos agigantados. Mi armario era el 405 y la clave 44-18-0; la señora Sternberg me ayudó a localizarlo, casi en un extremo del edificio, y me enseñó a abrirlo. Habría preferido haberlo hecho yo solo porque el tío que estaba en la taquilla 404, me miraba con la amable cordialidad con la que se mira a un retrasado. Judy, al quite, aprovechó la ocasión para buscarme un amiguito.

—Hola, me llamo Judy Sternberg y soy tutora de la agencia ForUSA —declamó veloz mientras tendía la mano a aquel armario ropero de dos puertas con una camiseta de rugby—; éste es Joe, un español que estudiará este curso en Catworth.

El armario me dio la mano, quiero decir, abrió su grúa prensil para que yo depositara mi manita dentro como el frágil saltamontes que, confiado e inocente, salta al interior de una planta carnívora. Cuando mi nuevo amigo cerró el puño, juraría que las yemas de sus dedos llegaron a tocar su propia palma mientras mi extremidad se deformaba y crujía allí dentro como una chocolatina Crunch aplastada en medio de la carretera por un tráiler cargado con grandes vigas de hormigón.

—Me llamo Greg Reynolds. Bienvenido a California. Si necesitas algo, sólo tienes que decírmelo.

Le devolví un gesto de agradecimiento, no sólo por tanta amabilidad sino porque al acabar la frase me había soltado la mano. Los dedos me latían como plátanos hinchados. A la derecha sólo quedaba la taquilla 406, la última del pasillo; si esa persona me saludaba con el mismo ímpetu, ya podía olvidarme de sacar partido al *Playboy* de Phil.

Según Judy, nos quedaba por conocer al orientador de actividades extra académicas. El señor Takaki tenía un aspecto tan oriental como su apellido y una amabilidad acorde con el estereotipo nipón. Prácticamente se empeñó en explicarme qué era el fútbol americano, el fútbol europeo, el voleibol, el baloncesto, la lucha libre o la natación; en qué consistía la actividad de los clubes de matemáticas, ajedrez, fotografía o ciencia; qué tipo de música tocaba la banda del instituto o las obras que solía representar el grupo de teatro. Opté por el fútbol europeo porque no era un deporte muy popular en Estados Unidos; pensé que la experiencia acumulada durante tantos años de típico colegio español futbolero —en mi caso con un resultado más que mediocre—, me convertía en un delantero tuerto en el país de los defensas ciegos. El orientador me informó de que el 5 de octubre, a las cinco de la tarde, el entrenador Danson realizaría las pruebas de selección entre los alumnos que quisieran formar parte del equipo. «Tan ricamente», pensé para mí.

De vuelta a casa, estaba tan contento que me puse a cortar el césped por mi cuenta y riesgo. Betty salió de su habitación y con gesto tenso me indicó que todavía no hacía falta, que habría que esperar un poco y que mejor fuera poniendo la mesa, que a las seis y media cenábamos.

Seguro que pensó que era una pena que de todos los adolescentes europeos posibles le hubiera tocado uno tonto.

Pocas veces en mi vida he sentido más mariposas en el estómago que aquel martes, 6 de septiembre de 1983: mi primer día de clase en California. Antes de que sonara el despertador ya estaba con los ojos abiertos como platos, esquizoide gracias al zumbido de la pecera y cardiaco pensando en lo que me esperaba en el Catworth High School.

Para empezar, cole nuevo. En mi agitada vida académica ya había pasado hasta cuatro veces por esa desagradable experiencia, pero aquel día confluían varios elementos abiertamente inestables. Además, asistiría por primera vez a una clase mixta, una novedad tan turbadora como apetecible como inquietante como desconocida como vete tú a saber con diecisiete años. Y todo ello con mi inglés primitivo, una combinación primate de pronunciación sioux y vocabulario reducido. Menudo panorama.

El primer día de clase marcó con exactitud la rutina matinal de los Johnson para el resto del año:

Había que levantarse a las siete y media.

No hacer la cama antes de salir de la habitación se consideraba sacrilegio.

A las ocho desayunábamos lo que Betty hubiera dispuesto. A esa hora el mando a distancia de la tele era suyo; entre noticias y magazines matinales, siempre nos colaba unos minutos de Popeye que emitía una de las cadenas públicas.

Phil y yo poníamos y recogíamos la mesa y dejábamos listo el lavavajillas.

Nuestro medio de transporte para ir al instituto sería el Buick del 76 conducido por Phil —al que, por cierto, apenas si había visto en los días anteriores—, aunque en ocasiones señaladas, en las que su madre necesitaba el coche grande, utilizaríamos el pequeño Ford Maverick. En caso de que Phil no pudiera acompañarme, yo podía elegir entre un paseo de veinte minutos o utilizar una aparatosa bicicleta verde de paseo; nada más verla supe con certeza que recorrería el camino de rodillas antes que pedalear aquel armatoste.

Mi primera clase sería Dibujo Artístico con la señorita Scalone, una auténtica hippy de lacia melena morena y hablar pausado. No me costó imaginarla en el Verano del Amor de San Francisco con flores en el pelo y un símbolo de la paz pintado en la frente, aunque unos meses más tarde me enteré de que había pasado toda su vida en Cedar City, un pequeño pueblo del estado de Missouri; era tan novata como yo en Catworth, en San José, en California, en la Costa Oeste. Quizá ese instinto animal de supervivencia que permite a los humanos reconocer las carencias compartidas le llevó a alabar de forma desmesurada mi primer dibujo del año, una reproducción de una enorme bota de goma que había colocado en el centro del aula para que cada alumno la dibujase desde su posición. Si su intención era elevar mi autoestima, lo había conseguido.

Al contrario de lo que sucedía en los colegios e institutos que había conocido en España, aquí cada profesor tenía su aula y eran los alumnos los que iban cambiando de clase; de esta forma, no sólo tenías distintos compañeros en cada asignatura sino que esos cinco minutos de cambio te oxigenaban divinamente. Claro que también pensé que el agobio que producía permanecer todo el día en la misma aula lo sufrían de esta manera los profesores, que podrían descargar su frustración sobre los alumnos más torpes, especialmente los que hablaban un pésimo inglés con acento español y venían un año a tocárselos. Las paranoias es lo que tienen, que se disparan solas.

Con la clase de Historia Americana tampoco tuve mayores problemas. El señor Campbell estaba allí porque en algún sitio había que estar para ganarse un sueldo; su desidia transmitía una saludable indiferencia por lo poco que pudiéramos aprender, así que en su discurso de bienvenida vino a decir que si no le dábamos muchos problemas, él tampoco nos iba a molestar demasiado.

En Psicología empezaron las dificultades. La edad media de la clase era superior a las dos primeras a las que había asistido, porque ésa era otra; con tal de cumplir los créditos establecidos para todo el ciclo, daba igual en qué curso escogieras cada asignatura, así que estudiantes de las cuatro edades posibles convivían en casi todas las aulas. La señora Elliot se tomaba su trabajo muy en serio y a duras penas pude seguir su presentación, de la que capté algo sobre un trabajo semanal por barba. Tranquilidad, que no cunda, que no cunda.

Con la hora de estudio en la biblioteca recuperé de nuevo la confianza en el sistema educativo estadounidense. Tres eran tres las encargadas del no muy nutrido archivo bibliófilo de Catworth; las señoras Baxter, Bettencourt y Brunner compartían algo más que la inicial de sus apellidos. Las tres respondían al estereotipo de americana de clase media: enormes gafas graduadas, cardado poco cuidado, pantalones de tergal en colores pastel y camisas estampadas. Observé que mis nueve compañeros de estudio no parecían lo más granado del instituto; uno de ellos, con una gorra de béisbol calada hasta las cejas, se sentó ante una mesa vacía —ni un libro abierto para disimular— con las manos en los bolsillos de su cazadora y así se mantuvo durante la hora entera. Tuve un momento de vacilación sobre la conveniencia de perder una hora diaria en aquella biblioteca en vez de aprovechar una asignatura, pero se me pasó enseguida: aquél era mi sitio. Cuando, por hacer algo, me levanté de la mesa y le pedí a la señora Baxter un libro con ilustraciones de Dalí, se le iluminó el rostro y en ese mismo instante me acogió bajo su ala protectora; no era normal que uno de los desahuciados de la Hora de Estudio hiciera algo relacionado con los libros, así que cada poco, la madura bibliotecaria de pechos puntiagudos —ésa fue la razón de que me dirigiera a ella y no a la ceñuda Bettencourt o la distraída Brunner— me traía de la Biblioteca Municipal de San José libros de Hopper, Van Gogh, Andy Warhol o Caravaggio, una historia del arte muy suya la que me estaba montando, y yo, que no hace falta mujer, y ella, cómo que no y siéntate aquí para ver el libro, y yo, que bueno, por qué no, y ella venga, venga, y yo que me dejo, me dejo, me dejo.

Para comer existían cuatro posibilidades bien diferenciadas: un menú del día en el comedor del instituto, cualquiera de las posibles combinaciones de comida basura que se ofertaban en la cafetería (burritos, perritos calientes, hamburguesas o pizzas), llevarte la comida de casa y engrosar las filas del numeroso batallón tartera o acudir a McDonald's, Taco Bell u otras franquicias que se encontraban a diez minutos de distancia.

Un vistazo a cada uno de estos comederos ofrecía, por alguna extraña razón, cierta selección étnica; los asiáticos acudían en masa al comedor, los blancos se entregaban a la comida basura, los hispanos traían su almuerzo de casa y un reducido grupito de pijos —formado por asiáticos, blancos e hispanos— se gastaban todos los días una pasta en las franquicias. Mi elección, sólo basada en criterios económicos —mejor no hablar de los gastronómicos—, solía decantarse hacia el menú diario, sobre todo, cuando el primer día que acudí a ese gueto —la gente cool no entraba allí ni a tiros— asistí a un amago de auténtica pelea de karate entre dos comensales con aspecto y maneras de Bruce Lees cabreados.

A las dos en punto me estrené con el señor Nealon en su clase de inglés; se trataba de un señor pelirrojo de mediana edad, delgado y ágil, circunstancias ambas que corroboró en clase levantando la camisa para que admiráramos su blanco costillar mientras saltaba durante diez segundos con las piernas juntas y los brazos pegados al cuerpo. Tras aquella extraña danza, con la que intentaba explicar algo que no alcancé a entender, recompuso la camisa negra, ajustó el nudo de la corbata blanca y prosiguió hablando como el gentleman que aparentaba ser. Estaba claro que no me aburriría en esa clase.

La debacle me esperaba al final del día.

La clase de Conducir parecía de juguete; cada mesa tenía un volante y una palanca de cambios con las posiciones PARADO, ARRANQUE, ATRÁS y PUNTO MUERTO. El señor Smith, sin presentaciones ni discursitos, nos invitó a sentarnos y realizar nuestro primer «viaje». La pantalla sobre la pizarra ofrecía nítidas imágenes grabadas desde dentro de un coche y por un momento tuve la sensación de que realmente iba a aprender a conducir.

Hasta que Smith abrió la boca.

Al principio no lo había notado, pero aquel ser desdentado farfullaba y escupía al mismo tiempo, era como una pesadilla con camisa hawaiana que lanzaba improperios a diestro y siniestro, pues su entonación y su forma de gesticular remitían a una bronca hitleriana. Más tarde averiguaría que no estaba enfadado, que aquélla era su forma de expresión, pero, de momento, me esforzaba por entender algo, un atisbo de luz, una frase, una palabra siquiera, y no había manera. Todo fue a peor cuando empezó a lanzar preguntas a diestro y siniestro; una chica sentada en los primeros volantes de la clase respondió algo sobre cruzar con un semáforo en ámbar y otra creo que dijo «siempre se puede torcer a la derecha», pero la tercera pregunta, cómo no, me cayó encima con todo el peso de las flores estampadas, con los misiles de saliva todavía en el aire, con el tiempo congelado en aquel silencio atroz, con la mirada fría de ojos disecados que me servía el señor Smith, con los pies encogidos como si fueran las patas de un periquito agarrándose a la barra de aquella jaula con volantes en los pupitres.

—Perdón… —supliqué con cara de idiotez supina.

El señor Smith me miró sorprendido —¡por fin un gesto humanoide!—, como si no comprendiera el motivo de mi silencio, y rugió:

—¡Guarf vain des mor ant diéresis!

Estaba claro que él no entendía mi silencio ni yo su idioma, porque juraría haber oído, en perfecto castellano, la última palabra.

—Es que soy español… —musité para dar pena.

El profesor de Conducir no me dejó acabar, simplemente saltó a otro alumno y me dejó tirado, en la cuneta, sin rueda de repuesto, sin gasolina, sin ninguna de las metáforas automovilísticas que pueda pensar.

Llegué a casa andando —Phil tenía reunión en el Club de Ciencia—, exhausto después de tantas emociones. Una nota de Betty me informaba de su ausencia en la cena de esa noche y de la existencia de queso, fiambre de pavo, mayonesa y pan de molde en la nevera: operación sándwich. Sentado frente al televisor, resumí mi primer día de instituto; lo bueno era que los cuatro únicos alumnos con los que llegué a hablar algo habían sido cordiales. La mala noticia era que los mil doscientos restantes ni habían reparado en los nueve mil kilómetros que yo había recorrido para sentarme con ellos, hablar su idioma, comer sus burritos y dejarme querer durante un año. Otra noticia que no supe cómo digerir era la escasez de compañeras arrebatadoras, mujeres turbadoras, lobas seductoras. La adolescente media americana, si Catworth servía de muestreo, resultaba tan anodina como la española, pero mucho más mimética gracias a esas melenas en capas que seguían en pie desde los tiempos de *Los ángeles de Charlie.* Por un lado venía a contradecir el casting de secundarias en las películas que yo había visto hasta entonces —y que imaginaba fiel reflejo de la vida cotidiana—, por otro, calmaba el presunto nerviosismo con el que acudiría a clase. Mientras preparaba la cena, realicé un esquema mental de mi situación erótico-académica: en Dibujo estaba prácticamente rodeado de mujeres, al igual que en Psicología —donde había localizado a dos bambinas que encuadré ese mismo día en la categoría de Inalcanzables Objetos de Deseo. En Historia apenas si tenía tres o cuatro compañeras, cuyo rostro fui incapaz de recordar, al igual que en Inglés, donde los asiáticos eran mayoría. En la biblioteca no había más mujeres que las encargadas, mientras que los nervios pasados en Conducir me impedían recordar si mis compañeros eran varones, hembras, vegetales o minerales.

Mientras veía la tele, me puse a ojear el *San Francisco Chronicle,* diario oficial de los Johnson; en una de sus páginas centrales, un enorme anuncio a cuatro columnas hizo que se me atragantara el donut relleno de mermelada de frambuesa.

**Bill Graham**
**presenta**

**POLICE**

**Synchronicity Tour**

**Con la participación de:**

**The Fixx**
**Oingo Boingo**
**Madness**
**Thompson Twins**

**Oakland Stadium**
**Sábado, 10 de septiembre**
**Apertura de puertas: 2.00 pm**

Police en directo. ¡Y Madness! En el mismo concierto. Mis resortes neuronales comenzaron a trabajar como la sala de máquinas de un petrolero. Agarré el atlas de carreteras Rand McNally que ocupaba un lugar preferente en la exigua biblioteca de la casa y comprobé que mi destino estaba frente a San Francisco, al otro lado de la bahía. Cuando descubrí que la autopista 17 unía San José con Oakland lancé un «¡Bien!» impulsivo, como si esa verificación resolviera la cadena de obstáculos que se me presentaban desde ese mismo instante. Empecé a respirar pesadamente y un calambre eléctrico me recorrió el espinazo. Tenía que ir a ese concierto. Todo encajaba; mi decisión de ir a la mili, la reacción de mis padres enviándome a Estados Unidos, el hecho de haber caído al norte de San José, a una hora del Oakland Stadium, los cuatro días que tenía por delante para conseguir transporte de ida y vuelta… A ver cómo se lo contaba a Betty.

Me quedé unos minutos en blanco, como siempre ocurre nada más tomar una gran decisión. En la MTV aparecía de nuevo *The Safety Dance* de Men Without Hats. Debía de haber visto ese vídeo unas doscientas cincuenta veces. Y sólo llevaba ocho días en California.

Al día siguiente me divertí en la clase de Dibujo —la señorita Scalone me prestaba especial atención—, me aburrí en la de Historia —Campbell nos repartió unos folios sobre los indios americanos— y me senté en Psicología con la mosca detrás de la oreja. Cuando apenas nos habíamos acomodado en las mesas, todos mis compañeros depositaron sus libros y libretas en la bandeja situada a tal efecto bajo la silla. Todos menos yo, claro. Pronto me temí lo peor; con gesto cansino y resignado imité su gesto como el suicida que dobla la chaqueta antes de saltar por la ventana. Y entonces la señora Elliot comenzó a repartir los exámenes.

Los exámenes.

Seguramente había anunciado ese test al final de la clase del día anterior, justo cuando yo pensaba en lo bonito que se veía el campus con la puerta de la clase abierta como estaba y qué sería aquel edificio que se veía a lo lejos y tal. Cuando la Elliot me entregó el folio amarillo, le dediqué una mirada de cordero agonizante, de hámster hambriento, de niño desnutrido, la misma mirada que le había visto a mi hermana cuando quería pedirle mil pesetas a mi padre, pero la profesora, no sólo no me tendió un billete, sino que ignoró la súplica silenciosa, obvió el ruego que gritaban mis labios apretados y siguió repartiendo el maldito examen. Afortunadamente, la prueba era tipo test, con lo cual tenía un veinticinco por ciento de posibilidades de acertar todas las respuestas, incluso contestando a boleo, como iba a hacer. Para rematar la fractura de mis esquemas, cuando intenté echar un vistazo al folio de mi compañero —un puro acto reflejo de tantos años de picaresca escolar—, éste hizo un evidente y ruidoso gesto de molestia, tapando sus respuestas con la mano izquierda mientras resoplaba, meneaba la cabeza y me recriminaba de reojo. Me quedé lívido; los bufidos de aquel gañán alertaron a la fuerza represora y la señora Elliot me lanzó un gesto reprobatorio. Con los nervios, apreté tanto mi lápiz Faber-Castell que los dedos se me tornaron blanco marfil; una vez recuperado, le devolví a mi compañero una mirada asesina que él encajó como el que oye llover y, además, se la suda que llueva. No era el único; según terminaban el examen, todos los alumnos volteaban el folio sobre su cara anterior para que nadie, ni ellos mismos, pudieran ver algo de lo que habían escrito. Como única salida digna para que no se perdiera la memoria de miles de escolares españoles que llegábamos a fin de evaluación copiando como ratas, terminé de contestar las preguntas y con descaro, como lanzando un desafío, lo dejé boca arriba. Era mi grito de rabia y furia a favor de las chuletas de papel, en los brazos o en las mangas de la camisa, de los papiritos enrollados y de los Bics tallados en bajorrelieve.

Y, allí, en aquella altiva clase de empollones californianos, puedo decir, con la cabeza bien alta, que ni dios se enteró de mi gesto.

La taquilla 405 quedaba demasiado lejos de mis últimas clases, así que tenía que apurarme porque mi Hora de Relax estaba a punto de comenzar en la biblioteca. Como si llevara toda la vida abriendo armarios de institutos californianos, metí la cabeza dentro —fiel a mi devoción, el pequeño espacio ya se había convertido en una leonera— y busqué mis aperos de dibujo, materia en la que había decidido profundizar fuera del horario matinal de la señorita Scalone con un cómic en el que Peter Parker, años después de la famosa picadura radiactiva, comenzaba una mutación en araña gigantesca y acababa convertido en una deforme masa de músculos sanguinolentos con cuatro pares de patas, piel humana, ocho ojos, glándulas en la mandíbula…

—¡Hola! —gritó una voz femenina a mi derecha.

Saqué la cabeza de mi compartimento, cerré la puerta y me encontré un rostro angelical, una sonrisa celestial, una melena divina y un cutis inmaculado, todo ello en una sola persona. Me encontraba, lo que se dice, en la gloria.

—Me llamo Tina Barlow. Somos compañeros de taquilla.

Se llamaba Tina.

—Soy Pepe… Bueno, Joe. Soy un estudiante español… —repliqué con ánimo de seguir la charla.

—¿Español? ¡Pues bienvenido a California! —exclamó con una luminosa sonrisa—. Ya nos vemos —añadió antes de cerrar la puerta de su armario y echar a correr hacia un aula o hacia el cielo.

Tina, la hermosa Tina, iba a ser mi vecina de taquilla durante un año y eso añadía un inesperado aliento a la rutina escolar, aunque ella, al contrario que el solícito Greg Reynolds, no se me había ofrecido para «cualquier cosa que necesitase». Pensé en la señora Jimenez —secretaria del director— y mentalmente le agradecí su intuición, su delicadeza, su asombrosa coordinación para colocarme a Tina en la 406, la última taquilla del pasillo. Por supuesto, la ayudante de Crosby no seguía más método que el aleatorio a la hora del reparto, pero a mí me gustaba pensar que aquel encuentro no era casualidad.

Tina no se presentó en su armario ni antes de comer, ni antes de la clase de las dos, ni entre esa clase y la última del día. No importaba; teníamos diez meses por delante.

Durante la comida realicé infructuosos intentos de sacar el tema de Police con los asiáticos que almorzaban a mi lado. A las dos en punto acudí al aula de Inglés del señor Nealon, pero mi cabeza ya estaba ocupada con el señor Smith que, ineludiblemente, me iba a encontrar después. La clase de Conducir fue todavía peor que el día anterior; al igual que en Psicología, hoy tocaba examen, según me explicó Greg Reynolds, al que reconocí nada más entrar sentado en uno de los volantes. Y lo peor era que casi todos los días habría examen sobre el Código de Circulación para que nos lo aprendiésemos bien. Smith farfulló durante un cuarto de hora, repartió los tests y los recogió a los veinte minutos, cuando yo todavía intentaba averiguar el significado de las preguntas, mucho más técnicas que las del examen que había hecho por la mañana. Intenté explicárselo y reaccionó con asombrosa apatía y malhumor, al menos si las comparaba con las reacciones de sus conciudadanos hacia mi condición de extranjero ignorante del idioma.

La operación Police seguía su curso con mucho entusiasmo y pocos avances. Phil sabía de mi paranoica determinación por ir a Oakland aunque fuese andando, ya que a él, francamente, no le gustaba Police. Así me lo había dicho en nuestro trayecto matinal al instituto, hecho que provocó en mí un ataque de asmática incredulidad. Durante la cena de la noche anterior, con Phil ausente, también le había comentado a Betty mi profundo deseo de asistir al concierto; me escuchó con desmedida atención mientras yo gesticulaba y entonaba mi exposición como si Sting, Copeland y Summers fueran tres órganos vitales que me iban a trasplantar el sábado, 10 de septiembre, delante de sesenta mil personas. Según avanzaba mi discurso con pinceladas de dramática retórica —ante el respetuoso silencio de la viuda—, la actuación de los tres rubiales ya se había convertido a la hora del postre en un sueño por cumplir, una meta a punto de ser alcanzada, un objetivo en la vida. En la sobremesa callé, más que nada porque ya no se me ocurrían más hipérboles con las que impresionar a mi tutora legal en América. En realidad esperaba que ella misma, convencida de la imperiosa necesidad de que yo me convirtiera en espectador del Synchronicity Tour, tiraría de agenda para buscar gente adecuada que me acompañara, o me llevaría ella misma, o me pagaría un taxi, faltaría más. Pero no. No hizo nada, sólo emitió un «ahá» apenas imperceptible, me sonrió como sonríe un adulto a un niño travieso, y comenzó a recoger la mesa. No tardamos mucho porque salté como un felino para guardar platos y cubiertos en el lavavajillas, pasar la bayeta por la mesa y barrer las migas; a un hijo adoptivo tan bueno no se le podía negar un concierto de Police. Todavía estaba con la escoba en la mano y el corazón en un puño, cuando Betty dijo «buenas noches», me lanzó una cariñosa sonrisa y se fue a dormir.

Estaba claro que no había escuchado ni una sola de mis palabras durante la cena.

Menos mal que Phil acudió al rescate al día siguiente. En nuestro trayecto a Catworth me explicó que uno de sus amigos, Tim Holley, iba a ir al concierto del sábado; le comentaría esa misma mañana si había sitio para mí. Como un tocadiscos que arranca poco a poco cuando vuelve la luz después del apagón, recuperé la alegría de vivir, la fe en la humanidad y la perturbación rockera que había perdido durante la noche. Miré de reojo a mi hermano americano y lo sentí más hermano que nunca, aunque igual de americano que siempre. En mi afán por transmitirle mi agradecimiento, rebusqué en el sótano de mi cerebro un tema de conversación que demostrara la fortaleza de nuestra nueva conexión.

—¿Cómo murió tu padre?

Aunque yo mismo me asombré de lo directo que sonaba la pregunta, estaba convencido de que Phil entendería mi sincero interés por los avatares de su vida, pero no fue así: al instante percibí que la pregunta le causaba una evidente incomodidad.

—¿Qué… qué quieres decir? —balbuceó como si quisiera ganar tiempo.

Nada. No quiero decir nada. Sólo soy un bocazas al que le gustaría rebobinar su verborrea para cambiar de tema.

—Sólo era curiosidad... —respondí con torpeza, totalmente arrepentido.

—Bueno, se nos fue y punto, ¿sabes? No hay mucho más que decir... —zanjó con la vista fija en la carretera.

Sí había mucho más que decir, pero no quise hurgar en cualquiera que fuera el problema que Phil tuviera con la muerte de su padre; el concierto de Police estaba en juego.

Afronté el día con un optimismo desbordante; saludaba a todo el mundo aunque no los hubiera visto en toda mi vida (es decir, en los once días que llevaba allí). En la biblioteca pedí permiso a la señora Baxter para visitar a Powers durante mi Hora de Estudio. El jefe de estudios no puso ninguna pega a mi intención de cambiar Conducir por otra asignatura más llevadera, ni siquiera pestañeó cuando señalé Mecanografía en su lista de materias.

—Saldrás de aquí escribiendo a toda máquina —bromeó—. Te encantará —añadió recuperando la seriedad con su incontestable optimismo.

El trámite de buscar, escoger y rellenar un par de formularios me había entretenido más de media hora en el despacho de Powers, por lo que decidí iniciar mi currículum de novillos sentándome en uno de los bancos cercanos al comedor, todavía cerrado; hoy sería el primero en pagar los 2 dólares con 5 centavos que valía el rancho. El sol caía plácido sobre Catworth, sobre el campus y sobre mi cabeza, convertida en epicentro calorífico del instituto; yo mismo era el sol y todo el edificio giraba a mi alrededor como en esas atracciones de columpios atados con cadenas a un tronco central. Entre el calorcito y la imagen de toda la estructura amarrada con eslabones a mi cuello, empezó a dolerme la cabeza. Un lejano zumbido me despertó de mi pesada ensoñación. Enseguida me remitió a la pecera de los Johnson, pero en esta ocasión el ruido aumentaba por segundos. Parecía provenir de mi izquierda y hacia allí miré sin mucho éxito porque el sol, no yo, el de verdad, me cegaba en ese punto. El zumbido, que ahora ya eran varios zumbidos superpuestos, venía acompañado de risas y gritos, así que coloqué la mano a modo de visera sobre los ojos, acostumbré la vista al nuevo enfoque, y justo entonces vislumbré la primera silla de ruedas con motor. Detrás venían seis o siete más.

Una carrera de paralíticos en sillas de ruedas motorizadas.

Más tarde, Powers me explicaría que la integración de los disminuidos era una de las prioridades del sistema educativo estadounidense; la intención era tratarlos como personas sin problemas físicos para que disfrutaran su educación en igualdad de condiciones, y por eso mismo les dejaban salir diez minutos antes, para que comieran los primeros. Me lo explicó así, sin inmutarse ante la aparente contradicción, pero ahora mismo, yo estaba solo en medio del campus de Catworth y la primera silla de ruedas, manejada por un tipo inquietante con tupé, gafas de espejo y guantes de cuero negro sin dedos, llegó a mi altura y empezó a dar vueltas al banco donde me había sentado. Los demás le siguieron como al flautista de Hamelin; pronto me vi rodeado por un deforme carrusel, una feria de la silla de ruedas de ocasión, la colección otoño-invierno de paraplejías y minusvalías. Algunos reían a carcajadas —el más exagerado era el rocker que había ganado la carrera— y otros conducían con extrema seriedad atrapados por el rictus de su enfermedad. Cuando desaparecieron dentro del comedor, sentí alivio al recuperar la soledad y vergüenza por mi reacción. Por eso cuando apareció rezagada la última de las participantes, una chica sin brazos que manejaba su silla con la boca, le dediqué una compasiva mirada de buen rollo.

Precisamente el tipo de miradas que no quieren sentir ni en pintura.

El señor Castronovo era el profesor de Mecanografía. La clase contaba con 45 máquinas de escribir alineadas en cinco filas de nueve mesas cada una; las letras habían sido borradas de las teclas para obligarnos a mirar un enorme teclado desplegado sobre el encerado mientras escribíamos los ejercicios. Desde el primer momento no pude evitar mi natural tendencia a trampear los resultados. En cada clase, Castronovo corregía sobre la marcha dos ejercicios de cada alumno, consistentes en copiar un texto que él nos daba de antemano; con esa velocidad de corrección estaba claro que no podía fijarse demasiado, así que un día opté por saltar en mitad de una línea a la mitad de la siguiente, de manera que la frase, en un vistazo rápido, no perdiera mucha coherencia. Si el profesor hubiera detectado el error, siempre podría achacarlo a un fallo disléxico, así que probé una vez, salió bien y seguí adelante. Como Castronovo nos devolvía los ejercicios, no había pruebas inculpatorias y, por si acaso sospechaba, mi aparente mejoría nunca era demasiado llamativa sino progresiva hasta que llegué, a final de curso, a saltarme dos líneas para mejorar la nota. Mi plan era perfecto. Perfecto para no avanzar en la habilidad mecanógrafa y fabuloso para hacer como que aprobaba sin aprender a escribir a máquina. En definitiva, un plan asombrosamente idiota que, años más tarde, seguiría obligándome a martillear el teclado con dos dedos.

No había localizado a Phil en todo el día, así que apresuré mi camino a casa nada más acabar mi primera lección inservible de Mecanografía. Calambres nerviosos me estremecían las entrañas, salían por los poros y me recorrían la piel mientras esperaba que llegaran buenas noticias; Cat, el perro, me miraba por encima del hombro, si es que los perros tienen hombro. Por fin, a eso de las cinco, oí el viejo Buick sobre la rampa del garaje y salí con la ilusión del ama de casa recién casada que recibe a su hombre tras el primer día de trabajo. Mi marido no venía solo.

—Joe, éste es Tim Holley. Mañana te llevará al concierto.

Le di la mano a Tim y le habría dado un abrazo, dos besos, mil duros, lo que fuera.

Al día siguiente, puntual a las once de la mañana, la furgoneta Chevrolet azul metalizado de Tim Holley aparcó delante del 1264 de Carpet Drive. El día antes me había explicado que uno de sus amigos se había lesionado en un entrenamiento de fútbol americano y no podía ir a Oakland, por eso les venía de perlas que yo me hiciera cargo de los diecisiete dólares con cincuenta que costaba la entrada. Bendije el deporte y sus buenas consecuencias, bendije América y bendije a Tim, que tenía el pelo rizado y de color rubio California. Mi nuevo amigo —alto, cordial, cachas— no pasaba inadvertido, yo mismo había reparado en él cuando lo vi en Catworth repartiendo sonrisas a diestro y siniestro como si fuese un congresista en campaña electoral.

Tim, disculpándose, me indicó que tendría que viajar en la parte trasera; le dije que no había problema y pensé que sería capaz de hacerlo agarrado al tubo de escape con tal de llegar a Oakland. Justo antes de abrirme la puerta posterior, sacó su cartera del pantalón y extrajo la entrada del concierto con sumo cuidado, como si fuera radiactiva.

Yo recibí el ticket sobre las palmas de las manos, juntas y hacia arriba, como si el mismísimo Papa hubiera depositado en ellas la sagrada forma. Permanecí unos segundos mirando aquel pasaporte al paraíso, temeroso de causarle un diminuto doblez que lo invalidara, mientras Tim apoyaba su mano en mi hombro con una sonrisa beatífica. El cielo resplandecía, mi amigo desprendía un aura luminosa y a mí me parecía escuchar *El Mesías* de Haendel, ¿o era el *De do do do de da da da* de Police?

En la parte trasera me encontré dos tipos sentados en el suelo enmoquetado de la furgoneta; una mampara traslúcida me impedía ver al resto de la pandilla que viajaba delante.

—¡Hola! —grité exultante antes de acomodarme a su lado.

Mis dos compañeros de viaje se llamaban Mike. Nos hicimos preguntas genéricas sobre nuestras vidas anteriores —no nos llevó mucho tiempo— y enseguida empezamos a hablar de música; uno de ellos me recomendó la emisora de radio KFJC, en el 95.7 de la FM, porque tenían unos programas de reggae que se salían, sobre todo los domingos, aunque pronto nos centramos en discutir si *Outlandous d'Amour* era mejor que *Regatta de Blanc* pues estábamos de acuerdo en que *Zenyatta Mondatta*, *Ghost In The Machine* y *Synchronicity* no optaban al primer puesto en el pódium. Yo me inclinaba por el primer elepé de Police, aunque reconocía que *Message In A Bottle* era una canción tan perfecta que me hacía dudar. Al sacar el tema de la botella, uno de los Mike señaló las bolsas de papel marrón alineadas junto a la mampara; el otro Mike agarró una de ellas y la depositó en medio del círculo que formábamos. Dentro había seis botellas de Arbor Mist, una mezcla carbonatada de vino y zumo de frutas. Por puro instinto, eché un vistazo al resto de bolsas; latas de cerveza Coors, botellas de medio litro de schnapps —un aguardiente de distintos sabores—, vino blanco californiano en garrafas de cartón y dos botellas de un whisky cuya marca no había visto en mi vida. Es decir, que allí había un arsenal de alcohol como para que la policía nos metiera en el más siniestro de sus calabozos.

Me explico.

En Estados Unidos no se puede beber hasta los veintiún años. Eso me lo habían dejado claro en España antes de volar, pero para un adolescente español más o menos sociable la idea de no poder tomarse con sus amigos unos vinos por la mañana, unas cervezas por la tarde o unos cubatas al caer el sol resultaba un poco rara, bastante improbable, demasiado marciana. La posibilidad de acabar vomitando en una esquina y la decisión de gastar unas infames horas del día siguiente en curar la resaca forman parte de la libre elección incrustada en nuestros genes tras cientos de generaciones que han convertido el alcohol en parte incuestionable de la diversión. Así que, en recuerdo de un país entregado al bebercio, propuse abrir una de aquellas bonitas botellas de vino carbonatado para brindar en un mismo trago por Falcon Crest y La Rioja. Los Mike asintieron al unísono y me indicaron que escogiera el sabor que más me apeteciera; no quise comentarles que melón, mora, arándano, fresa, melocotón o frutas exóticas no me parecían sabores propios de un vino, por muy carbonatados que ambos convivieran. Me decidí por la litrona de vino al melón, liberé su tapón de rosca y le pegué un trago largo. El sabor, efectivamente, recordaba a la fruta, no al alcohol, más a un moscatel burbujeante que a un vinorro en condiciones; mis Mike reclamaban el refresco y se lo pasé con la convicción de que ninguno de los tres sufriríamos secuelas etílicas con aquel jarabe.

Cuando Tim Holley aparcó en las inmediaciones del Oakland Stadium y abrió la puerta trasera de su furgoneta, se encontró a dos Mike y un Pepe con una borrachera de escándalo, sin duda causada por las cuatro botellas vacías de Arbor Mist que descansaban en el suelo del vehículo. Los tres pasajeros, sentados en círculo, habían entrelazado los brazos para cantar desordenadamente el *Roxanne* de Police.

—¡Tim for president! —gritó el estudiante extranjero.

—¡Tim! ¡Tim! ¡Tim! —corearon Mike & Mike.

Vertimos todo el alcohol disponible en vasos y bolsas de plástico, pues el bello Tim sabía que no nos permitirían entrar con los recipientes originales, y nos situamos en la cola de acceso como emigrantes llenos de bultos sospechosos cerca de la aduana. Fue entonces cuando una de las amigas de Tim se fijó en mi camiseta, que yo mismo había decorado con unos rotuladores muy majos prestados por la señora Baxter. Mi intención era escribir en grandes caracteres «SID NO HA MUERTO», el famoso eslogan aplicado al fallecido bajista de los Sex Pistols, pero como mi inglés era de andar por casa, la frase final había quedado en «Sid No Es Muerte», que no era lo mismo pero también tenía una extraña validez que, además, sirvió para echarnos más risas mientras el alcohol fluía por el riego sanguíneo y ya parecía que conocía a aquellas tipas de toda la vida, y Tim sonreía con los ojos enrojecidos para que le votáramos, y si había que hacer campaña yo sería el primero en lucir una enorme chapa en la solapa: «Vota a Tim».

Alguien nos avisó de que no dejaban meter ni una gota de líquido dentro del recinto; no sólo de alcohol —que era ilegal— sino de agua, de zumo de naranja, de aceite de ricino, de lo que fuera. Las nueve personas que formábamos aquella cuadrilla nos miramos y asumimos, resignados, nuestro siguiente paso.

Había que beberse todo aquello antes de entrar.

Todavía recuerdo la risa floja con la que pasamos tres controles —registro de bolsos de mano, comprobación de entrada y cacheo personal— antes de acceder al estadio. «Sid No Es Muerte», repetía con cara de psicópata y los ojos vidriosos uno de los amigos de Tim a cada uno de los miembros de la organización que nos tropezábamos. Eran las dos menos cuarto de la tarde y teníamos tal tajada que ni nos enteramos de la actuación de los Thompson Twins. De Madness sólo recuerdo el delirio colectivo que causaron *It Must Be Love* y *Our House*. Con Oingo Boingo me dormí en el asiento y con The Fixx pasé la resaca a base de agua de grifo en los lavabos del Oakland Stadium.

A eso de las diez de la noche, con nuestra moña despejada, los tres rubios multimillonarios arrancaron el concierto con *Voices Inside My Head* que, bueno, no estaba mal, pero que yo no habría escogido si, poco antes de salir a tocar, Summers se hubiera roto la muñeca y Sting hubiera preguntado por el micro si alguien se sabía el repertorio entero de la banda, y yo, sólo yo, hubiera levantado la mano, yo, que no sé ni cómo se afina una guitarra, pero, mágicamente, en ese momento, subía al escenario aupado por los gorilas de seguridad y resulta que era el mejor guitarrista del planeta y alguien me colgaba la eléctrica y todos los músicos me miraban, incluido Andy Summers, con la mirada triste y el brazo escayolado en un lateral, y Sting me preguntaba, en voz baja, «¿qué tal si empezamos con *Voices Inside My Head?*». Y yo que negaba con la cabeza y respondía: «Qué va, hombre, empezamos con *Masoko Tanga* y flipan en colores, lo que yo te diga». Y el Sting que abre los ojos, sonríe pícaro y me dice: «Vaya que sí, muy buena idea… ¿Y sabes qué? Estoy hasta los huevos de Andy; creo que vamos a necesitar otro guitarrista en la banda».

La quinta canción ya fue *Message In A Bottle* y la sexta *Walking On The Moon*. Claro que Police ya no era aquel trío vigoroso que había visto en el *Musical Express* de Ángel Casas; Police era una fabulosa máquina de hacer dólares americanos y libras esterlinas, por eso en el escenario de un gran estadio de béisbol, según la sagrada regla no escrita del rock de masas, hacen falta teclistas, guitarrista de apoyo, el inevitable puesto de percusiones —siempre me recuerdan a los vendedores ambulantes que rodean un campo de fútbol antes de un partido— y, cómo no, unas bonitas coristas. A ellas se refirió Sting como «sus hermanas», porque su padre «había sido una persona muy emprendedora», añadió en un chiste fácil. Más tarde presentó a Stewart Copeland y se la lanzó doblada: «Toca la batería. Y también es mi hermana». Pasaron *Wrapped Around Your Finger* y *Don't Stand So Close To Me;* Police redondeaba la tontería escapando en mitad de la actuación a los camerinos para tomar el té «como buenos ingleses», mientras una cámara retransmitía la jugada por las pantallas gigantes. Cuando el cantante se despojó de la camiseta creí que el griterío iba a romper las ventanas de las poblaciones cercanas. Llegaron *Every Breath You Take* y *Roxanne* y, casi al final, apareció *Can't Stand Losing* y yo ya podía morirme allí mismo, o volverme a España con una alegría en el cuerpo que no se me iba a pasar nunca, con Mike y el otro Mike abrazándome como hermanos que éramos desde ya, para siempre, más allá de mi COU en California, hasta que el rock se apagara del todo o la muerte nos separara, compadres, qué bueno haberlos conocido hoy precisamente, somos una piña, esto no hay quien lo rompa.

No los volvería a ver en mi vida.

## Octubre

## *Total Eclipse Of The Heart*

¿Sienten vergüenza los ornitorrincos? ¿Se pone colorado un lirón careto? ¿Les sudan las manos a los mandriles? La cualidad racional del ser humano no lo hace superior al resto de los animales; es la desvergüenza de los irracionales la que los convierte en seres poderosos y felices frente a nuestra tímida indefensión, nuestro proverbial retraimiento, nuestra inservible introversión. Mi aclimatación a unos horarios, usos y costumbres tan distintos a los que traía implantados de España —diecisiete años de manías producen quistes inextirpables— se había producido con naturalidad, y no podía ser de otra manera a pesar de la angustia vivida, una congoja que ahora recordaba con risa floja mientras preparaba otro litrazo de zumo de naranja concentrado y congelado marca Orange Fast, que había que ver cómo volaba en casa de los Johnson.

Poco a poco, sin grandes alardes, Phil me ofrecía píldoras de información sobre su vida en nuestros cortos desplazamientos matinales al instituto. La mejor manera de dejar de admirar a una persona —como bien saben los matrimonios— es conocerla a fondo; la pretendida actitud cool y pasota de mi hermano americano, esa mezcla de monje tibetano y experimentado perverso sexual que yo le había adjudicado sin más datos que su mirada oblicua, el silencio sempiterno, una permanente ausencia de casa y un impune *Playboy* a la vista de su madre, se deshacía como un castillo de arena. Tras un par de semanas de trayectos compartidos deduje que lo de la mirada se explicaba por cierta vagancia en sus párpados que tendía a mantener las persianas a medio asta y que los prolongados silencios obedecían, simplemente, a que no tenía nada que decir.

Sus ausencias del hogar materno —por semana solía llegar a las diez de la noche y los sábados ya se iba a las nueve de la mañana— obedecían a una serie de obligaciones y actividades diversas a las que Phil se apuntaba con una especie de aplastante resignación, como si no pudiera rebelarse contra lo que todo el mundo esperaba de él. Pertenecía a varios de esos clubes que los institutos americanos montan para todos aquellos estudiantes que prefieren ejercitar la mente más que el músculo; era miembro del Club de Ciencia, del de Debate y de algo así como el Comité de Catworth, una especie de consejo formado por alumnos y profesores que representaba al instituto en actos oficiales o de contacto con otros centros, es decir, que nunca supe exactamente para qué servía ese cargo que tantas horas ocupaba en la vida del hijo pequeño de Betty Johnson.

Todavía quedaba por explicar aquel *Playboy* a la vista de ancianas nativas y estudiantes extranjeros. Con un tema así no valían medias tintas. Cierta mañana, camino de Catworth, una agente de policía entrada en años y carnes nos había detenido delante de un colegio con su enorme señal de stop para que cruzaran los alumnos.

—He visto que tienes un *Playboy* en la habitación —murmuré con los ojos medio cerrados y la vista fija en el STOP, como si fuéramos dos narcos hablando de un cargamento a punto de llegar a la ciudad.

De reojo observé que Phil me ofrecía una de esas miradas neutras que ya no me impresionaban. Volvió la vista al frente y dijo:

—Habrás visto más de uno. Estoy suscrito.

Ahí perdí toda compostura de traficante colombiano y me giré súbitamente hacia él.

—¿Sus... suscri... suscrit...? —balbuceé incapaz de pronunciar la palabra.

—Sí, suscrito... —completó sin inmutarse—. Fue el regalo de Mark en mi cumpleaños —añadió como el que habla de unos calcetines con rombos.

Mark Mondale, moderador del Club de Debate que Phil me había presentado como uno de sus mejores amigos. Y tanto.

—¿Y tu madre...? —pregunté indiscreto, cotilla, ansioso.

—¿Mi madre qué? —respondió como si le hablara de un extraterrestre cuya existencia no había sido confirmada.

—Bueno..., que si tu madre..., ya sabes..., ¿no le molesta?

Phil se encogió de hombros mientras su bigotito hacía la ola sobre el labio superior. No supe si con esa mueca sugería que no le importaba lo que opinara su madre, que mi interrogatorio le incomodaba o que le picaba la nariz. De repente, como si atara cabos sobre la pesada losa católica que yo transportaba sobre mis hombros, torció el gesto con una mezcla de extrañeza y curiosidad:

—¿Qué pasaría si tu madre supiera que ojeas esas revistas?

El mero enunciado de la pregunta me erizó el vello de la nuca y escalofrió mi espinazo; podía imaginar sin esfuerzo cómo mi madre, al descubrir un *Playboy* en mi habitación, se transformaba en bestia del averno aumentando de tamaño a lo Hulk sin dejar de escupir espuma por la boca y fuego por la nariz. En un estúpido arranque de sinceridad, le hice saber a Phil que mi madre sería capaz de agredirme físicamente con algún objeto contundente en caso de pillarme con revistas picaruelas; al muy canalla le entró tal ataque de risa que casi nos comemos la furgoneta que iba delante.

El otoño en California es un quiero y no puedo. El frío y el calor se reparten el día a partes iguales; tú enfrías las mañanas y yo caliento las tardes. La escarcha añadió una nueva tarea a mi rutina diaria: en lo que supuse venganza por la incumplida promesa de encargarme de las labores de jardinería, Betty ordenó que cada mañana, antes de que Phil arrancara el coche, yo debía limpiar el hielo que se formaba sobre el parabrisas del Buick.

En la primera semana de octubre ocurrieron dos hechos significativos que acentuarían mi creciente americanismo. Por un lado soñé en inglés por primera vez; recordaba claramente una pesadilla en ese idioma, señal de mi adaptación al medio lingüístico. Por otro, sufrí una novedad, no por esperada, menos temida; al ver la viuda que el estudiante extranjero a su cargo no manifestaba inclinaciones religiosas acordes con la cruz señalada en el apartado «Religión» del formulario, decidió invitarme, de forma tan sutil como incontestable, a uno de los servicios de su parroquia; ya que no me molestaba en acudir a los actos católicos, bien estaría que me impregnara de alguna espiritualidad, aunque fuera metodista.

Betty, con vestido azul celeste y sombrero negro, parecía haber envejecido unos veinte años. Phil, por su parte, rejuvenecía con la corbata, ya que el bigotito de marras siempre le hacía mayor. Yo aparqué mis camisetas habituales para embutirme una camisola blanca que Betty rebuscó en su armario; supuse que había pertenecido al difunto señor Johnson pero como prefería no indagar, me la puse canturreando, como un señorito que se prepara para el baile, no fuera el dueño de la prenda a aparecerse reflejado en el espejo detrás de mi imagen y me diera la vuelta y allí no hubiera nadie. Total, que me arreglé el pelo y cepillé mis mocasines negros para redondear una elegancia como de palmero flamenco metodista, algo parecido a un corista de Peret en su etapa evangélica.

Como tres alegres maracas nos embuchamos casi una hora de Buick para llegar a la iglesia comandada por el pastor o reverendo —nunca lo tuve claro— Joseph McCain, un tipo sonriente y beatífico a la manera de todos los curas del mundo, sin importar la religión que profesen; siempre he creído que todo ser humano con alzacuellos recibe un secreto cursillo intensivo de comportamiento en la bondad para hablar con la misma entonación y cadencia, igual que ocurre con las dependientas de megafonía de El Corte Inglés.

El servicio fue un plomazo en toda regla. Lento, repetitivo, obvio y facilón, McCain habló algo sobre tentaciones, deber y matrimonio; poco le pude entender porque entre la carrasposa megafonía, el calor asfixiante y la correosa tos de una anciana, por lo menos bicentenaria, que tenía detrás de mí, las palabras del reverendo me llegaban entrecortadas, como esas peticiones de ayuda por radio que hacen los aviadores en apuros.

Al finalizar el sermón, abandonamos la iglesia, una construcción con aspecto prefabricado de techos altos y colores pastel, en fila de a uno; otra escena recurrente de *La casa de la pradera* me vino a la mente cuando vi que en la puerta del templo, McCain, encantado de haberse conocido, saludaba a todos y cada uno de los feligreses. Betty nos presentó y dos religiones se dieron la mano en señal de paz, respeto y profunda indiferencia.

—Espero verte más veces por aquí —dijo con la risita dibujada.

Al llegar a casa, recordando la recomendación de uno de los Mike con los que había ido al concierto de Police, sintonicé la emisora KFJC y descubrí a un tal Spliff Skunking que pinchaba tres horas de reggae cada domingo. A ese ritual sí me iba a apuntar con entregada devoción.

Mis progresos en el campo social eran tan lentos como desorientados. Cerca del comedor, había una zona marcada sobre las losas que adornaban parte del campus. El área, de forma rectangular y del tamaño aproximado de media cancha de baloncesto, estaba delimitada por una gruesa franja amarilla y sombreada por rayas del mismo color. El primer día que vi aquella demarcación en medio del instituto pensé que era un helipuerto, pero en realidad se trataba de una jaula... ¡para fumadores! Todo alumno que quisiera fumar en Catworth sólo podía hacerlo en aquella zona y con ambos pies pisando las rayas amarillas. No era coña; por lo visto existía un reglamento que especificaba dicha norma para evitar tentaciones de encender el pitillo antes de tiempo. Incluso estaba prohibido llevar un cigarrillo apagado en la mano fuera de esa cárcel pintada en el suelo. Yo no fumaba pero me pasaba los tiempos muertos allí metido, encantado de la vida. Reconozco que uno de los más estimulantes motivos de mi presencia en aquel reducto tenía nombre de mujer, porque, entre otras cosas, era una mujer. Nichole Fisher, que además de fumadora era una de las lobas rubias de la clase de Psicología, se había convertido en mi ángel caído favorito, digna representante de la turbadora y universal tentación que siempre han representado las chicas malas. En cualquier caso, era una atracción opuesta pero igualmente intensa a la que sentía por mi no menos angelical vecina de taquilla.

El yin, el yang, las pajas.

En aquel gueto también conocí a Rob, Steve, Troy y Kurt, amigos desde la infancia y bandarras de por vida. A los ojos de los educadores formaban la pandilla basura del instituto, el grupo salvaje al que me arrimé con no poco entusiasmo. Necesitaba hacer algo los sábados por la noche que no fuera ver *Saturday Night Live* en la tele. Sólo los dos primeros fumaban, los otros dos estaban allí por lo mismo que yo: molaba que los más remilgados te miraran mal. Desde luego, no era difícil ser un chico malo en Catworth. Rob parecía mayor que nosotros, de hecho, creo que realmente lo era —jamás llegué a saber a ciencia cierta si había repetido algún curso—; su imagen era la del rockabilly light que se puso de moda en los ochenta gracias al apabullante éxito de los Stray Cats —*Sexy & 17* era uno de los vídeos turra en aquellos días—. Le gustaba llevar alzado el cuello de la camisa y las mangas, siempre cortas, remangadas un par de vueltas. Completaba el look con unas gafas de sol sobre la cabeza, demasiado chillonas, muy poco rockabillies. Rob era el único del grupo que tenía coche propio y eso lo convertía en líder indiscutible, cargo que le permitía decir las mayores burradas que se le pasaban por la cabeza sin que nadie pareciera inmutarse.

Steve, por su parte, era la personificación humana de una serpiente; más que andar, se arrastraba sigiloso, sin esfuerzo, como levitando unos milímetros por encima del suelo, igual que la cabeza de ciertos ofidios que se desplazan a velocidades nada desdeñables. Empecé a obsesionarme con su naturaleza reptil el día que la puntiaguda bibliotecaria Baxter me mostró un libro sobre serpientes que acababa de recibir: «Tienen boca dilatable y cuerpo largo y estrecho revestido de epidermis escamosa que mudan todos los años. Algunas tienen en su mandíbula superior, además de dientes ordinarios, uno o varios provistos de un canal que da paso a un líquido venenoso».

Eso era Steve. Tal cual. Un día lo vi bostezar y creí que se tragaba Catworth con todos sus estudiantes dentro. Efectivamente, su cuerpo se podía describir como largo y estrecho. Padecía un problema de soriasis crónica que yo atribuí sin vacilar a las mudas de piel. Además, siempre tenía frío; nunca lo vi sin su cazadora forrada, las manos en los bolsillos del vaquero, la cabeza hundida entre los hombros y la lengua —a estas alturas la imaginaba bífida— asomando entre sus colmillos, más desarrollados de lo normal en un ser humano. Porque ésa era otra, Steve era serpiente, sí, pero venenosa; hablaba muy poco, sobre todo en presencia de miembros ajenos a su pandilla habitual, pero en cuanto las presas desaparecían, dejaba escapar, entre susurros, las más despectivas y gratuitas descalificaciones que se le ocurrían. Una vez se acercó Nichole Fisher a pedirme fuego —los dos segundos que empleó en alzar la vista, encontrar la mía y acercarse colocaron mi ritmo cardíaco al borde del infarto—; negué con la cabeza y esbocé la sonrisa más estúpida y menos seductora de la historia mundial del ligoteo fallido. Nichole, sin reparar en mi azoramiento, ajena a la excitación semental que causaba, me hizo invisible a sus ojos buscando otra mirada que tuviera fuego en el bolsillo y no en la bragueta. Cuando se fue hacia el otro extremo de la cárcel de humo, Steve separó levemente las mandíbulas y susurró en voz baja:

—Puta...

Lo miré sorprendido. Sonreía. Como si no fuera con él.

Troy tampoco era humano; su asombrosa flexibilidad y agilidad lo aproximaba a los primates, pero su carácter lo alejaba de la sinuosa serpiente. Troy era todo alegría, optimismo, pura broma e indisciplina; jamás había utilizado su talento físico para el deporte oficial pero volcaba sus cualidades atléticas con el skateboard, siempre a mano. Solía vestir una gastada, descolorida y deshilachada parka militar, adquirida en una de las numerosas tiendas dedicadas a vender artículos de segunda mano del ejército. Un soleado día de octubre, Troy apareció en Catworth montado en su skate, con un casco blanco de Policía Militar enfundado hasta las cejas; los pies colocados en paralelo sobre la tabla que lo sujetaba, la parka caqui y el casco le hacían parecer uno de aquellos soldaditos de plástico verde, diez en un sobre de a duro, el tanque aparte. Era evidente que despertaba arrebatos hormonales en gran parte de la población femenina del instituto, algo que no parecía importarle demasiado y que lo convertía en objeto aún más deseable. En cierta ocasión, una rubia oxigenada se acercó a nuestro grupo con mirada lánguida para hablar con él. Al irse, Rob no evitó uno de sus típicos comentarios poéticos:

—Te diré una cosa, Troy: esa tía quiere follarte, ñak ñak, mete mete —dijo guiñando un ojo mientras señalaba con el índice y levantaba el pulgar de la mano derecha.

Kurt era el único deportista oficial del cuarteto; su condición de capitán del equipo de lucha libre de Catworth le confería cierto estatus en la elite del instituto, a pesar de su vaga y maleante tendencia a la disipación en forma de lata de cerveza. Kurt tenía físico de luchador, hombros mesetarios y musculados como balones de Nivea, pecho a lo Lou Ferrigno y rostro benigno, sin aristas y aplanado. Su expresión era tan neutra que si te miraba fijamente a los ojos parecía un forzudo disecado.

Si alguien me hubiese pedido que demostrara la atracción entre polos opuestos le habría enseñado una foto de Rob, Steve, Troy y Kurt, amigos desde la infancia, bandarras de por vida.

La humanidad ha evolucionado a lo largo de miles de años, ha inventado religiones, ha probado calendarios y se ha adaptado a distintos sistemas políticos y sociales. Todo ello para acabar diseñando un arma aniquiladora, un espacio anulador, un tiempo muerto que borre sensaciones y oprima el alma en un angustioso devenir hacia la nada absoluta.

Me refiero a los domingos.

Durante los años de mi obligada escolarización, sufrí como un castigo todos y cada uno de los domingos, excepto los pocos que eran a su vez víspera de festivo. Nada más despertar me sumía en una imperceptible melancolía, un leve cabreo, una evidente languidez propiciada por el inevitable hecho de comenzar de cero al día siguiente, de tener que madrugar durante cinco mañanas hasta que llegara el sábado, ese mágico día que siempre parece inalcanzable un domingo por la mañana. Si esos trances ya eran tristes en mi ciudad, con mi familia y mis amigos, en California, con una viuda metodista y su hijo autista, el panorama incitaba al suicidio. Y menos mal que a las seis de la tarde tenía el programa de Spliff Skunking; durante esos meses, aquel discjockey salvó mi vida. Pero antes de esa hora, había mucho domingo que llenar y el rock, de nuevo, vendría a paliar mi fabuloso aburrimiento.

A quince minutos de pedaleo en mi vieja bici verde, estaba el centro comercial West Market, una especie de ciudad pequeñita compuesta por tiendas en vez de casas. Allí encontré Needle Records, una tienda de discos ni muy grande ni muy pequeña en la que podía pasarme horas antes de comprar un vinilo. No es que fuera especialmente meticuloso, es que la paga mensual que Betty me administraba sólo me alcanzaba para adquirir un disco cada dos semanas y era para pensárselo. La tienda pertenecía a una pareja de auténticos hippies del San Francisco de los sesenta, reciclados en amago de empresarios al uso; según leí en uno de los folletos de propaganda, el nombre del negocio hacía referencia a cómo la aguja del tocadiscos había salvado a mucha gente de morir por la aguja de la heroína, o algo así de raro. Tenían cuatro locales en la zona y, aunque pretendían convertirse en una gran cadena, las cosas no iban tan bien como esperaban. En realidad, nunca conocí a la pareja hippy, todo eso me lo fue contando Ken, el dependiente que atendía el local cada domingo.

Ken era un mulato anclado en los años setenta —tampoco estaban tan lejos— con el pelo afro y la ropa de colores; algunos días no desentonaría en una portada de Earth, Wind & Fire. Hablaba muy deprisa y casi chillando, con una sorna que no siempre era bien entendida, ya que a veces se ponía a discutir seriamente con los clientes sobre la conveniencia de comprar, por ejemplo, un recopilatorio de Sly & The Family Stone en vez de lo último de Hall & Oates. No me extrañaba que la cadena Needle no acabara de despegar. A pesar de mis esfuerzos por caerle bien, Ken era imprevisible; tan pronto me saludaba con alegría desatada, como me ignoraba hasta hacerme sentir invisible. Eso sí, cuando me decidía por algún disco de reggae se le iluminaba la expresión; una semana después de escuchar en el programa de Spliff Skunking varios temas del *Live And Direct* de Aswad, entré en la tienda y se lo pedí sin rodeos.

—¡Sí, señor! ¡Éste es mi hombre! ¡Hey! ¡Escuchad! —gritó a los dos únicos clientes presentes en aquel momento—. Este hombrecito viene desde Europa, atraviesa el puto océano encerrado en un avión, agarra su bici de mierda y se viene a Needle, sí, señor, a comprar el último disco de Aswad. Bien, ¿qué os parece eso?

No sabía con exactitud si la frase era un elogio o se estaba quedando conmigo; ¿quería decir que mi elección era errónea? ¿Demasiado comercial? ¿Por qué me había llamado «hombrecito»? ¿Y por qué había nombrado la bici con tanto desprecio? Durante el discursito de marras, Ken se había colocado a mi lado, pasándome su brazo por encima del hombro. Permaneció en esa postura mirando con desafío a los clientes, especialmente al que sostenía en sus manos un elepé de Pat Benatar; fueron, lo que se dice, unos segundos embarazosos. Me sentía como el niño pequeño cuyo padre se pone a reñir a los compañeros de colegio porque pegan a su retoño, así que los miraba con cara de pedir disculpas. Finalmente, se encogieron de hombros, dieron la vuelta y siguieron repasando la sección Pop/Rock. Ken, resoplando, me miró desde arriba y dijo en voz baja:

—Estos blancos…

Por fin llegó el día de presentarse al equipo de fútbol. En el mes largo que llevaba de estancia en California, había constatado que nuestro deporte rey no llegaba ni a plebeyo en Estados Unidos. Apenas si había información en la prensa escrita y muchos menos en televisión; a nadie parecía interesarle un entretenimiento que podía acabar en 0-0. Lo malo es que semejante apatía había disparado mis fantasías de triunfo. En mi delirio, ya veía mi niñez y adolescencia futbolera como un concienzudo entrenamiento aderezado con el bagaje táctico e histórico que me proporcionaban tantos partidos televisados, tantas portadas digeridas, tantas tertulias apasionadas a las que yo solía asistir, dicho sea de paso, con poco que decir. ¿Qué referencias podían tener mis compañeros? ¿Podían hablar con propiedad de las cualidades de Karl Heinz Rummenigge, Paolo Rossi o Michel Platini? Yo tampoco, la verdad, pero al menos podía nombrarlos, situar su país de origen, ubicar su actual equipo y apuntar su posición en el campo. ¿Y qué decir de Quini, Alexanco, López Ufarte o ese mocoso del Castilla llamado Butragueño? Es más; ¿me quedaba pequeño el puesto de jugador rompedor? ¿Debería proponer a Catworth que me convirtieran en entrenador-jugador para dirigir el equipo desde el campo? ¿O debería retirarme antes de debutar —entre los sollozos de la afición— para no desnivelar la competición?

Cuando llegué al campo de fútbol número 2, lugar donde el entrenador Danson había citado a todo aquel que quisiera formar parte del equipo de soccer —así llamaban al fútbol de verdad, el de toda la vida—, ya había olvidado que mi currículum futbolístico estaba a cero, mi hoja de servicios deportistas ni siquiera existía. Mi única aventura seria había tenido lugar en algún momento de 1º de BUP; el entrenador del colegio al que asistía entonces decidió, quién sabe por qué, probarme como delantero incisivo y oportunista, esto es, palomero, y me había convocado —la terminología profesional cala en la juventud con facilidad— para el partido que se jugaba el sábado siguiente. Durante la semana viví mi nueva situación con ilusión, sintiendo los pinchazos de envidia de algunos compañeros que habrían ofrecido a sus padres en sacrificio con tal de disfrutar de mi prebenda. Pero llegó el sábado y tuve que levantarme a las ocho de la mañana. Una hora más tarde, sentado en el autobús, viendo la lluvia copiosa que se estrellaba contra las ventanillas, con el cansancio incrustado en los músculos, escuchando los entusiastas comentarios tácticos de los titulares del equipo y sabiendo que nos dirigíamos a un patatal que hoy sería barrizal, mi vocación futbolística se tambaleó de arriba abajo como un elefante herido por bala explosiva. Aún faltaba la puntilla que echaría por tierra mis ilusiones deportivas; el entrenador me tuvo calentando por la banda durante toda la segunda parte por si los contrarios deshacían el empate a cero y había que contar con mi supuesta pericia goleadora. Pero los contrarios, tan mantas como nosotros, bastante tenían con correr en aquel barro en el que se hundían hasta los tobillos como para ponerse a deshacer empates, así que no salí en todo el partido. En el autobús de vuelta, los titulares hablaban ahora, con igual entusiasmo, de las oportunidades falladas. Callado, serio y con los huesos calados, a dios puse por testigo de que jamás volvería a malgastar una mañana de sábado de aquella forma.

Pero la memoria es selectiva y ahora me dirigía a esta convocatoria convencido de que Danson caería a mis pies en cuanto le dijera que venía de España y que había estado jugando desde mis primeros pasos. En eso no mentía: mi infancia eran recuerdos de un patio de cemento lleno de balones y portagritos con forma de niño corriendo detrás. La visión de los candidatos al equipo aumentó mi creencia en que me convertiría en la estrella del equipo, pero anuló la esperanza de hacer algo grande con semejantes compañeros; de entrada, sólo éramos quince voluntarios, así que pensé que el entrenador tendría que echar mano de todos, le gustaran o no. Muchos pertenecían a los cursos más bajos, lo que ofrecía una curiosa descompensación de estatura; una vez alineados en el campo, la escena remitía a esos momentos previos a un gran partido, cuando algunos hinchas sacan a sus pequeños vástagos disfrazados de minifutbolistas para que les hagan una foto con el equipo titular. La mayor alegría me la llevé al encontrarme a Tim Holley —el Mesías que me había llevado a ver a Police—, sonriente, cordial, amable y vestido de corto, dispuesto a meterse un soccer entre pecho y espalda. Lo abracé como si fuéramos veteranos de Vietnam y le pregunté por nuestros compañeros de concierto en general y por los dos Mike en particular; no tenía noticias de ellos, también los había conocido ese día y no los había vuelto a ver.

Danson era un tipo más bien bajito, de piel morena y bigote oscuro; estaba claro que tenía genes hispanos aunque ni el nombre ni el acento delataban un componente étnico que me habría acercado más aún a convertirme en capitán, seña y bandera del Catworth F.C., si es que nos llamábamos así. El entrenador nos dirigió unas palabras de bienvenida explicando que era su primer año en el puesto, que esperaba mucho de nosotros y que sólo quería gente dispuesta a trabajar duro. No era un buen comienzo. Acto seguido, el entrenador, como un general bananero, pasó revista al desigual ejército con las manos entrelazadas en la espalda, intercambiando unas palabras con cada candidato, un gesto grandilocuente que a mí me parecía que no venía al caso porque no tenía donde elegir. Al llegar a mi altura, como hizo con mis 14 compañeros, me tendió la mano:

—¿Cómo te llamas?

—¡Pepe! —exclamé alto y claro para que mi procedencia quedara clara.

—¿Mexicano? —preguntó en un español con acento guiri.

—No, no, español..., de España —redundé.

El gesto de sorpresa fue leve, muy leve, pero noté que le agradaba la noticia.

—¿Has jugado antes al fútbol? —inquirió, de nuevo en inglés.

En vez de sorprenderme porque el entrenador preguntara a sus hombres si ya habían jugado antes al fútbol, continué con mi teatrillo y asentí vigorosamente añadiendo un toque de suficiencia. No me abrazó, no me señaló al resto de compañeros como ejemplo a seguir, no derramó unas lágrimas de felicidad ante el crack que le había llovido del cielo. No. Sólo dijo el muy cabrón:

—Habrá que ver cómo te desenvuelves.

—Betty, tengo que decirte algo…

Con toda intención utilicé el mismo tono que ella empleaba conmigo para anunciar sucesos sin trascendencia y órdenes sin importancia. Ya no me inquietaba. Cuando ella bajaba la voz, cruzaba las manos sobre el regazo y me dirigía una mirada neutra, era probable que se dispusiera a anunciar una nueva regla sobre el depósito de ropa sucia en la cesta de lavado, la necesidad de ordenar mi habitación o los turnos para alimentar a Cat, el perro. Por eso, el día que decidí elevar mi protesta sobre la pecera al máximo organismo de decisión, escogí con cuidado un tono lastimero, serio y circunspecto. Hablé de largas noches de insomnio, de las pesadillas recurrentes asociadas al rugido del motorcito del acuario, de la sensación de ahogo —algo de literatura nunca venía mal— y añadí, en un toque de medicina ficción, la probable alergia a los peces de colores que estaba incubando. Betty me escuchó atentamente, como hacía siempre, pero, por primera vez, decidió actuar de acuerdo a lo que le decía.

Para mi sorpresa, Phil recibió la noticia del traslado con evidente gozo; resulta que siempre había querido ubicar la pecera en el comedor, pero la negativa de su madre había impedido tan inocente requerimiento. Por esas vueltas que da la vida, la reprobación que esperaba de mi hermano americano se convirtió en un gesto de agradecimiento silencioso que nos unió un poco más. Aquel mismo día me preguntó si quería acompañarlo a Waterland, una tienda especializada en acuarios; animado por el inminente traslado del océano diminuto que martirizaba mi descanso, decidí aceptar la invitación.

Lo primero que me llamó la atención fue el tamaño del local. Sí, ya lo sé, en California había centros comerciales más grandes que el pueblo donde yo veraneaba, pero que una tienda de peces tuviera más parking que el campo de fútbol de mi ciudad no acababa de encajar en mi pequeña visión del mundo. Al entrar sentí una agradable mezcla de sensaciones raras; para empezar, el local estaba en tinieblas, ya que los focos directos de luz natural producen exceso de algas —como me explicó Phil—. Las hileras de acuarios superpuestos formaban varios pasillos por los que transitábamos como en una especie de biblioteca viva del fondo marino, alienante, hipnótica, burbujeante. Los clientes hablaban bajito, susurraban entre ellos ahogados por la impresión, como si temieran malgastar el oxígeno, tan necesario bajo el agua. Todos caminaban despacio y miraban a los peces con su mismo gesto de asombro hasta que no se sabía quién miraba a quién; entonces parecía que eran los peces los que habían ido a una tienda de personas para ver humanos encerrados en estrechos terrarios con moqueta y fluorescente. Aquellas toneladas de agua podrían agrietar la estructura; todos los mares de la Tierra nos aplastarían en un segundo y allí nos quedaríamos, eternamente inmóviles en el fondo del abismo, con la boca y los ojos abiertos, el pelo ondulante como un matojo de algas, los peces de colores refugiados en los bolsillos del pantalón.

—¡Joe! —susurró Phil rescatándome de mi increíble mundo submarino.

Me acerqué al acuario que observaba con evidente complacencia. Dentro había un tronco retorcido sobre un lecho de piedras planas.

—Me lo voy a comprar —explicó sin dejar de señalar el bodegón sumergido. Me fijé en el cartelito que había debajo de aquella pecera: «Moray». ¿Qué era? ¿Un tipo de tronco? ¿Qué interés tenía?

—¿Qué es? —pregunté al ver que no contestaba mis dudas telepáticas.

—Mira ahí, justo debajo del tronco, a la derecha.

Allí, justo debajo del tronco, a la derecha, distinguí una boquita abierta, unos dientes afilados y unos ojos como muertos que daban miedo. Phil iba a comprarse una morena.

—Pero ¿qué come? —indagué con la imagen de terribles escenas depredadoras agolpándose en los recuerdos de tantos documentales.

Minutos después, regresábamos a casa escuchando *I Am The Walrus* en el Buick. En mi regazo sostenía un pequeño contenedor especial para morenas y en la mano derecha su comida favorita: una bolsa de agua repleta de pequeños peces dorados.

Vivitos y coleando.

Mi picnic académico se desarrollaba sin mayores complicaciones. El hecho de empezar el día con una hora de dibujo artístico aliviaba en gran medida el mal trago de los madrugones, alegrados también con los opíparos desayunos dispuestos sobre la mesa y ante Popeye. A estas alturas, la viuda y yo parecíamos un matrimonio y Phil, nuestro precioso retoño con bigote; el zumo Orange Fast y la cafetera se habían convertido en parte de mi rutina, mientras Betty, en pie a las siete de la mañana, preparaba, según su estado de ánimo, tostadas rebozadas en huevo batido, pasteles de canela al horno o la ya habitual batería de donuts y bollos que salían del congelador del garaje como si se reprodujeran dentro; «amigos, por primera vez en la historia del documentalismo gastronómico, hemos podido rodar el apareamiento del donut americano. En la imagen vemos cómo estas rosquillas esponjosas unen sus cloacas en la gélida oscuridad del congelador. El macho, relleno de crema, fertiliza a la hembra glaseada; en pocos días, una nueva camada de aritos vendrá al mundo. Pero su supervivencia no será fácil; antes de llegar al mar, atentos depredadores como el voraz Estudiante Extranjero Capirotado, habrán acabado con muchas de sus posibilidades de éxito. Así son *Las pruebas de la vida*, crueles, implacables, necesarias. Mi nombre es David Attenborough y la próxima semana les contaré el ciclo vital del queso en lonchas».

Precisamente un día, al volver del instituto, asistí atónito a la resolución del milagro de los panes y los peces en versión donuts y bollos; un panadero vestido como Hombre de Harrelson, gorra y mono a juego con una enorme leyenda en la espalda que decía «Recién Hecho», introducía en el garaje una bolsa de plástico del tamaño de las que se usan para los cubos grandes de basura. De lejos parecía que arrastraba el cadáver de un felino de grandes dimensiones. Desistí de la idea de ponerme a fantasear con los tipos de cadáveres que podía transportar y decidí preguntarle a Betty.

—Son los donuts para el desayuno —me explicó con ese tono que sólo utilizaba conmigo, los niños pequeños y Cat, el perro.

El panadero de Harrelson también me miró como si fuera tonto, y mi madre adoptiva le explicó, más o menos, que no era tonto del todo, sino de otro país. Abrí la bolsa y comprobé que no mentían; como las rebajas de zapatos baratos, como calaveras amontonadas por Pol Pot, como vasos de plástico hacinados en la acera de Pamplona tras un San Fermín, una multitud de donuts sin agujero y bollos rellenos me miraron aterrorizados antes de ser introducidos en su definitiva tumba congelada.

Mientras Betty arreglaba las cuentas con el confitero que nos había solucionado de golpe cinco meses de desayuno, me fijé en una columna de revistas apiladas en la parte baja de una estantería; una P muy familiar asomaba en la portada del ejemplar situado en lo más alto de aquella ordenada construcción vertical, así que me acerqué con el corazón latiendo, la volteé con cuidado y comprobé que allí descansaba la mítica colección de *Playboy* de mi hermano del alma, gemelo de lascivia y compañero de secreciones. El descubrimiento me llenó de gozo pero, al mismo tiempo, disparó una sombría duda; ¿se iba a reducir mi vida sexual en California al compulsivo repaso de la colección completa de los números de *Playboy* USA comprendidos entre enero de 1980 —Phil me explicó que se había dedicado a pedir números atrasados— y las que fueran llegando a lo largo de 1983 y el año siguiente? Al igual que con el fútbol, mi currículum sexual no era muy brillante; varios magreos desordenados, ninguna novia seria, una desastrosa pérdida de virginidad ocurrida en el viaje de estudios de tercero de BUP y tan sólo dos relaciones sexuales completas posteriores no me convertían ni en boceto de Casanova. ¿Dónde estaban las secuelas de aquel Verano del Amor que habían vivido los hippies en California? Mi acercamiento a Tina Barlow, la vecina de taquilla, tampoco daba los frutos deseados; desde el día que la conocí, sólo habíamos coincidido cuatro veces en el armario, yo azoradamente entregado a la conversación banal, ella cordialmente centrada en la huida precipitada. Un día le comenté que la camiseta que en ese momento extraía de la taquilla era muy parecida a la que yo tenía en el equipo de fútbol.

—Es que juego en el equipo femenino —explicó con aquella sonrisa que iluminaba su rostro como el escaparate de unos grandes almacenes.

De pronto, nuestras opciones de posibles temas de conversación habían pasado de una, el tiempo, a dos, el tiempo y el fútbol. «Un peldaño más en nuestra relación», pensé con un optimismo que habría dejado al jefe de estudios Powers en cenizo profesional.

Poco antes del primer partido, Danson repartió las camisetas y a mí me tocó el 22; parecía un dorsal muy poco futbolero pero lo acepté resignado. Habría preferido el 9, pero no es que ya estuviera pillado, es que ni siquiera existía, lo cual me parecía una preciosa metáfora sobre la concepción que los americanos tenían de este deporte. El uniforme consistía en una camiseta burdeos con pantalón amarillo —los colores oficiales de Catworth—; en el pecho llevábamos el escudo del instituto, que mostraba la cabeza de un ave rapaz cabreada, bajo la leyenda «Halcones», nombre oficial de todos los equipos de Catworth. Por cierto, nuestro flamante equipo de desechos se iba a estrenar contra las «Panteras» del instituto Palo Alto. Supongo que lo de denominar los equipos con nombres de animales, costumbre heredada de los profesionales del fútbol americano, obedecía al interés de cada instituto por reforzar el espíritu de equipo, pero a mí me parecía cursi y ñoño, quizá por las secuelas de Torrebruno en mi memoria infantil: «Tigres, Leones, todos quieren ser los campeones».

Si la importancia de un partido se mide por el número de espectadores que acuden a verlo, nuestro primer encuentro debió batir el récord mundial de indiferencia: el público estaba compuesto por cuatro personas. Dos eran familiares directos de uno de los jugadores —un repulsivo mocoso de 1° de BUP cuya cabeza no me llegaba al esternón— y los otros dos eran una pareja que estaba allí sentada antes de que llegáramos y que allí siguió, hablando de sus cosas, cuando nos fuimos. No parecía motivación suficiente, pero una vez iniciado el partido, agradecí que nadie presenciara aquel despropósito. Danson nos había distribuido de forma muy aleatoria por el campo, tanto que, básicamente, los diez jugadores nos dedicábamos a perseguir el balón allí donde botara. Claro que los de Palo Alto tampoco andaban muy duchos en táctica y pronto éramos veinte locos dando saltos detrás de la pelota; vistos desde el Meteosat pareceríamos un enjambre en pantalón corto moviéndose detrás de una pequeña abeja reina blanca y redonda. Nuestro entrenador hacía cambios cada cinco minutos y lanzaba órdenes imprecisas del tipo «¡Hay que estar encima!» o «¡Dentro, dentro!» acompañadas de gestos extraños que no aclaraban en absoluto sus intenciones; deseé que un enorme y peludo Coco de *Barrio Sésamo* apareciera por la banda repartiendo collejas mientras explicaba la diferencia entre «encima» y «dentro». Poco a poco fui perdiendo fuelle con tanta carrerita sin sentido y en la segunda parte me ahogaba a pesar de los descansos periódicos a los que nos sometía Danson. Sin embargo, mis compañeros, tanto los de Catworth como los contrarios, parecían tocados por una anfetamínica varita mágica que los hacía correr como guepardos y saltar como masais, eso sí, sin atinar al balón; en más de una ocasión se dejaban el esférico atrás en el empeño de avanzar, como si la portería propia estuviera envuelta en llamas y rodeada de bidones de gasolina.

Entonces llegó mi gran momento.

El partido finalizaba. Yo no podía ni con las botas. En el penúltimo cambio aduje ciertas molestias imaginarias en mi pierna derecha para no arrastrarme por el campo y ahora, cuando apenas quedaba un minuto de juego, Danson reclamó mi presencia otra vez, no porque mis habilidades le hubieran impresionado, más bien por la necesidad de hacer gestos de ese tipo, como señalar a alguien del banquillo e indicarle que era el momento de salir y comerse al contrario. Supongo que pensaba que era lo que esperábamos de él.

Salté a la hierba con el único consuelo de que aquella tortura ya tocaba a su fin. Catworth estaba a punto de lanzar un córner y tan pocas esperanzas tenían en mi capacidad goleadora que no esperaron a que me colocara; mientras me dirigía al área sin mucha prisa, un compañero lanzó el balón a la apretada melé que se había formado en torno al portero contrario.

Recuerdo lo que sucedió a partir de ese momento como si lo viera en una pantalla gigante de vídeo.

Un defensa despeja de cabeza y el balón me viene directo, claro, diáfano, así que ralentizo aún más mi trotecillo porque quiero pegarle un pepinazo a ver qué pasa. Camino con los ojos fijos en la pelota, por eso no veo al jugador 17 de Palo Alto que ha adivinado mis intenciones y avanza como una locomotora sin frenos y con sus ojos fijos en mis piernas, no en el balón, que justo entonces bota y según bota le doy con todas mis fuerzas pero con los ojos cerrados porque por mi izquierda el jugador 17 de Palo Alto ha llegado deslizándose con los tacos por delante y me barre del campo demasiado tarde porque la pelota ya ha salido despedida de mi pie hacia la portería por encima de la nube de jugadores que en cámara lenta ven pasar una bala blanca de cañón que entra por la misma escuadra que forman el larguero y el poste, rozándolos a ambos al mismo tiempo mientras al portero contrario se le queda un rictus de impotencia.

Un gol como la copa de un pino.

Al minuto siguiente el árbitro pitó el final de mi mayor gesta deportiva hasta la fecha: Halcones 1, Panteras 0. Todos mis compañeros me abrazaron como si acabáramos de ganar el Campeonato Mundial de Fútbol, hasta Danson se unió en aquel follón de brazos, palmadas, gritos y risas, mientras una irresistible sensación de alegría desbordada brotaba de mi pecho en todas direcciones y pensaba en Tina, rendida a la potencia de mi chut, y olvidaba al instante la inmensa suerte que había tenido en aquel lance, porque el esférico podría haber sobrevolado San José, San Francisco, Washington y Oregón hasta acabar botando en Alaska, pero no, el destino quiso que se colara en la portería a pesar de la entrada de aquel animal que casi me destroza el tobillo, hecho que destacó mi entrenador como valentía sin igual y que yo no desmentí con la pura verdad, es decir, que si lo llego a haber visto venir como venía le habría pegado al balón la madre que lo parió.

Había que disfrutar ese momento de gloria y, ya puestos, lamenté que el fútbol europeo no fuera popular en Estados Unidos porque, de haberlo sido, tendríamos animadoras y ahora estarían deletreando mi nombre mientras agitaban los pompones de colores.

Las animadoras, ésa es otra.

A mediados de verano, en plena despedida de mis amigotes españoles, uno de ellos había aparecido en casa con la película *Cockleaders*, protagonizada por un lúbrico grupo de animadoras, así que mis referencias no eran las más apropiadas para enfrentarme a aquellas volatineras revestidas con falditas y jerséis de lana. Pronto intuí que más que depredadoras sexuales eran hermanitas de la caridad, eso sí, gritonas y saltimbanquis, lo que convertía su buen rollo en irritante optimismo. Por lo que entendí, había distintas categorías dentro del complejo mundo de la animación de instituto; por un lado estaban las Chicas de las Letras, una especie de estirpe superior reservada a las veteranas, compuesta por ocho animadoras que mostraban en su jersey burdeos una de las enormes letras amarillas que componían la palabra «Catworth». La portadora de la «W» era Karen Pastene, compañera en mi clase de inglés y componente de mi personal Top Five de Animadoras.

Después había otro grupo formado por seis infatigables cuyo uniforme, amarillo genérico con burdeos en los adornos, invertía los colores de las anteriores. Su misión parecía ser de apoyo a las Chicas de la Canción, un cuerpo de ocho saltarinas armadas con pompones, vestidas de burdeos riguroso y con la efigie del halcón cabreado bordada en el pecho. El escalafón descendía un peldaño más con las Junior, seis jóvenes voluntariosas vestidas de blanco que algún día llevarían con orgullo las letras de Catworth. En total, veintinueve animadoras con sus grititos, saltos, eslóganes y bailes para levantar el ánimo a la afición, a los jugadores o a ellas mismas, que nunca lo tuve claro.

Tenía carta de España, la primera que me llegaba desde aquel planeta lejano, distante y distinto a esta tierra a la que me estaba amoldando como una secuoya pequeñita, si se me permite la contradicción. Me escribía mi madre diciendo que me echaban de menos y que mi hermano pequeño preguntaba por mí. Por primera vez, caí en la cuenta de que vivía una aventura pasajera, que algún día, allá por junio, tendría que volver y retomar los desayunos de pan con mantequilla, las puertas sin mosquiteras y la universidad sin animadoras.

Me quedé sentado, desconectado, como si la batería se estuviera quedando a cero. Estaba sufriendo un ataque de nostalgia en toda regla, a mi edad, yo que tan poco apego había demostrado por la mantequilla, las puertas, la universidad e incluso por mi hermano pequeño. Encendí la tele para que la MTV empantanara mi hipotálamo e impidiera aquella incorrecta administración de mis emociones, pero me encontré con el *True* de Spandau Ballet. Lo que faltaba. Mañana mismo le pedía el teléfono a Tina, no sé, a lo mejor está entrenando ahora y si voy con la bicicleta y le explicó lo que me pasa me recuesta sobre sus pechos para acariciarme el pelo, cantarme una nana, tranquilizarme.

Mi pensamiento era puro, pero la zona de la bragueta había adquirido vida propia y se erguía buscándome la cara.

# NOVIEMBRE

## *CUM ON FEEL THE NOIZE*

Lo único que distinguía a Carpet Drive del resto de calles de San José era su nombre; los elementos que forman una calle hecha y derecha —las casas, las plantas, los coches, las señales de tráfico, las personas— eran de una simetría terrorífica para mi inexistente sentido de la orientación. Más de una vez me equivocaba de entrada e iba a dar a Camelia Way, Castle Drive, Mona Way o cualquiera de las vías paralelas; entonces tenía que desandar el camino y volver a contar desde Washington Street: una a la izquierda, dos a la derecha, otra a la izquierda.

Pronto encontré una referencia que me ayudaría a girar en el lugar adecuado. En el recortado césped de la primera casa de Carpet Drive —tan corto, verde y apretado como el millón de céspedes que alfombraban la ciudad— pacían dos flamencos cuyo color rosa estallaba en la vista de todo aquel que se detuviera en un radio de tres kilómetros. Incluso a cierta distancia se distinguía su rosácea naturaleza plástica, la tosca línea gruesa que surcaba el lomo señalando la unión de sus dos mitades, el palo de madera sin pintar que hacía las veces de patas y la borrosa neblina de pintura negra utilizada para resaltar el pico. Aquellos flamencos de plástico inalterable eran el mayor atentado, no ya al buen gusto, sino al gusto a secas. Desde el primer día en que, como un faro fucsia, iluminaron mi camino a casa, fantaseaba con la imagen de los dueños de la casa dirigiéndose al centro comercial más cutre, entrando con decisión en el Todo a 100 de los adornos de jardín y señalando con orgullo la oferta de flamencos rosas, llévese uno por dos dólares, tres por cinco pavos. Y nos llevamos tres y le regalamos uno a nuestro hijo para que lo ponga en su casa, tan bonitos que lucen en el césped. Cada vez que cruzaba por delante, prácticamente todos los días laborales, no podía apartar mi vista de aquel paso atrás en la evolución humana, la misma que, partiendo de los bisontes de Altamira, había llegado a los flamencos de jardín; por eso les dedicaba una mueca de horror convencido de que la guarida sería aún más hortera, irritante y chillona.

Todo eso pensaba ahora mismo, sentado en el salón de esa casa con un enorme vaso de cristal rojo lleno de Dr. Pepper.

Resulta que los Yates, Paul y Linda, dueños de los flamencos de plástico, eran muy amigos de Betty y habían insistido en que la viuda les llevara a casa el hámster español que había alquilado durante un año. En previsión de algún escaqueo improvisado por mi parte, la muy astuta señora Johnson me había cazado al vuelo en uno de esos días sin entrenamiento ni partido. Tan previsora había sido que ni me dejó entrar en casa; al verme doblar la esquina de la calle salió a mi encuentro para reconducirme al parque temático de lo kitsch.

Paul Yates nos recibió en la puerta. Vestía camisa hawaiana estampada ¡con flamencos!, pantalones blancos y zapatos de rejilla a juego. Los complementos no desentonaban: unas enormes gafas de pasta gris, dos cadenas de oro y una sortija con piedra que reflejaba todo el sol de California con la potencia de tres centrales nucleares.

—Linda, ¡son Betty y su nuevo hijo! —gritó hacia el pasillo, como si fuera Ed Sullivan anunciando a los Rolling Stones, y estalló en una carcajada hueca y exagerada, abruptamente interrumpida por un flemático —no por tranquilo, sino por mucoso— ataque de tos.

Por el pasillo apareció su mujer batiendo palmas y dando saltos como un atleta en plena carrerilla del salto de longitud —con el paso de los años he llegado a dudar de este recuerdo—. La señora lucía el típico traje regional de la mediana edad en California: gafas, cardado, pantalón de tergal pastel y camisa estampada ¡igualita a la de su marido! El matrimonio conjuntaba sus ropas pero no sus voces, ya que el tono de Linda era muy agudo, exasperante y embarazoso para mí porque, además, no le entendía ni una palabra.

Hablemos claro: la residencia de los Yates era una pesadilla que superaba mis más terroríficas previsiones. Su hogar, más que dulce, era empalagoso, una fuente de caries para una vista poco acostumbrada a la masificación producida por miles de pequeños objetos sin valor alguno —imitaciones del Lladró en plástico, souvenirs de Florida o el Cañón de Colorado, teteras de cerámica barata—, apretujados en estanterías y mesitas repartidas por todos los rincones, como si cada día Paul llegara del trabajo con un nuevo mueble diminuto y Linda le buscara acomodo en aquel laberinto de patas de madera. Betty y yo nos habíamos sentado en un sofá con los cojines todavía plastificados; nuestros anfitriones acercaron dos sillas plegables y se colocaron frente a nosotros, sus rodillas a escasos centímetros de las nuestras como si viajáramos en un tren de tercera. A mi lado, un gigantesco enano de jardín —en realidad me llegaba a la cintura, y eso ya era tamaño para un enano— sonreía con cara de pocos amigos, quizá endemoniado porque su sitio era el jardín y no aquella mullida moqueta. Al igual que en casa de los Johnson, como en la mayoría de los hogares que conocí en San José, una multitud de fotos familiares ocupaban las paredes hasta donde alcanzaba la vista; en ellas busqué al matrimonio Johnson, pero sólo encontré variaciones con repetición de dos elementos: Paul y Linda, Linda y Paul. Al notar mi interés en las fotografías, me preguntaron si querría hojear sus álbumes; acepté con la esperanza de toparme alguna foto de

Betty con su marido, del que por no saber, no sabía ni el nombre de pila. La señora Yates aplaudió como si le hubiera tocado la lotería, se levantó rauda y regresó con cuatro libros que parecían gigantescos códices medievales; miré fugazmente a Betty y vi el odio en sus ojos, no porque intuyera la naturaleza cotilla de mi entusiasmo, sino porque aquello alargaba innecesariamente nuestra visita de cortesía.

Mil fotografías después, en las que por cierto no encontré rastro de mi familia de acogida, los anfitriones se empeñaron en enseñarme el resto de la Casa del Terror, cuya disposición espacial era ligeramente distinta al chalet de su vecina. Los Charles Manson de la decoración de interiores habían eliminado algunos tabiques, imagino que agobiados ante la falta de espacio para acumular formas plásticas, y en el jardín trasero se habían esmerado en conseguir el más difícil todavía; alineados contra la valla de madera que delimitaba y separaba su propiedad de la contigua, una batería de figuras plasticoformes —Bambis, renos, tucanes, enanitos y más flamencos— fijaban su mirada vacía sobre el visitante desprevenido. Como *Los pájaros* de Hitchcock, *Los chicos del maíz* de Stephen King o los muertos vivientes de George Romero, esperarían a que cayera la noche para saltar sobre los humanos, arrancarles los ojos y colocarlos sobre sus falsas pupilas pintadas en negro. Me consolé pensando en el holocausto sintético de aquella tropilla de seres plásticos; su alineada disposición contra el muro de madera facilitaría una ejecución con lanzallamas. Los animales se derretirían entre chillidos de caucho y el sol de California se encargaría de endurecer la resultante masa deforme de cuerpos fundidos.

—¿Te apetecen unas galletitas? —sugirió Linda mientras regresábamos al sofá.

Los Yates no eran reales, no. Eran una parodia. Eso, una parodia, un plan secreto de la CIA para despistar a los estudiantes extranjeros; Paul y Linda formaban parte del ejército de voluntarios que consagraban su existencia a enmascarar una vida inteligente y superior al resto de occidente con un caparazón de hiriente horterismo recalcitrante, con el fin de evitar una masiva inmigración europea. Para rematar el cuadro, el marido se empeñaba en ser gracioso a base de chistes de tercera acompañados de unas risotadas tiranosáuricas que lo colocaban al borde de la asfixia.

—¿Qué te parece, Joe? ¡Somos Paul y Linda, los McCartney de San José! —gritó sin venir a cuento para lanzarse a una de esas violentas apneas de risa descontrolada y tos viscosa. Su mujer sonreía con las manos entrelazadas sobre el regazo, las piernas juntas y ladeadas, como sufriendo en silencio aquella hemorroide carcajeante. Betty, sentada justo enfrente de ella, parecía su reflejo en un espejo. Paul se agarraba la barriga y se balanceaba. Miré de reojo al enano de jardín; parecía que en cualquier momento rompería a reír como el muñeco que manejaba Lawrence Olivier en *La huella*.

Cuando salimos respiré aliviado, liberado de la toxicidad que produce la inhalación continuada de pintura de baja calidad sobre plástico barato. Tenía ganas de llegar a casa, pero no pensé en la de España, como tantas otras veces, sino en el 1264 de Carpet Drive. Phil le había encargado a Betty que alimentara a la morena y ella me preguntó si yo sabía hacerlo. Le contesté que no porque, por si acaso, me había acostumbrado a negar las cosas con rapidez. Mi madre adoptiva ni se inmutó y se dirigió al cubo colocado al lado del acuario en el que un montón de pececitos dorados nadaban nerviosos. Con sumo cuidado, atrapó uno de ellos y lo sujetó con la pequeña pinza unida al palito largo que descansaba al lado del cubo. El pez se movía con furia, como si no presagiara nada bueno después de aquella prisión metalizada que ahora lo sacaba del cubo y enseguida lo metía en un agua más cuidada. Al momento, la hasta entonces invisible morena, asomaba sus ojos muertos bajo el perenne escondite del tronco, estiraba el cuerpo como un látigo y dirigía una mortal dentellada a la cabeza del pececito; siguiendo la inercia del chasquido, la asesina ciega retrocedía hacia atrás y masticaba el primer bocado para cerciorarse de que aquella ganga atrapada en mitad de su prisión no era un truco. Entonces salía tranquilamente de su cueva y a mordiscos limpios, pequeños y certeros, arrancaba al moribundo de la pinza y desaparecía bajo el tronco con sus restos.

Asistí atónito, no tanto al espectáculo de la morena —que ya había observado en alguna ocasión con fascinante atracción depredadora— sino a la pasividad de Betty, a su sonrisa beatífica durante todo el proceso, manejando el palito del que pendía la vida del pez dorado como la viejecita que da de comer a las palomas. En un momento dado, mientras la morena dentelleaba los últimos suspiros de vida de su presa, nuestras miradas se cruzaron de forma casual e instintiva; deduje que ella sólo veía un pobrecito español asombrado ante los progresos de las mascotas californianas. A mí me pareció ver los encendidos ojos de Belcebú, la perversa sonrisa de Lucifer, el inquietante rostro de Satán iluminado por un siniestro juego de sombras que acentuaban el gesto terrorífico del ángel caído que quita la vida y concede la muerte eterna.

Mal día para dejar de leer cómics de terror.

Rob fumaba sin ganas dentro del área del instituto reservada a tal efecto. El tabaco sólo era para él una pose rebelde, de hecho, nunca lo vi con un pitillo en las manos fuera de aquellas rayas pintadas en el campus de Catworth. Un jueves me preguntó, como quien no quería la cosa, si me apetecía al día siguiente ir a su casa a tomar unas cervezas con Troy y Kurt. Yo mismo me asombré del entusiasmo de mi respuesta, del alborozo de mi reacción, de la alegría desbordante producida por unas simples latas de cereales fermentados.

No tan simples.

Al día siguiente, tras un desastroso partido de fútbol contra los Búfalos de Westmont que perdimos por tres goles a cero, avisé a Betty de que había quedado con mis amigotes para cenar en McDonald's, que llegaría un poco tarde y que me llevaba la enorme bicicleta verde de paseo. De no ser por el detalle del transporte, la conversación no desentonaba con el papel matrimonial que desempeñábamos en los desayunos; es más, la aparente indiferencia con la que recibió mi primer viernes fuera de casa indicaba que nuestra relación atravesaba un momento bajo, no había comunicación, no sé, quizá deberíamos consultar a un consejero, todo sea por nuestro hijo, el pobre, con su bigotito y las revistas pornográficas.

Como guinda humillante al hecho de acudir a una juerga californiana en bicicleta, mi velocípedo verde chirriaba en cada pedalada como un cerdo acuchillado, tanto que los vecinos que regaban sus rosales se volvían para ver de dónde provenía aquel lamento agudo como la risa de una gaviota. Me daba igual. Iba directo a tomar unas cervezas con unos colegas, salivando como el perro de Pavlov, contento como unas castañuelas, con la sed de mil juergas concentrada en mi garganta. Era lo más parecido a España que me ocurría en los últimos dos meses y había que aprovecharlo; comencé a pedalear vigorosamente, la bici gritaba como una hiena, pero yo ya no era ni Joe ni Pipi, yo era Pancho y Rob era Chanquete y de la birra de Chanquete no nos moverán.

La cita era en la esquina de Washington con Douglane; la visión a lo lejos del neón «Tienda de Licores» situado bajo el nombre de la tienda, Seven Eleven —que hacía referencia a su horario ininterrumpido—, alegró aún más mi pedalear. Allí estaban Rob y Steve, apoyados en el coche del primero, conteniendo la risa al ver el lastimoso ciclista que se les acercaba.

—Hey, ¿sabes que traes a todos los gatos en celo de la ciudad detrás de ti? —bromeó Rob.

—Sí, los gatos... —añadió Steve—. Menudos hijos de puta.

Yo seguía ajeno a cualquier puya, así que les pregunté si ya habían comprado la cerveza y que cuánto había que pagar. Sin despegar su espalda del coche, Rob dobló la cabeza hacia atrás, inspiró una larga bocanada de aire y bajó la barbilla de nuevo mientras expiraba y retomaba el ritmo habitual de respiración. Aquel rebuscado gesto anticipaba que me iba a explicar lo complicado que resultaba conseguir cerveza, sobre todo a unos menores como nosotros, cuatro años por debajo de la edad que nos permitiría beber dentro de la legalidad.

Para empezar, había que esperar a Kurt y Troy, cuantos más fuéramos, mejor. La táctica era entrar atropelladamente en la tienda y dispersarnos por el local hojeando revistas y revolviendo golosinas; Rob, que aparentaba más edad que el resto, se dirigiría al frigorífico, retiraría tres packs de seis latas Coors y pagaría, con cambio exacto, el total de cinco dólares y cincuenta y cinco centavos. El plan contaba con la inquietud del dependiente al ver tantos adolescentes dispersos por el local, potenciales delincuentes que se irían en cuanto le cobrara a aquel chavalote sin detenerse a pedir alguna identificación que confirmara los veintiún años que no aparentaba. Rob había escogido aquella tienda con toda intención, ya que estaba atendida por un paquistaní recién llegado a California y por lo tanto con pocos reflejos a la hora de discutir, controlar y prohibir todo en uno. Y si el plan A fallaba, podía repetirse en otras tiendas que también contaban con un solo dependiente —para corroborar el dato, Rob extrajo un mapa de la guantera en el que varias cruces marcaban los locales «más asequibles»—. Una tercera opción, más arriesgada en opinión de Steve, era la de apostarse en el parking, observar a los clientes adultos, seleccionar aquel que tuviera un aspecto amoral y pedirle por favor que, en nombre de la Santa Hermandad de Jóvenes Bebedores, adquiriera alcohol para nosotros.

Asistí conmocionado a las detalladas explicaciones de mi amigo sin llegar a asimilar el fondo real del problema;

beber era ilegal, estaba prohibido, si me pillaban podían devolverme a España. Era muy difícil que yo asociara la compra de cerveza —fuera un corto, una botella, una jarra, un barril o un camión de reparto— a la lista de actos delictivos que, de manera inconsciente, almacenaba mi disco duro cerebral. Beber cerveza no era igual que robar un coche, no, de ninguna manera. Les expliqué a Rob y Steve cómo se bebía en mi país, la accesibilidad a cualquier edad, el papel que desempeñaba el alcohol en nuestras fiestas patronales.

—México es la ostia —sentenció Steve.

Finalmente, Troy llegó en skate y Kurt —que vivía muy cerca— andando; el plan A funcionó tal y como me lo habían descrito. Cuando nos subimos al coche —a sugerencia de Rob yo había amarrado la bici en el parking, ya volveríamos a por ella—, Troy demostró que había aprovechado el viaje; bajo su cazadora llevaba dos bolsas de patatas fritas, varias chocolatinas y un ejemplar de la revista *Thrasher* que no habían pasado por caja.

La casa de Rob, más humilde que la de los Johnson, menos estridente que la de los Yates, era pequeña, oscura y con un mobiliario que parecía anclado en los primeros setenta. Mis amigos se desparramaron por los sofás con la confianza que también se adquiere con los objetos a base de usarlos; Rob pulsó el play de su estéreo y se marcó unas poses rockabillies con los Stray Cats atronando la habitación. Todos mirábamos aquella danza en silencio como el rito tribal del jefe que marca territorio. Las cervezas iban cayendo y el barullo subiendo; cada vez hablábamos más alto sin bajar el volumen de la música, hasta que alguien llamó al timbre y nos quedamos quietos con la cabeza vuelta hacia la puerta. Rob apagó el equipo de música, se frotó la cara con ambas manos, tiró de los bordes de su camisa con fuerza y se encaminó con pasos vigorosos al recibidor. A mí me entró un amago de risa floja que mis compañeros apagaron con unas miradas gélidas; lo de la edad legal para beber realmente iba en serio.

La visita no era recriminatoria sino de adhesión. Se trataba de Sam, vecino de Rob, que se sumaba al guateque con un par de colegas; traían unas bolsas de papel de estraza con más bebida, bienvenida sea. Me presentaron como el no sé qué español y todos rieron a carcajada limpia; yo, que no había entendido la broma, también reía por pura imitación, como un loro medio colocado, necesitado de una pandilla con la que tomarme aquellas cervezas y otra más, cómo no. A todo esto, uno de los amigos de Sam se había sentado a mi lado muy interesado en saber cosas de España; él había estado durante un mes en Francia y se empeñaba en comparar ambos países y yo que no y él que cómo que no. El tema de la bebida salió pronto a la palestra; Kurt, atento a cualquier cosa que contuviera alcohol, aunque fuera una frase, saltó como un resorte:

—Tú, mucho hablar de beber y beber pero seguro que no me aguantas unas rondas.

Mi otro yo, el idiota, contestó:

—A mí no me gana a beber ni Cristo que lo fundó.

Por alguna incomprensible razón lo había dicho tal cual, en español; todos me miraron como si fuera la niña de *El exorcista.* Troy interpretó mi extraño lenguaje como un desafío —lo era— y gritó:

—¡Ronda de whisky!

A partir de ahí se puso en marcha un mecanismo que recuerdo entre sombras. Mis amigotes, como termitas ciegas obedeciendo un milenario impulso genético, reaccionaron a la orden con sincronizada precisión; en unos segundos despejaron la mesa del salón, colocaron dos sillas en las cabeceras y apagaron todas las luces de la casa a excepción de la lámpara que colgaba sobre el centro del tablero. Dos de ellos me escoltaron como a un boxeador despistado; con una leve pero firme presión en los hombros me sentaron en una de las sillas mientras Kurt, serio y concentrado, hizo lo propio en la de enfrente. Alguien plantó una botella de whisky en medio de la mesa con fuerte estrépito del cristal contra el conglomerado de pino y otro de los ayudantes hizo lo mismo con dos vasos pequeños, colocando uno delante de cada contendiente. He de reconocer que la puesta en escena era inmejorable; sobre todo en el gesto grave y trascendental de mi rival y en las miradas furtivas del público que nos rodeaba. La iluminación y la disposición del encuadre me remitieron a la ruleta rusa de *El cazador*, por eso mientras nos servían el primer chupito de whisky, desaté el jersey que llevaba en la cintura y anudé una de las mangas alrededor de la cabeza como si fuera un Charlie con pañuelo, sin notar que el resto de la prenda quedaba colgando de un lado, muy poco glam, nada vietcong. Todos, menos mi contrincante, celebraron el gesto con algarabía, aunque sospeché que su entusiasmo tenía más que ver con mi supuesta chulería desafiante que con la parodia de la película. Eso deduje al ver que Kurt hinchaba las aletas de la nariz y me taladraba con teatrero odio visceral mientras tomaba el vaso con su mano derecha, lo alzaba a media altura y me invitaba a imitarlo. Mantuvimos los brazos en alto, como un brindis fotografiado, hasta que Kurt quebró la imagen y con un veloz movimiento se llevó el vaso a la boca, dobló el cuello hacia atrás —hasta me pareció oír el crujido de sus cervicales— y se tragó en un suspiro el contenido amarillento antes de espirar el aliento abrasivo con la boca muy abierta. También le seguí en eso, incluso copiando tan robótica mímica; nada más soltar el chupito sobre la mesa, alguien tomó la botella y, después de llenar los vasos hasta el borde, la depositó de nuevo en el centro. Recuerdo los chillidos de nuestro público en tan inútil ceremonia; cada vez que completábamos una ronda era como si unos científicos locos aplicaran descargas eléctricas a una jauría de hienas, y con el último whisky todavía asentándose en el estómago, ya estaba lleno el vasito con otro buco líquido y los carroñeros gritaban a coro «¡Kurt! ¡Kurt!» o «¡Pipi!

¡Pipi!» según al que le tocara beber aquel whisky de mierda, porque mira que era malo y me sabía mal, encima yo, que nunca había sido de whisky ni lo iba a ser después de aquella sobredosis, pero eso no lo sabía porque ahora mismo, sentado en aquella mesa frente al capitán del equipo de lucha libre de Catworth, la única meta en mi vida era beber un trago más que él, aunque ya tenía ganas de que mi adversario se levantara y me ofreciera la mano en señal de combate nulo para que nos abrazáramos, qué gesto tan bonito en vez de ese otro trago que te estás metiendo entre pecho y espalda, animal, que eres un animal, déjalo ya, que en una de éstas ni voy a atinar entre los labios y me voy a meter el whisky por la nariz, que lo estoy viendo, si por lo menos se acabara la botella, pero miro la botella y está medio llena, que ahora no la veo medio vacía porque sólo pienso en lo que me queda, aunque no me extrañaría que estos bestias tuvieran otra botella guardada por si acaso, o quizá el sótano de la casa está repleto de cajas de whisky barato para que podamos pasarnos un año entero bebiendo chupitos, ahí va otro, y ahora Kurt que se levanta y sonrío pensando en el combate nulo, ya está, pero no, se pone en pie para beber mejor y que el alcohol le llegue directo a los tobillos, imagino, no entiendo qué hace ahí parado, pero yo me levanto, a mimético no me gana nadie, bebo mi turno y siento que estoy tocado, me convenzo de que ha sido éste, precisamente éste, el trago que me acaba de joder, que debería rendirme, parar, tumbarme, dormir un rato o tomarme un café en vez de echar a correr alrededor de la mesa como estoy haciendo ahora, siguiendo a Kurt en esa carrera circular que dios sabe por qué le ha dado por empezar después de tirar el vaso por encima de su cabeza hacia atrás, cosa que también he hecho cargándome una lampara de mesa que se hizo añicos a mi espalda pero hasta Rob se descojonaba de la risa mientras Kurt corría como un musculoso hámster bípedo detrás de su comida, que era yo, y él ya bebía directamente de la botella y la colocaba en el centro de la mesa para que yo hiciese lo mismo, hasta que me paré en seco, como si hubiera chocado contra un muro invisible.

La habitación, los muebles y mis amigotes seguían girando, deprisa, con un leve balanceo que hacía su rotación ondulante, aunque, en realidad, ellos no se movían, sólo me observaban en silencio como el grupo de operarios que asiste a la demolición de un edificio abandonado. No sabía si se habían callado o la borrachera me había tapiado los tímpanos, la cosa es que empecé a tambalearme sin que nadie hiciera algo por apuntalar aquel anuncio de derribo. Por fin, con el estrépito de cien mil chupitos muertos crujiendo en mi organismo, las rodillas cedieron al peso y me desparramé sobre la moqueta mullida, sucia, esponjosa, mugrienta. Si mi sufrimiento hubiera terminado ahí, no habría sido tan grave el envite. Pero la queja de mi organismo siguió su curso; una mezcla de ardor abrasivo y dolor punzante caracoleó en espiral desde el centro del estómago hasta la garganta, donde se mutó en sonora arcada antes de contraer la faringe como una bolsa de papel a la que se le aspira el aire. Nada más recuperar su forma original viví un segundo de sosiego, sólo uno, antes de que una inyección de bilis en la boca se convirtiera en el amargo anticipo del embalse de whisky que acabó por romper la presa de mi duodeno.

**TRAGEDIA EN LA MOQUETA DE ROB**

Una nueva catástrofe asola una de las zonas más castigadas por las erupciones humanas y acaba con la vida de tres millones de ácaros

San José, Reuters

Así son las catástrofes. Nadie podía imaginarlo unos segundos antes, cuando cincuenta y ocho millones de acaritos jugaban, bajo la atenta mirada de sus padres, en La Moqueta de Rob, una selecta barriada llena de polvo y suciedad en la que la tranquilidad se había instalado tras varios meses sin sufrir los devastadores efectos de una aspiradora. A las 23.04, hora local, uno de los humanos se derrumbó sobre la zona y procedió a expulsar sobre La Moqueta una lava semilíquida compuesta por restos de comida deglutida y abundante agua de fuego. Al cierre de esta crónica, los servicios de Protección Acaril habían recuperado tres millones de cadáveres, aunque se teme que la cifra de ácaros desaparecidos pueda ascender a más de cuatro. Una pena, tú.

Al momento recuperé la capacidad auditiva; alguien me había conducido al baño mientras Rob fregaba vigorosamente el fragmento de moqueta afectado por mi regurgitación y se cagaba en la hora en la que se le había ocurrido invitarme. Poco más tarde, sentado ya en el sofá, mascando un chicle que Steve me había ofrecido con una sonrisa torcida mientras susurraba «qué cabrón», intentaba sentirme bien, tranquilizándome con la idea de que las cosas, de momento, no podían ir a peor.

Y una mierda.

Rob dio una palmada, dijo algo así como «ya es hora, tíos» y todos se levantaron tambaleantes. Comenzaron a abrigarse, como si se fueran a ir.

—Es que tenemos que irnos. La madre de Rob llega a las once y media —me explicó Troy interpretando mi gesto de asombro como lo que era: una vez más, no me había enterado.

Me despedí del anfitrión balbuceando una disculpa de la que no hizo acuse de recibo, quizá porque él ya ensayaba cómo explicarle a su madre la lámpara de cristal hecha añicos y la mancha en la moqueta. La alegría etílica de antes había dado paso a la resacosa reflexión. No estaba el horno ni para bollos ni para mentar que nos llevara en coche, así que nos fuimos andando, todos menos Steve, que se quedaba a dormir allí. Sam y sus amigos se fueron por la izquierda y nosotros por la derecha hasta llegar al Seven Eleven de la Washington con Douglane, donde seguía mi bicicleta atada, verde y fría. Antes de irse, Kurt me abrazó de forma sincera, cariñosa, genuinamente americana, como si se sintiera culpable de mi derrota, o porque estaba borracho como una cuba y entraba a grandes zancadas en la fase de exaltación de la amistad, la cosa es que agradecí aquel gesto, tan inusual en los recios adolescentes españoles de mi entorno, y todavía me quedé unos segundos viendo como el fabuloso luchador se alejaba junto a Troy, que no dejaba de subir y bajar los bordillos de la acera con su skate.

La sonrisa se me heló mientras desataba la bicicleta, con no poco trabajo, antes de ponerme a pedalear hacia Carpet Drive. El balance de mi primera juerga de viernes en California no era para tirar cohetes. Eran las doce menos cuarto de la noche —en España estaría empezando la fiesta— y ya volvía a casa. En bicicleta. Y después de haber vomitado. Qué desastre.

El chirrido desengrasado de mi montura era la exacta metáfora sonora de mi estado de ánimo.

Pasé una noche muy mala, mareado, inquieto, con el apestoso regusto que te dejan los jugos gástricos a su paso por sitios que no son el estómago, por ejemplo, la boca. Tardé en dormirme y cuando lo hice, la tenue claridad del más puro amanecer californiano desteñía el horizonte.

Desperté sobresaltado, no por algún ruido inoportuno, sino por el estrépito de la mala conciencia, por la intuición de lo tarde que podía ser, por el terror a salir de mi burbuja y enfrentarme a la viuda furibunda. El reloj, ajeno a mi alteración, marcaba las dos y media de la tarde, una hora normal en mis sábados españoles, que ahora sentía como una provocación en toda regla a la comunidad metodista. Me habría quedado gustosamente allí encerrado todo el día, pero tenía la vejiga hinchada como un pellejo repleto de vino; deseché la idea de mear por la ventana o en el contenedor especial para morenas que, por alguna extraña razón, seguía en mi habitación, y abrí la puerta lo justo para obtener una visión parcial del pasillo. Nadie a la vista. Claro, que el recoveco a la izquierda de mi habitación que conducía al baño y a la habitación de Betty quedaba fuera de mi exploración. Un dramático aviso de urgencia de mi aparato excretor en forma de dolor punzante en el pubis acabó por decidirme a adentrarme en el peligro. Atravesé los dos metros y medio de enmoquetado corredor mirando al suelo, pisando despacio y alivié los restos de cerveza y whisky que mis riñones habían filtrado a duras penas. Antes de salir del baño pegué la oreja a la puerta; nada. Ni un ruido, ni la sombra de una conversación, ni el runrún de la tele, ni el *Yesterday* de los Beatles. Avancé hacia la cocina como Ripley por su nave y comprobé que estaba solo en casa. Una nota de Betty me informaba de su ausencia hasta las nueve de la noche y de la presencia de un pastel de carne en el horno.

Ése fue su gran error.

Quiero decir que una pequeña bronca o una mala mirada nada más levantarme habrían bastado para corregir, aunque fuera levemente, mi comportamiento, para retrasar el desfase o para motivarme a la hora de disimularlo, pero aquel gesto de desaparecer en mi primera resaca seria, de ofrecerme comida y dejarme el mando a distancia con 35 canales para mí solo, era una declaración de intenciones, una invitación a la juerga, un empujón al vicio por parte de mi viuda favorita, la madre de América, la reina metodista, Betty I de California. También deduje que el hecho de que aquella familia no contara con padre añadía un plus de libertad nada desdeñable, aunque dicho pensamiento me recordó la esquiva reacción de Phil cuando intenté averiguar las circunstancias de su muerte. Aquel silencio escondía algo, seguro, pero en ese momento yo sólo sentía hambre.

El pastel de carne me recordó el estofado que me habían preparado el día de mi llegada; quizá aquel picadillo fueran los restos de mi primera cena. Opté por un desayuno a base de donuts rellenos y me senté frente a la televisión; como siempre, el primer instinto era conectarme a la MTV. Lionel Richie, con su americana remangada y el cuello subido, cantaba *All Night Long* como riéndose de mí, con mi juerguecita de dos horas y media y gracias, así que cambié muy mosqueado y aterricé en el canal religioso —otro de mis refugios impulsivos—, donde solía ver al reverendo Brian Stackpole y su esposa Candy, un remilgado matrimonio que parecía vivir en aquella cadena. Brian siempre vestía traje oscuro con corbatilla texana y lucía unas sienes cuidadosamente plateadas. Candy no apeaba su vestido rosa con lacitos, bien ceñido alrededor de una talla 115 de pecho; la peluca rubia, los labios pintados en rojo cereza y las largas uñas a juego con el vestido completaban una especie de Dolly Parton con aires de estrella porno venida a menos. Los gestos de la pareja, su empalagoso discurso y aquella descarada forma de pedir donativos telefónicos me atraían de una forma que Betty no podía comprender. A veces me quedaba absorto observando el fabuloso timo porque era perfecto; me imaginaba a los ancianos de todo el estado marcando el número que aparecía en pantalla y enviando sus diez dólares para no se sabe muy bien qué cosa, algo que, seguro, conllevaría una paz espiritual —un «bienestar superior» como le gustaba apostillar a Candy— que redundaría en una vida más sana, duradera y feliz. En otras ocasiones, el canal era ocupado por una congregación de gospel con un reverendo negro que, embutido en una túnica verde, parecía llegar al trance mientras mostraba la palma de su mano a la cámara con los dedos bien estirados y gritaba en medio de convulsiones:

—¡Cinco dólares! ¡Cinco dólares, hermanos y hermanas! ¡Sólo os pido cinco dólares para salvar vuestra alma!

Aquello era grande, hipnótico, surreal, fascinante. Los fastuosos rituales de las celebraciones católicas que hasta entonces había vivido en España —las procesiones de Semana Santa, las misas con coro, el Corpus Christi— se mostraban al desnudo, sin adornos, en la televisión de Estados Unidos. La religión también era un negocio y aquí no se andaban con rodeos. Alguna vez intenté hablarlo con Betty, pero su gesto grave y preocupado no invitaba a charletas ateas.

Aquel día, rebotado con los modositos mohínes de Lionel Richie, me encontré en el canal religioso con el espectáculo total; un sudoroso pastor, o reverendo —nunca lo tuve claro—, ocupaba el centro del enorme escenario montado en un polideportivo. El público enfervorizado asentía desde las gradas y las sillas dispuestas en la pista; no cabía un alma más dispuesta a ser salvada del pecado, apartada del camino equivocado, redimida a tiempo por el Señor, el único guía, el Mesías, la Verdad y otros tópicos vociferados, con asombroso sentido dramático de la escena por el pastor, o reverendo, por el Gran Embaucador que agitaba una Biblia abierta en una mano y señalaba al cielo con la otra. El oficiante disponía de un pequeño micrófono inalámbrico que le permitía abandonar el atril situado en mitad del escenario y caminar de lado a lado, limpiarse el sudor con un pañuelo blanco, llorar con amargura o reír sarcásticamente. Todo en teatral beneficio de un sermón trillado y de un número de teléfono que no abandonaba la parte inferior de la pantalla. El público, entre el que predominaba la mediana edad, repetía los gestos como el eco en una gran valle; sudaba, lloraba, reía y, en todo momento, proclamaba su fe en aquel energúmeno gritón. Pero lo mejor estaba por llegar; después de la arenga religiosa, el ministro de Dios bajaba del escenario y caminaba por los pasillos del recinto para tocar a sus feligreses; alguno llegaba al trance convulsivo mientras sus familiares lo sostenían para que el reverendo o pastor le impusiera las manos y acompañara la bendición con agresivas jaculatorias. Desde luego, aquel espectáculo estaba más cerca de *El exorcista* que del plúmbeo y grisáceo *Testimonio,* mi única referencia televisiva religiosa hasta la fecha.

Aquella liturgia de la exageración sólo tenía lugar los sábados y domingos por la mañana —el monstruo mediático tenía que dosificarse— y siempre que podía me la tragaba sin dar crédito a la extraña realidad que escondía. Tal era mi atención que unas semanas después, Betty, en uno de sus cada vez más infrecuentes avisos de conversación seria, me transmitió su preocupación ante el interés que mostraba por los telepredicadores; temía que mi familia hubiese enviado a San José un católico y le devolvieran un fanático protestante con el sueldo embargado de por vida. Intenté explicarle que la fascinación que me producía ese canal no tenía que ver con la convicción del mensaje transmitido, sino con la magnífica actuación del protagonista y la ingenuidad de los fieles que entraban en trance espiritual y económico. Quería decirle que me tragaba los mensajes religiosos con el mismo deleite con que veía *Vacaciones en el mar* o seguía las pormenorizadas explicaciones de un pelapatatas en el canal de teletienda. Todo formaba parte del mismo timo; la falsa felicidad empantallada, la calumnia de la vida enlatada en una religión de pacotilla, un barco de mentira convertido en una cama redonda flotante o un utensilio de cocina con el que ahorrabas tiempo para estar con los tuyos.

Me escuchó con atención y borró la preocupación de su rostro; lo que mis padres habían enviado a California no era un católico convencido sino un idiota practicante. Y así volvería a España.

La belleza de Tina oscilaba entre preciosa y radiante; tenía muchos días buenos y algunos muy buenos, pero aquella mañana, cuando llegué a la taquilla 405, me encontré ante la misma encarnación de Miss Universo. Era algo en su pelo, ondulado y en cascada sobre los hombros, en su sonrisa perfecta, en sus ojos negros y brillantes o en mi enamoramiento adolescente. Su saludo cordial al verme llegar disparó, de forma automática, inconsciente, mi atropellada declaración:

—Tina, ¿qué te parece si vamos un día al cine?

¿Quién había dicho aquello? ¿Cómo habían salido esas palabras de mi boca? Es más, ¿por qué había abierto la boca? ¿Qué fuerza extraña y dominante había tirado de mi mandíbula inferior hacia abajo mientras una voz, igual a la mía, sí, pero salida del mismo averno declamaba aquella frase?

Tina tardó un par de segundos en contestar, mirándome con aquellos ojazos manga, mordiéndose el labio inferior con uno de sus colmillitos superiores. No creo que llegara a los dos segundos, la verdad, pero era una de esas ocasiones en las que el tiempo se detiene, uno de esos saltos Matrix en los que cientos de cámaras fotográficas colocadas a tu alrededor flashean consecutivamente para alargar el momento, estirar el lapso y congelar el gesto. El eco de la palabra «cine» todavía resonaba en el aire como uno de los golpes que recibía Rocky en medio del atronador silencio de un pabellón lleno de público. Unos treinta y cuatro siglos más tarde, Tina separó los labios y dijo:

—Bueno…

Desde luego, no era una confirmación de cita muy entusiasta, pero estaba yo como para andarme con remilgos.

—¿Cuándo? —pregunté precipitadamente para no darle tiempo a arrepentirse.

—No sé... Ya lo vamos hablando —respondió. Y como si adivinara cuál iba a ser mi siguiente frase añadió—: Este sábado, imposible.

Cuando se fue me quedé unos minutos observando la foto de un sonriente Bob Marley que había pegado en el fondo de mi taquilla. Era un retrato de sus últimos años —como los anillos del tronco de un árbol, la longitud de las trenzas de Bob Marley sirve para identificar la época en que ha sido fotografiado— y en ella el rasta más famoso de la historia miraba a un lado con dos dedos de su mano izquierda apoyados en la barbilla. Como si notara que estaba siendo observado, Marley dirigió hacia mí sus pupilas y, sin dejar de sonreír, me guiñó un ojo.

Total, que llegué a clase de inglés cuando el señor Nealon acababa de pasar lista. Como ya había hecho otras veces, el profesor me dirigió una mirada a medio camino entre la recriminación severa y la misericordia indulgente, sacó un cuadernito del cajón de su mesa y apuntó no sé qué mientras murmuraba que esto no podía ser y tal. «Qué manía de apuntar mis retrasos», pensé. «¿Estaré preñado?».

Me senté dispuesto a no enterarme de una sola palabra que dijera aquel señor estrafalario —hoy tocaba camisa verde y corbata amarilla— y me dediqué a lo único que me importaba: analizar todos y cada uno de los gestos y palabras de Tina durante nuestra conversación. Me sentía como Billy Joel en el vídeo de *Uptown Girl*, un humilde y grasiento mecánico que suspiraba por una fabulosa hembra de la jet; pero, claro, es que la piba del vídeo ¡era su mujer en la vida real! ¡Así cualquiera! Mi estado de ánimo oscilaba entre el desaliento absoluto y el optimismo desbordado. Primero pensaba que tampoco habíamos quedado del todo y que a partir de ahí esquivaría con cortesía mis propuestas semana tras semana; luego me convencía de sus buenas intenciones, de su deseo puro y limpio de conocerme mejor. Después recordaba la torpeza de mi discurso y deducía que ella había aceptado la forzada cita sólo en nombre de la buena educación y la correcta hospitalidad que se espera de una honrada ciudadana americana; acto seguido lo único que contaba era que estábamos en un instituto, aquí nadie va de ONG y si queda conmigo es porque le molo, le molo, le molo, repetía para persuadirme. Pero ella tenía dónde escoger, todo el instituto estaría suspirando por aquel bombón, pero, claro, también es verdad que cuando me miraba había un brillo especialmente lascivo en sus ojos. ¿O es que era miope?

—¿Tina? ¿Tina qué? —preguntó Rob arrugando la nariz.

—Tina Barlow. Juega en el equipo de fútbol —informé asombrado de que hubiera alguien en Catworth que no la conociera.

—Te diré una cosa —a Rob le encantaba empezar las frases con esa coletilla—: No hay mayor fracasada que una tía que se apunta al fútbol femenino; eso significa que la han rechazado en los deportes normales o que es tortillera. Lo que yo te diga.

Primero me detuve en el hecho de que no considerara el fútbol europeo como un deporte normal; después reparé en el desprecio que mostraba hacia la mujer que llenaba mi vida.

—Pues me voy al cine con ella —repliqué quisquilloso.

—¿Cómo? ¿En bicicleta? —respondió entre carcajadas—. Sí, claro, la puedes sentar en la barra de la bici… Un momento, ¡si no tiene barra! Bueno, eso no es problema, ¿verdad, Joe? La bici no tiene barra pero tú sí…

Rob siguió con varios chistes tan verdes como mi bicicleta, pero yo ya no escuchaba.

Una mirada neutra a mi consumo diario de televisión habría diagnosticado cierta sobredosis catódica, pero aquello no había quien lo parara; lo que yo estaba haciendo era acopio de provisión audiovisual antes de regresar a la española tristeza del canal y medio que componían TVE y el UHF, así que mi entrega a la pequeña pantalla era una cuestión de supervivencia. Hombre, otra mirada neutra también argumentaría cierta escasez de vida social, pero quién quería amigos teniendo la MTV todo el día, reposiciones de *Taxi* o *Apartamento para tres* (la versión que John Ritter hacía de *Un hombre en casa)* y los estrenos semanales de *Cheers* o *Canción triste de Hill Street* (aunque la mayoría de argumentos y chistes se me escaparan por el desagüe del idioma). Además, tenía el mando a distancia para mí solo, pues Betty y Phil disponían de televisores en sus habitaciones y apenas si usaban el de la sala de estar.

Pero no todo era ver la tele, no señor. Cada día, después de cenar, me gustaba dedicar unos minutos a la lectura. Claro que el libro era siempre el mismo: la *TV Guide*, revista semanal dedicada a la programación televisiva y que venía a ser la versión gordaca del castizo *TP.* Si aquel año hubiera dedicado a algún libro de texto el mismo interés que a esa diminuta publicación, los profesores de Catworth me habrían sacado a hombros del instituto. Una tarde, al llegar a casa, me encontré la *TV Guide* entre el correo que Betty había depositado en la mesa de la cocina; ni corto ni perezoso, rasgué el envoltorio, abrí el semanario al azar y, como acto reflejo, acerqué mi nariz para olfatear el olor a papel nuevo. En ese momento, la viuda entró en la estancia, tan sigilosa y gatuna como siempre, y me pilló, medio encorvado sobre la mesa, esnifando el aroma de la revista. Entre que no me veía con ánimo de explicarme y que la vergüenza me atenazaba el espinazo, permanecí con la napia hundida entre las páginas de la *TV Guide.* Sin apartar la mirada de Betty amagué un intento de conversación normal:

—Huele bien…

Como me temía, cualquier atisbo de explicación sólo podía empeorar las cosas. Betty no abrió la boca. Asumiendo que tenía en casa una mezcla imposible de yonki televisivo y tonto incurable, se retiró a su habitación con un sincero rictus de compasión en el rostro.

Cierto jueves en que me disponía a ver un capítulo de *Fama* titulado, según la guía de televisión, *El retorno del doctor Scorpio,* Betty anunció con su habitual solemnidad otra de las secuencias que no podía faltar en el telefilme que yo mismo protagonizaba en California:

—Joe, dentro de una semana celebraremos el día de Acción de Gracias en casa de los Newman.

Cualquier adolescente europeo que haya crecido delante de un televisor sabe que esa comida, fecha señalada en el calendario americano de celebraciones, recuerda el agradecimiento de los primeros invasores procedentes de Inglaterra tras sobrevivir, imagino que atónitos, a las inclemencias del Nuevo Mundo.

Charles Newman, pariente de Betty en un grado que no alcancé a comprender, vivía con su mujer y tres hijos a más de una hora de coche en dirección a Sacramento. Su casa era asombrosamente parecida a la nuestra, a la de Rob, a la de los Yates, a la de todas las familias de San José, California y la Costa Oeste. El césped delantero, un salón enmoquetado, tres o cuatro habitaciones, la barra que separaba la cocina del comedor y el jardín trasero. ¿Existiría una Agencia Nacional de Diseño Interior dedicada a replicar los hogares americanos a lo largo del país? ¿Cuándo había empezado a funcionar? ¿Cuál era su objetivo? ¿Por qué me hacía tantas preguntas estúpidas?

Betty estaba exultante, feliz con la batería de tupperwares cargados en el maletero del Buick; llevábamos tanta comida que llegué a pensar que los Newman sólo pondrían la casa y el famoso pavito, único manjar que no figuraba en las viandas que transportábamos como un convoy de la ONU. Al llegar allí, sin embargo, comprobé que me había equivocado en varias cosas:

a) A la cena no sólo estábamos convocados los Newman, los Johnson y el español gorrón, sino un total de cinco familias: dos matrimonios, dos viudas y una divorciada con sus respectivas proles, un total de diez menores contándome a mí, el estudiante parásito, el pulpo en el garaje, el elefante católico en la cacharrería metodista.

b) Todas las unidades familiares aportaban una cantidad similar de comida, por lo que el banquete allí presentado tenía un punto obsceno muy poco religioso; había provisiones como para dos regimientos de infantería.

c) El bicho que presidía la mesa bufé tenía forma de pavo, pero tamaño y peso de jabalí. Al momento desconfié de aquel galliforme desmesurado; era Superpavo, el pavo de Notre Dame, el Vengador Tóxico de los pavos. Eran tres pavos en uno, con zancas que parecían réplicas de los bíceps de Lou Ferrigno y una pechuga digna de la estanquera de *Amarcord.*

Escuchamos la oración del orondo señor Newman con cristiano recogimiento. Seguidamente, el mismo anfitrión nos rogó que, en silencio, agradeciéramos el año vivido y rogáramos que el siguiente fuera, si no mejor, al menos igual de bueno. Haciendo acopio de la fe adquirida, invocando las enseñanzas del catecismo más simple y con el profundo convencimiento de que, en ese mismo momento, Nuestro Señor abandonaba sus quehaceres habituales para concentrarse en mi plegaria, le supliqué al mismo Dios que Tina Barlow accediera a ir conmigo al cine, Jesusito de mi vida, que eres macho como yo, por eso me entiendes tanto y te doy mi corazón, mi páncreas y un riñón si hace falta.

Un «¡amén!» jubiloso y hambriento se convirtió en el pistoletazo que esperábamos para hacer cola frente a la mesa. Tras ella se parapetó el propio Newman para trinchar con un cuchillo que daba miedo; mientras el cirujano operaba a pavo abierto, los comensales mojaban Doritos en recipientes con distintas salsas espesas y se servían ensaladas de todos los colores. Además había puré de patata regado con salsa dulce de arándanos, varias fuentes con vegetales cocidos al vapor y una gran salsera para regar el plato a gusto. No me fijé mucho en el resto de comida porque decidí reservarme para la batería de postres caseros dispuestos sobre otra mesa.

Aunque la comida transcurrió sin mayores sobresaltos, no pude evitar la incómoda sensación de sobrar en aquel cuadro. Y no porque las dieciséis personas que me acompañaban en el trance me hiciesen el vacío —bueno, el hijo de la divorciada se mostró bastante distante conmigo— o no intentaran integrarme en sus conversaciones, no, se trataba de una total ausencia de química por mi parte; al fin y al cabo, ellos llevaban toda la vida dándole a aquella comilona de noviembre un significado especial. Además se conocían y compartían una visión de la vida, una forma de ser, estar y pasar por este mundo que no era ni mejor ni peor que la mía, pero que a mí me parecía más aburrida.

Hinchados como globos, empleamos el tiempo de la digestión como mejor se nos ocurría; los adultos, con algún menor infiltrado, jugando a las cartas, los más pequeños haciendo un puzzle y la sección «primeros picores» —en la que entrábamos Phil y yo— desparramados por la moqueta frente a una falsa chimenea que escondía una estufa eléctrica. Todo demasiado amable, formal, triste, cansino; empezamos a hablar de música y Phil propuso escoger las cinco mejores canciones de los Beatles.

—¡*Hotel California!* —gritó entusiasmada Sue, la oronda hija mayor de los Newman.

# Diciembre
## *Love Is A Battlefield*

El entrenador Danson siempre me reservaba para la segunda parte de los partidos. Era como si esperase que al salir fresco al campo me decidiera a meter otro golazo como el de pretemporada. Es más, en varias ocasiones me sacó justo antes de que lanzáramos un córner —como había sucedido en el ya mítico encuentro contra Palo Alto— y al área me iba yo con la determinación de un cañonero, la decisión de un cazagoles y el instinto de un pichichi, pero el balón nunca me llegaba a los pies, ni siquiera a la cabeza. Tan sólo una vez la pelota salió rebotada y se acercó mansamente hacia mi posición; Danson, Tim Holley, el resto de compañeros, yo mismo, con el corazón en un puño al golpear el esférico con la furia de mil delanteros y el puño que se hacía añicos al ver el balón salir alto, muy alto, estratosférico y desviado, muy desviado, estrábico hasta perderse por una banda ¡lateral! Aquel día, mientras regresaba cansino a mi campo para recuperar la posición a la espera del saque de puerta, asumí que mi carrera futbolística en California había conjuntado plenitud y decadencia en aquel lejano gol que ya olía a podrido. Miré de reojo al entrenador; por su gesto supe que pensaba igual que yo.

Hoy jugábamos contra Yerbabuena, instituto situado al sur de San José, en una zona eminentemente hispana. En aquel partido mi labor en el campo tenía una especial relevancia; traducir los posibles insultos en español por si había que cruzarle la cara a algún contrario. Así me lo había explicado Brian, un rubiales con pocas entendederas al que Danson había nombrado capitán del equipo, no por supuestos méritos tácticos o diplomáticos, sino porque también era pateador titular del equipo de fútbol americano del instituto y esos, ya se sabe, tienen reconocimiento, prestigio y animadoras. El consuelo era que, a pesar de las diferencias de estatus según el deporte que practicaras, sí había algo que unía a todos los equipos que representaban a Catworth en las liguillas de secundaria; no me refiero a un orgullo de grupo o a la satisfacción de defender los colores burdeos y amarillo. Hablo de nuestra evidente falta de talento. Daba igual que se tratara de baloncesto, fútbol, béisbol, voleibol, natación, atletismo, hockey sobre hierba, lucha libre, gimnasia o bádminton: Catworth no ganaba ni a las canicas, lo cual no restaba ni un ápice de solemnidad a cualquier acto relacionado con las fotos oficiales, las presentaciones de los equipos o los entrenamientos a tope, dale duro, a ver si empatamos.

Durante la primera parte del partido no había escuchado insultos destacables provenientes de los contrarios. Se lo explicaba durante el descanso a nuestro capitán, más preocupado por alguna posible ofensa a su honor que por los cuatro golazos que nos habían metido los de Yerbabuena en cuarenta minutos —los partidos duraban diez menos que en Europa— y los que nos podrían caer en el segundo tiempo. Al poco de reanudarse el encuentro, el entrenador me hizo un gesto para que saltara al campo. ¿Por qué me sacaba? ¿Por qué se empeñaba en recordarme que en un día lejano, en el albor de la humanidad, había metido un golazo por la escuadra? ¿Era parte de una meticulosa humillación? Mis pensamientos siempre eran así de negativos hasta que el árbitro permitía el cambio. Y entonces, cuando el compañero al que sustituía abandonaba el terreno de juego taladrándome con odio jíbaro, mi ilusión brotaba como una seta tras la lluvia y acababa saltando al campo como un toro.

Cinco minutos más tarde —ni siquiera había tocado el balón— nos metieron el quinto y, poco después, el sexto. A todo esto, Brian no cesaba en sus órdenes y ánimos, como si un arranque de nuestra furia, combinado con un fabuloso despiste colectivo del equipo contrario, nos permitiera meter siete goles en un santiamén. En un momento dado, todos los jugadores esperábamos el saque largo de nuestro portero; Catworth mirando al cielo como el que teme un bombardeo enemigo, Yerbabuena como el hambriento que espera ayuda humanitaria. El balón aterrizó en medio del campo y uno de los contrarios —que precisamente había marcado los dos últimos goles de su equipo— saltó con la sana intención de rematar de cabeza. No contaba con nuestro aguerrido capitán Brian que, haciendo honor al otro deporte que practicaba, arrolló al jugador de manera sagaz, brutal y despiadada, olvidándose del balón y centrándose en la persona, o mejor dicho, en su aniquilación. El árbitro pitó furioso y le mostró una tarjeta a un asombrado Brian que no entendía qué había hecho mal. El contrario se levantó a duras penas y, en perfecto castellano, masculló:

—Mecagüenlaputaqueteparió.

Lo había oído alto y claro. Yo estaba justo detrás de Brian, que se volvió hacia mí con la mosca detrás de la oreja, esperando que mi traducción confirmara sus peores temores; que además de ganarnos seis a cero, aquel mono chicano se había atrevido a insultarle. Yo miré al jugador de Yerbabuena; no parecía estadounidense ni de origen mexicano, y aquel acento no era nativo, había algo inexcusablemente español y castizo en ese taco tan oclusivo y directo:

—¿Eres español? —pregunté en mi idioma original.

—¡De Burgos!

Nos abrazamos como si nos reencontráramos después de una guerra aunque no nos conocíamos ni de vista, mientras Brian Long, capitán del equipo de soccer y pateador del equipo de fútbol americano, grababa mi nombre con letras de sangre en su negro corazón para convertirme en objeto de eterno odio a muerte.

Quizá como deferencia al compatriota recién conocido, Rafa —así se había presentado el burgalés— no marcó más goles en lo que restó de partido, ni tampoco lo hicieron sus compañeros, contentos con vapulearnos por seis a cero. Al final, me quedé un rato hablando con mi nuevo amigo de Briviesca, sí, hombre, tienes que conocerlo, ya cerca de La Rioja. Resulta que Rafa era una especie de héroe local en Yerbabuena como máximo goleador del equipo —quince goles en seis partidos contando el de hoy— en un instituto con muchos hispanos locos por el fútbol europeo. Y se había sacado el carnet de conducir porque en una semana podías ventilarte las horas obligatorias de teoría en una autoescuela. Su familia le permitía conducir el Cadillac Seville familiar, y él lo usaba los sábados para llevar a su novia —¡una animadora del instituto!— al autocine y follar como perros en el asiento de atrás. Además, había cumplimentado una petición de beca para la Universidad de San José, que no sólo se mostraba muy interesada en contar con buenos jugadores de fútbol, sino que tenía uno de los mejores departamentos de Ingeniería Aeronáutica, que era lo que Rafa siempre había querido estudiar.

—¿Y tú qué tal? —preguntó sin maldad, con buen rollo.

Mi vida americana pasó antes mis ojos a gran velocidad como si me fuera a morir en aquel momento, cosa que no me hubiera importado. Sólo había metido un gol y de casualidad; era cualquier cosa menos un héroe local. La única autonomía de transporte de la que disponía era una enorme bicicleta verde que chirriaba. Las chicas con las que, de alguna manera, había intimado se llamaban Barbara Edwards, Tracy Vaccaro, Veronica Gamba o Terry Nihen, es decir, las Playmates de los últimos cuatro meses. Y las peticiones formales que había cumplimentado hasta el momento eran las postales que enviaba a los concursos de la MTV.

—De puta madre, tío. Me va que te cagas —respondí con una sonrisa petrificada.

El mes de diciembre empezó con un gran revuelo en la MTV. Michael Jackson estrenaba en exclusiva mundial el videoclip de *Thriller,* después del paseo luminoso de *Billie Jean* y la pelea coreografiada de *Beat It*. Por esas paradojas de la vida, los prejuicios y los intereses creados, había sido Jacko, que más tarde se decoloraría hasta la blanca palidez, quien rompiera la negativa inicial de la famosa cadena a programar música negra. Era su año, y la MTV, rendida a los pies del todavía rey del pop, anunciaba a bombo y platillo el estreno de un espectacular videoclip de 14 minutos dirigido por el mismísimo John Landis. Si la cadena sólo tenía dos años de vida y ya había propiciado tales logros, ¿sería algo más que una moda pasajera? En un borrachuzo debate con Rob, sostuve que la MTV pasaría igual que había venido, y que en un par de años los grupos no le dedicarían mayor atención a los vídeos que la que le dispensaban tres años antes. En fin.

El estreno del clip de *Thriller* tuvo lugar el viernes 2 de diciembre, a las doce de la noche, un año y un día después de que se hubiera editado el álbum del mismo título. Aquella noche yo estaba en casa, no por ser fan incondicional de Michael, sino porque no había localizado a Rob, Troy estaba surfeando en Santa Cruz y Kurt de viaje con el equipo de lucha libre. Estaba en casa porque no me quedaba más remedio, así que decidí invertir las prioridades y asistir al estreno de *Thriller* como si presenciara la llegada del hombre a la Luna, con la convicción de que aquel videoclip era un pequeño paso para Jackson, pero un gran salto para la industria musical, para la idea de entretenimiento, para la cultura del ocio venidera. Estaba a punto de disfrutar de un momento histórico cuyo relato solicitarían mis amigos de España una y otra vez: ¿Qué llevabas puesto? ¿Qué sentías un segundo antes de que empezara? ¿Por qué estabas en casa un viernes por la noche?

Ya se sabe que hay mucho cabronías suelto.

Puntual en la medianoche apareció la chica temerosa, Michael convirtiéndose en lobo a la manera de *Un hombre lobo americano en Londres*, el ballet zombi, el homenaje a *La noche de los muertos vivientes* y el final casi feliz, pero con el cantante fijando en la cámara sus ojos lobeznos.

Bien, ya eran las doce y cuarto de la noche. De la noche de un viernes. Y yo en casa.

Dormí casi diez horas de un tirón; desperté exultante, recuperado del cansancio que arrastraba tras semanas de insomnios, madrugones y entrenamientos. Me levanté con un optimismo totalmente injustificado, tan desbordante que le pregunté a Betty si había algo que hacer. Me miró con cierto asombro y apuntó al jardín trasero; llevaba tiempo queriendo ordenar aquel caos.

La culpa es mía, por provocar.

La mañana se nos fue en deshacernos de chatarra inservible: una vieja barbacoa, dos sillas metálicas oxidadas, una especie de juego de la rana de plástico barato —obsequio de los Yates— o varios tablones de distintos tamaños abultados por la humedad. Además, me ocupé de cortar el césped y fregar las losas mientras Betty recortaba las plantas. La viuda estaba encantada con la chacha española que se había agenciado para que su hijo Phil empleara los sábados en desaparecer de casa sin problemas de conciencia.

Después de comer, agarré la bici verde —a estas alturas de partido sus quejidos hasta me hacían gracia—, me acerqué al centro comercial West Market y entré en la tienda de Ken. Antes de saludarlo, un enorme cartel volvía a convulsionar mis ímpetus rockeros:

Aquel día no tenía previsto comprar disco alguno, pero acabé llevándome el maxisingle de *Los siete magníficos*, un tema que los Clash tocarían en ese concierto, claro, en San Francisco nada menos. Mientras pedaleaba de vuelta a casa, una nueva meta, certera como un rayo, vino a dar sentido a mi presencia en aquellas tierras lejanas: tenía que ver a los Clash.

Como hay dios.

Fue Tina la que me lo dijo, lo juro, yo no abrí la boca, fue ella la que sacó el tema:

—Joe, el sábado voy al cine con unos amigos, ¿te apetece ir?

Asentí como si yo fuera Scooby Doo y ella Shaggy ofreciéndome unas hamburguesas. Sólo me faltó sacar la lengua, saltar a su alrededor y menear el rabo. Bueno, eso último no, que todavía era nuestra primera cita.

En realidad, la semana anterior yo le había recordado, tímidamente, nuestro compromiso pendiente. Cuando esgrimió una excusa vaga e indeterminada para quitarme del medio, decidí, solemne, que le iba a pedir otra cita la madre que la parió, o Greg Reynolds, mi otro compañero de taquilla, que tampoco perdía oportunidad de darle cháchara a la jugadora de fútbol más sexy, tierna y bella de

Estados Unidos. La cosa es que la invitación me pilló por sorpresa, pero antes de ocuparme de los aspectos prácticos de la operación, decidí torturarme un poco más pensando que ella me había ofrecido la cita por pena y por educación, a ver qué impresión se iba a llevar aquel pobre estudiante extranjero tan sonriente. Pronto entré en la rueda de altibajos anímicos, pasando de la humillación al éxtasis, del ostracismo a la entrega, de la derrota a la lascivia.

Total, que rodando, rodando, llegué otra vez tarde a clase de inglés.

Como siempre, el señor Nealon me miró con infinita tristeza, aunque esta vez el gesto se veía más tenso, quizá por la almidonada dureza de los cuellos de su camisa azul turquesa. Como presagiando algo terrible, sacó la pequeña libreta del cajón de su mesa y trazó unos caracteres; contando con la punta del bolígrafo, picó cinco veces sobre la hoja y se volvió hacia mí.

—Has sumado cinco retrasos, Joe. Tengo que enviarte a la oficina del señor Powers —sentenció apesadumbrado por la evidencia y gravedad de mi delito.

«Verá, es que mí me la suda su cuadernito y, puestos a sudar, también me la suda Powers, porque el sábado me voy al cine con Tina Barlow, sí hombre, la jugadora de fútbol, debe usted conocerla, no pasa desapercibida».

Habría sido, sin duda, una bonita respuesta por mi parte.

Al finalizar la clase, el Nealon más circunspecto que había visto hasta entonces, extrajo de su carpeta un formulario con el pomposo encabezamiento de «Advertencia Disciplinaria»; constaba de una hoja en blanco que debería entregar a mis padres —así lo ponía, «mis padres», es decir, Betty no tenía por qué enterarse del incidente—, otra amarilla para el jefe de estudios, una azul para añadir al informe escolar y, finalmente, otra rosa que se guardaba el profesor. Con movimientos de espadachín, Nealon marcó con una equis la casilla correspondiente a «Excesiva tardanza» —otras opciones eran «Faltar a clase», «Lenguaje inaceptable», «Molesta a sus compañeros» o «Fuma»—, añadió con gesto vigoroso «Cinco retrasos» en el apartado de «Comentarios», arrancó la cuartilla rosa que le correspondía y me entregó el resto para que, antes de irme a casa, buscara al señor Powers.

—Es que mi taquilla está muy lejos… —expliqué mirando el papel.

Nealon, ya de pie, hizo cuatro movimientos a la vez para indicar que a él también se la sudaba: encogió los hombros, ladeó la cabeza, cerró los ojos y levantó las palmas de sus manos a la altura del cuello. El gesto había sido tan exagerado que pensé que le había dado una angina de pecho. Me fui sin saber si había recuperado su posición original.

En el despacho de Powers asistí a una de las mejores secuencias en la peliculera vida del jefe de estudios. Podía imaginarlo siguiendo, paso a paso, el mismo ritual cada vez que un descarriado aparecía en aquel cuartucho con una prueba condenatoria en forma de «Advertencia disciplinar». Primero leyó el papelito con una concentración exagerada; los codos apoyados en la mesa despejada, la espalda encorvada hacia delante y el gesto serio, muy grave, como si no bastara un simple vistazo para leer «Cinco retrasos», como si la equis que marcaba «Excesiva tardanza» no estuviera clara, como si leyéndolo una y otra vez la tinta desapareciera, la incidencia se borrara y el suceso nunca hubiera ocurrido. Porque ésa era la segunda fase del proceso; aquellos retrasos, aquellos formularios —blanco, amarillo, azul— suponían un disgusto insuperable para el jefe de estudios de Catworth. Le dolía como si su propio hijo hubiera cometido el crimen, no era justo, pero había que tomar medidas, ya sé, ya sé, tu taquilla está muy alejada de la clase del señor Nealon, pero ahora escúchame, hijo, debes organizarte mejor, y sabes que debemos castigarte para que no se pierda la disciplina, sólo lo hacemos por tu bien y el de tus compañeros, imagínate lo que sería esto si no tomáramos medidas.

Mi sentido arácnido saltó como un resorte; después de tres años en un colegio español de curas asociaba la frase «por tu bien» a un guantazo a mano abierta.

Pero no aquí, claro, en el sistema educativo californiano, donde un profesor podía ingresar en Alcatraz —si estuviera abierta— por tocar levemente a un alumno, faltaría más. Así que después de varias frases grandilocuentes sobre el honor, la dignidad y el deber, Powers dictó sentencia:

—El sábado vendrás de nueve a doce a la biblioteca.

¿Qué? ¡Prefería la ostia! Que sí, la ostia, Powers, dámela ahora mismo, a mano abierta, que no digo nada, de verdad, perfórame el tímpano de una bofetada con esas palmas que tienes que son como helipuertos, pero venga, por favor, no me hagas venir un sábado por la mañana.

No abrí la boca, pero mi cara quería decir eso y más.

—A no ser que… —añadió el jefe de estudios con premeditado teatrillo.

Lo que sea, sí, ya mismo, dime.

—… a no ser que escribas una redacción sobre el programa de televisión que mañana presenta la primera dama contra las drogas.

Estados Unidos. Un país tan grande como desconcertante; llegar cinco veces tarde a clase es una falta grave y la penitencia era ver en televisión a Nancy Reagan diciendo que la droga es mala y luego ponerlo por escrito. Intenté racionalizar lo absurdo de la propuesta; ¿pensaría Powers que aguantar durante tres cuartos de hora a la mujer de Ronald Reagan en la pequeña pantalla era un castigo tan cruel que jamás se me ocurriría volver a llegar tarde? Demasiado retorcido, incluso para el más perverso de los demócratas. ¿Por qué me obligaba a escribir contra la droga? ¿Pensaba que mis retrasos eran consecuencia de mi adicción a sustancias psicotrópicas? La opción era demasiado bonita, muy fácil. ¿Y si rechazaba la alternativa que me proponía? El lema de Nancy contra las drogas era *Just Say No;* ¿por qué no se lo decía a Powers? Podría elegir las tres horas de biblioteca para dejar claro que yo, de republicano, nada. Además, el jefe de estudios pensaría que no quería oír la carraca de la primera dama porque, en realidad, yo era adicto a oler pegamento. Tina se enteraría de mi rebeldía sin causa y caería rendida a mis pies. Quizá merecía la pena sacrificar las horas de sueño de la mañana del sábado.

Valoré todas las posibilidades antes de abrir la boca:

—¿De cuántos folios?

La semana pasó volando entre inequívocas señales favorables que confirmaban buenos augurios para mi cita con Tina. En Dibujo, la señorita Scalone repartió varias láminas para que copiáramos una; yo elegí el retrato de una especie de guerrera vikinga que usaba top de infarto, lucía piernas larguísimas y blandía una enorme espada sobre su cabeza. Por supuesto, desde el primer trazo, estaba dibujando a Tina. La Scalone me felicitó por el resultado obtenido. El señor Campbell, cansado de estar cansado, nos había obsequiado en su clase de Historia con la proyección, en tres entregas, de *La batalla de Midway* para ilustrar, según él, algunos avatares de la Segunda Guerra Mundial. Pues bueno. Con la señora Elliot analizábamos las relaciones entre sexos, que no sexuales: los roles asumidos, las discriminaciones superadas y las expectativas generadas que, en todo momento, apliqué a mi incipiente relación. La hora de estudio la dediqué a contemplar un fabuloso libro ilustrado sobre la obra de Picasso; mi querida señora Baxter casi había aplaudido de emoción cuando le pedí algo del pintor malagueño sin saber que en las señoritas de Avignon yo veía varias Tinas preciosas y deformes.

Nealon estaba un poco más tenso conmigo por lo de la «Advertencia disciplinar», por eso le hice ver con amplias sonrisas que no había rencor, todo lo contrario, que la vida es maravillosa y lo de Nancy Reagan no había sido para tanto. Uno de esos días, el profesor, vestido con impecable y ceñido traje marrón, camisa amarilla y corbata a juego, explicaba una de sus historias ejemplares para que luego escribiéramos una redacción sobre ella. La intriga giraba en torno a la típica disputa doméstica entre hermanos en el día de Navidad, cuando todo el mundo se dirige al árbol para abrir sus regalos.

—¡Papá Noel me ha traído un bate de béisbol! —exclamó Nealon mostrando un bate que escondía, dios sabe por qué, debajo de la mesa. Después, asumía el papel del hermano pequeño que, visiblemente irritado, mostraba al ya expectante público, la naranja que solía descansar sobre su mesa:

—Pues a mí me ha traído una naranja… —Nealon, metido en el papel, sopesaba la fruta como Hamlet la calavera—; ¡una naranja! —el profesor comenzó a gritar fuera de sí, rojo de ira como el pequeño hermano cabreado que era—; ¡¡no quiero una naranja!! —chilló antes de lanzarla, con la fuerza de un pitcher de béisbol, contra una de las paredes de la clase. La fruta impactó con violencia en el corcho que forraba el tabique y cayó al suelo desangrando zumo de naranja por el boquete que la recorría de arriba abajo. El choque también había dejado en la pared una huella oscura en forma de estrella con puntas largas y finas, a unos centímetros de la cabeza de George, el paralítico con tupé y guantes de cuero que se había unido la semana anterior a mi clase de inglés. Nealon, muy serio, se dirigió a él, le preguntó si estaba bien y se puso a recoger los restos mortales de la naranja. Una vez recompuesto de la crisis histriónica, el profesor recobró su habitual flema y, mientras se limpiaba las manos con el pañuelo, nos dijo con medio tono de voz:

—Bien, quiero que escribáis sobre la frustración que sentiríais en ese caso.

Nealon nos había acelerado las pulsaciones. Hasta Ken Freeman, uno de los alumnos más díscolos de Catworth, se había quedado pegado a la silla viendo el espectáculo del pequeño hermano airado. Miré a mis compañeros, boquiabiertos como yo; si uno se hubiera levantado a aplaudir, el resto le habríamos seguido sin pestañear.

No se acababan ahí los buenos presentimientos. Incluso mi penoso equipo de fútbol se apuntaba al optimismo; aunque un empate a cero contra los Osos de Santa Clara no era gran cosa, por lo menos era el primer partido de la temporada que no perdíamos. Y para rematar el aluvión de buen rollo, Phil se desparramó una noche a mi lado para ver algunos vídeos; después del *Union Of The Snake* de Duran Duran apareció en pantalla, una vez más, el *Thriller* de Michael Jackson. Cuando la protagonista salía del cine y caminaba por la acera mientras Jacko danzaba alrededor, Phil me miró sesgadamente y susurró como un viejo verde en unos urinarios públicos:

—Menuda tía, ¿eh?

A pesar de su inquietante forma de piropear, le devolví un gesto indicando que sí, que vaya tía. «Espera un momento», dijo antes de levantarse y desaparecer por la puerta del garaje. Al momento regresó al comedor como el hombre de Cromagnon que vuelve a la cueva con un búfalo recién capturado y arroja sobre la mesa su trofeo: el *Playboy* de junio de 1980, abierto por el desplegable que mostraba a Ola Ray tal como Dios la trajo al mundo pero veinte años más tarde, esto es, dos antes de que Michael Jackson la contratara para el *Thriller*.

Le hubiera dado un abrazo a Phil, ese pedazo de sultán con bigote, pero ya arrastraba sus pies hacia la cama de agua.

—Vienes a mi casa a las siete, te presento a mis padres y nos recoge Missy Taylor, ¿la conoces?

Era Tina, frente a su taquilla, explicándome el plan para el día siguiente.

—¿Qué?

—Missy Taylor, está en el equipo de voleibol.

—No, quiero decir… ¿Que vaya a tu casa mañana…?

—Sí, a eso de las siete. No te retrases porque mi padre se va a las siete y media.

Asentí con una sonrisa incrustada en la cara de mala manera. Había entendido bien; iba a presentarme a sus padres, ¿para qué? ¿Ya éramos novios? ¿De qué iba eso? ¿Estaban de acuerdo las dos familias? ¿Mis padres y los de Tina habían arreglado la boda a nuestras espaldas? En la hora de la comida, Troy me lo explicó con detalle y doblado de risa ante mi desconcierto. Resulta que había chicas buenas, como Tina, que presentaban todas sus citas a sus padres para que éstos estuvieran tranquilos y comprobaran que su hijita no frecuentaba chulos drogatas psicópatas. Como si yo albergara alguna duda respecto a sus gustos, Troy dejó claro que prefería las chicas malas que no les decían a sus padres ni pío.

Aquella noche vi *El coche fantástico* en la NBC y *Falcon Crest* en la CBS, pero no me enteré de gran cosa; seguía dándole vueltas al planazo que me esperaba. Después de conocer a los padres de Tina, Missy y su novio, o amigo, o cita —que no lo entendí bien— nos recogerían en coche para unirnos a más gente, o parejas, o amigas de Missy para ir a cenar a un McDonald's, o Burger King, o Taco Bell —estaba claro que tenía muchas lagunas— antes de meternos en una de las veintidós salas del cine Redwood, un complejo de ocio cuyo parking ya conocía gracias a una sentada cervecera en el coche de Rob. Estudié la estrategia como un general antes de la batalla y como un ladrón de bancos repasé el plan una y otra vez mientras en la MTV Mick Jagger vestía de blanco en *Undercover Of The Night*.

Para empezar salí de casa once minutos más tarde de lo previsto porque cuando me puse a engrasar la puta bici, un descontrolado chorro de aceite salió disparado por una ranura del bote de plástico, marcando un alargado pegote vertical sobre mi polo azul marino, mi polo de la suerte, la única prenda de vestir en el mundo que hacía que me sintiera una mezcla de John Wayne, James Dean y Rafa, el burgalés que estudiaba en el Yerbabuena. Estuve a punto de ponerme un jersey encima o abrochar la cazadora y no quitármela ni a tiros, pero opté por la camiseta oficial de la gira de Police. La indecisión me obligó a pedalear vigorosamente para llegar a casa de Tina a la hora convenida.

Sólo al frenar me di cuenta del desproporcionado esfuerzo que había realizado con aquel armatoste verde a piñón fijo. Danson estaría orgulloso si me llega a ver tan entregado a un ejercicio físico; me faltaba el aire, el corazón me latía a ciento cincuenta pulsaciones y el sudor perlado hacía que mi frente pareciese un bote de champú en un anuncio de televisión. La señora Barlow me abrió la puerta sonriente pero mudó el gesto, lo juro, cuando vio al perturbado sudoroso y jadeante que venía a buscar a su hija.

—Tú debes de ser Pipi —dijo forzando de nuevo la sonrisa de bienvenida.

Abrí la boca para decir que sí, que yo era Pipi Calzaslargas si hacía falta, pero en vez del «sí» alto, claro y varonil que esperaba, una especie de graznido áspero resonó en la puerta de los Barlow como si alguien estuviera lijando el marco. Con el esfuerzo me había quedado seco, necesitaba agua, Pepsi, Tab, Woolite, lo que fuera para recuperar la voz; presionando la lengua contra el paladar busqué una gota de saliva, un rocío de baba, una molécula de secreción que me permitiera articular la primera palabra, las otras vendrían después. Lo intenté de nuevo; esta vez, logré un sonido parecido al rascado de una marcha de coche que no acaba de entrar. La madre de Tina, comprensiva, zanjó el bochornoso espectáculo.

—Anda, pasa, Pipi. Tina ha ido a casa de nuestros vecinos a por unas flores que necesito y ahora mismo viene. ¿Quieres un refresco?

Asentí con la cabeza, temeroso de que me chirriara otra vez la voz, dolido por la ausencia de mi amada en aquel trance tan poco español de conocer a los padres de una tía con la que sales por primera vez. Mientras esperaba de pie en el salón enmoquetado repleto de fotos familiares —una especie de Museo de la Evolución de Tina—, su hermana pequeña apareció en el umbral de la puerta con un peluche entre los brazos y me miró de arriba abajo con todo el desprecio que es capaz de mostrar una mocosa de nueve años. La saludé con cara de adolescente encantador con los niños y multiplicó su repulsa hacia mí arrugando el labio superior como una Mari Trini perversa, una madrastra de Blancanieves tamaño enanito que maldecía con su mirada a ese extraño que ya no sabía dónde meterse. El tintineo de los hielos por el pasillo anunciaba el regreso de la madre con la bebida salvadora.

—Bueno, Tracy... ¿Ya conoces a Pipi? —preguntó sin esperar respuesta.

Me bebí medio litro de Diet Coke de un trago y coloqué el vaso en una mesa baja situada delante del sofá en el que me había sentado siguiendo las indicaciones de la señora Barlow. Había ensayado una apariencia de tranquilidad y relajamiento para esta situación, pero no estaba funcionando; al borde del sofá con los codos sobre las rodillas y frotándome las palmas de las manos, debía parecer tan cómodo como un lord inglés cagando en plena campiña. La señora Barlow, sin embargo, se había repanchingado en su sillón y me miraba con una mezcla de lástima y compasión:

—Tina nos ha dicho que eres español —comentó para romper el iceberg.

—¡Sí! —respondí con entusiasmo, como si no me hubiera dado cuenta de mi nacionalidad hasta ese instante.

Ella asintió, sin que yo pudiera adivinar qué quería decir con ese gesto, y se quedó callada. ¿Por qué no me hacía más preguntas? ¿Qué estábamos esperando?

—Mi marido viene enseguida —añadió como si me leyera el pensamiento.

Así que era eso, el marido era quien hacía las preguntas, el que pondría un flexo directo a mi cara y me preguntaría una y otra vez que si me la cascaba y yo que no, que no, de verdad, hace mucho ya, y él venga otra vez, que él sabía que yo era un pervertido y yo que tengo sueño y ya me duele la espalda y él que grita ¡contesta, cuéntame la verdad! y es que yo, señor Barlow, que no, verá…

—¡Buenas tardes! —voceó el padre de Tina desde el pasillo.

Me levanté de golpe, como si me hubieran soltado diez mil voltios en el trasero, tan impetuoso que golpeé el vaso con la rodilla; los hielos saltaron por el aire y varios fueron a caer a los pies del dueño de la casa mientras el vaso, de plástico made in Taiwan, rebotaba de aquí para allá. Me gustaría haber hecho el amago de recoger los hielos, disculparme, saltar por la ventana y huir en bicicleta, pero me había quedado petrificado; una fuerza superior me había anclado en aquella moqueta ante la visión del señor Barlow.

De entrada, impresionaba su tamaño; el padre de Tina medía dos metros y sobre sus hombros se podría armar un camping tamaño estándar. Tenía el pelo cortado al uno, un cuello que parecía una columna del Partenón y unos brazos musculosos al estilo Geyper Man. Vestía camiseta ajustada con el símbolo de los marines y pantalón de chándal; cada una de sus perneras me habrían servido como saco de dormir. Decidí que Tina era hija adoptada, no había duda, no podía ser de otra manera. Ella me había contado que su padre era experto en explosivos y que viajaba por el país realizando demoliciones y detonaciones controladas; recordar ese dato no ayudó precisamente a que me relajara. Además, sus ojos juntos y pequeños le conferían una expresión de mala leche en el entrecejo que helaba a todo aquel que tuviera delante. Y en aquel momento, el único ser en la Tierra que le estaba aguantando la mirada era yo, Pipi Calzaslargas. Qué pena de Pequeño Tío para salir de allí al trote.

—Tina nos ha dicho que eres español —repitió como si su voz fuera el eco grave de la frase que había dicho antes su esposa.

—Sí, señor —respondí con un hilo de voz.

Frank Barlow me tendió su manaza derecha; yo deposité la mía encima de ella, más o menos hacia la mitad —parecíamos una réplica de la portada del *Plastic Surgery Disasters* de los Dead Kennedys— y me invitó a sentarme. Su mujer, todavía con los hielos y el vaso que yo había tirado en la mano, sonrió y se fue a la cocina. Yo la miré con ojos de «no me deje aquí solo con este señor», pero ella ni se enteró.

—Hijo mío —era Frank, dirigiéndose a mí—, Tina es una buena chica; es amable, estudiosa y respetuosa con su familia. Como comprenderás, no sabemos nada de ti, sólo que vienes de un país lejano. Confiamos en nuestra hija, y sabemos que nunca se citaría con malas compañías, ¿verdad?

Mi cabeza se columpiaba de arriba abajo como la de un perro balancín, tan de moda en las bandejas posteriores de los coches españoles en los años setenta.

—Bien. Sólo quiero que sepas que queremos lo mejor para Tina —sentenció.

Se quedó en silencio, apoyó la espalda en el respaldo y me dirigió una larga mirada en la que por primera vez afloró un brillo de humanidad, un reflejo de emoción, un destello de comprensión.

¿Ya está? ¿Esto era todo? ¿A esto se reducía la tan cacareada charla, el tan temido interrogatorio? No había sido para tanto, pensé, hasta que vi cómo aquel armario ropero recuperaba la animalidad en su rostro, recolocaba su enorme trasero en el sofá y, clavando sus pupilas de acero en mis ojos de mantequilla, masticaba unas cuantas sílabas:

—Dime, hijo, ¿cuáles son tus aspiraciones en la vida?

Empujado por una fuerza sobrenatural comencé a desgranar un autorretrato que distaba algo así como un abismo de la realidad, pero ya se sabe que mentir es como construir un edificio: una vez puestos los pilares, sólo hay que colocar los ladrillitos con cierto orden. Según mis propias palabras, siempre había sido un destacado estudiante, tanto en el aspecto académico como en el deportivo; al brillante currículum obtenido en clase había que añadir una destacada carrera como futbolista —en ese punto yo mismo tuve que cortarme cuando me vi narrando como propio un famoso gol de Platini— que me situaba en magnífica disposición para labrarme un fabuloso futuro como psicólogo deportivo (escogí esa vocación en mi trola galopante porque esa misma semana habíamos tratado dicha profesión en clase de la señora Elliot). En mitad de la charla, alguien abrió la puerta de la calle; era Tina, ya de vuelta con un enorme ramo de rosas que convertía su presencia en una postal de San Valentín. Nos dedicó —a los dos hombres más importantes de su vida, pensé— una sonrisa fabulosa antes de irse a la cocina. Aquel gesto dio bríos a mi embuste y me lancé cuesta abajo: yo también era una persona profundamente religiosa, sí, señor, temeroso de Dios y amante de la familia, los pájaros, los tomates, la Creación en genérico.

La patraña surtía efecto. El señor Barlow reblandecía sus facciones como un gorila adormecido tras una copiosa comida y yo ya me sentía como un santo caído del cielo que había venido a conducir a Tina por el recto camino. Bueno, ése no, que era nuestra primera cita.

Cuando Frank llamó a su hija porque el coche que venía a recogernos ya estaba delante de la casa, Tina volvió al salón y se encontró a su padre con uno de sus enormes brazos rodeando el hombro del chavalín español, como dos colegas que posan sonrientes para una foto.

El coche de Ted, amigo de Missy, amiga de Tina, prometida de Pipi, era azulón por fuera y pequeño por dentro. La pareja nos recibió con una sonrisa y el *Say, Say, Say* de Paul McCartney y Michael Jackson sonando en la radio. Una vez acomodados en el estrecho asiento trasero, Ted enfiló por Washington Street hasta el Taco Bell del Redwood Complex; así me enteré por fin de que hoy tocaba fast food mexicana para cenar. Por el camino, Missy, volteada hacia nosotros en una forzada postura agravada por la tensión del cinturón de seguridad, nos contó que en el restaurante nos esperaban Leslie, Ginger y Linda, tres amigas que jugaban en el equipo de voleibol de Palo Alto, y Glenn, novio de Leslie, que pertenecía al equipo de fútbol americano del mismo instituto. Con una veloz aplicación matemática calculé cinco tías contra tres pavos; la cita, a pesar de los tropiezos iniciales, se presentaba más que bien. Y Tina estaba radiante.

Al llegar al Taco Bell comprobé que la ecuación no funcionaba como la había calculado; contando la avariciosa fealdad de Ginger o Linda —tenía que llamarse precisamente linda aquella tía que parecía la hermana pequeña de Super Ratón— y el tamaño desorbitado de Glenn —¡qué manía tan americana la de fabricar gente grande!— éramos más bien tres tipas y cinco tíos. No me inquieté; había superado lo más grave como para echarme atrás ahora. Pero en la desesperante cola que guardamos para poder hacer nuestro pedido de burritos, tacos y enchiladas, supe de las vidas y milagros de mi recién adquirida pandilla; ahí mismo empezó a flaquear mi entusiasmo al imaginarme todos los sábados haciendo una cola como ésta, antes de ir al cine, para asentir con la boca llena de chocolatinas mientras Glenn explicaba cómo le había ido en el partido del jueves, las chicas proponían aburridas disquisiciones sobre voleibol femenino o el grupo entero comentaba los deberes que los profesores les habían asignado esa semana. Era como si aquella pandilla no conociera la maldad en ninguna de sus formas; no había comentarios groseros sobre las animadoras del instituto, ni bromas crueles sobre el profesorado, ni palabras malsonantes, ni nada de nada. Antes de sentarnos a comer, antes incluso de llegar al mostrador a pedir, supe a ciencia cierta que me aburrían tanto como yo a ellos. Y que nos aburriríamos por siempre jamás aunque Tina me estrujara entre sus brazos y me plantara un morreo ahora mismo, algo que, sin duda, habría ayudado a sobrellevar la pesada carga de sus conversaciones. Ya en la diminuta mesa —comodidades las justas, no vaya la gente a hacer sobremesa—, la charla continuó por derroteros que no hubieran desentonado con la anciana señora Miller, a quien, por cierto, no había vuelto a ver desde mi llegada. ¿En plena cita con la mujer de mis sueños me estaba acordando de la anciana con la que había descongelado la nevera de Betty? Estaba claro que aquello no iba bien.

Como un conductor que, viajando de noche, se da cuenta de que le vence el sueño, me froté los ojos para espabilar y volví a centrarme en Tina, pero enseguida me invadió un amago de desilusión al ver con qué atención escuchaba las explicaciones de Glenn sobre las tácticas de su entrenador o con qué ganas reía las intrascendentes anécdotas del último partido de voleibol de sus amigas. Tuve que aislarla en mi mente, sacarla de aquel contexto acartonado para volver a convertirla en la arrebatadora vikinga que había sido durante la semana. El lunes le daría el dibujo, sí, señor. Empecé a recuperar la sonrisa, la ambición, la pasión, la sed por unas cervecitas, qué menos, para alegrar el funeral. Por supuesto, no saqué el tema; me habrían mirado como el extraterrestre que era para ellos.

Salimos con el sistema digestivo empantanado de alubias machacadas y guacamole picante. En una de las mesas, un tipo mal encarado soltó un estruendoso eructo propiciado por el poderoso bicarbonato negro en forma de refresco de cola. Me reí con ganas —yo tenía en la recámara un regüeldo que no se lo saltaba un torero— pero mi pandilla, la Santa Congregación de las Buenas Maneras, me miró con gesto reprobatorio. Mudé la risa, me puse serio, algo colorado y me tragué el gas abrasivo con no poco esfuerzo. Ya buscaría otra salida.

Ni ese incidente me bajó de la nube por la que andaba en los pocos metros que separaban el restaurante del cine; Tina iba a mi lado intentando entender mis aburridas disquisiciones sobre fútbol europeo porque a mí no se me ocurría otro tema para parecerme a sus amigos petardos que sólo escuchaban country, y del rock, como mucho, a Foreigner, Loverboy y Pat Benatar. Sólo quedaba que la película fuera un mínimo comprensible, algo entretenida, un pelín divertida para que el plan de asedio siguiera su buen curso. Me extrañó que nadie me preguntara mis preferencias, aunque, bien mirado, poco podría añadir sobre los veintidós títulos que, en su mayoría, me sonaban a chino. La espalda de Glenn, justo delante de nosotros, nos protegía del aire y el frío; aquella extensión de lomo frenaba cualquier inclemencia al otro lado. Sólo delante de la puerta de la sala correspondiente alcancé a ver que la película se titulaba *Yentl;* no había cartel y el nombre me sugirió aventuras medievales, dragones descuartizados y caballeros de armadura.

A buena parte.

Cuando las luces se apagaron y en pantalla apareció el nombre de Barbra Streisand casi me quedo sin aliento. En la primera canción se me humedecieron los ojos, pero no de emoción. Para cuando entendí que la historia iba de la hija de un rabino polaco que se hace pasar por varón, tenía ganas de llorar a moco tendido, de salir corriendo del cine, de matar a Linda, tenía que llamarse Linda, que había sacado las entradas mientras yo le daba el coñazo a Tina inventándome las diferencias entre el fútbol inglés y el italiano. *Yentl* durante dos horas y pico. En un cine con amplias butacas que no invitaban al roce de rodillas a no ser que te despatarraras en el asiento y separaras las piernas como si hubieras montado a caballo tres días y tres noches, huyendo de Barbra Streisand, buscando a Tina, la dulce Tina que en aquellos insoportables ciento veintiocho minutos de proyección no se despistó ni un solo segundo, atenta a la pantalla, lejos, lejísimos de mí a pesar de estar en la butaca de al lado, malditas butacas cómodas y funcionales con reposabrazos individuales, que ni el codo podíamos rozar.

—Me encanta Barbra Streisand —dijo al salir del cine con el rostro iluminado por la más seductora de sus sonrisas.

Era un plan premeditado, no había otra explicación. Tina me había invitado a salir con sus amigos por compromiso, de alguna manera sabía de mi aversión por la Streisand y ahora me lo restregaba por la cara para que desistiese de tirarle ni otro tejo más. Claro que, casi al mismo tiempo, decidí que de verdad le gustaba la solista narigona y que mis tejos no los había ni notado de puro discreto que me las gastaba. En cualquier caso, recibí con alborozo la propuesta de Ted —el único miembro de la pandilla basura con el que tuve cierta conexión—: tomarnos algo cerca de la bolera del Redwood, que allí había de todo. Lo de tomar algo, en contra del pack de cerveza a dos dólares que me habría gustado, resultó ser otra Pepsi, unas chocolatinas, bastantes palomitas y más patatas onduladas que consumíamos compulsivamente en el parking, cerca de la bolera, como si no hubiésemos cenado en una semana. Missy y Ted, junto a Glenn y Leslie, habían decidido jugar una partida de bolos; Tina me preguntó si quería entrar o prefería quedarme fuera, y le respondí que como fuera no se estaba en ningún sitio, pensando que sería mi gran oportunidad para quedarme a solas con ella, pero sin contar que se había traído dos buenas fajadoras, Ginger y Linda, tenía que llamarse Linda, que no iban a permitir tamaña licencia.

Fue entonces cuando empezó a mascarse la tragedia.

Un par de bocinazos familiares me saludaron desde lejos; Rob, Steve y Troy llegaban al parking haciendo ruido y con el maletero lleno de cerveza. Eso último era una suposición mía, pero en plena paranoia casi podía oler la Budweiser y ya salivaba como un caballo sediento que hubiera cabalgado durante tres días y tres noches huyendo de Barbra Streisand. Rob, aparcando al lado del coche de Ted, nos saludó con un sonoro eructo de cebada aguada y se bajó de su Ford con los ojos brillantes y una sonrisa que yo conocía bien.

—Joe, cacho cabrón, ¿qué haces aquí? ¿Estás de picnic?

Los vasos comunicantes comenzaron su lento fluir, la primera ficha de dominó había sido empujada y el efecto mariposa ya estaba transformando mi cita en una bola de fuego y destrucción que rodaría ladera abajo.

De momento sólo sonreía como un idiota.

Ginger, evidentemente incómoda ante la presencia de mis amigotes —a los que todo Catworth tenía fichados como poco recomendables—, propuso ir a buscar a las dos parejas que nos habían abandonado, y se lo comentó a Tina en vez de irse sola o pegarse un tiro, que tampoco habría estado mal, porque Tina, mi bella Tina, aceptó de inmediato y se fue con ella dejándome en el parking con mis amigos borrachos. Y Linda.

Tenía que llamarse Linda.

Rob me tendió un gran vaso de Coca-Cola; eso ponía fuera, pero yo sabía que dentro había medio litro de cerveza. Miré a Linda, que otorgaba callando, y me zampé un trago largo y frío, una cascada de burbujas y pequeños estallidos amarillos que me picaron en la garganta y descendieron a cámara lenta hasta el estómago, salpicando sus paredes, alterando al instante mi percepción, mi ser y mi estar. Con la espuma todavía en el labio superior le ofrecí el vaso a Linda. Fue un gesto espontáneo, estúpido, una temeridad por mi parte, sabiendo lo que ya sabía de aquella mujer que, no sólo malgastaba un sábado en ver *Yentl*, sino que encima opinaba que estaba muy bien ambientada, como había dicho Linda, que ahora cogía el vaso con decisión y bebía toda la cerveza que quedaba, mientras Rob gritaba como un cowboy conduciendo ganado y Troy se llevaba las manos a la cabeza y daba saltos como un mono en celo y Steve decía algo así como «hay que joderse» y yo no daba crédito, literalmente, no daba crédito a que Linda hubiera acabado la cerveza y me mirara con los ojos brillantes y yo me asomara al vaso y allí sólo había espuma y volvía a los ojos de Linda y seguían brillando como desafiándome a no sé qué, pero allí estaba Rob abriendo el maletero del coche, rellenando el enorme vaso de cerveza, ofreciéndoselo a Linda, que ahora bebe un sorbo y me tiende el vaso rebosante para que beba y luego ella que me lo quita y vuelve a pegar un trago demasiado largo para su estatura, para su vida, para ser alguien que aguanta los peñazos de Glenn como si tuvieran algún interés.

Lo peor es que mientras la cerveza pasaba del maletero de Rob a nuestros estómagos, Tina y Ginger decidían echar una partidita rápida de bolos junto a las otras dos parejas. Es decir, el universo, el destino, Dios y su legión de arcángeles, habían decidido que yo era tema central del día; todos los hechos contribuían, irremediablemente, a mi hundimiento definitivo. La extraña juerga seguía su curso; Troy había sacado el skate del asiento trasero del coche y se daba leñazos contra el alquitrán, mientras Rob y Steve hablaban con unos amigos que salían de ver una película. Por mi parte, la sobredosis de cerveza barata empezaba a causar estragos en mi percepción; la mirada de Linda, una miope con los ojos pequeños, me parecía ahora pizpireta y casquivana; sus orejas despegadas ya me resultaban graciosas —en el sentido de encantadoras, no de chistosas— y sus diminutas tetas…; bueno, sus tetas seguían siendo diminutas, ahí no había poesía que valiera. Todavía estábamos apoyados en el coche de Rob, cuyas ventanillas bajadas permitían escuchar la radio sintonizada. En aquel momento, el pincha había seleccionado una rareza de los Stray Cats; una toma en directo, cantada por Lee Rocker, del tema *The Girl On My Left Is Looking Better Every Beer.* No supe leer el claro, diáfano mensaje que fluía por los cuatro bafles, ni siquiera cuando Linda, que a estas alturas de Budweiser ya estaba más linda que nunca, me tomó de la mano, abrió la puerta del coche de Rob y se metió dentro y yo la seguí porque no me había soltado la mano y porque me divertía aquello, a ver en qué acababa pero sin tiempo a darle vueltas porque sentarme en el asiento de atrás y subírseme encima Linda fue todo uno, sin tiempo a decir esta boca es mía porque sus labios ya estaban contra los míos, y su lengua dentro, de arriba abajo y de derecha a izquierda, como bendiciendo la cavidad, pater nomine, y sus manos que empiezan a registrarme por debajo de la camiseta oficial de la gira de Police y sus uñas que me arañan y sus dientes que me muerden el cuello y su entrepierna frotándose contra mis pantalones abultados, y ya somos un lío de brazos y saliva porque Linda se transforma en una Shiva con cuatro manos y todas me tocan a la vez, todas menos una que se ha metido entre el vaquero y el vientre, como una anaconda en busca de su presa que ya aprieta fuerte mientras la otra mano, como si llevara toda la vida haciendo ese gesto, desabrocha de un tirón los primeros cuatro botones de la bragueta y la erección que se asoma en todo su esplendor, porque aquella erección me parece espléndida entre los dedos de Linda, que bate con fuerza y me besa y me muerde y me lame, la boca, el cuello, la oreja antes de bajar la cabeza y aprisionar entre sus labios la erección que queda fuera de su puño y succionar como si quisiera sacarme el veneno de un escorpión y un calor inesperado en forma de calambre que sacude mis piernas de abajo arriba y agarro la cabeza de Linda y la atraigo más aunque ella no deja de succionar arriba y batir abajo cuando el calambre se transforma en sacudida y tensión justo antes de que el mundo entero detenga su órbita un segundo y el placer se me derrita en su boca, la boca de Linda, y me dé cuenta de que tengo los ojos cerrados y aquello hay que verlo, así que los abro rápidamente para ver cómo se esmera en recoger con la lengua lo poco que aún sale.

Y es entonces cuando veo a Tina.

De pie. Al lado del coche. Con la Coca-Cola de litro con la que había venido a buscarme para proponer una partida de bolos contra los imbatibles Glenn y Leslie. Imaginé que acababa de llegar porque su mirada todavía estaba clavada en la nuca de Linda poco antes de mirarme al centro de las pupilas y que yo viera en las suyas cómo florecía, en ese mismo instante, un odio inapelable, eterno desde ya.

Cuando se dio media vuelta y echó a correr hacia la bolera, Linda, ajena a la fugaz presencia de su amiga, levantó la cabeza y me miró complacida, con un brillo muy poco favorecedor en sus pequeños ojos miopes, con aquellas enormes orejas más despegadas que nunca y con unas facciones, en general, que movían a cualquier cosa menos a la lascivia desenfrenada.

Tenía que llamarse, precisamente, Linda.

Al ver a Tina salir corriendo, Rob y Steve se acercaron al coche cuando salíamos de él; los coloretes de Linda —a la que yo había puesto al tanto de lo sucedido— y mi apresurado abotonamiento fueron pistas suficientes para que Rob abriera su bocaza y, entre carcajadas, pusiese la guinda:

—Ñaca, ñaca, ¿soy yo o huele a sexo? —bromeó entrechocando sus dedos índices.

Linda se dirigió a él y, sin darle tiempo a reaccionar, le soltó un puñetazo en la boca del estómago que le hizo doblar el espinazo mientras Troy, recién llegado en skate, daba brincos con las manos en la cabeza y gritaba que flipaba, mucho, que flipaba, que vaya noche.

Por la puerta ya salían Missy y Tina entrelazadas, muy melodramáticas pensé, con Ted que me dirigía una mirada de impotencia y que se acercaba a nuestra posición a explicarme que me llevaban a casa de Tina para que recogiese la bicicleta, pero sólo para que sus padres no sospecharan nada raro. Y que no dijese ni una sola palabra en el trayecto y que nada más llegar cogiera la bici y me fuera sin abrir la boca y, sobre todo, sin mirarla. Todo eso me explicó Ted dejando claro que las condiciones había sido impuestas, que él no podía hacer nada y que cómo se me había ocurrido liarme con Super Ratón, tío, con lo buena que está Tina. Esto último no me lo dijo, pero estaba escrito en su cara.

Subí al coche de Ted y me quedé paralizado, sintiendo que el odio de toda la condición femenina del planeta Tierra me taladraba la nuca desde los ojos de Tina y Missy, sentadas atrás, imagino que aún entrelazadas como si fueran dos hermanas consolándose en el funeral de su padre. No busqué con la mirada a Linda ni a sus amigas, ni a Glenn, ni a mis amigotes, me sentía como el condenado que es conducido al patíbulo en medio de un silencio atronador. Ted encendió la radio para quebrar aquella tensa calma, pero justo fue a sonar el *Whip It!* de Devo.

Delante de la casa de Tina, abrí la puerta del coche muy despacio, no fuera a despertarse Frank Barlow para detonarme la cabeza con sus propias manos, y salí a la calzada como un astronauta después de dos meses de hibernación; me paré un instante, calibré alguna frase de disculpa pero todas las opciones me parecieron inútiles, así que me alejé del coche, desaté la bicicleta y me fui pedaleando sin mirar atrás.

Durante todo el domingo estuve ensayando las palabras exactas que le diría a Tina cuando coincidiéramos en la taquilla. Pero el lunes, a primera hora, me encontré un tío con gorra de béisbol y muchos granos revolviendo en el armario 406. Me echó un vistazo huraño mientras yo abría la mía y siguió a lo suyo, así que me presenté tímidamente y le pregunté qué hacía allí.

—Ni siquiera lo sé... Me han cambiado de taquilla por la puta cara, no hay derecho, joder.

La noticia me produjo una extraña mezcla de tristeza y alivio. Mientras me dirigía al aula, jugué a imaginar la entrada de Tina aquella mañana en el despacho del director de Catworth, con el pelo revuelto y los ojos llorosos:

—Señor Crosby, ¡necesito cambiar de taquilla!

—¿Cambiar de taquilla? ¿Por qué?

—Usted no lo entendería, se trata… [*duda*] Es un asunto personal [*sollozo*], quisiera hablarlo con la señora Jimenez.

*Warren Crosby, aún enamorado de Tina, no controla sus emociones. Arrebatado por la pasión, cegado por los celos, se levanta de la silla y se coloca detrás de la asustada Tina, agarrándola por los brazos, pegando su aliento a la nuca de la joven.*

—Es por Pipi, ¿verdad? ¡Es por él!

—¡No se dice Pipi! ¡Se pronuncia Pepe!

—Entonces tengo razón, ¿qué te ha hecho esta vez? ¡Se las verá conmigo!

—Usted no puede hacer nada, ¡nadie puede! [*rompe a llorar*].

*La señora Jimenez, alarmada por los gritos de Tina, entra sin llamar y observa a Warren, que retira sus manos abruptamente de la joven. Los celos ciegan ahora la mirada de la señora Jimenez, todavía dolida por la ruptura de su apasionado romance adúltero con el director de Catworth.*

—[*Seria*] ¿Qué ocurre aquí?

—Tina quiere cambiar de taquilla y no me ha dicho la razón.

—[*Vengativa*] ¿No tendrá que ver con lo que pasó en el parking del Redwood, verdad?

—¡No! [*gritando*] ¿Usted qué sabe?

—Sí, ¿qué sabe usted, señora Jimenez?

—¡Super Ratón se la chupó a Pipi el pasado sábado en el coche de Rob! ¡Ese Pipi es un buen elemento!

—¡Se dice Pepe! ¡Y me da igual lo que hiciera! ¡Sigo enamorada de él!

Una palmada diáfana, seca, abierta en mitad de la espalda, justo el tipo de saludo que abomino, me despertó de tan culebrona ensoñación.

—¡Joe! —gritó Rob—. Joe, Joe, Joe… —añadió con una sonrisa esperando que, no sé, le explicase algo o dijera la frase definitiva o le contara los detalles. En esa típica proyección adolescente de responsabilidades, yo le veía como único culpable de lo sucedido; si no hubiera aparecido por Redwood el sábado, quizá ahora yo tendría una novia guapa, tierna y aburrida. Sin embargo lo único que tenía era el careto de Linda incrustado a todas horas en mi memoria como un tumor. Maligno. Rob seguía mirándome con expectación, una de sus manos apoyadas en las taquillas.

Sólo acerté a encogerme de hombros antes de irme.

Diciembre avanzaba por California como un buque rompehielos. Ya tenía los dedos llenos de pequeños arañazos causados por mi lucha matinal con el hielo que se formaba en el parabrisas del Buick; Betty aseguraba que no se debía verter agua caliente sobre él porque podía romperse en mil fragmentos y que lo más seguro era raspar con una de esas espátulas blancas que se utilizan para descongelar frigoríficos. Y yo venga darle duro al hielo para que el señorito Phil condujese sin sobresaltos.

Como ocurría cada año en cualquier rincón del mundo occidental, con la misma precisión matemática, el mes de diciembre chocó violentamente contra su tercera semana y la Navidad, de nuevo, me estalló en la cara sin darme tiempo a reaccionar. Claro que ahora me encontraba en el mismo epicentro de la celebración, tal y como la entendía mi generación: Papá Noel, renos, acebo, calcetines en la chimenea y árbol adornado frente a Reyes Magos, camellos, musgo y Belén de figuritas. El combate era desigual y la versión WASP contaba con Hollywood, Coca-Cola y Galerías Preciados como puntos de apoyo frente a la pobrecita tradición católica; de todas formas, ambas opciones resultaban, en última instancia, igual de ñoñas, cursis e irritantes.

Claro que las cosas siempre pueden ir a peor.

Lori apareció en casa con una sonrisa que no presagiaba nada bueno. No es que soliera llegar triste y aquel día fuera una excepción; Lori siempre estaba alegre, pero hoy la alegría se le desbordaba por los poros, por los coloretes que traía de la calle, por la sonrisa radiante en la que rebotaban los reflejos del espumillón que inundaba la casa. Yo estaba viendo el vídeo de Huey Lewis & The News en el que el cantante llena el fregadero de la cocina con agua y cubitos de hielo para meter la cabeza y espabilarse, una escena muy poco apropiada para el crudo invierno que vivíamos, por muy californiano que fuera. Lori se acercó al sofá y me miró como se mira a un perro abandonado un segundo antes de decidir que te lo llevas a casa.

—Joe, ¿quieres venir a cantar villancicos con nosotras? —preguntó ligeramente inclinada, las manos apoyadas sobre sus rodillas.

Villancicos. ¿Cantar villancicos? ¿Dónde? ¿Al lado del árbol?

—Yo…

—¡Muy bien! ¡Pues no se hable más! —exclamó aplaudiendo con sus manoplas de lana.

Había cometido la torpeza de pensar, de quedarme callado, de mirarla a los ojos con cara de idiota y sonrisa de Joker. Al igual que su madre, Lori poseía el superpoder de preguntarme una cosa y, en la misma frase, dar por hecho que aceptaba; una vacilación como la que yo acababa de tener era mortal de necesidad.

—Mi madre llegará con el reverendo McCain en menos de una hora —añadió con entonación de jingle bells tras consultar su reloj—. Tienes tiempo de sobra para prepararte.

—¿Pre… prepararme para qué? —tartamudeé al borde del infarto.

—¡Los villancicos! —gritó Lori golpeando el suelo con toda la planta del pie derecho—. ¡Vamos a cantar villancicos por las casas! Tienes que abrigarte…

Los buenos actores lloran cuando el director lo requiere, pero es más difícil no llorar cuando tienes verdaderas ganas de hacerlo. Lori no podía imaginar que su plan era la causa de la aflicción en mi rostro, así que se sentó a mi lado con la cara iluminada por una alegría navideña nada contagiosa:

—En estos días seguro que echas de menos a tu familia, ¿verdad?

No podía decirle que la mayor ventaja de pasarme todo el año fuera de España era, precisamente, librarme de mis navidades familiares, así que alargué el gesto de aplastante tristeza y aproveché el momento para esclarecer la duda que me corroía desde tiempo atrás:

—Tú sí que echarás de menos a tu padre en Navidad, ¿no?

Al igual que había hecho su hermano cuando saqué el tema, Lori tensó el gesto y mintió:

—Sí, claro…

—¿Cuánto hace que murió?

—¿Qué importancia tiene? —exclamó incorporándose de un salto—. No es agradable recordarlo —añadió con evidente esfuerzo por dominar su nerviosismo—. Escúchame, Joe —dijo bajando la voz y sentándose de nuevo a mi lado—: Phil me ha dicho que también le has preguntado a él, así que yo misma te lo contaré…

En ese punto Lori realizó una pausa dramática que aproveché para preguntarme por qué Phil le había comentado mi curiosidad sobre la causa de la muerte del señor Johnson. Permanecí en silencio esperando ansioso la explicación; ella, por su parte, continuaba con la mirada perdida en el suelo, como si buscara la frase correcta entre las baldosas.

—Mi padre murió de cáncer hace ya muchos años, ¿sabes? Eso es todo; lo queríamos mucho y dejó un gran vacío, por eso te pediría que, por favor, no vuelvas a sacar el tema, y menos delante de mi madre.

—Lo entiendo perfectamente, Lori, y lo siento; no quería molestar.

Mi arrepentimiento parecía sincero, pero por dentro ardía en deseos de saber qué me estaban ocultando.

Hora y media más tarde estaba en medio de un grupete de ancianas metodistas que graznaban el *Noche de paz* frente a la ventana de una pareja de octogenarios que nos miraban embelesados. Imaginé que mis amigos de España me observaban desde el tejado de la casa y al momento me entró un carcajeo flojo como mecanismo de defensa contra la inmensa vergüenza. Disfracé el ataque de guasa de emoción contenida, ocultando el rostro entre las manos mientras una de las ancianas metodistas susurraba «pobre chico, claro, tan lejos de la familia». Cuando me recuperé, alcé la vista y un enorme lagrimón de risa contenida resbaló por mi mejilla; todos me miraban apenados menos McCain, viejo zorro.

El resto de la Navidad discurrió con la habitual repetición de universales gestos optimistas. A excepción de la rondalla metodista no tuve que enfrentarme a costumbres y ritos que difirieran demasiado de los adquiridos a lo largo de las diecisiete navidades católicas, apostólicas y romanas que me habían tocado en España.

Tras una de esas veloces noches de viernes a base de latas de cerveza en el coche de Rob, me levanté a la una de la tarde y deambulé por la casa, vacía como tantos sábados a excepción de Cat, el perro, que me miraba con esa indiferencia que los humanos adquirimos sólo tras muchos años de práctica. Por delante, una fabulosa dosis de telepredicación, teletienda y recreación audiovisual acompañada de patatas fritas y Pepsi. Pasadas las tres de la tarde, el timbre del teléfono rasgó la tranquilidad que invadía el 1264 de Carpet Drive; me levanté pesadamente, con las huellas de la resaca y la mala noche entrelazadas como una secuencia de ADN, descolgué el auricular con desgana y musité un «¿yes?» bajito y educado. Al otro lado de la línea, un estruendo de voces, cornetas, gritos, cánticos, chillidos y matasuegras me perforó el tímpano, partió en dos mi cerebro, taladró el otro oído y salió despedido hasta estrellarse contra la pared, justo encima de la pecera, donde la morena se removió inquieta. Sobre el espeso follón, distinguí la voz de mi primo Quique gritando en un inglés germánico.

—¡Jelou, jelou! ¡Ai am Espain! ¡Ai for Pepe! ¡Espain!

—¿Quique?

—¡Pepe! —gritó—. ¡Es Pepe! ¡Es Pepe! —confirmó alejándose del auricular mientras el estruendo redoblaba su potencia, como si mi primo estuviera en las gradas de un partido de baloncesto sentado junto al del bombo. Al momento, la voz de mi madre, con ese arrastramiento de vocales tan característico en nuestra familia después de la tercera botella de champán, ocupó el primer plano de audio:

—¡Pepe! ¡Que le he dicho a Quique que llamara él porque habla inglés! ¿Cómo estás?

Instintivamente miré, con estrábico esfuerzo, el calendario y el reloj.

Y caí en la cuenta.

Estábamos a 31 de diciembre.

Y en España ya eran las doce y cinco de la noche.

California 83 - España 84.

## ENERO

## *OWNER OF A LONELY HEART*

El año Orwell había llegado por fin a mi vida con una entrada muy poco espectacular. El único Gran Hermano que aquel domingo 1 de enero de 1984 vigilaba mis pasos dentro de casa era el reverendo Brian Stackpole, que desde el canal religioso hablaba del año recién estrenado con una mezcla de miedo y optimismo que debía más a la magia de la cifra que a la solidez de sus creencias. El pastor, o lo que fuera, hablaba de forma vaga y obvia sobre la necesidad de comunicarnos, de decir cosas como «te quiero, Señor», ahora que el mundo se acababa —eso no lo decía, pero lo daba a entender—; muy cerca, Candy, su mujer, asentía con ojos llorosos, conmovida al borde del temblor con una respiración pesada que hinchaba y deshinchaba arrítmicamente su enorme perímetro pectoral.

Las pandillas funcionan como enormes desagües que atrapan cada una de las gotas de la bañera con una fuerza descomunal, con una orden precisa, con una determinación irresistible; una vez quitado el tapón, la fuerza no te acompaña como a Luke, te arrastra hacia la tubería de acción única, irresistible e incontestable. Si le dices a un ñu que cruce él solito el río Mara de Kenia, te mugirá de forma despectiva y añadirá: «que lo cruce Attenborough si le apetece, a mí no me toques los hocicos». Pero, claro, si eres un ñu trotando entre cientos de colegas y al primero se le ocurre lanzarse al agua, ¿qué haces? ¿Cómo explicas a los demás que es mejor buscarse otra forma de matar el tiempo, que a lo mejor hay un puente río abajo, que tampoco hay que tomarse a la tremenda lo de cruzar en plan machote como si tal cosa?

Eso pensaba sentado en el asiento de atrás del coche de Rob, apretado entre Troy y Kurt —Steve ejercía de copiloto—, rodeado de ñus vociferantes mientras nos lanzábamos cuesta abajo en punto muerto por una de las montañas con las que limita al este San José. Mis amigos, que se aburrían con los usos comunes que se le suelen dar al coche, siempre intentaban descubrir nuevas formas de tortura dentro del automóvil. La última consistía en subir al monte Dawson y en el mirador ponerse ciegos de cerveza barata —ésa era una de las asignaturas comunes a cualquier plan de ocio que se nos ocurriera—. Maravillados ante la visión nocturna de nuestra ciudad, brindábamos y estrujábamos las latas antes de arrojarlas lejos en una absurda ceremonia de kamikazes beodos; pero en vez de un zero cargado de bombas y gasolina contra un portaaviones, teníamos un viejo Ford y la misión de bajar aquella carretera de montaña en punto muerto y sin tocar el freno, a ver hasta dónde aguantaba Rob sin pisarlo, por si hoy superábamos la curva donde nos detuvimos el otro día.

El esquema que venía después del brusco frenazo era siempre el mismo; tras unos segundos de risas excitadas, taquicardias contenidas y gritos liberadores, nos quedábamos en silencio, mascando el peligro que acabábamos de rozar, asumiendo que si nadie abría la boca contra aquella barbaridad que se le había ocurrido a Rob, o bien apreciaba la absurda descarga de adrenalina o es que se dejaba llevar como uno más, qué más da. Era, sin duda, un bonito argumento para un videojuego o para verlo en la tele o para quedarse en el mirador Dawson con el corazón en un puño, pero no para estar apretado entre Kurt y Troy, gritando como ellos o más alto que Rob, que conducía y chillaba a la vez mientras Steve, con los brazos estirados y las manos apoyadas en el salpicadero, apretaba las mandíbulas y no abría la boca pero el miedo le salía sólo por los ojos, no como a mí, que me salía por los ojos, por la boca, por los poros y por la moña que se iba quedando en cada uno de los tramos que Rob superaba sin pisar el freno, en cada uno de los chirridos de las ruedas en la gravilla de la cuneta —a veces tenía que abrirse mucho para salir de la curva con garantías—, en cada uno de los volantazos que pegaba cuando el coche, disparado, llegaba a la quinta curva, aquella en la que, invariablemente, tenía que frenar cuando ya me veía volando hacia San José, la ciudad entera iluminada bajo un viejo Ford flotante, cargado de ñus nerviosos que se calmaban porque el coche no caía, avanzaba en el aire mientras Rob lo manejaba con suavidad, incluso bajaba la ventanilla y sacaba un codo para que el aire de la noche agitara su amago de tupé, hasta Troy se dormía mecido por el silencio que te envuelve en cuanto dejas el suelo.

No.

Habíamos llegado a la quinta curva y Rob había pisado el freno porque, como siempre, salíamos de la cuarta abiertos y lanzados; era el freno o el precipicio. Pero aquel día nos faltó muy poco para no contarlo. No es que otras veces no fuera peligroso, pero aquel frenazo había hecho derrapar al coche más de la cuenta; durante unos metros interminables, se arrastró de costado en dirección al precipicio. Steve y Troy, situados en ese lado del auto, vieron mejor que nadie como el abismo se agrandaba más allá del horizonte de la carretera. Nos detuvimos a un metro escaso de la nada. Esta vez no irrumpimos en el habitual griterío adrenalítico; durante unos segundos casi se podían oír nuestros cinco corazones como un tam tam desbocado. Kurt fue el primero en recuperar un hilo de voz:

—No sé, quizá no merece la pena seguir haciendo esto; se nos pasa la borrachera, ¡es tirar la cerveza a lo tonto!

Todos miramos de reojo a Rob, quien, sin mirar a nadie en concreto, respondió:

—Es verdad, no merece la pena desperdiciar una buena moña en treinta segundos.

Respiré aliviado; tenían tanto miedo como yo, su cobardía era mi alegría y la confirmación definitiva de pertenencia a un grupo de ñus aborregados. Pero, eso sí, antes muertos que admitir el terror que nos impedía salir del coche. Un leve ataque de ternura invadió mi maltrecha percepción de las cosas; éramos una pandilla, una banda, un puñado de amigotes unidos por una fuerza extraña, por un vínculo ineludible que nos hacía diferentes al resto.

Para empezar, éramos los más idiotas. A eso no nos ganaba nadie.

Descendimos hasta San José en riguroso silencio, conscientes de que la montaña nos había derrotado, como si aquella hazaña inútil de no pisar el freno antes de la quinta curva fuera a cambiar el rumbo de la historia. Ni siquiera Rob cambió de emisora cuando en la radio empezó a sonar el *I Guess That's Why They Called It The Blues* de Elton John; era la perfecta banda sonora para recuperar los vapores etílicos y caer, verticalmente, en una exaltación de la amistad que precisaba ser regada con alcohol.

—¡Colecta! —gritó Rob a la vez que introducía su cinta de los Stray Cats en el radiocasete del coche.

La orden significaba que teníamos que rascar los bolsillos, deshacer los dobladillos, mirar en los calcetines, rebuscar en las hendiduras del asiento de escay en busca de monedas de curso legal, por pequeñas que fueran. Mientras todos nos cacheábamos como orangutanes en busca de garrapatas, Rob sacaba de debajo del asiento una gorra con el escudo de los Rams y la sostenía a media altura para que fuéramos depositando el parco botín. Jamás vi aquella gorra en otra función que no fuera recolectar nuestros raquíticos posibles para tomar la última cerveza. Llegué a cogerle mucho cariño.

La recaudación ascendía a dos dólares, siete centavos y una chapa de Michelob —nunca faltaba la coña de Kurt—, suficiente para las seis latas de cerveza Milwaukee que pillamos en un Seven Eleven muy alejado de nuestro habitual radio de acción. Nada más entrar en el local, el único dependiente de la tienda nos diseccionó con una mirada asesina antes de colocar, sin ningún pudor y con toda intención, un bate de béisbol sobre el mostrador. Hasta Troy, cuya compulsiva tendencia a mangar rayaba la cleptomanía patológica, inhibió sus probadas habilidades en ese campo.

Ya en el coche, Rob condujo sin rumbo fijo —no cabía otra posibilidad porque no teníamos a dónde ir—; eran las dos de la madrugada y cada uno de nosotros llevaba una cerveza en la mano, la última antes de compartir la que sobraba e irnos a casa con media moña y un aburrimiento entero. El único que parecía divertirse era Brian Setzer, que seguía cantando desde el radiocasete ajeno a nuestro agobio. Por lo menos, pensé, habíamos acabado con el absurdo ritual del descenso en frenada libre, y ésa era una buena noticia por la que brindar, en silencio, claro.

Pero ya se sabe que las buenas noticias no vienen solas.

Con la lata de Milwaukee todavía pegada a mis labios, recreándome en la satisfacción de no volver a experimentar esos subidones de adrenalina, Rob, sin avisar, dio un inesperado volantazo a la derecha y, aprovechando la habitual rampa de cemento de todas las casas de San José, subió el coche a un césped privado y avanzó por él a toda máquina hacia la rosaleda que separaba esa propiedad de la siguiente. Todo ocurrió muy rápido; hasta Steve gritaba como un poseso mientras Rob, con una sonrisa de oreja a oreja, la barbilla casi pegada al pecho y los brazos totalmente estirados —más tarde recordaría esa imagen de forma inquietante— manejaba el viejo Ford como un Panzer destructor. El griterío era ensordecedor dentro del coche: Kurt repetía «¡dios, dios, dios!», Troy exclamaba «¡Estás loco!», Steve chillaba como una rata y Brian cantaba

«We're gonna rock this town, rock it inside out!». Sólo Rob y yo permanecíamos en silencio; él por algún desorden esquizoide que no alcanzaba a entender y yo porque el escroto se me había anudado alrededor de la laringe y ahogaba cualquier intento de comunicación exterior. Concentrado en mi vida interior, agarrado a los reposacabezas delanteros, observé con pánico cómo nos acercábamos a la rosaleda; en ese segundo escaso me dio tiempo a pensar que quizá los arbustos ocultaban una valla de madera, sí, o de hormigón armado, o en realidad eran falsas flores electrificadas con miles de voltios, o...

Atravesamos los rosales limpiamente, como la bala que rasga un almohadón relleno de plumas, y salimos al césped contiguo; allí Rob giró a la izquierda —el coche derrapó sobre las ruedas traseras— para salir de nuevo a la calzada, acelerar más allá del límite legal y huir, como alma que lleva el diablo, de los jardines mancillados. En el último apretón antes de alcanzar el Match 1 del viejo Ford, giré la cabeza y comprobé los destrozos causados; el agujero en los arbustos —hasta me pareció que formaba la silueta del coche como en los dibujos animados— y los surcos negros trazados sobre la cuidada hierba verde, como si alguien hubiera arrastrado dos pesados sacos de carbón por encima del césped. A mi lado, Troy se tapaba la boca con una mano balanceándose adelante y atrás, Kurt ocultaba su rostro entre las manos y yo, no sé por qué, me tapaba las orejas; parecíamos los tres monos que no ven, ni oyen ni hablan. En la parte delantera, Steve completaba el zoo con su sonrisa de reptil.

Poco después, Rob aparcó en el parking mal iluminado de un colegio. Nos bajamos del coche como los clientes de una montaña rusa recién detenida. La hierba atrapada en el dibujo de los neumáticos evidenciaba nuestro delito.

—Pero ¿de qué vas? ¿De qué coño vas? —empezó a gritar Kurt empujando a Rob contra el capó.

Yo apoyaba la bronca de Kurt intentando meter baza, pero es muy difícil reñir en un idioma que no dominas, así que opté por señalar a Rob con mi dedo índice y asentir cada palabra de Kurt. Troy saltaba y aplaudía alrededor de nosotros y Steve observaba la escena dejando claro su total apoyo a Rob sin necesidad de mover un músculo.

Fue entonces, al ver la sonrisa psicópata de Rob, cuando asumí que mi amigote ya había encontrado un repuesto adrenalítico a lo de bajar la montaña en punto muerto.

Muerto de miedo.

Mi desagradable experiencia como pasajero de Rob me animó a dar un paso decisivo en mi integración social y así se lo hice saber a la señora Johnson:

—He decidido sacarme el carnet de conducir.

Betty alzó las cejas y abrió los ojos en ese gesto que reservaba para subrayar mis ocurrencias más absurdas. Mi primera motivación era poder usar alguno de los coches familiares con lascivas intenciones —el recuerdo de Rafa, el burgalés, permanecía anclado en mi memoria—, aunque también esperaba conseguir el carné de manera fácil y, de paso, evitar a mi regreso el muy español trance de estudiar como un opositor, suspender como un retrasado y pagar como un millonario para jugarme la vida en un coche de segunda mano por carreteras de tercera. Supongo que Betty visualizó en un momento los evidentes inconvenientes que se desprendían de la posibilidad de que yo condujera de manera legal. Pensaría que mejor hacerse la loca, pero yo conocía sus trucos y ella ignoraba mi determinación. Tras unos días de intenso bombardeo, Betty, después de consultarlo con Judy Sternberg, la «tutora» que no había vuelto a ver desde el primer día en que me acompañó al instituto, se puso manos a la obra entre suspiros para explicarme qué necesitaba hacer y cuánto me iba a costar.

El único problema, por decirlo así, era mi minoría de edad; si tuviera dieciocho años, sólo necesitaría diez dólares y aprobar un examen facilito. Pero estaba en los diecisiete y esos meses constituían una barrera insuperable para el estado de California, que me exigía treinta horas de clases teóricas y seis de prácticas antes del examen. Para ello, debería acudir a una autoescuela que me lo iba a poner muy fácil; podría cumplir las horas de teoría en una semana laboral, a razón de seis horas por día, o el profesor me iría sumando las horas que cumpliera cada tarde hasta completar las treinta necesarias. Con la guía telefónica abierta en la página de autoescuelas —la verdad, no había demasiadas—, Betty me recomendó una situada en la avenida Lincoln, aunque podía imaginar con claridad su línea de pensamiento: «No es que haya contrastado la calidad de su enseñanza o la bonanza de sus precios; es que hay una línea de autobús que te deja allí mismo porque no voy a estar todos los días llevando y trayendo al marqués de las Piernas Flojas, ¿verdad?».

El precio total de la operación ascendía a cien dólares; ese mismo día escribí a mi familia una carta que se habría llevado el primer premio en un concurso de redacciones escolares sobre educación vial.

Te lo digo yo y la Dirección General de Tráfico.

Desde hacía dos semanas había encontrado la motivación necesaria para acompañar a Betty a los servicios de la Iglesia Metodista de la Trinidad Unida; no se trataba de una súbita iluminación protestante, ni de una conversión propiciada por los vacuos discursos de Brian Stackpole y su esposa Candy, ni siquiera porque alguna feligresa en edad de merecer me hubiera sonreído y yo interpretara dicha amabilidad como ofrecimiento carnal. Nada de eso; si iba a la iglesia era por Sean, el hijo del reverendo —o pastor, nunca lo tuve claro— McCain.

Betty me había explicado que el único hijo del reverendo McCain estudiaba Biología Marina en la Universidad de Sidney, Australia, y que vendría a San José dos o tres semanas para visitar a sus padres aprovechando las vacaciones de Navidad. Pero el viaje de Sean se retrasó hasta el 7 de enero, justamente un día antes de que acompañara a la viuda como parte del absurdo tratamiento de compensación que yo mismo había diseñado: se trataba de ir a misa de vez en cuando, segar el césped cuando tocara, hacer mi cama todos los días y recoger siempre la cocina a cambio del sempiterno silencio de Betty hacia los aspectos más ruines de mi desfase adolescente. Por supuesto, no habíamos firmado dicho pacto, pero yo estaba convencido de que así funcionaba.

En una de mis presencias rutinarias en el servicio de McCain, conocí a Sean; inmediatamente, mi sexto sentido, el que todos los canallas poseen para buscar y detectar tunantes afines, saltó como una alarma. Era más fuerte que alto, ese tipo de cachas cuya musculatura disimula la falta de estatura, rubio oxigenado y poseedor de una embaucadora sonrisa radiante. Vestía pantalón blanco de lino, camisa estampada con delfines y calzaba unas Vans clásicas de cuadros blancos y azules; el conjunto, que a mí me habría sentado como un tiro, le daba a Sean un aire de surfero despistado y vividor al que nadie escapaba. Me dio la mano con la vista fijada en mi camiseta de Bob Marley —la supuesta elegancia metodista ya no entraba en mi plan de compensación— y susurró:

—Quemando y saqueando.

Era el título de una de las mejores canciones de Marley, un detalle que me atrapó como a una colegiala enamorada de aquel tipo de veintiocho años y mucha vida. Al terminar el sermón de su padre, fue el propio Sean quien se acercó para interesarse por mi extraña presencia en aquel sarao. Descubrí que entendía de todo tipo de música —¡conocía personalmente a Spliff Skunking, el dj de la KFJC!—, que también le apasionaban el surf y la comida mexicana, pero que, por encima de todo, le interesaban las mujeres. Esta última revelación me la hizo tras comprobar, con un par de amagos y guiños sobre la cerveza y el rock and roll, que yo andaba muy lejos del recto camino que proponía la Iglesia metodista. A los pocos minutos me explicó que en Australia vivía del surf, compitiendo en el circuito del país y como monitor entremedias; lo de la biología marina se lo había inventado su padre para apañar el currículum de familia bien ante sus feligreses.

Por lo que me contó, Sean adoraba a su madre, pero no se llevaba bien con su padre. Los McCain tenían un largo historial de cambios de residencia, siempre siguiendo los ministerios del padre en distintas comunidades metodistas, y tras un largo periplo por el medio oeste americano, la familia llegó a California, un destino que se consideraba como premio a los servicios prestados. A principios de los setenta se instalaron en Santa Cruz, ciudad costera cercana a San José, donde Sean descubrió el surf; sus siguientes plazas fueran Monterrey y Ventura, también situadas al lado del mar, circunstancia que le permitió probar suerte en el circuito californiano de competición. Los buenos resultados y los continuos enfrentamientos con su padre le animaron a intentar la aventura australiana, no porque allí hubiera mejores oportunidades, sino porque le parecía un lugar bastante alejado de su progenitor; si todavía volvía a casa de vez en cuando era por su madre, una mujer buena y comprensiva pero sumisamente unida al destino de su marido. Ella era la única razón de que en el par de semanas que pasaba al año en casa Sean no discutiera, acatara las estrictas normas paternas de convivencia e incluso acudiera a los plomazos servicios metodistas. No entró en detalles sobre el origen de la tormentosa relación que mantenía con el reverendo y yo no quise preguntar más; en ese momento vi que McCain, viejo zorro, hablaba a lo lejos con un par de ancianas sin quitarnos los ojos de encima.

Volví a casa con una de mis habituales explosiones de júbilo incontrolado. En el asiento de atrás de nuestro Buick —ya lo consideraba tan mío como de cualquier Johnson—

reí las inocentes bromas de Betty y canturreé el *Love Me Do* de los Beatles como un teleñeco asomado tras un muro. El motivo de mi alegría no era otro que la vuelta que me iba a dar con Sean el siguiente viernes; la idea había sido suya, él mismo había extraído de su camisa estampada con delfines un papelito para apuntar mi teléfono. Yo no había hecho más que cantar las siete cifras como si fueran los números de la BonoLoto y ya supiera de antemano que era el único acertante que se llevaría el gran premio: salir de marcha con Sean.

La semana pasó volando pero el fin de semana muy despacito, porque el muy cabrón no me llamó. El viernes me quedé en casa por si telefoneaba a última hora, no fuera a pillarme en una de mis apasionantes aventuras beodas con la bicicleta verde. A las nueve de la noche empezaban *El gran héroe americano* en la ABC, *Dallas* en la CBS y *El coche fantástico* en la NBC; a las diez arrancaban dos nuevos capítulos de *Remington Steel* y *Falcon Crest*. Las agujetas de mi dedo índice confirmaron que el zapping también puede ser un deporte. Sólo me di cuenta del cuelgue que arrastraba cuando descolgué el teléfono para comprobar que la línea funcionaba. Decidí que Sean era un gran hijoputa que no merecía la amistad, la admiración y el respeto que yo le había ofrecido. «Este fin de semana no voy a la iglesia», rematé con aplomo.

Como vengador, dejaba mucho que desear.

El domingo siguiente, camino de la iglesia, recordaba toda esa rabia contenida e intentaba justificarme: en realidad había decidido encontrarme con Sean para que apreciara el desprecio que sentía por él.

—¡Joe! —gritó de lejos al verme bajar del coche.

¿Qué quieres, cabrón?, respondí con la mirada.

Debería trabajar más las miradas gélidas, porque Sean no parecía sentir mi frialdad. Se acercó, me abrazó y me susurró al oído:

—No adivinarías a quién me follé el viernes, vas a flipar…

Había follado, vale. ¿Acaso era un buen motivo para no salir conmigo?

—... ¡la señora Toledo!

Vaya. Sí que era un buen motivo.

Andrea Toledo. Morena. Treinta y siete años. Casada. Dos hijas como de ocho años. Dos tetas como de cien carretas. Una de las pocas alegrías visuales que suponía acudir a la Iglesia Metodista de la Trinidad Unida. Quería saberlo todo; cómo había sido y dónde, si se había insinuado ella o había atacado él, si el cuerpo de aquel huracán era lo que prometían sus vestidos vaporosos, si los pechos saltaban como dos airbags al quitarle el sujetador, si gemía como una gata o chillaba como una hiena, si...

—Por cierto, finalmente me voy el lunes; ¿qué tal si vamos el sábado a ver a los Clash?

En ese instante perdoné, abracé y amé a Sean McCain.

Hay que ver con qué facilidad los pequeños detalles cambian la vida de las personas simples a mejor. El hecho de salir media hora antes de la clase del señor Castronovo suponía para mí una inyección de optimismo difícil de explicar a una viuda metodista, a un atlético estudiante o a una bibliotecaria de pechos puntiagudos, personas a las que había intentado transmitir, con poco éxito, la idea de que esa media hora lejos del ametrallamiento de las máquinas de escribir eran los mejores treinta minutos del mes. La posibilidad de ausentarme de esa clase me la otorgaba el equipo de fútbol cuando teníamos que desplazarnos a otra localidad, más o menos lejana, para enfrentarnos a algún rival. En esta ocasión, el autobús amarillo de Catworth nos llevaría por la autopista 17 hasta Santa Cruz y desde allí bordearíamos toda la bahía de Monterrey hasta llegar al instituto del mismo nombre; se tardaba un poco más que por la 101 hasta Prunedale, pero así disfrutaríamos de la carretera de la costa que pasaba por Soquel, Aptos, Castroville y Marina. En definitiva, hora y media de ida y hora y cuarto de vuelta —el regreso sería por el interior— para entremedias perder contra el único instituto que todavía no conocía la derrota en la presente liga.

Treinta y dos minutos antes de la hora convenida abandoné el aula de Castronovo —previa muestra del pertinente salvoconducto— y me dirigí a mi taquilla para recoger el uniforme y las botas reglamentarias. Al llegar a la 405, justo antes de abrirla, me detuve un momento al notar un inquietante cosquilleo en la boca del estómago. Sentí un sudor frío en las sienes, apoyé las palmas en la puerta metálica, cerré los ojos e intenté calmar las ganas de vomitar que forzaban mi aparato digestivo.

Eran los nervios.

Siempre había escuchado historias sobre deportistas de elite que en el vestuario, justo antes de saltar a la cancha, vomitaban debido al nudo de nervios que les retorcía el estómago. Como la sensación no remitía, agarré mi bolsa deportiva y corrí a los servicios donde, de una sola arcada, vomité un líquido aguado y blanquecino sin contenido sólido.

Habría sido muy bonito sentirme tan presionado por la importancia del partido en cuestión, pero llevábamos siete encuentros perdidos y dos empatados. Si todavía devolvía, o era muy tonto o muy fantasma o muy sensible.

Nada de eso.

La causa de mi nerviosismo tenía nombre y apellidos: Tina Barlow.

En otra de las fabulosas pruebas de perfecta organización sincronizada entre institutos, Catworth y Monterrey habían dispuesto que ese día también se enfrentaran sus equipos femeninos; de esa manera se aprovechaba el viaje del autobús escolar y se mataban dos bandadas de pájaros de un tiro. Es decir, que por primera vez desde «el incidente» —así lo había archivado en mi memoria— en el parking del Complejo Redwood iba a estar cerca de Tina, encerrados en un autobús durante tres horas entre ida y vuelta. Además, después del partido ella estaría recién duchada, el pelo mojado, la camisa pegada en aquellas zonas del torso donde, con las prisas, no se hubiera secado bien, quizá alguna gota furtiva que mojara la tela en la curva de sus senos…

Estaba claro que vomitar me había sentado bien.

Entre pitos, flautas y rabas llegué al parking para ver cómo el autobús arrancaba e iniciaba su marcha. Ya sabía que no me consideraban una pieza fundamental en aquel equipo, pero no había vomitado bilis en el baño para quedarme en tierra; afortunadamente, esos viejos cacharros amarillos no tienen una aceleración deslumbrante, así que enseguida me puse a la altura del conductor, saltando, gritando y aporreando la puerta como un mandril en celo. Cuando subí al vehículo fui consciente del cachondeo general que había causado mi frenética alarma. Brian Long, el capitán de nuestro equipo que seguía odiándome desde nuestro encuentro con Yerbabuena, aprovechó el trance para rebuznar contra mí:

—¡Joder, menos mal que nos pillaste, no sé qué hubiéramos hecho sin tus golazos!

El resto del equipo, incluido el siempre cordial Tim Holley, rio la ocurrencia a mandíbula batiente, yo mismo lo habría hecho de no estar buscando la mirada de Tina. La encontré en mitad del autobús, sentada junto a una amiga; intercambiamos un vistazo rápido y miré hacia otro lado con el corazón desbocado en mi caja torácica. El inesperado acelerón del conductor me pilló por sorpresa y durante un par de segundos anduve a zancadas, a punto de caerme; me detuve muy cerca de Tina y me senté aparatosamente en los dos asientos libres detrás de ella, entre una nueva oleada de carcajadas que aumentaron mi rubor.

Como reencuentro romántico, mi entrada en escena había sido un desastre.

Iniciamos el viaje con el *Talking In Your Sleep* de los Romantics en la radio; como me sucedía desde que había descubierto la MTV, asocié la canción a la historia del vídeo y me imaginé a Tina vestida con los mismos camisones cortos de las modelos de reparto que rodeaban al grupo. La ensoñación duró poco porque su compañera de asiento hablaba a voces con otra amiga, amagando con levantarse para sentarse junto a ella. Cuando esto ocurrió, una fuerza indomable tiró de todo mi cuerpo, deslizándome desde el asiento de atrás como una serpiente. Tina ni se inmutó al ver que me sentaba a su lado, seguía con la vista perdida en la bahía de Monterrey, cielo turquesa, olas azules, velitas blancas, gaviotas grises.

—Hola —susurré en un arranque indigno del Cyrano que quería ser.

Giró la cabeza muy despacio —¿o era mi percepción la que ralentizaba el movimiento?— hasta enfrentar su mirada a la mía. Afortunadamente, en el autobús se había formado un griterío ensordecedor ajeno al sufrimiento que yo padecía.

—¿Qué quieres? —dijo en voz baja con el mismo cariño con el que el verdugo le pide al condenado un último deseo antes de la ejecución.

—¿Sigues enfadada? —pregunté descendiendo otro peldaño en la escalera de mi retórica.

—¿Yo enfadada? ¿Por qué iba a estarlo?

Casi le contesto que por lo que había pasado en el Redwood; menos mal que opté por buscar un gesto humillado en mi colección de semblantes temerosos y bajé la cabeza en señal de sumisión, respeto y arrepentimiento.

Mi actuación parecía el clip de un nominado al Mejor Actor de Reparto en una ceremonia de los Oscar, pero Tina, único miembro de la Academia que contaba para mí, volvió los ojos a la bahía de Monterrey, y con ellos, la nariz y la boca, esto es, el rostro entero, para darme la espalda, pero de lado, no sé si me explico, porque su espalda estaba tan paralela al asiento como la mía —bueno, la mía ligeramente encorvada para acentuar mi sometimiento a su voluntad—, pero su cuello vuelto y girado hacia la ventanilla obviaban mi presencia y me convertían en un cero a la izquierda, el cero más vacío y pequeñito del universo matemático. Fuera del autobús, las gaviotas se desternillaban.

Y así, hasta llegar a Monterrey.

Una vez allí, cada equipo se dirigió a sus respectivos vestuarios. Mientras me calzaba las botas, que notaba pesadas como los zapatones de un buzo de Julio Verne, imaginé a Tina al otro lado de la pared despojándose de la ropa, luciendo el camisón corto del vídeo de los Romantics y agachándose sin doblar las piernas para recoger del suelo la camiseta burdeos de Catworth.

En ese momento, también recordé historias de ciertos deportistas de elite que se masturbaban antes de los partidos importantes.

No sé qué es peor, uno de esos días en los que todo te sale mal o uno en que no ocurre nada, absolutamente nada. La tragedia, el drama o la violencia te mantienen despierto, desesperado y alerta, pero la desidia de un día en blanco apaga un poco más la llama, ya débil de por sí, que ilumina nuestro triste devenir.

Así de metafísico caminaba aquel martes de vuelta a casa tras una mañana anodina, un mediodía insignificante y un comienzo de tarde insípido. A la señorita Scalone le había dado por enseñarnos unas nociones teóricas de perspectiva; ¡teóricas! ¿A quién se le ocurre? Desde luego, la mágica hora de dibujo matinal se había desvanecido entre aburridas explicaciones, lo mismo que la clase de Historia, en la que Campbell se había liado a diseccionar no sé qué artículo de la Constitución. La señora Elliot, que un par de días antes me había impresionado con la descripción de una enfermedad llamada anorexia, se empeñó en revolver el concepto de «estadística» para que no nos tomáramos muy en serio los porcentajes de las encuestas, o sí, que al final no me enteré muy bien. La hora de estudio, como siempre, no contribuyó a animar las expectativas, Nealon estaba francamente bajo de energía y Castronovo en su línea habitual.

Caminaba hacia casa pensando que, si el resto de mi vida fuera igual de emocionante, el suicidio era una opción a tener en cuenta. Deseaba llegar al salón, empantanarme con la MTV —llevaba tiempo queriendo ver otra vez el *1999* de Prince que reponían esos días—, acostarme pronto y despertar al día siguiente con motivos más luminosos para vivir. De pronto —siempre ocurre de pronto, incluso en California— empezó a llover como si el cielo quisiera ponerme alguna desgracia en el camino para animar el encefalograma plano del día, pero ni por ésas, porque ya estaba llegando a Carpet Drive y, además, la lluvia tampoco era muy copiosa, ni siquiera pertinaz, era una lluviecita de pacotilla que ni siquiera se podía catalogar de putada.

Claro que, como decía Danson en sus arranques de infundado optimismo, no hay que dar un partido por terminado hasta el pitido final.

Me sorprendió ver el BMW de Lori en la entrada de casa. Era muy raro que en un día entre semana apareciera por allí, con lo atareada que andaba en el trabajo. Con cierto mosqueo y mucha precaución, aparté la mosquitera, abrí la puerta y sentí cómo un pedazo de tragedia, denso y opaco, aprovechaba la abertura para salir a mojarse. Pude oír unos sollozos interrumpidos abruptamente, al mismo tiempo que el clic de la pletina del equipo de música detenía el discurso de una voz metalizada.

—¿Phil? ¿Eres tú? —preguntó Lori desde el salón con un hilo de voz.

Si el ambiente no era bueno de antemano, la pregunta venía a confirmar mis peores sospechas; Phil jamás llegaba a casa a esas horas, la demanda de Lori era en realidad un ruego, un deseo, un anhelo. Yo no pintaba nada allí y lo que era peor, ya me habían oído, no podía cerrar la puerta desde fuera y desandar el camino.

—Soy… Pipi —mascullé, pronunciando mal mi nombre en son de paz, como pidiendo perdón por existir en un momento así, fuera lo que fuera.

Dentro del salón, la escena todavía era más acongojante; Betty estaba sentada en el sofá junto a la torre y Lori a su lado, ambas con los ojos llorosos y pañuelo en mano. Me miraron como si no me hubieran visto en la vida, quizá por el cromo de cara que debía tener puesto. Está muy bien que en la escuela nos enseñen a leer, escribir y contar, pero los trances más importantes de la vida no precisan de esas operaciones. Harían falta unos cuantos cursos de Ciencias Marrones para salir de esos pequeños atolladeros que acaban convirtiéndose en enormes despropósitos: cómo dar un pésame sin balbucear, temas de conversación en un ascensor o maneras de disimular el ruido de las tripas en la sala de espera del dentista.

La cosa es que me encontraba ante dos mujeres llorosas, cuyo llanto, presumiblemente, había sido producido por la voz grabada en la cinta que acababan de detener al oírme entrar —Betty todavía tenía el dedo índice sobre el stop de la pletina—. Como el mutismo de aquella familia alrededor de la muerte del cabeza de familia seguía ocupando buena parte de mis divagaciones, no pude reprimir una veloz teoría absurda: el señor Johnson había fallecido en una misa satánica y Betty, sacerdotisa pagana que usaba el metodismo como tapadera, había grabado, en un ritual de sangre y fuego, varias psicofonías de su difunto marido. Fueron dos segundos de silencio, quizá menos, una nueva fotografía que añadir a mi álbum de Momentos Inoportunos en California, un tomo que engordaba a pasos agigantados.

—Es Bob —gimió Lori antes de un largo suspiro—. Ha decidido divorciarse.

Respiré aliviado. No es un decir; encogido por el ambiente velatorio de la casa había dejado de absorber y expeler aire, aunque una vez reiniciado tan necesario mecanismo de supervivencia también sentí alivio porque nadie se había muerto o estaba en el trance de hacerlo; las separaciones no son tan graves, pensé en la feliz ignorancia que concede la inexperiencia.

—Lo sien... lo siento —tartamudeé sin saber si era una respuesta adecuada.

Lori rompió a llorar. Abrió los brazos como rogándome un abrazo, pero sin levantarse. Es muy difícil abrazar a alguien que está sentado en un sofá bajo —a no ser que te coloques en cuclillas y entre sus rodillas, postura que descarté por indecorosa—, así que, con las piernas estiradas, doblé el torso y me ofrecí a mi hermana americana mientras ella metía los riñones y doblaba la espalda hacia atrás para recibir mi pésame. A Betty le di dos besos que recibió con un gesto de sorpresa, el mismo que yo tenía al tomar una iniciativa tan alejada de nuestro trato habitual. Después me senté al lado de Lori; en aquella enormidad todavía quedaba espacio para dos personas más, tres incluso si nos apretábamos.

Bob era Robert, hermano pequeño de Betty, tío de Phil y Lori, el tipo que me sonreía todos los días desde la enorme fotografía enmarcada en el salón. Instintivamente dirigí la mirada al lugar que ocupaba en la habitación y me encontré el hueco de su ausencia, la huella rectangular de lo que un día había sido una pareja feliz. Pues sí que se daban prisa en esta familia en finiquitar el matrimonio. Mucho tiempo después, comprendería que las desavenencias entre la pareja ya venían de tiempo atrás y que el divorcio sólo era cuestión de sentido común, pero en ese momento, ajeno al historial de desencuentros entre Robert y Sheila, no podía entender que Betty ya hubiera eliminado su retrato del privilegiado lugar que ocupaba en el altar fotográfico de los Johnson.

—Estamos escuchando una cinta que nos ha enviado Robert —dijo Lori como si deseara que dejara de hacerme preguntas mentalmente.

Nos quedamos unos segundos en silencio con la mirada perdida en tres puntos distintos de la moqueta. Yo miraba hacia la nada por puro mimetismo, básicamente porque Betty y Lori también lo hacían y a ver quién era yo para suplicarles que me enviaran a mi cuarto; deseaba con fervor que me dijeran que se trataba de un asunto familiar, que me agradecían el interés, pero que mi presencia les incomodaba. No podía imaginar que sólo habían hecho aquel alto autista para reunir fuerzas antes de apretar el play de nuevo.

La voz grave y entrecortada de Robert recobró el hilo en medio de una frase que no entendí. No me inquieté; era normal que no pillara el sentido si no había escuchado el principio, pero en la siguiente frase tampoco me enteré. Ni en la siguiente. Ni en la otra. Y no porque Robert sollozara e hipara entre palabras, incluso en medio de ellas, sino más bien porque la calidad de la grabación era demencial, como si él estuviera en el Apolo con un problema y nosotros en Houston con una sordera, como si se hubiera metido en una cisterna con el radiocasete de la Señorita Pepis; aquella voz parecía una psicofonía llorona y yo un Jiménez del Oso escéptico. Sin embargo, las dos mujeres que me acompañaban en el sofá no sólo entendían y asentían al unísono cada una de las frases de su lejano familiar, sino que mostraban una asombrosa sincronización a la hora de sollozar a tres bandas.

Recordé la breve visita que la pareja nos había hecho a mediados de diciembre, en su camino a Sacramento, donde residían los suegros de Robert. Sheila me había impresionado desde el primer momento; según la foto del salón esperaba a la típica americana de edad indeterminada obsesionada con la ropa estampada —a estas alturas ya podía trazar bocetos del ciudadano medio—, pero en su lugar me encontré una atractiva treintañera de rostro aniñado, una especie de Olivia Newton-John que sonreía a todas horas y que mostraba un desmesurado interés por cualquier cosa que le contaras. Meter una mujer de ese calibre en una casa con dos adolescentes alterados puede ocasionar trastornos muy graves; Phil y yo nunca comentamos lo que pensábamos de su tía, pero ese gen primitivo que todavía nos hace luchar a los machos por la posesión de la hembra mejor dotada nos avisaba del interés —utópico, irreal, pajillero— que cada uno sentía por ella. Aquel día Betty habilitó en mi habitación una pequeña cama para Phil mientras el matrimonio dormía en el colchón de agua; la sola idea de imaginar el estilizado cuerpo de Sheila envuelto en un camisón corto y meciéndose sobre las olitas que se formaban en aquel líquido jergón me volvió loco. Nos volvió locos —creo que puedo hablar con propiedad por mi hermano americano. De todas formas, mi fantasía erótica se desmoronó al día siguiente como un castillo de arena edificado en la orilla de la playa; yo ya desayunaba cuando Sheila salió de la habitación de Phil —Bob aún dormía— con una bata de seda que le llegaba justo por encima de las rodillas. Era un ángel, por eso le dediqué la sonrisa más franca, adulta y seductora que encontré en mi catálago de Casanova imberbe; ella se acercó a mí —en realidad se acercó a la mesa en la que yo desayunaba—, me frotó el pelo y me devolvió una sonrisa forzada, infantil y hueca:

—¿Has dormido bien esta noche, Pipi?

Me quedé clavado a la silla, con la sonrisa helada y el pelo revuelto. La entonación de la frase había acompañado el gesto en cuestión; Sheila me veía y me hablaba como a un niño. Se sentó enfrente comentando el buen tiempo que hacía y empezó a servirse café, leche y sacarina, pero yo no escuchaba; las plantas de mis pies se despegaban del suelo —primero el talón, luego los dedos— y se elevaban hacia la silla mientras las piernas se encogían poco a poco. Los brazos también se me hacían más pequeños, como si fueran los cuellos de dos tortugas escondiéndose en mi tronco, que disminuía de tamaño al mismo ritmo que el resto del cuerpo. Incluso el pijama se encogió hasta convertirse en un ridículo pañal. Pronto me vi reducido a un bebé sentado frente a aquella mujer con cara de ángel que ahora me preguntaba por el instituto aunque debería hacerlo por el cole, por preescolar, por la guardería que es de donde nunca debería haber salido.

Pero ahora estoy con Betty y Lori escuchando a Robert, que ha llorado antes de ayer en su casa y lo ha grabado en una cinta para que su familia lo oiga a miles de kilómetros de distancia. Y vuelvo a centrarme en la grabación a ver si entiendo algo, pero Lori me coge la mano y así no hay manera de concentrarse porque sólo puedo pensar en que ha unido su palma sudorosa a mi palma ultraseca llenando mis poros vacíos de transpiración líquida. Y una vez abandonada cualquier esperanza de llegar a comprender el entrecortado discurso de Bob, reparo en el doloroso perfil de Betty, en las lágrimas silenciosas que recorren sus mejillas y en la enorme tristeza que resplandece en su rostro de hermana preocupada.

Un débil calambre me sacude el pecho. Es como si un latiguillo me hubiera golpeado la parte interna del esternón; sin apartar la mirada de Betty —ajena a la revolución emocional que estoy sufriendo— siento una pena exagerada, una compasión desmedida y una amargura inexplicable. Y justo cuando el llanto de Robert arrecia en los bafles del equipo de música, Lori suspira pesadamente y Betty abre los ojos para mirar la moqueta, un gemido sale de mi garganta como si llevara varios años agazapado. Las dos mujeres me miran un instante, tan sorprendidas como yo, antes de que asome la primera lágrima. La visión se me está aguando como el periscopio del submarino que se sumerge y no puedo hacer otra cosa que aspirar un sollozo y romper a llorar sin saber muy bien por qué, sin entender de dónde me sale esta tristeza, dónde estaban estas lágrimas que, ahora sí, se lanzan mejilla abajo con el ímpetu de aludes líquidos. Lori me abraza y también rompe a llorar, me dan ganas de decirle que no tiene nada que ver con su tío, que a mí me da igual que se separe o que siga con Sheila, que no he entendido ni una sola palabra de la puta cinta y que todavía intento averiguar por qué lloro y por qué no puedo dejar de hacerlo. Pero Lori me abraza fuerte y aprieta mi boca contra su hombro, parece una luchadora haciéndome una llave y ese pensamiento está a punto de ahogar mi llanto pero quiero seguir así porque me estoy acordando de la metedura de pata con Tina Barlow y sé que nunca jamás me hablará, y mis lágrimas ya son un chorro continuo, a ver quién lo para, porque ahora somos tres plañideras abrazadas en el sofá.

Y en eso llegó Phil.

Esta vez Sean cumplió su promesa y el sábado pasó a eso de las cinco a recogerme para ir al concierto de los Clash en San Francisco. La mala noticia es que deberíamos regresar nada más acabar la actuación porque, como ya me había dicho, en esas tres semanas de estancia en el hogar familiar cumplía con los horarios de su reverendo padre. En la radio sonaba el *Holiday* de Madonna y así sentía yo esa escapada lejos del drama que se respiraba en casa de los Johnson; después de la catarsis del martes anterior nadie volvió a mencionarme la situación de Robert, ni mucho menos de Sheila. Phil no dijo ni pío en nuestros breves traslados al instituto, Betty hablaba muy bajito por teléfono desde su habitación y Lori volvió a desaparecer. Era como si aquel fatídico día hubiese pillado a la familia Johnson en un renuncio, en un borrón en su impecable hoja de servicios metodista, una mancha que ahora querían disimular a toda costa ante el extraño que, al fin y al cabo, volvería a su lejano país en cinco meses.

Antes de abandonar San José, Sean se detuvo en un Seven Eleven para comprar seis botellas de cerveza San Miguel —una de las más caras— y schnapps de sandía. Cuando me emocioné al verlo comprar alcohol sin pudor, sin tener que acreditar que tenía más de veintiún años, me di cuenta de mi conversión americana. Soñar en inglés me había llevado poco más de un mes; asombrarme al conseguir cerveza, casi cinco. Si seguía a ese ritmo, en unos meses más los bigotitos adolescentes me parecerían normales y las animadoras piezas fundamentales de la vida académica.

En el camino a San Francisco, Sean me amplió asombrosos detalles de su vida mientras sonaba el *London Calling* —vuelta y vuelta— en el radiocasete; el surf le permitía viajar por todo el mundo, aunque no tenía a sus padres al tanto de sus escapadas. Además de cuatro visitas a Hawai, el año pasado había volado a Bali o Senegal y había permanecido tres semanas compitiendo en la costa atlántica de Francia, estancia que había aprovechado para acercarse a playas del norte de España como Mundaka y Rodiles —que supiera nombrar olas de mi país que yo no conocía redobló mi admiración hacia él y mi vergüenza ante mi ignorancia. Siempre con el surf, por el surf, con las tías y también por ellas. Me confesó que mantenía una relación tormentosa con la jefa de prensa de una empresa de ropa y material surfero que lo patrocinaba —su coche, que durante el resto de año usaba un vecino suyo, estaba lleno de pegatinas de esa marca—, y que cada vez que discutían, cosa que sucedía a menudo, cada uno se iba por su lado hasta que la casualidad, o un campeonato, los reunía de nuevo. Por el medio, se liaba con las modelos, las camareras y las periodistas que merodeaban por el mundillo, pero jamás con una surfista profesional. «Eso nunca», dijo muy serio como si yo conociera el código secreto que impide el apareamiento entre deportistas deslizantes.

A estas alturas, Sean ya me caía mal. Directamente. No se podía avasallar de esa manera a un pobrecito español que sólo había metido un gol esa temporada y que ya casi no recordaba lo que era un momento íntimo con una mujer.

—Pues vaya lío en que me metí el otro día con una tía en un parking —le dije para que se callara de una vez.

El Civic Auditorium de San Francisco está en medio de un boquete de la ciudad. Su mole destaca desde cualquier punto de la explanada que lo rodea como si fuera una pirámide azteca; Sean y yo, dioses hechos hombres, mitad caballo, mitad soldado, éramos los sumos sacerdotes que asistían al mayor sacrificio de la religión del rock. Esa visión, entre mística y épica, de nuestra presencia en aquel circo obedecía a las tres San Miguel —made in Filipinas— consumidas en un parking sin vigilancia al que me llevó Sean para que nadie me viera moñarme de forma ilegal y compulsiva. Allí le comenté que como siguiera bebiendo en aparcamientos me iba a colocar sólo con entrar en un garaje. Las dos botellas de schnapps de sandía, me explicó, eran de aquella marca y no de otra por su tamaño, ya que su reducido volumen permitía esconderlas entre las piernas a buen recaudo de los puntillosos cacheos de la entrada.

Sean era un profesional.

Eran las siete de la tarde y estaban a punto de abrir las puertas del Auditorium; la cola, que daba una vuelta entera al recinto, parecía un casting para *Mad Max.* Hasta que llegamos a ocupar nuestro sitio en ella, nos cruzamos con mohicanos despeinados, crestas puntiagudas, collares de pinchos, imperdibles, camisetas rasgadas, faldas escocesas y maquillajes siniestros, es decir, con toda la sección de moda y complementos punk versión postalita londinense. Fue entonces cuando vi pegado en una de las paredes del Civic el cartel oficial del concierto de esa noche; abrían fuego Los Lobos, seguía Malcolm McLaren y cerraban los Clash. Rock mexicano desconocido para mí —Sean me puso al tanto—, el avispado manager de los Sex Pistols metido a cantante —su *Buffalo Gals* sonaba por aquel entonces con relativa frecuencia— y para rematar, una banda convertida en leyenda viva del punk inglés, aunque su mayor mérito en Estados Unidos parecía reducirse al reciente álbum *Combat Rock* —la MTV machacaba en su programación los vídeos de *Rock The Casbah* y *Should I Stay Or Should I Go*.

Nada más mostrar mi entrada en la puerta, un gorila vestido de riguroso negro me cacheó de arriba abajo; sus manos parecían raquetas de tenis y con ellas me palpó levemente el paquete, justo por encima de la botella que sentía entre mis muslos. Cerré los ojos pensando que un par de centímetros más abajo notaría una dureza más cristalina que masculina, pero, milagrosamente, la manopla siguió botando vientre arriba mientras con la otra me empujaba para que accediera al recinto. Anduve unos pasos y me giré buscando la mirada de Sean, al que, en ese mismo momento, otro guardia le sacaba, con su propia mano, de allí donde le colgaban, la botella de schnapps de sandía. El hijo del reverendo McCain esbozó un gesto de consternación, la misma cara que yo habría puesto si un descerebrado me quitase mi petaca de licor y la lanzara a un gran cubo de basura dispuesto junto a la entrada a tal efecto. Después, mientras accedíamos al desalcoholizado recinto, me miró con impotencia y por un momento me pareció que su experiencia y su vuelta de todo eran una pose, que no parecía tener más vidilla que la mía, que quizá era un fantasma que me la metía doblada para sentirse mejor.

Fue sólo un flash; yo no estaba allí para desconfiar de Sean, sino para ver a los Clash, aunque primero debía aclarar una duda que me asaltaba desde el lunes, cuando me había parecido entender en un programa de la KFJC que el guitarrista Mick Jones había abandonado la banda, o que lo había echado Joe Strummer, o que Mick y Joe no se aguantaban y Jones le había arrojado a la cara el nombre del grupo para que se lo metiera donde le cupiera, o quizá veníamos a ver a los Crash, un grupo de Idaho que hacía versiones rockabillies de los Clash, o que si sigo bebiendo schnapps de sandía mis globos oculares acabarán por sobresalir demasiado en las cuencas donde ahora se alojan. Me acerqué al puesto de camisetas; el ruido de la música de ambiente y el gentío que accedía a la pista atronaban cualquier atisbo de volumen normal de conversación. Me dirigí al tipo que atendía el puesto y le farfullé a pleno pulmón en mi inglés beodo:

—Oye, ¿sabes si Mick Jones toca con la banda?

Me miró con cara de idiotez pasajera.

—¿Cómo?

—Mick Jones; ¿tocará hoy?

—¿Mick qué?

—¡Jones! Que si Mick Jones toca hoy con los Clash.

—Sí, los Clash tocan hoy, pero no recuerdo el nombre del tío que va antes.

Bien, al menos ya sabía algo más: su idiotez no era pasajera.

Mientras vaciábamos en los urinarios el alcohol que ya había llegado a nuestras vejigas, un tipo disfrazado de punky nos dijo que Jones seguía en la banda, es más, él mismo lo había visto por la mañana cerca del Hotel Kent, donde se alojaban los Clash. La noticia me llenó de una alegría desbordante y borrachuza; Sean, contagiado de mi efervescente pasión por ver juntos a Joe, Mick y Paul —tener a Topper, el batería original, ya sería demasiado—, me propuso avanzar por el centro de la pista y hacia las primeras filas; siendo sólo dos podíamos movernos en aquella jungla de torsos sudorosos a la que pronto unimos los nuestros mientras transpirábamos el alcohol recién consumido. Cuando salieron Los Lobos, los punkies empezaron a abuchear y lanzar botellas de plástico y vasos de cartón —por supuesto, de agua y refrescos, las únicas bebidas que vendían dentro—. A mí, en un gesto muy poco punky, se me partió el corazón al ver al cantante de la banda saltándose muchas sílabas en su intento de esquivar el ataque de envases reciclables. Luego apareció Malcolm McLaren con su inconfundible peinado pelirrojo y su linda música grabada sobre la que canturreó frases ininteligibles mientras un cuerpo de breakers bailaba hasta dejarse la piel en el empeño. Ahí sí que eché de menos mi camiseta de «Sid No es Muerte».

En el intervalo entre el ex manager de los Sex Pistols y la salida de los Clash, el schnapps de sandía se me subió a la cabeza como un disparo de calor y pálpitos que me golpeó las sienes durante unos minutos interminables. Había perdido a Sean e intentaba recordar sí habíamos quedado en algún sitio concreto después del concierto. Afortunadamente, el subidón dio paso a un colocazo muy agradable; las piernas no me pesaban, no estaba cansado, me sentía fuerte y preparado. Sean apareció a mi izquierda; lo rodeé con mi brazo justo en el momento en que, en medio de un griterío ensordecedor, los cinco miembros de The Clash saltaron a escena y empezaron a tocar *I Fought The Law.*

Un momento; ¿cinco tíos?

Volví a contarlos con gran dificultad porque una marea de brazos, cabezas y piernas —sí, piernas— se interpuso entre mis ojos y el escenario nada más sonar el primer acorde; era muy difícil mantenerse en pie y sucesivas corrientes de fuerza me movieron como a un palito en una tormenta. A pesar de todo, yo seguía con el cuello erguido y la vista fija, en la medida de lo posible, en el escenario, contando una y otra vez: bajo, batería y tres guitarras. En el medio estaba Joe Strummer; su chaqueta roja y pantalones blancos lo hacían inconfundible frente al resto de la banda, de riguroso negro. El bajista también era fácilmente reconocible; se trataba, sin ninguna duda, de Paul Simonon porque había visto en demasiados vídeos aquella pose con las piernas abiertas y el instrumento casi a la altura de las rodillas. La gran duda estaba en saber cuál de los otros dos guitarristas era Mick Jones; poco antes de empezar *White Riot,* una oleada de empujones me acercó a escasos metros del grupo y pude comprobar que Jones no estaba allí, que aquellos dos tipos no se parecían ni de lejos, que el imbécil del baño se había tirado un farol. Busqué con la mirada a Sean y no lo encontré hasta que empezó *Should I Stay Or Should I Go,* cuando todos los punkies de palo entraron en éxtasis y no pararon de cantar el estribillo, incluso cuando uno de los guitarristas impostores se acercó al micrófono para atacar una de las estrofas pero no calculó bien la distancia, pegó un piñazo con los morros y el micro cayó al foso y el tío se quedó petrificado mirando a Joe Strummer que, en un gesto de infinito hastío y resignación, retomó la letra donde la había dejado aquel aprendiz de estrella del rock.

El colocazo había dado paso a un secaño de escándalo; el paladar se me agrietaba como la sabana africana y los vendedores de refrescos estaban tan lejos como un oasis. Después de conseguir agua por el más que improbable método de agarrar al vuelo una de las botellas medio vacías que sobrevolaban mi cabeza, decidí centrarme en Joe y Paul, olvidar la chapuza que habían hecho contratando a Nick y Vince —así los presentaron— y disfrutar del repertorio. Antes de *Spanish Bombs,* Strummer habló de la Guerra Civil española y de la dictadura de Franco, términos razonablemente familiares para un británico, pero totalmente extraterrestres para un adolescente californiano; supongo que mis desfasados berridos de adhesión al solista de los Clash no ayudaron a que los que me rodeaban entendieran de qué hablaba aquel tipo antes de que gritara en imperfecto castellano: «¡Bomba espaniola!». Y para demostrar que mantenía intacta su capacidad para el sarcasmo cabreado, en el intervalo dub de *Police And Thieves* dijo: «Esto es el encuentro del punk con el reggae y no esa mierda de reggae blanco. ¡Te estoy hablando a ti, Sting!», remató airado. Y el funk llegó con *The Magnificent Seven,* aunque Sean no quisiera oír hablar de *Sandinista!* y la versión no sonara tan pulcra como en el maxi que me había comprado en el centro comercial de West Market. Y con *London Calling* me abracé a mi amigote para decirle que gracias, tío, gracias por traerme aunque no esté Jones. Y también apareció *Guns Of Brixton* y Paul tomó el micro y su bajo retumbó en mi esternón y de nuevo pensé que sólo por estar aquí, escuchando a Simonon cantar esa canción, merecía la pena haber venido a California, que ya me restaba vivir con calma los meses que me quedaban en Estados Unidos porque mi misión se había completado con creces y que debía grabar en mi memoria cada uno de los acordes de aquel bajo para recordarlo cuando volviera a España.

Bomba espaniola.

# FEBRERO

## *AGAINST ALL ODDS*

El asombro siempre es infinito. La Autoescuela Saratoga, situada en el 1230 de la avenida Lincoln de San José, vino a aumentar mi perplejidad respecto a ciertas pautas estadounidenses de conducta. Está claro que todo orden impuesto contamina en mayor o menor medida la conducta natural del ser humano, aunque, al igual que no existen dos picaduras de mosquito iguales o dos tortillas de patatas idénticas, la penetración de esa carga en nuestra conciencia varía según la persona. Y de todas las engorrosas tareas que la raza humana se ha impuesto tras miles de años de supuesta evolución, la que se lleva la palma por abominable, repulsiva e incoherente —por eso se infringe continuamente— es la del cumplimiento del código de circulación. En California el coche no es un capricho, es una obligación real, un artículo de primera necesidad. La estructura de las ciudades, millones de personas a ras de suelo por aquello de los terremotos y el individualismo galopante, convierte cualquier actividad, por pequeña que sea, en un viaje en toda regla; ir al cine, acudir a la iglesia o visitar a tus primos pueden suponer una hora de conducción sin salir de la ciudad. Por eso las distancias no se miden en kilómetros sino en los minutos que tardas en recorrerlas.

En la Autoescuela Saratoga me esperaba un peculiar profesor llamado Brad. Vestía camisetas de color caqui, siempre llevaba barba de tres días y sufría una leve cojera; su aspecto disparó en mi imaginación un pasado de marine herido en combate y retirado antes de tiempo. Ya se sabe que cuando queremos creer una cosa, reconducimos cualquier pequeño indicio como prueba irrefutable de nuestra convicción y, si la paranoia es importante, los hechos que despistan o anulan la teoría son convenientemente reinterpretados para que se ajusten a la idea inicial. El mismo día que conocí a Brad decidí que era veterano de Vietnam; a ver quién me apeaba de la burra.

La manifiesta desidia ante su actual destino civil no hacía más que confirmar aquella primera impresión; mi profesor hablaba del código de circulación como si fuera la orden de un sargento estricto pero inexperto, al que se le hace creer que tiene razón mientras, sutilmente, se incumplen sus absurdos ejercicios. Aquel lunes éramos once alumnos en la pequeña clase, cuatro de los cuales estrenábamos nuestro currículum de treinta horas. Brad nos dejó bien claro que su trabajo consistía en estar en el aula de cuatro de la tarde a nueve y cuarto de la noche —en realidad, las «horas» que exigía el Departamento de Tráfico eran treinta períodos de cincuenta minutos—; podíamos quitarnos el marrón de encima en cinco días o venir media hora al día durante dos meses; él tomaría nota del tiempo acumulado y al final nos daría un bonito certificado para que pudiéramos examinarnos. Punto.

Los alumnos de Brad componíamos una variopinta fauna de menores. Había dos amigas hispanas sentadas en primera fila sin intención de congeniar con el resto de la clase, tres adolescentes de origen árabe, Alfredo, un salvadoreño muy cordial, y cuatro WASP. Entre estos últimos me llamó la atención Bill; siempre llevaba una gorra de béisbol calada hasta las cejas —por detrás asomaba una poblada mata de pelo rubio— y camisetas blancas, sin inscripción alguna, pero con mangas rojas o azules. Tenía los ojos claros —aunque era muy difícil verlos— y el tipo de bigote a lo Cantinflas, también rubio, que tienen los adolescentes que todavía no han empezado a afeitarse. La mezcla de indumentaria y carácter retraído me remitió a esos nativos del Medio Oeste que aparecen en las películas de terror imberbe; estaba claro que aquella autoescuela incrementaba de manera notable mi disparada tendencia a imaginar barbaridades. Al observar el escudo de los Raiders en su gorra, le hice un comentario sobre la paliza que dicho equipo había infligido a los Redskins de Washington en la reciente Super Bowl: «38-9, tío», puntualizó con media sonrisa.

Sería una de las frases más largas que jamás le escucharía.

Por ser el primer día, aguanté las cinco horas del tirón, con un par, como un campeón. Después de las tres primeras habíamos descansado un cuarto de hora alrededor de una máquina de refrescos y chocolatinas que había en la parte posterior del edificio. En la reanudación sólo quedamos cuatro alumnos; las dos horas restantes se me hicieron eternas, largas, aburridas de solemnidad. Tuve la sensación de que no era el único; nuestro profesor bostezaba sin pudor.

Al día siguiente volví a la Autoescuela Saratoga con renovada alegría, ya que había tomado la decisión de abrirme tras el descanso de las siete. Ya había empezado, aquello marchaba, estaba en el camino adecuado para conseguir un coche y decirle a Tina Barlow que nos íbamos al autocine, ella y yo, sin amigos, sin cervezas, sin Super Ratones.

En Catworth, por fin, llegaba el final de mi curso cuatrimestral de Psicología. Nunca volvería al aula 5, no tendría que aguantar a la señora Elliot y cambiaría de compañeros; en definitiva, toda una novedad, algo que siempre se agradece en el previsible guión de un instituto. Mi nueva asignatura se llamaba Gobierno de los Estados Unidos, una de las materias obligatorias para todos los alumnos en su último año de secundaria. Todo eran buenas noticias. Además de que tendría compañeras de mi edad, no parecía un temario muy difícil; algo de historia, nociones sobre la Constitución y bastante de comportamiento cívico. Nuestro profesor sería el señor Dalton, entrenador del equipo de fútbol americano; amable, atlético y muy popular entre los alumnos. Lo único malo es que su condición de persona vinculada al deporte parecía obligarle a vestir ajustados pantalones cortos por encima de las rodillas que dejaban al descubierto sus pálidas piernas peludas. No era agradable.

El primer día llegué pronto al aula 27 con una intención muy clara: escoger mi sitio en la clase. La táctica me la había soplado Rob, muy curtido en esas lides. Se trataba de llegar rápido el primer día, hacerse el remolón en medio de la clase, esperar a que se sentase la tía que nos gustase y colocarnos a su lado —valía cualquier flanco menos el delantero— transmitiendo casualidad en la decisión. Así lo hice en mi primer día de clase con el señor Dalton; acabé a la derecha de Debbie, una simpática rubia en la que me había fijado varias veces aunque jamás habíamos intercambiado una palabra. Nada más ubicarme —aunque el intento de forzar un gesto casual en la cara me confiriera cierto aire de estreñido—, Debbie me recibió con una franca sonrisa, tendió su mano y se presentó.

Rob, santo Rob que estás en los cielos.

—Tengo una nueva cinta —anunció Phil con cierta emoción, es decir, con toda la emoción de la que era capaz. Supliqué al cielo que no fuera otra recopilación del tipo *Grandes éxitos de John, Paul, George y Ringo*, o *Los singles de los Beatles*, o *Los números uno de los Beatles en USA*, o *Rarezas, sesiones y caras B de los Cuatro de Liverpool*, o *Canciones compuestas por Lennon y McCartney cuando tenían catarro*, que hasta ese punto podríamos llegar algún día en el afán exprimidor del legado del grupo. No era nada de eso, era mucho mejor; se trataba de la banda sonora de *Reencuentro*, una película que habíamos ido a ver la semana anterior gracias al empeño de Lori, que lloró y rio —a veces al mismo tiempo— como inestable emocional que era. Contaba la historia de un grupo de amigos reunidos tras quince años sin verse con motivo del entierro de uno de ellos (tiempo después me enteraría de que el muerto había sido «interpretado» por Kevin Costner). La película me atrapó desde que en la primera escena —el funeral—, una de las amigas del fallecido —a la que yo conocía bien por su papel en *Poltergeist*— subía al estrado para acompañar el servicio religioso al órgano; la canción que interpretaba no era otra que *You Can't Always Get What You Want* de los Rolling Stones. Con mi nivel de inglés no me enteraba de la mitad de los diálogos, pero los sollozos y las carcajadas de Lori me guiaron por el laberinto de encuentros y desencuentros de los personajes. Por alguna extraña razón —supongo que tendría que ver con ese hombre de negocios llamado Mick Jagger—, el tema de los Stones no abría el disco, ni siquiera estaba incluido en la casete que ahora manejaba Phil con la destreza de un espadachín; con una sola mano, sin dejar de conducir, extrajo la cinta de la caja y en un movimiento imperceptible para el ojo humano, la introdujo y pulsó el play al mismo tiempo. Y aunque Ken, el dependiente de la tienda de discos del centro comercial, me había dejado claro que detestaba las recopilaciones oportunistas, nos sentimos más chulos que nunca con el *I Heard It Through The Grapevine* de Marvin Gaye a todo trapo.

Rob y Steve seguían buscando nuevas y excitantes situaciones con las que adornar el simple acto de beber cerveza, pues estaba claro que la ilegalidad del asunto no les bastaba como motivación. Se trataba de añadir adrenalina y emoción al hecho de moñarse; aunque a mí me pareciera suficiente fundamento, mis amigotes se empeñaban en adornar el ritual con actos extravagantes, peligrosos o, directamente, delictivos. De los primeros, uno de mis preferidos era el de irnos al aeropuerto de San José; después de las cervezas de rigor, nos colocábamos de espaldas a la valla metálica más cercana a las pistas de aterrizaje. Al poco aparecía el primer avión a lo lejos, primero una luz diminuta, después la silueta oscura, más tarde el ruido del motor que aumentaba a la vez que el contorno, definido, tomaba color y el ruido ya era rugido ensordecedor y gritábamos en seco porque no se oían nuestras voces, tapadas por los motores del avión que, ahora sí, parecía que nos iba a arrollar porque lo teníamos ahí enfrente, pero cruzando de largo porque hay una micromillonésima de segundo durante la cual vemos el fuselaje pasar por encima de nosotros como la nave que sale al principio de *La guerra de las galaxias* y al segundo siguiente ya no hay avión porque ha pasado y oímos a lo lejos el impacto del caucho quemado contra la pista y el ruido que se aleja y disminuye como la taquicardia, saca otra cerveza, que esperamos otro y ya nos vamos.

Entre los rituales peligrosos estaba el de irrumpir en fiestas ajenas a las que no habíamos sido invitados, como el día que observamos movimiento alrededor del polideportivo del instituto Westmont y nos metimos dentro, directamente a la pista a bailar el *Lady Cab Driver* de Prince; una vez allí miramos alrededor y nos dimos cuenta de que todos los presentes eran de origen árabe, inconfundibles, sonrientes y tensos. Entre ellos reconocí a Bassem, uno de los habituales del comedor de Catworth, que ahora se dirigía hacia mí más serio que nunca; era la primera vez que veía a Bassem sin la eterna sonrisa que solían dibujar sus árabes labios, esos que ahora mismo utilizaba para decirme algo así como que yo y mis amigos deberíamos irnos, sin más explicaciones, encogiendo los hombros y apretando sus labiazos magrebíes para que yo entendiera que había razones milenarias que impedían nuestra presencia allí, más aún cuando observé que Rob comenzaba a realizar uno de sus presuntos bailecitos sugerentes delante de un grupo de chicas que no sabían dónde meterse. Así que le indiqué a Bassem que no se preocupara, que ya nos íbamos, y a él se le iluminaron sus enormes pupilas negras y la sonrisa de siempre apareció en medio de la pista de baile bajo una cascada de reflejos rebotados de la bola de espejos suspendida sobre nuestras cabezas, y sus blancos dientes árabes brillaron más que nunca, no problema mi amigo.

Aquel día no me costó mucho esfuerzo sacar a mis amigotes de allí, pero no faltaban golosos saraos en los que colarse. La fiesta en casa es una de las escapadas más habituales y asumidas por los adolescentes estadounidenses, aunque dichas celebraciones sean auténticas bombas de relojería; la prohibición de beber alcohol les impide desarrollar pautas sociales dentro de un grupo de gente beoda, con lo que esas fiestas suelen acabar como el rosario de la aurora. Por eso Rob y Steve no eran santo de devoción en las organizadas por compañeros de mi instituto. Un viernes de febrero en el que un inesperado viento cálido convirtió la noche en un anticipo de primavera, nos habíamos dirigido a uno de los Seven Eleven donde podíamos conseguir cerveza sin muchos apuros. Nada más aparcar vimos una furgoneta Volkswagen con la puerta lateral abierta, por la que se escuchaba el *Jump* de Van Halen a toda pastilla, y a su lado tres rubias que prometían. De cerca la impresión no fue tan favorable; para empezar, una de ellas era un tío con una melena que no tenía nada que envidiar a la de Brooke Shields. Las otras dos sí eran rubias, y hermanas, pero con rostros francamente desagradables. Lo mismo pensarían de nosotros a juzgar por el gesto de desprecio que nos dedicaron cuando nos dirigimos a ellas como si las conociéramos de toda la vida. El rubio, más cordial, nos animó a acercarnos a una fiesta que había por allí cerca, «en casa de un colega». A buena parte; invitarnos a una velada con cerveza gratis era como darle un juego de bisturíes a Jack el Destripador y soltarlo en un internado femenino.

Llegamos a la casa siguiendo las indicaciones del rubiales y nos encontramos con el paisaje habitual de este tipo de fiestas; muchos coches mal aparcados, música estridente y gente dispersa. Una vez dentro —la puerta principal estaba abierta y nadie nos preguntó nada— nos dirigimos a uno de los barriles de cerveza colocados en el patio trasero y nos servimos unas cañas. Por varios bafles estratégicamente situados en la estancia sonaba el *D'yer Mak'er* de Led Zeppelin, lo cual me predispuso favorablemente a lo que allí pudiera acontecer. En todo momento tuve la sensación de que éramos invisibles; no nos hacían ni puto caso, y no me refiero a las mujeres, cosa habitual, sino a los maromos con pinta más o menos enrollada. Nos desperdigamos por la casa en misión de reconocimiento; descubrí en la cocina un bajo eléctrico apoyado en la nevera y enchufado a un amplificador. A su lado, sentado en el suelo con las piernas cruzadas, un tipo con bigote setentero, sombrero de fieltro negro y mirada perdida parecía concentrarse, con no poco esfuerzo, en una espumadera que colgaba de la pared. Me senté a su lado y le comenté con la mayor cordialidad de la que fui capaz:

—Bonito bajo…

En realidad, deseaba con todo mi ser que me invitara a colgarme el instrumento aunque no supiera ni cómo se encendía el ampli. Lo único que hizo fue girar la cabeza lentamente y mirarme un buen rato; los párpados se le caían, tenía los ojos enrojecidos e intentaba hablar, pero sólo emitía un balbuceo salpicado de saliva. Tuve tiempo de fijarme en los detalles; aquel tío me sacaba unos cuantos años y usaba ropa como de otra década. También me llamaron la atención varios cardenales pequeños que poblaban sus brazos; busqué con la vista una jeringuilla que confirmara mis sospechas, pero no la encontré ni la seguí buscando porque una voz que no reconocía reclamaba mi atención con inquietante devoción:

—¡Oye! ¡Tú! ¡Hey! ¡Mírame!

Me levanté del suelo como un resorte y lo que vi volvió a recordarme a Lou Ferrigno pero en versión bajos fondos. El tipo que daba esas voces parecía el guardaespaldas de Lemmy Motorhead; su pecho desnudo mostraba el tatuaje de una calavera envuelta en llamas coronando una inmensa panza como de luchador mexicano. Tenía una melena revuelta y rala que le llegaba a la mitad de la espalda y gastaba unos vaqueros apretados, tan sobados que brillaban en la zona de los muslos. El cuadro lo remataba una espumilla blanca que lubricaba la comisura de sus labios, los cuales, precisamente, seguían articulando bramidos poco amigables:

—¿Qué coño has dicho de mi madre? ¡Te he oído! ¿Qué coño fue lo que dijiste sobre mi madre?

En pleno desconcierto, yo no tenía muy claro si el tío se dirigía a mí, o era estrábico y en realidad le hablaba a alguien situado a nuestra derecha, o era ciego y declamaba un pasaje de Macbeth. Como avanzaba, lento y seguro, con su dedo índice apuntando a mi entrecejo, abandoné la idea de que fuera estrábico y me convencí de que recitaba de memoria algún pasaje de Shakespeare, que aquella fiesta era en realidad la reunión del grupo de teatro amateur de la parroquia, cualquier cosa antes de confirmar que yo era el centro y diana de sus absurdas acusaciones. Por si acaso, fui retrocediendo a la misma velocidad, o mejor dicho, me retiraba de escena para no estropearle la actuación, hasta que mis riñones chocaron contra el fregadero y el panzudo tatuado llegó a estar a un palmo de mis narices y entonces, sí, ya estaba claro que yo y sólo yo era el objeto de su infundada ira. Deduje que lo único que quería era bronca y que había buscado esa excusa para retarme, aunque viendo de cerca aquella mole no había reto posible; me las iba a llevar todas yo. Lo que debía hacer era tranquilizarme, no entrar al trapo y buscar apoyo en mis amigos; un rápido vistazo me confirmó que en toda la habitación no había ni un rostro conocido al que pedir ayuda, así que noté cómo el pánico invadía mi percepción de las cosas. Los allí presentes observaban la escena con la misma curiosidad con la que vemos a un oso destripar salmones agonizantes en los documentales sobre vida salvaje.

—Vamos a ver, ¡contéstame! ¿Por qué has insultado a mi madre?

Lo tenía tan cerca que estaba a punto de desmayarme con su fétido aliento. La situación merecía una reacción decidida, valiente y coherente.

Lo empujé y eché a correr hacia la salida.

Alcancé la puerta batiendo algún récord mundial de velocidad sobre parqué encerado; en mi huida, empujé la mosquitera con tanta fuerza que rebotó en la pared y chocó contra el marco con no menos estrépito. Llegué a la calzada sin mirar atrás, dispuesto a correr céspedes, saltar rosaledas, atravesar ciudades, cruzar países y llegar a mi casa, la de verdad, la de España, sudado y andrajoso pero vivo y coleando, lejos de las garras de aquella bestia que probablemente estaba a punto de alcanzarme. Un claxon familiar sonó a mi derecha; era el coche de Rob, con todos mis amigos dentro. Corrí como si huyera de una muerte segura y alcancé la puerta trasera que me abría Troy con el coche en marcha; al cerrarla de golpe, Rob apretó el acelerador y salió de allí marcando el alquitrán con sus ruedas traseras. Todavía pude ver por el parabrisas posterior al oso melenudo saliendo a la calle y agitando un puño en alto con cara de mala leche mientras Kurt me contaba, con la respiración entrecortada, que habían abandonado la casa por piernas cuando dos tíos con pantalones de cuero empezaron a meterle mano a Steve y que dónde me había metido y que casi les parten la cara por esperarme y qué mierda de fiesta era aquélla, pero esto último ya era más bien un adorno retórico al que todos asentimos con cara de espanto.

La situación en el equipo de fútbol se hizo insostenible. Se trataba de un asunto entre el entrenador y yo; por eso me echaron a mí. Tres días después de mi expulsión oficial se hicieron la foto que se publicaría en el anuario del instituto y en la que faltaría el dorsal veintidós.

Y sin mí, aquel equipo no era el mismo; era mejor.

Había asumido que mis compañeros eran una pandilla de fracasados y lo peor es que yo no desentonaba en esa mediocridad. El entrenador Danson se empeñaba en «mejorar el aspecto físico» y para ello diseñaba unas sádicas sesiones de ejercicio cruel, vueltas al campo, flexiones, carreras cortas y demás patrañas alejadas de patear un balón, primario instinto que me había llevado a vestir la camisola burdeos de Catworth. Comencé a escaquearme de los entrenamientos con meditadas excusas: «Tengo que ir al banco», decía mostrando varios extractos de mi exigua cuenta bancaria mientras mi gesto de agobio indicaba que menudo coñazo, a ver cómo me las arreglaba si no aclaraba eso ahora mismo y una pena que no pueda dar veinte vueltas al campo de fútbol, oye. Otras veces, directamente, no aparecía por el campo y al día siguiente me excusaba con lo primero que se me ocurría. Eso sí, nunca perdonaba esa media hora de clase que nos merendábamos antes de cada partido, aunque ya no me sacara a jugar, imagino que como medida disciplinar.

—Joe, creo que va a ser mejor que no vuelvas a jugar con nosotros —me dijo Danson al acabar un entrenamiento.

Lo primero que pensé es que podía habérmelo dicho antes de empezar, me habría ahorrado el flato, las agujetas y el barro incrustado en las relucientes botas que me había comprado dos semanas antes.

—Pero si ya llevo dos partidos sin jugar —respondí para señalar su aparente contradicción.

—Bueno, me refiero al equipo; no estás motivado, lo sabes, y eso está creando cierta tensión —explicó antes de mirar fugazmente hacia los vestuarios. Al lado de la puerta vi que Brian, el capitán, observaba la escena con una sonrisilla hijoputesca en los labios. Su mezquina venganza se cumplía al dedillo. Aquella situación límite exigía una respuesta coherente, una frase histórica, una réplica brillante que todos los entrenadores de Catworth, San José, California y Estados Unidos usasen para arengar a los futbolistas que surgiesen en el país a partir de entonces. Puse los brazos en jarras y perdí la vista en el horizonte.

Tras una intensa pausa dramática, achiné los ojos y los clavé en los de mi entrenador:

—¿Y qué coño hago yo ahora con las botas?

En otro de nuestros viernes ansiosos acabamos en el parking de Catworth bebiendo cerveza junto a una pandilla —dos tías y tres tipos— que conocimos en el Seven Eleven; estudiaban en el instituto Yerbabuena y se habían desplazado hasta nuestra zona por puro aburrimiento. Les pregunté si conocían a un español llamado Rafa; los tíos se encogieron de hombros pero una de las chicas respondió que sí, que lo conocía, y lo hizo con un entusiasmo que me corroyó las entrañas como si me las lijaran a la brava. Mientras Kurt me pedía que les contara lo fácil que era tomar cerveza en España —mi amigo nunca se cansaba de escuchar esa historia, un tema que siempre interesaba a los golfos que iba conociendo—, Rob, Steve y Troy desaparecieron en dirección al edificio del instituto; no le di importancia porque las latas de Miller que nos estábamos bajando daban alas a mi torpe lengua. Nunca supe si la borrachera distorsionaba mi propia percepción del inglés que hablaba o si el alcohol hacía más fluido el vocabulario, agilizaba la sintaxis y engrasaba mi pronunciación, pero había noches que, después de tres o cuatro cervezas, me sentía como el reverendo Brian Stackpole ante sus discípulos; no había dios que me callara.

Poco después empezamos a oír golpes metálicos, risotadas lejanas y ruidos de carreras. Nos quedamos un momento en silencio; no habría tenido mayor relevancia de no ser por la inoportuna frase de una de las chicas del Yerbabuena:

—Esto no me gusta nada.

Es el tipo de comentarios que revientan el ambiente. Estoy seguro de que miles de pilotos, conductores, astronautas y oficiales del ejército muertos en acto de servicio han pronunciado la frasecita de marras justo antes de que su vehículo se estrellara, estallara o hundiera para siempre. Aquellos golpes, risas y carreras podían ser las propias de tres adolescentes americanos —Rob, Steve y Troy— haciendo el ganso en un instituto vacío y oscuro a las tres de la madrugada del viernes. Pero desde que la chica había dicho que aquello no le gustaba, una especie de mal rollo quedó flotando sobre el parking como una neblina asfixiante.

En una peli de terror, ella habría sido la primera en morir. Fijo.

La cosa es que mis aventuritas alcohólicas españolas ya no interesaban porque ahora intentábamos averiguar de dónde venía el disturbio y quién lo producía. El intento aumentó la confusión porque cuando parecía localizarse un golpe metálico hacia la zona de oficinas, se oía un chillido en el otro extremo del campus, o una risotada cerca del gimnasio, o una carrera donde el restaurante y otro golpe metálico en alguna parte. Esta vez fue Kurt quien cometió el segundo error:

—¡Rob! ¡Troy! ¿Estáis ahí?

Nadie contestó, claro. Nos encontrábamos lo suficientemente lejos —habíamos aparcado en una esquina sin iluminar del parking— como para que nadie oyera la pregunta-lamento de mi amigo. Además, si eran Rob o Troy quienes gritaban, corrían y golpeaban tampoco tendrían tiempo de escuchar el lejano ruego de Kurt.

La chica que debía morir abrió de nuevo su boquita de piñón fijo:

—Tíos, mejor nos abrimos.

La miré desencajado, abriendo los brazos, queriendo expresar que no pasaba nada, que aquellos energúmenos probablemente serían Rob, Troy y Steve —aunque ni Kurt ni yo pensáramos que ese escándalo podía proceder de la garganta del hombre serpiente— haciendo gamberradas.

¿Probablemente? ¿Por qué había pensado que serían ellos «probablemente»?

Quería que aquella pandilla se quedara, me caían bien, yo estaba sembrado, uno de los tíos llevaba una camiseta de los Dead Kennedys y una de las chicas me sonreía de forma cordial y eso ya me valía. Pero en ese momento crucial ni me fluyó el vocabulario, ni se me agilizó la sintaxis, ni se me engrasaron las ideas; me quedé boquiabierto y bobalicón mientras en un santiamén, mis nuevos amiguitos se metieron en su furgoneta y desaparecieron de mi vida para siempre.

Permanecimos en silencio mientras se alejaban, viendo cómo sus luces de posición se hacían más y más pequeñas, como las de un barco que hubiéramos ido a despedir al muelle. Un estruendo metalizado, muy cercano al parking nos devolvió a la realidad.

—¿Qué coño están haciendo estos dos? —preguntó Kurt en voz baja antes de anunciar en voz alta el tercer error de la noche—. Vamos a ver.

Se fue decidido hacia el edificio mientras yo buscaba en el coche una cerveza más; esos segundos fueron suficientes para que, al sacar la cabeza del maletero, ya hubiera perdido la pista de mi amigo. La oscuridad era densa, especialmente ambiciosa a la hora de anular cualquier vestigio de luz; al dirigirme al campus de Catworth me llamó la atención que el instituto estuviera tan poco iluminado. Llegué a la zona del restaurante, donde el silencio y la oscuridad ofrecían un paisaje inquietante y lúgubre. De pronto, a mi izquierda, oí las pisadas de alguien que corría por el pasillo. A lo lejos vi un tío con casco de fútbol americano y una chaqueta azul con mangas blancas; eran los colores del instituto Rosemont, rivales habituales —en todos los sentidos— de Catworth. ¿Qué hacían los alumnos de Rosemont aquí? ¿Se trataba de un sabotaje en toda regla? ¿Habrían venido los individuos más peligrosos del instituto rival vociferando y agitando en el aire rastrillos y antorchas? ¿Por qué me hacían tanto daño las películas clásicas de terror? El alcohol, la ausencia de Kurt —era como si la noche se lo hubiera tragado— y las risotadas que ahora volvía a escuchar hicieron el resto para dar sentido a la paranoia que había apuntado la chica del Yerbabuena:

—¡Kurt! —grité con un hilo de voz y cierto atisbo de taquicardia galopante.

Por supuesto, nadie respondió a mi demanda. No sólo eso; los golpes metálicos redoblaron su intensidad y frecuencia, acompañados ahora de risitas, susurros y objetos que caían al suelo. También me pareció oír la voz de Troy, o de Kurt, o de ambos al mismo tiempo, así como otro grito irreconocible. Decidí volver al coche a esperar a mis amigos. No lo hice con tranquilidad, silbando *Singing In The Rain* con las manos en los bolsillos, sino corriendo con desorden, agitando los brazos, derramando la poca cerveza que me quedaba. Para colmo de males, tropecé con un bordillo camuflado en la oscuridad y caí aparatosamente, con las manos por delante, arrastrándome un par de metros por el suelo mientras la lata de cerveza salía despedida y tintineaba contra el cemento. Todas las taquillas que me encontré mientras corría hacia el coche habían sido abiertas y su contenido desparramado por el suelo, lo que confirmó mi teoría de la violenta conspiración contra Catworth. Por fin, llegué al final del pasillo y torcí a la derecha para salir al parking, pero allí no había aparcamiento ni nada parecido. Y no es que me lo hubieran cambiado de sitio, sino que mi nulo sentido de la orientación, la falta de referencias visuales, las cervezas digeridas y el temor a que la banda de Rosemont me pillara in fraganti me habían confundido hasta conducirme a la parte posterior del edificio.

Fue de vuelta al parking, cuando oí la sirena de la policía.

Me detuve en seco, petrificado por la luz intermitente, roja y amarilla, que ahora iluminaba el fondo del pasillo. Instintivamente me eché a un lado y me asomé por un lateral del instituto; un coche patrulla se había detenido cerca de la entrada principal y enfocaba el edificio con un potente foco incorporado en la puerta del conductor. Busqué con la mirada el coche de Rob; nada, ni rastro, no estaba. Mientras el pulso se me aceleraba como si los latidos se fueran a convertir en un zumbido gordo y monocorde, observé que uno de los policías se dirigía hacia el edificio con una linterna en la mano y algo que no pude distinguir en la otra, mientras su compañero, ya fuera del coche, manejaba el foco y hablaba por la radio.

Hice un resumen mental de la situación en la que me encontraba:

*a)* Todas las taquillas del instituto habían sido forzadas.

*b)* Yo era la única persona en el lugar del crimen.

*c)* No existía ninguna posibilidad de coartada casual que explicara mi presencia allí.

*d)* Mostraba evidentes síntomas de haber bebido como un cosaco adolescente.

*e)* El dolor en la mano provenía de una señora herida en forma de rasponazo que sangraba ni poco ni mucho.

*f)* Otro coche patrulla se aproximaba al parking de Catworth.

En situaciones así me gustaría desconectar mi imaginación y centrarme en la solución inmediata del problema, pero no lo puedo evitar; cuanto más tenso es el incidente, más desquiciados son mis cálculos. Lo primero que se me pasó por la cabeza fue tumbarme en mitad del pasillo para simular que había sido atacado por los violentos de Rosemont; en el mismo instante en que calibré esa posibilidad imaginé la luz de la linterna del agente sobre mi cuerpo, su comprobación de mis constantes vitales, mi progresiva

—y teatrera— recuperación de consciencia y mi fantasiosa explicación del suceso: en un ataque de nostalgia provocado por los meses que llevaba separado de mi familia, me había ido al instituto a esas horas de la madrugada para recuperar una carta de mi abuela que guardaba en la taquilla cuando unos desconocidos me atacaron por la espalda. Hasta ahí la cosa sonaba más o menos bien, pero la consiguiente cascada de previsiones me hizo descartar un plan tan patético: los policías me llevarían a un hospital, después a declarar a la comisaría y más tarde a casa, todo ello en su bonito coche patrulla. Al día siguiente me entrevistaría un periodista del *San Jose Mercury News,* a los dos días un par de emisoras del área de la bahía de San Francisco y después ya me veía en el programa *20/20* de la ABC mientras Hugh Downs me calificaba de víctima en la creciente ola de violencia juvenil.

Muy complicado.

Así que volví al mundo real, a la pesadilla tangible en la que estaba metido hasta el cuello. Me encontraba en mitad del pasillo; mis ojos se habían acostumbrado a la oscuridad y distinguí a mi derecha la tienda del instituto, un pequeño cuarto con ventanal donde se vendía material escolar. Me dirigí hacia ella agazapado y me introduje en el recoveco entre la ventana y una de las columnas con el brazo estirado y la mano por encima de mi cabeza para ver si paraba de sangrar; era sin duda el escondite más estúpido, me sentía como si me hubiera apostado tras una farola a plena luz del día, sobre todo cuando oí con claridad la voz guasona de uno de los policías:

—Hoooola, ¿dónde estáis? Hola, hola, hola… Salid ya.

Sus pisadas se acercaban por el pasillo mientras el haz de la linterna barría el suelo de derecha a izquierda; en plena demencia esquizoide imaginé que si enfocaba directamente a mi escondrijo y me encontraba con el brazo estirado siempre podría imitar la famosa pose de Tony Manero para salir del trance con gracia y salero. No había lugar para bromas, las pisadas se acercaban y la luz de la linterna se hacía cada vez más visible, incluso podía escuchar sus conversaciones en el walkie talkie porque ya estaba ahí mismo, a medio metro de mí, cuando se paró en seco cansado de caminar por aquel pasillo oscuro sin rastro ni pista de los que habían causado los destrozos y entonces se dirigió a sus compañeros con el talkie y dijo que no había nadie y yo podía ver su brazo en jarras que ya había entrado en cuadro, en mi cuadro visual quiero decir, estaba viendo su brazo tan cerca que sólo tendría que darse media vuelta y un paso adelante para estirar la mano y cogerme por el cuello de mi camiseta y llevarme a empujones al parking para darme una paliza y dejarme agonizar allí mismo y que al día siguiente el *San Jose Mercury News* contara que un delincuente extranjero había sido sorprendido mientras robaba en el instituto Catworth y Hugh Downs dijera que yo había sido lo que la sociedad había hecho de mí y que, al final, sólo era una víctima más de la brutalidad policial, pobre chaval.

Pero el agente decidió pararse en ese punto y regresar al parking. Si no me iba de allí ya mismo el corazón se me desbocaría como la víscera que saltaba sobre la mesa del doctor en *Aterriza como puedas.* Corrí de nuevo hacia la parte posterior del edificio, de puntillas, como si el suelo quemase, y todo lo pegado a la pared que pude. Cuando llegué a la calle, miré obsesivamente a un lado y otro, antes de cruzar para refugiarme detrás de unos arbustos.

Sólo quería tranquilizarme, recuperar el pulso habitual, respirar con normalidad, relajarme antes de ir a casa.

Desperté media hora después encogido entre la maleza, inquieto, alterado como una gamo atrapado en un cepo. No había rastro de los coches patrulla y eché a andar con la mosca detrás de la oreja y el dolor instalado en la palma de mi mano. Llegué a casa destrozado; mientras lavaba la herida en el baño me miré en el espejo durante un largo rato, como si esperara que mi reflejo hablase. Tenía el pelo revuelto y la mirada brillante, una combinación que le sentaría de miedo a Al Pacino pero que a mí me convertía en un delincuente de pacotilla, en un adolescente colocado, en un imberbe con el susto pegado a los huesos. Había sido con diferencia la peor noche de mi experiencia americana y no quería repetir algo así; necesitaba una novia, otra pandilla, un cambio de instituto, un traslado a otro estado, una hibernación de cuatro meses.

¿Qué había pasado esa noche? ¿Qué había sido de Kurt? ¿Por qué habían desaparecido Troy, Rob y Steve? ¿Dónde estaban cuando llegó la policía? Creo que el reloj marcaba las cinco cuando me acosté con los ojos abiertos como platos y fijos en el techo. Un zumbido ronco y grueso taladraba mis tímpanos.

A las pocas horas desperté bruscamente cegado por la luz del día y me incorporé en la cama. Eran las diez y veinte de la mañana. Durante dos preciosos segundos me mantuve despistado y absorto hasta que la realidad se acercó a mi consciencia en un fabuloso zoom que casi me tumba sobre la almohada. Los hechos del día anterior empezaban a tomar forma y orden, como una cámara que enfoca un objetivo borroso. Mientras tanto, un micropunto de dolor hacía acto de presencia desde la mitad de la frente hacia dentro de la cabeza. Dos segundos después, todo mi cráneo era una olla a presión en plena ebullición y sin válvula de escape. En medio de aquel suplicio, algunas neuronas intentaban serenar el caos físico para ocuparse sólo de las consecuencias de la noche anterior. Me tumbé en la cama y cerré los ojos. Tenía que recordar.

—¡Joe!

Eso es, alguien me había llamado en un momento dado, puede que fuera Kurt pidiendo auxilio porque yo vi al tío de Rosemont, con casco y todo, eso no lo había soñado.

—¡Joe!

Un momento. Esa voz no es de Kurt. Parece la voz de una mujer. ¿Quién? ¿Una de las chicas de Yerbabuena? Quizá habían vuelto después al parking.

—¡¡Joe!!

No parece ninguna de ellas. Más bien parece la voz de una mujer de cierta edad. Una viuda, eso es. ¡Betty! ¡Betty me está llamando!

—¡Joe! ¿Me oyes?

Salté de la cama aturdido por el sueño, mareado por la resaca, despistado por los recuerdos y confundido por la realidad.

—¡Sí, soy yo! —grité en medio del caos mental.

—Joe —era Betty, al otro lado de la puerta de mi habitación—, te llaman al teléfono.

Salí al pasillo. Betty entraba en el comedor, donde se oía la televisión encendida.

[*Entra cabecera y sintonía. La cámara de grúa avanza hacia el presentador. Cambio a medio plano. Fin de la sintonía*]

—Buenos días, soy Hugh Downs y esto es *20/20* en la ABC. El fiscal del distrito de San José, señor H. P. Powers, ha revisado esta mañana los vídeos grabados por las cámaras de vigilancia del instituto Catworth y ha ordenado la busca y captura de este sujeto.

[*Cambio a foto de un adolescente español con traje oscuro y corbata chillona en la boda de su prima*]

—Su nombre es Joe Pipi. Es peligroso.

[*Plano medio del presentador*]

—El fiscal Powers acusa al ciudadano español de consumo de alcohol barato, burdo intento de seducción, uso indebido de edificio público, tosca obstrucción a la justicia e inapropiada cabezada en jardines institucionales. Pero yo me pregunto: ¿no es Pipi lo que la sociedad, todos nosotros, hemos hecho de él?

Llegué al teléfono consumido en la angustia, embutido en un tembleque nada recomendable, ansioso de escuchar buenas noticias en medio de un más que razonable pesimismo.

—¿Sí…? —pregunté con un hilo de voz.

—¡Joe! ¿Qué pasa, tío? ¡Vaya movida ayer! ¿Dónde estabas?

Era Kurt, muerto de risa, tan tranquilo, tan ancho.

Me explicó que mientras él y yo charlábamos con los de Yerbabuena, Rob, Steve y Troy, ciegos hasta las orejas, se habían dedicado a reventar todas las taquillas de Catworth; en realidad no era muy difícil abrirlas de un golpe seco en la cerradura —¡y yo que confiaba en su inaccesibilidad! Steve había mangado un casco y una chaqueta cojonuda de Rosemont que se encontró en el armario de una de las animadoras —lo había reventado con la esperanza de encontrar ropa interior— y se lo había llevado puesto a casa, mientras Rob y Troy metían en el maletero del coche ropa, discos, cintas, algún libro, dos balones de fútbol americano y un walkman barato. Cuando vieron la pasma a lo lejos, decidieron mover el coche a un lugar seguro para esperar acontecimientos. Lo que ocurrió fue que desde aquel rincón me vieron correr de aquí para allá, incluso caerme y esconderme mientras aquel policía se acercaba y yo no me movía.

Yo escuchaba absorto su monólogo; no sabía si el tono de sus últimas palabras era de descojone o de admiración. Cuando el lunes me encontré a Troy en el instituto, empezó a doblarse como un simio mientras agitaba una de sus manos y se sujetaba el vientre con la otra. Por lo menos ya tenía clara una cosa.

Se descojonaba.

En la Autoescuela Saratoga no hacía amigos. Además de que no había mucho tiempo para intimar en el escaso cuarto de hora de descanso, solía irme en cuanto Brad anunciaba el recreo. Eso cuando iba, que no era, ni mucho menos, todos los días. A las dos semanas, el alumnado de mi clase se había renovado; los compañeros que conocí el primer día habían cumplimentado las treinta horas de teoría y ya estarían examinados, aprobados y manejando por esas autopistas de Reagan y de Dios. A excepción de Bill, claro. Un día decidí avanzar cinco horas teóricas en mi expediente y permanecer en la clase toda la tarde. A la hora del descanso me acerqué a Bill; de alguna manera, el hecho de ser el único alumno de aquella primera hornada que aún permanecía en la Saratoga lo convertía en una especie de amiguín, de compañero de fatigas, de veterano de la mili. Entre la escasez del tiempo de ocio y la introversión de mi compadre sólo hablamos lo justo para saber que Bill venía a la autoescuela un día por semana porque el resto trabajaba en una gasolinera. Hasta ahí, bien. Lo curioso era que venía desde Santa Cruz, quiero decir, que venía él solo ¡y conduciendo! Me lo explicó lacónicamente, señalando orgulloso un enorme todoterreno biplaza con caja de carga:

—Es un Chevrolet —aclaró como si yo no supiera leer las enormes letras en el frontal del capó—. Americano —añadió con un decidido gesto que dejaba bien claro su desprecio por los automóviles japoneses, europeos o africanos si los hubiera.

Le habría preguntado por qué venía desde Santa Cruz, quería apuntarle la fabulosa contradicción que escondía el riesgo de conducir más de una hora sin carnet para poder sacar dicho permiso, pero el hermetismo de Bill, su gorra de béisbol calada hasta las cejas, su mirada furtiva y su tono de voz bajito, cercano al susurro, no invitaban a grandes colegueos.

Dentro de clase, las cosas no mejoraban. Los nuevos alumnos eran como sustitutos calcados de los anteriores, gente que iba a su bola, que no hacía el menor intento de cruzar una mirada, preguntar la hora o iniciar una conversación. El pasotismo de Brad, nuestro profesor, rayaba en ocasiones en una desidia más cercana al desprecio que a la dejadez. En uno de sus incomprensibles monólogos, nos contó que años atrás había sido policía de tráfico en las autopistas de Los Ángeles. Su compañero y él sólo detenían dos tipos de conductores: los que zigzagueaban bruscamente de carril en carril y las macizas que iban solas. El dato me vino a confirmar la turbiedad que ya presuponía en la vida de Brad, sin duda un ex combatiente de Vietnam reconvertido en policía tras el regreso a casa y expulsado del cuerpo por algún oscuro incidente con, digamos, varias macizas y, ya puestos, algún narcotraficante.

Brad, el sucio.

Unas semanas más tarde acompañé a Troy a una tienda de productos militares de segunda mano, un tipo de establecimiento muy popular en todas las ciudades de Estados Unidos en el que puedes comprar una parka manchada de sangre, pantalones de camuflaje, cascos abollados, paracaídas arrugados, máscaras antigás o granadas inutilizadas, todo ello en perfecta segunda o tercera mano tras su paso por el ejército del país. Nos atendió un anciano de aspecto venerable, nada amenazador; mientras Troy contaba los dólares y centavos que iba a pagar por una camiseta caqui —junto a su casco blanco de PM, sus pantalones grises de Aviación y su parka verde de Infantería ya tenía el disfraz completo de soldadito skater— observé una foto enmarcada al lado de la caja registradora. En ella reconocí al anciano que nos atendía; a su lado, pasándole un brazo por encima del hombro, estaba Brad, los dos sonrientes, felices, como si fueran padre e hijo.

—Es mi hijo —dijo el venerable padre de Brad al ver que me fijaba absorto en la fotografía.

—Lo conozco. Es Brad. Me dio clase en la Autoescuela Saratoga.

El padre asintió cerrando los ojos con una sonrisa beatífica.

—Es un buen chico —añadió sin despegar los párpados.

Seguimos hablando. No me costó sacarle información sobre su hijo para confirmar la idea que yo me había hecho de su vida, pero no fue, ni mucho menos, lo que me esperaba. Brad nunca había sido soldado; de niño había sufrido una aparatosa rotura de fémur que no llegó a curar bien y que le había dejado ligeramente cojo, lo justo para no poder entrar en el ejército, la gran ilusión de su vida. Llevaba doce años en la autoescuela y, no, nunca había trabajado en Los Ángeles, ni siquiera había estado de visita, ¿por qué lo preguntas?

El siguiente fin de semana me encontraba sumido en un estado de agitación, emoción, inquietud y, por qué no decirlo, bancarrota; todas esas sensaciones, especialmente la última, me animaron a quedarme en casa sin más perspectivas que las derivadas de la programación televisiva. El sábado me dejaron solo en casa desde bien temprano y después de desayunar me entregué al noble arte de ejercitar mi pulgar derecho con el mando a distancia. Pronto aterricé en la habitual imagen del reverendo Brian Stackpole con su triste mirada, su chaqueta gris, su lacito texano, sus muñecas esposadas…

¿Esposado?

¡Sí! Me fijé en el canal; no estaba en el religioso, sino en el informativo de una cadena pública. El reverendo Stackpole caminaba entre policías que le abrían paso para evitar que un montón de gente enfadada lo avasallase. Por encima la voz monocorde del locutor desgranaba una serie de delitos. La mitad no los entendí porque no estaba muy ducho en términos legales, pero hablaban de fraude, evasión de impuestos y… ¡prostitución! Me lancé sobre el periódico; el *San Francisco Chronicle* de los domingos pesaba como una guía telefónica, traía un montón de suplementos publicitarios y, lo mejor de todo, varias páginas de tiras cómicas; después de leer una de Garfield me enfrasqué en la asombrosa historia del reverendo perverso. No entendía por qué lo acusaban ahora de fraude, si resultaba evidente que aquella vocecita de cordero degollado que pedía donativos cada seis minutos no escondía trigo limpio. En el periódico se desvelaba el parque de coches de lujo que guardaba en su verdadera mansión, una finca situada cerca de Venice, y no la humilde morada de barrio que presentaba como su hogar en los vídeos promocionales. Lo del fisco tampoco me sorprendió; si ya es antinatural la obligación de ceder parte del sudor de tu frente al bien común —una de las mayores patrañas discurridas por la evolución del ser humano—, mucho más sangrante le resulta al hábil estafador declarar el montante real de su latrocinio.

Hombre, lo de la prostitución ya resultaba abiertamente chocante. Y no sólo se referían a que Stackpole fuera habitual cliente de los burdeles más caros de California —que lo era— sino que algunas de sus feligresas habían confesado que el reverendo putero las empujaba a realizar favores carnales al pastor descarriado y algunos de sus amigotes, entre los que figuraban perversos millonarios atraídos por la candorosa entrega de aquellas damitas de piel blanca y mejillas sonrosadas a las que despojaban de sus enaguas de encaje con trémulas pezuñas de carnero en celo. No lo ponía así, pero sonaba a eso. Después del escándalo Stackpole, el presentador se centró en el magnífico momento de forma que atravesaban Magic Johnson y Larry Bird; todo apuntaba a una nueva final entre Lakers y Celtics. Retomé mi rutina MTV con el *Joanna* de Kool and the Gang.

A media tarde me levanté del sillón buscando un colirio que aliviara la catódica rojez de mis ojos; al pasar por el salón camino del baño reparé por casualidad en el mueble situado en el estrecho espacio entre el enorme sofá beis y la pared del fondo. Por simple aburrimiento me acerqué para observar el rebaño de figuritas que pastaba en sus baldas; un caballito de cristal azulado, varias tortugas de jade, un escarabajo de lapislázuli, dos perros de cerámica roñosa, una araña de cuarzo y hasta un águila de plástico verde. No se sabía si en aquel extraño maridaje de formas animales y texturas minerales primaba la recreación del Arca de Noé o una arbitraria selección de materiales terrestres. Permanecí absorto en la contemplación de tamaña inutilidad; la NASA podría cargar ese mueble, tal como estaba, en la primera nave espacial no tripulada a Saturno para que los habitantes del planeta anillado se hicieran una idea de las atrocidades que los humanos somos capaces de pergeñar con tan nobles materiales. Habría seguido con la fantasía, pero justo entonces observé que en la parte inferior del mueble había un pequeño armario oculto por el sofá de los Johnson; me llamó la atención que la viuda desperdiciara un habitáculo como aquél, por pequeño que fuera. El resorte de mi imbecilidad saltó como un muelle para accionar el mecanismo de las preguntas estúpidas: ¿habrá algo interesante dentro? Resolver la cuestión suponía mover aquel kilométrico diván que reposaba sobre la moqueta como el tronco de una secuoya abandonada en el bosque. Si en circunstancias normales Betty me hubiera pedido que moviera ese armatoste para barrer debajo, mis lamentos se hubieran escuchado desde Nevada. «Pero esto no son circunstancias normales», pensé mientras resoplaba y tiraba del sofá que, efectivamente, pesaba como una secuoya.

En el interior del mueble encontré dos pilas de libros, todos ellos firmados por Harry Stephen Keeler. Aunque el diseño de sus portadas era simple y colorista, me gustaron los dibujos que adelantaban tramas policíacas y de misterio. Aquella colección debía de tener unos cuantos años; la estropeada calidad de sus lomos me remitió a la raquítica biblioteca que mi abuela mantenía en su casa. Me disponía a cerrar las portezuelas con cierto desánimo por el exiguo valor del hallazgo, cuando lo que parecía ser la pared interior del armario se desprendió sobre los libros. Por un instante pensé que el mueble se desmoronaría sobre mi cabeza, pero respiré aliviado al comprobar que, en realidad, se trataba de otro libro. Lo saqué con cuidado de su escondite y comprobé que se trataba de un delgado álbum de fotos. Un deseo teñido de certeza me asaltó al instante: allí dentro iba a encontrar alguna pista sobre el señor Johnson. Por el tacto acartonado de sus hojas supuse que hacía mucho tiempo que nadie ojeaba aquella carpeta, lo cual renovó y aceleró el ansia cotilla que ya cabalgaba en mi caja torácica.

Las dos primeras páginas contenían distintas fotos en blanco y negro de una niña regordeta; no dudé en identificar su gesto entre insolente y amable como perteneciente a mi madre americana. En las dos siguientes no reconocí, ni por aproximación, a las personas, adultas e infantiles, que sonreían desde distintos ángulos. La inquietud me esperaba justo al final del exiguo álbum; la foto de una pareja, en lo que parecía el día de su boda, ocupaba una de las hojas. Se veía claramente que el retrato había sido desgarrado en varios trozos —uno de los rasgones partía en dos el rostro del esposo— antes de haber sido recompuesto con cinta adhesiva. La novia era una joven y sonriente Betty, así que el hombre a su lado tenía que ser, por fuerza, su marido. Lamenté el certero jirón que hacía irreconocible su rostro a pesar de la meticulosa recomposición del retrato y me molesté en contar los trozos: 16. Si fueran puñaladas, la policía forense habría diagnosticado ensañamiento.

En la siguiente página, última del álbum, había tres instantáneas de la familia Johnson —Lori era una niña regoderta y Phil, un mocoso tambaleante—, pero sólo en una de ellas se distinguía con claridad al cabeza de familia. Desde luego, Phil no podía negar que era hijo suyo; el parecido era evidente. Me detuve en su gesto tranquilo y lo miré directamente a los ojos, como esperando que la reproducción cobrara vida y me relatara la odisea de su existencia posterior. En ésas estaba cuando escuché con nitidez el característico tintineo de llaves que produce alguien que se acerca a la puerta de casa; mientras me preguntaba por qué no había sentido el coche en el garaje, guardé el álbum en su escondrijo, reordené las pilas de novelas a su lado y cerré las puertas del armario al mismo tiempo que alguien introducía la llave en la cerradura. Estaba claro que no me daba tiempo a devolver el sofá a su sitio; la adrenalina desbocada, el sudor frío y la taquicardia no parecían óptimas condiciones para discurrir una excusa convincente, así que me lancé en plancha sobre la moqueta con la cara vuelta a los bajos del diván. Betty abrió la puerta, entró en casa y se detuvo en seco al verme en tan extraña posición; me incorporé componiendo una forzada naturalidad y nos miramos a los ojos, aunque ella desvió la mirada hacia el armario con una mueca de sorpresa e indignación. Fue un momento fugaz, pero me confirmó que yo había profanado algún tipo de secreto que ella no quería compartir. Cuando me devolvió la mirada, mi rostro había escalado varios grados en la escala del rojo chillón.

—Estaba oyendo música —balbuceé señalando la torre—. Al levantarme se me cayó una moneda, echó a rodar y...

—No quiero que muevas el sofá, ¿me entiendes?

Nunca habría imaginado que Betty pudiera usar un tono tan grave y amenazante. Asentí en silencio y tragué saliva. Al instante, como si se diera cuenta de su exagerada reacción, intentó despistar el enfado y añadió con un tono más suave:

—Es fácil arrugar la moqueta, ya sabes...

Permanecimos callados un par de segundos, suficientes para que desde la MTV llegaran los oportunos compases del *Is There Something I Should Know* de Duran Duran. Pensé que la tele encendida desmontaba mi coartada del equipo de música, pero sabía que Betty no tenía pruebas directas de que yo hubiera abierto el pequeño armario y mucho menos de que hubiera ojeado el misterioso álbum. Con un gesto autoritario me indicó que devolviera el sofá a su posición original, esfuerzo al que me entregué con el empuje propio de un defensa de los Dallas Cowboys. Sólo cuando el enorme diván taponó de nuevo las puertecitas del mueble, Betty se retiró a su habitación; su airada reacción ante la mera sospecha de que yo hubiera visto las fotos confirmó mis peores sospechas; por alguna razón, el difunto señor Johnson no era persona de grato recuerdo en aquella casa.

## MARZO

## *BURNING DOWN THE HOUSE*

Perspectiva. Eso piden los estudiosos para juzgar épocas históricas. Y para tener perspectiva —esto lo había aprendido en clase de la señorita Scalone— hace falta alejarse del objeto contemplado sin perder la referencia del horizonte. Bien, cuanto más me alejo de los años ochenta, más me convenzo de que, estéticamente, es una década para olvidar. Así como el tupé de los cincuenta, las melenas de los sesenta o la pata de elefante, primero, y la cresta, después, de los setenta son recuperados por grupúsculos generacionales posteriores, no hay dios que reivindique, con un mínimo de seriedad, la pinta de Madonna en *Like A Virgin*, las camisas vaporosas de Duran Duran en *Girls On Film* o a Boy George, todo él. ¿Qué retrato de la raza humana podría hacerse una sociedad científica extraterrestre que sólo nos estudiara a través de los videoclips musicales de esa época? Algún día se descubrirá la implicación de las grandes multinacionales de la cosmética en ese intento de implantar el maquillaje como irrenunciable seña de identidad entre los varones y, de paso, doblar la clientela a nivel mundial, ahí es nada. Llegaremos a conocer las oscuras relaciones comerciales entre Visage y Loreal, entre Culture Club y Max Factor, entre Adam Ant y Margaret Astor. Por no hablar de la presión de los fabricantes de laca: ¿hacia dónde caminaba la humanidad con aquellos cardados gigantescos? Y, sobre todo, ¿qué quería aquel replicante de Boy George que mascaba chicle en la puerta de mi casa mirándome de arriba abajo con desprecio para dejar claro que no consideraba mi camiseta de los Clash y mis desgastados vaqueros como atuendo fashion?

Me explico. Aquel fin de semana me había quedado solo en casa. Betty y Phil me lo anunciaron durante el desayuno ese mismo viernes, argumentando que se acababan de enterar por teléfono de la imperiosa necesidad de su presencia en Fort Wayne, Indiana, es decir: se trataba de algún tema relacionado con el divorcio de Robert sobre el que nada más me comentaron, hecho que agradecí en silencio. Supuse que me habían ocultado su marcha hasta el último momento para que no preparase alguna juerga espectacular, ignorando ellos que, una vez conocidas las devastadoras consecuencias derivadas de las fiestas caseras, no estaba dispuesto a sufrirlas yo mismo. Más tarde, durante el trayecto al instituto, no cruzamos una sola palabra. Puede que Phil pensara en el marrón que se le venía encima a su tío; yo intentaba buscar una utilidad viable al hecho de quedarme tres días y dos noches solo en un chalet californiano.

La mañana escolar transcurrió con normalidad, es decir, no me enteré de nada. A las tres de la tarde seguía dándole vueltas a las posibilidades de ocio, recreo, vicio y perversión que los Johnson me brindaban en bandeja. Un guionista de comedias adolescentes ya habría discurrido cinco o seis sinopsis para otras tantas películas protagonizadas por una pandilla de jóvenes salidos, varias animadoras fáciles, mucha cerveza de barril y algunas carreras ilegales de coches, pero yo seguía en blanco. Cuando me dirigía hacia mi última clase vi a lo lejos a Troy saltando bordillos sobre su skate y lanzando gruesos piropos a las compañeras que pasaban cerca. Me resigné: lo único que tenía seguro para mi película de fin de semana era la pandilla de jóvenes salidos.

—Troy, hoy estoy solo en casa, ¿por qué no os venís a tomar unas birras? Llama a Rob y yo aviso a Kurt. A eso de las diez, ¿vale?

Muchas horas más tarde, frente a mi casa devastada, recordaría que fue eso y sólo eso lo que dije: «Llama a Rob y yo aviso a Kurt». Estoy seguro. Había omitido deliberadamente el nombre de Steve con la vaga esperanza de que se les olvidara invitarlo, pero, aún más importante, había omitido al resto del instituto, no había nombrado a otros alumnos o amigos, ni conocidos residentes en otras ciudades y, por supuesto, no había invitado a aquel replicante de Boy George que mascaba chicle y me despreciaba de arriba abajo.

—Vamos a ver, ¿no había una fiesta aquí? —preguntó insolente mientras se arreglaba un pañuelo de gasa que hacía las veces de diadema.

Yo sonreía con gesto estúpido, lo miraba a él y también miraba al coche que había traído; dentro se adivinaban varios Boy George apretujados y nerviosos como ewoks impacientes. Justo en el momento en que iba a decirle que no, que se había confundido y que mejor cogía su pintalabios y sacaba el culo de mis tierras —los colonos de las películas del Oeste también han hecho mucho daño a la imaginería adolescente—, una bocina muy familiar nos sacó a ambos del trance.

Eran Rob, Steve, Troy y Kurt al rescate.

¿O no?

Rob, fiel a su devoción bullanguera, tocaba la bocina con insistencia y mostraba de forma ostensible seis latas de cerveza que sostenía con la mano izquierda sobre el techo del auto, como si fueran la sirena de un coche de policía camuflado. Tras el brusco frenazo, agradecí profundamente que los Johnson y nuestros vecinos, los Franklyn, tuvieran valla en vez de rosaleda para separar sus céspedes.

—¡Joe! —gritó Kurt según se acercaba desde el coche—. He invitado a estos amigos, no hay problema, ¿verdad?

¡Aquellos clones de Boy George eran amigos de Kurt!

—Bueno…, supongo que…

No hizo falta más. El Boy George jefe hizo un gesto a su prole y entró sin mirarme a la cara; del coche salieron tres réplicas cutres del cantante de Culture Club y desfilaron por delante de mí saludándome con júbilo. Detrás entraron mis amigotes; al pasar a mi lado, Steve no evitó uno de sus viperinos susurros:

—Hay que joderse con las mariposas.

Cerré la puerta despacio, mirando hacia la calle como si fuéramos colonos en el salvaje Oeste y de las silenciosas rosaledas fueran a surgir hordas de comanches asesinos dispuestos a cortarnos la cabellera. No se oía nada. Intenté positivizar la situación; al fin y al cabo, se trataba de dos pequeños coches bien aparcados delante de casa, en la que sólo estaban mis amigotes más cuatro adolescentes maquillados como geishas y vestidos por el enemigo —una especie de superposición caótica de harapos, gasas y pañuelos en tonos malva y negro.

No era para tanto.

Y no lo fue, de verdad, hasta que la cerveza empezó a alterar nuestra percepción del bien y el mal. Los tres Boy George bailaban sobre la moqueta del salón una tosca coreografía —presuntamente delicada— del odioso *Karma Chameleon* de Culture Club; uno de ellos había puesto a todo volumen una cinta en la que había grabado esa canción varias veces. El jefe, sentado en el único sofá de la estancia, asentía con aires de reinona, marcando el ritmo de sus pupilos con un bastón transparente en el que no me había fijado hasta entonces. Aquélla era, sin duda, una extraña reunión; cuatro harapientos maquillados bailando una música horrible, ajenos a los espesos comentarios de Rob, las carcajadas de Troy y la abierta indiferencia de Steve. Miré a Kurt; parecía feliz. ¿De dónde habría sacado una pandilla tan marciana?

De pronto, sonó el timbre y todo el mundo se quedó inmóvil, como si jugáramos al ¡Un, dos, tres, palomita blanca es!; los danzarines mantuvieron la postura que realizaban cuando sonó la campanilla eléctrica, mirándome con un brazo en alto y los pies cruzados. Hubiera sido un buen final para el número de baile, pero Boy George, el de verdad, seguía gorjeando desde los bafles:

—Karma, Karma, Karma, Karma, Karma, Chameleooooooon…

Hundí la tecla del play como si con mi dedo índice ahogara la cabecita del cantante en una taza de té. Los bailarines bajaron los brazos sin dejar de mirarme, igual que mis amigotes. Por un momento parecía que esperaran una palmada mía para seguir la juerga, pero un nuevo timbrazo me sacó del despiste; todos, incluidos los Boy George, se hicieron una piña en la única esquina del salón que no se divisaba desde la puerta de entrada. Abrí con decisión y naturalidad.

—¿Qué pasa, Joe?

Era Greg Reynolds, mi compañero de taquilla, con seis cervezas bajo el brazo.

—¿Llego tarde? —preguntó mirando hacia el interior.

¿Tarde para qué? ¿De qué hablaba aquel chalado?

—¡Greg! —gritó Rob saliendo de su escondite—. ¿Qué haces aquí? ¿Cómo te has enterado de esto?

Aunque me habría gustado preguntarle a Rob a qué se refería con «esto», volví la mirada a Greg esperando con sumo interés su explicación.

—Bueno, me lo dijo Tim.

Seguro que sí, ¿quién es Tim? ¿A qué vienen esos cuentos? ¡Dime la verdad! —puedo ser muy expresivo sin abrir la boca.

—Tim; Tim Holley, ya sabes. Él me dijo que vendría algo más tarde.

Tim Holley, el tío que me había llevado a ver a Police, mi compañero en el equipo de fútbol, mi segundo mejor amigo en América, quizá el segundo mejor amigo de todo el instituto Catworth, incluido Greg Reynolds. Tan buena persona Tim que sí, claro, ahora recordaba que yo mismo, el gran bocazas, lo había invitado a tomarse una cerveza si le apetecía, a eso de las diez y media, pensando que Tim, el gran Tim, tendría planes mucho más apetecibles que sentarse en uno de los millones de salones enmoquetados que existen en California a beber cerveza barata con una pandilla de antisociales. Pero el bueno de Tim Holley no sólo anunciaba su visita, sino que se la había comentado a Greg. ¿Qué daño podía hacer uno más, sobre todo si venía de parte de Tim?

—¡Adelante! —exclamé franqueándole el paso a mi club social.

—¡Estupendo! —respondió antes de girarse y gesticular hacia otro coche aparcado en la calle del que salieron cuatro mendas que no había visto en mi vida.

Bueno, la cosa todavía estaba bajo control; tres coches fuera, trece personas dentro, catorce conmigo, quince con Cat, el perro, que deambulaba entre tantas piernas con aires de noble ajeno a las fatigas de la vida. La buena noticia es que la nueva hornada de invitados había acabado con la supremacía de Boy George; la mala, que lo que ahora sonaba era el *99 Luftballons* de Nena.

Me encontraba en el pasillo del fondo del salón, apoyado en la barandilla de barrotes blancos; el par de escalones de elevación sobre la moqueta me daba una perspectiva del creciente bullicio que se estaba formando ante mis narices. Tuve un ligero acceso de pánico; ¿habría más gente en camino? ¿Se oiría la música —ahora sonaba el *Somebody's Watching Me* de Rockwell a todo trapo— desde la calle? ¿Se irían pronto? ¿Cómo podría echar a toda esa gente? ¿Por qué no pongo algo de reggae ya que es mi casa? En una palabra: control. Lo tenía, estaba ahí, en mis manos, podría haber manejado aquella situación de no ser por la cerveza que me tendía Greg una y otra vez, preocupado como una madre drogadicta de que a su hijito alcohólico no le falte de beber. Y yo, mi otro yo, bueno, que cómo no, dame un traguito que se me va a secar la boca de tanto controlar desde aquí arriba, que parezco el dueño de Studio 54, pero en moqueta beis y decoración de Todo a 100. Y dos Milwaukees más tarde ya estoy corriendo a la habitación para buscar una de las cintas que he grabado del programa de Spliff Skunking para que suene algo de reggae, por eso detengo bruscamente el *Dancing In The*

*Dark* de Bruce Springsteen —pero ¿quién coño está poniendo esta música?—, coloco la primera casete que pillo y empieza a sonar el *Your House* de los Steel Pulse, que causa gran división de opiniones; los clones de Boy George la celebran porque, al fin y al cabo, también es reggae el *Do You Really Want To Hurt Me?*, y Troy y Kurt se unen al baile cadencioso y un par de amigos de Greg Reynolds también celebran el cambio de palo y yo mismo, encaramado de nuevo en mi puesto de Vigilante de la Fiesta, bailo con los ojos cerrados, y sólo los abro para beber algo más de cerveza y un poco del schnapps que me ofrece Greg, y la vida es maravillosa en California, aunque ahora mismo podía estar en el Nepal o en San Marino o en Costa de Marfil y la sensación sería la misma: hambre.

—¿Quién quiere unas patatas? —pensé en voz alta de manera retórica.

El rugido de aprobación que surgió de la moqueta me sonó a muchedumbre embravecida en un circo de romanos a cuya arena acaban de saltar los leones. El alcohol se había instalado definitivamente en mi procesador mental; yo era el amo del mundo y tenía lo que el mundo quería: patatas fritas onduladas.

Me fui a la cocina, abrí uno de los armarios, me hice con las tres bolsas de patatas allí guardadas y volví al salón, justo a tiempo de ver cómo Rob abría la puerta de la calle, no para irse, sino para dejar entrar a más personas; entre ellas venía Nichole Fisher, con la que no había vuelto a hablar desde que un día me pidiera fuego en el instituto. Nada más verla apagué el amago de duda que debía provocarme la inesperada presencia de más gente en la fiesta.

—¡Nichole! —grité como si hubiéramos hecho juntos la mili.

Me miró sorprendida, aunque yo interpreté el gesto como rendida admiración; el españolito aquél era todo un tiazo que montaba jaranas en su casa, con un par. No tardó en cambiar la sorpresa por abierta indiferencia; esta vez sí procesé la mueca como lo que era y detuve en seco mi campechana presentación, más que nada porque Nichole ya se había perdido en el bosque humano de la zona moqueta y bebía de una lata de cerveza que le había tendido el cachas de Greg, que, por lo visto, venía a ser una especie de control de avituallamiento juerguista.

A partir de ahí, la secuencia se nubla en mi memoria, alternando en psicópata convivencia fabulosos desfases con arranques de responsabilidad. Sé que alguien me pidió hielo; mientras abría la nevera escuché un ruido extraño en la habitación de Phil y me encontré a una de las amigas de Nichole ondulando sobre la cama de agua junto a uno de los colegas de Greg, pero no pude decirles nada porque unas estridentes carcajadas a mis espaldas reclamaron mi atención. Otro de los amigotes de Greg —¿de qué correccional había sacado aquella pandilla?— se estaba comiendo uno de los peces dorados que servían de alimento a la morena, más escondida que nunca bajo el falso tronco. Deseé ser ella, pero no pude detenerme en la ensoñación porque, mientras intentaba convencer al tragapeces de que se buscara otra dieta, el timbre de la puerta sonó con insistencia y esta vez nadie bajó la música ni se detuvo expectante; es más, uno de los Boy George abrió antes de que yo llegara desencajado a la entrada y dio la bienvenida a otro grupete de no invitados entre los que reconocía algún rostro del instituto y muchas caras nuevas que me daban la mano y se unían al jolgorio, que a esas horas ya ocupaba toda la casa. Como seguía bebiendo, mi conducta bipolar entre el desfase y la responsabilidad me convertía en un alterado Jeckyll y Hyde; tan pronto le ordenaba a Rob que se bajara del sofá beis como yo mismo intentaba un desastroso paso de breakdance girando en el suelo sobre mi espalda y en posición fetal mientras el *Rock It* de Herbie Hancock sacudía los cimientos del 1264 de Carpet Drive. La noche era como una montaña rusa; de vez en cuando hay unas rectas que suponen un pequeño alivio antes de lanzarse cuesta abajo, inclinado hacia la derecha, doble tirabuzón y vuelta a empezar con el corazón agitado. A todo esto, yo me paseaba por la casa como Hugh Hefner por su mansión de *Playboy*, pero con mucho menos glamour; en vez de batín lucía camiseta de los Clash, llevaba una lata de cerveza en la mano y en lugar de sumisas veinteañeras pechugonas, me sonreían adolescentes con los ojos rojos y la mirada perdida.

En el patio trasero se había formado un corrillo para ver cómo Rob agujereaba con sumo cuidado la base de una lata llena de cerveza —no quise imaginar de dónde había sacado aquel punzón y el martillo con el que lo golpeaba—; cuando terminó, Kurt, que estaba sentado a su lado en una pequeña banqueta, echó la cabeza hacia atrás y abrió la boca desmesuradamente. Su amigo colocó la lata sobre ella y tiró de la anilla para que un chorro grueso y veloz saliera en pocos segundos de la lata al interior del capitán del equipo de lucha libre de Catworth. Grandes aplausos y vítores para la cómica pareja que saludaba y hacía reverencias, Rob con el martillo en la mano, Kurt tambaleándose a su lado. Justo en el momento en que mi amigote reparó en mi presencia, pensé que ya era hora de parar aquella fiesta.

Y lo seguía pensando mientras, sentado en la pequeña banqueta, yo mismo echaba la cabeza hacia atrás para que Rob tirara de la anilla.

Volví al interior de la casa y avancé entre el tumulto; a lo lejos, Greg Reynolds abría la puerta de mi habitación y metía la cabeza dentro para ver si había vía libre. Intenté llamarlo a voces, pero dos hechos anularon mi intención: por un lado, alguien había puesto a todo volumen el *Middle Of The Road* de los Pretenders y esa canción merecía ser bailada; por otro, Greg entraba en mi habitación con Nichole Fisher de la mano; me sentí incapaz de reprimir aquella muestra de afecto.

Además, asumí que lo más cerca que iba a estar del sexo esa noche era dormir en la cama donde ella había follado.

Me invadió una tristeza infinita. Nadie lo diría porque ya estaba botando y chocando en el aire contra Troy, que reía como una hiena y acompañaba a duras penas el estribillo de Chrissie Hynde:

Oh come on baby
Get in the road
Oh come on now
In the middle of the road, yeah!

Poco a poco la agitación, el calor y los litros de alcohol ingeridos se mezclaron en mi estómago formando una pelota de nervios, jugos gástricos, remordimiento y bilis. La borrachera se me fue de golpe, al menos así lo sentía, y busqué un reloj: dos y diez de la madrugada. Me fui al baño; al pasar por delante de mi propia habitación estuve tentado de entrar de golpe —yo, mejor que nadie, sabía que no había pestillo— para pillar a Nichole en algún acto indecoroso, pero lo único que hice fue acariciar la puerta según pasaba, como si el tacto de la madera me transmitiera alguna sensación erótica.

Llegué al baño y me encontré lo que tantas veces había visto en otras fiestas celebradas en casas particulares: alguien con mala puntería había vomitado en el váter. Aquello terminó por hundirme, aniquiló mis defensas y nubló mi entendimiento. Yo sabía cuál era el peligro de encerrar una manada de adolescentes salvajes con mucha cerveza y poca prisa; había visto cómo se comportaban Rob y Steve en esas casas ajenas en las que nos colábamos porque un amigo de alguien le había dicho a la novia de un conocido de otro que iba a clase con no sé quién que había una fiesta en tal sitio. Así de fácil. Yo, mi casa, quiero decir, la de Betty, había caído en esa rueda mortal del boca a boca; quizá a todos los jóvenes estadounidenses les pasaba alguna vez lo que a mí esta noche, me refiero a lo de quedarse solos un fin de semana y que un montón de gente acudiese allí porque sabían que no había adultos represores. Puede que aquel trance fuera una especie de rito iniciático californiano, igual que a los mandinga les circuncidaban a la brava, y yo ya era un californiano mandinga porque había superado la prueba de fuego, la fiesta en casa, la juerga doméstica, el desfase hogareño.

Y una mierda.

Meé con tranquilidad y aproveché el chorro para limpiar los restos de vómito que permanecían a la vista en la taza. Después me aclaré la cara con agua y levanté la vista hacia el espejo; mientras las gotas resbalaban por mi rostro, sentí que la resaca se asentaba en mi cabeza, noté cómo se abría paso por las venas hasta llegar al cerebro, barriendo en su camino los efectos euforizantes del alcohol. Al otro lado de la puerta se oían los graves del equipo musical retumbando en la casa sobre una base de alborotado murmullo, voces, chillidos y botellas que se rompían. Casi podía oír mis arterias crujiendo igual que la bandeja de cubitos de hielo cuando la pones bajo un chorro de agua caliente mientras la papilla deforme de ruido parecía aumentar al ritmo de mi corazón. Me agarré al borde del lavabo; apreté las mandíbulas frente al espejo, aspiré el olor a vómito en el pequeño espacio y sentí el latido desbocado de mis sienes. Si fuera Bruce Banner, mi musculatura se habría desarrollado en pocos segundos, mi piel habría adquirido un tono verdoso y con mi camisa hecha jirones habría salido del baño para arrojar por la ventana del salón a aquellos indeseables. Estaba entrando en la típica fase paranoica de la borrachera, así que me eché más agua en la cara y volví al mundo real; agarré el pomo de la puerta y me detuve un instante. Quizá estaba soñando. Eso es; ¡podía ser una pesadilla! Tenía los elementos, el conocimiento necesario para que mi subconsciente armase un delirio de ese calibre, y aunque todo era asquerosamente real, abrí la puerta de golpe esperando que el ruido cesase, que no hubiera nadie en el salón, que yo fuera Jack Nicholson en *El resplandor* inventándome fiestas multitudinarias donde sólo había salones vacíos.

No coló. El ruido seguía allí, más espeso aún.

Al pasar por delante de mi habitación pude escuchar los alaridos de Nichole; imaginarla sobre mi cama, desnuda, boca arriba, con las piernas abiertas recibiendo a Greg Reynolds, clavándole sus uñas de rojo en la espalda, sólo aumentó mi determinación de acabar con aquella fiesta de andar por casa. No quiero pensar qué habría pasado si llego a tener una metralleta al lado del equipo de música, centro demoníaco del mal. Alguien había puesto el *Footloose* de Kenny Loggins, así que no me costó mucho apagarlo de un impetuoso manotazo que escoró la torre hacia un lado.

El bullicio continuó dos segundos y se apagó paulatinamente en otros dos mientras yo utilizaba ese quinceavo de minuto en tomar aire para gritar una frase rotunda, autoritaria, que denotara firmeza pero no desesperación:

—¡A la puta calle ahora mismo! ¡Se acabó la fiesta! ¡Adiós!

Se hizo el silencio, incluso entre los que revolvían en el patio. Por un momento pensé que había ganado el primer envite, que los tenía en mi mano, que el tono y el contenido de mi advertencia habían sido los correctos. Me disponía a rematar la orden de desalojo cuando, desde mi habitación, se escucharon los chillidos de Nichole:

—¡Sí, sí! ¡Me corro! ¡Sigue, sigue!

Unas leves risitas comenzaron a resquebrajar el opaco silencio que había logrado. Supongo que antes de que se produzca un alud habrá pequeños ruiditos como ese que auguran la tragedia. Abrí la puerta de la calle y volví a gritar que ése era el camino, que adiós muy buenas, que os vayáis ya, ahora mismo, a qué esperáis. Las risitas ya eran carcajadas, risotadas alcohólicas que explotaron en la sala como un bombardeo de napalm y que acabaron por contagiarme. Contra todo pronóstico, la anécdota relajó los ánimos, pero deduje que mis autoinvitados no se irían de allí sin ver la cara postcoito de los copulantes; como hábil anfitrión que desea expulsar a una horda de gorrones, sólo me quedaba una opción. Me acerqué a la puerta de mi habitación y golpeé dos veces con suavidad.

—¡Está ocupado! —respondió Greg, todo educación y jeta, expropiándome mi propio cuarto.

—Greg, la fiesta ha terminado —dije imaginándome como un David Niven decadente, vestido de esmoquin con un martini en la mano y el otro brazo en jarras.

No hubo respuesta pero la música del radiocasete que tengo al lado de la cama cesó y dio paso a un silencio apenas rasgado por el imperceptible ruido que hacemos las personas al vestirnos. Al poco rato, Greg asomó la cara y recibió con sorpresa la ovación del respetable reunido en el salón.

—Hey, Joe, ¿qué pasa, tío? —me preguntó con una sonrisa idiota en la cara.

Iba a contarle lo ocurrido cuando salió Nichole y la ovación redobló la recibida por su recién estrenado amante. Ella adivinó enseguida lo que había pasado —Greg seguía interrogándome mansamente con la mirada— y no le hizo tanta gracia; tras un leve gesto a sus amigas, todas salieron a la calle con ella. Yo vi el cielo abierto y le dije a Greg que mejor iba a pedirle disculpas porque todo dios en la fiesta había oído cómo se corría. Mi amigote empezó a hincharse de satisfacción y orgullo, lo juro, estaba viendo cómo el pecho se le abombaba como un balón de playa mientras una sonrisa chulesca se le instalaba en medio de la jeta; se la habría partido allí mismo.

No por defender el honor de Nichole: por pura envidia.

Podía imaginar el trayecto que habían seguido mis palabras desde mi boca hasta llegar a su cerebro; todo el instituto sabría el lunes lo bien que se había tirado a Nichole Fisher, una de las más reputadas lobas de Catworth. Antes de que Greg estallase de satisfacción y me pusiera perdido el recibidor, insistí en que debía ir detrás de ella —ya se subía al coche con sus amigas— para quedar como un tío enrollado. Respondiendo tal como esperaba, Greg también hizo un gesto a sus colegas y los cuatro se fueron; cada uno de ellos me dio la mano antes de salir como si yo fuera el viejo terrateniente que despide a sus hijos varones, recién alistados para ir a la Guerra de Secesión. El efecto ventosa de la marcha de los ocho pendones fue fabuloso; la puerta de la calle parecía un desagüe de gente que salía sin prisa y sin pausa, algunos con lágrimas de risa en la cara, otros balbuceando, muchos despistados, bastantes con el rímel corrido (no pocas chicas y los Boy George), pero todos agradecidos, amables, borrachos como cubas. Yo me mantenía firme en la puerta para constatar que el caudal de gente que se iba no decaía.

—¡Joe! ¿Qué haces aquí?

No estaba para bromas. Con odio encendido busqué a la dueña de esa voz y al encontrarla mudé el enfado en asombro y entrega; por el pasillo se acercaba Debbie, la simpática compañera de mi clase de Gobierno de Estados Unidos. Me parecía, no sólo increíble sino abiertamente injusto, que no me hubiera cruzado con ella en toda la noche.

—No sabía que estabas en esta fiesta —dijo pasándome el brazo por encima del hombro, aplastando su teta derecha contra mi pecho. Algo en su arrastrar las palabras, en su aliento inconfundible y en su caminar vacilante me indicó que estaba borracha. «Yo también lo estoy», pensé: «habría sido un combate justo». Inesperadamente, Debbie me besó en tierra de nadie, quiero decir, uno de esos besos que no son en la boca ni en la mejilla, más bien como arrastrando los belfos sobre la comisura de los labios. Sentí que aquel ósculo salivoso salvaba mi noche desastrosa y me quedé mirándola embobado mientras se subía a uno de los coches.

Carpet Drive recuperaba su aspecto habitual.

Yo no.

Los últimos en abandonar la casa eran mis cuatro amigotes del alma. El primero era Rob, pero le cerré la puerta antes de cruzarla.

—Un momento, ¿no vais a ayudarme a recoger? —pregunté con los ojos como brasas.

No es agradable despertar cuando tu cabeza es de madera. Te puedes acostumbrar si eres Pinocho, pero si eres humano y tienes el cuerpo formado por huesos, músculos, órganos, venas y nervios, el hecho de tener la cabeza de madera no encaja con el resto, te produce profundos padecimientos y desajustes. Al día siguiente de la fiesta imprevista desperté con una de las resacas más impresentables de mi corta vida de bebedor social; los párpados me dolían como si tuviera dos agujas de tejer clavadas en los globos oculares, los laterales del cráneo acababan de adquirir dolorosa vida propia y cada latido de mis sienes martilleaba mi conciencia como el tambor de una galera remada por esclavos. La madera de la calavera se tornaba esparto en la zona posterior del paladar y papel de lija en la tráquea. Seguro que tenía miles de pequeños dolores repartidos por el cuerpo, pero la magnitud de la perturbación en la zona alta anulaba mis terminaciones nerviosas, por eso la información del lamentable estado de las articulaciones y de la alarmante ausencia de glucosa en los músculos no llegaba al cuartel general, como si fueran noticias de un frente lejano en una guerra de la antigüedad.

Sólo un mal venía a beneficiar en parte mi exagerado dolor de cabeza; era un mal porque se trataba de la sed más rabiosa y asfixiante que jamás había sentido y era beneficioso porque su fuerza me hizo olvidar por un momento el drama que se vivía dentro del cráneo. Me habría bebido el agua de un jarrón que llevara seis días aguantando flores marchitas, me habría tragado el agua residual de los canalones de la casa, me habría deleitado con el agua gris en la que mal nadaban los peces dorados que se zampaba la morena. Decidí levantarme de la cama; era mejor beberse un litrazo de Orange Fast que seguir en la cama discurriendo formas guarras de acabar con la sed.

La ilusión de sentir falso zumo de naranja correr como un riachuelo por mi garganta animó mi penosa incorporación. Demasiado rápida. Mucho ímpetu. La madera crujió, los ojos saltaron de sus órbitas y un zumbido atronador se apoderó desde el centro del cerebro hacia fuera. Un ligero mareo me invitó a dejarme caer —con suavidad, por si acaso— sobre el colchón. El siguiente intento de incorporarme pasó por deslizar las piernas fuera de la cama y dejar que el resto del cuerpo siguiera su impulso. Apenas si podía abrir los ojos, así que llegué a la cocina a tientas, abrí la nevera y bebí, bebí como si se acabara el mundo, bebí como si nunca lo hubiera hecho y estuviera a punto de deshidratarme, bebí hasta que el zumo desbordó mis comisuras manchando la camiseta de los Clash.

Lo siguiente fue, medio metro más allá, meter la cabeza debajo del grifo del fregadero y dejar que el agua fría arrancara de cuajo los daños en superficie. Era curioso constatar que la inmediata mejoría sentida tras dos actos tan simples como beber y mojarme la cara, ya hacía flaquear el definitivo «nunca más» entonado al despertar. Con los ojos abiertos y con el paladar recuperando su viscosa carnosidad, eché un vistazo a la casa; mis amigotes me habían ayudado a recoger lo más notable —latas, botellas, restos de comida, muebles movidos— pero flotaba en el ambiente cierto desorden, imperceptible para un visitante, pero evidente para alguien que viviera allí, es decir, yo. ¡O Betty y Phil! ¡Y Lori! Por primera vez imaginé a mi tutora, la señora Sternberg, recogiéndome en su viejo trasto para llevarme a su casa mientras me buscaba otra familia, y a los Johnson, hechos una piña desde el marco de la puerta, lanzándome insultos y piedras.

Lentamente, resoplando, cansado y asqueado, me puse a repasar la casa.

Centímetro a centímetro.

El domingo sólo llegó Phil; Betty se quedaría unos días más en Indiana arreglando la nueva vida divorciada de su hermano, lo que me daba una bonita prórroga para rematar el orden de la casa con el uso cotidiano de las cosas, ese tacto inconsciente que acaba por colocar todo en su sitio a base de persistencia diaria. No sé si mi hermano americano andaba demasiado ensimismado en los problemas familiares o que, simplemente, pasaba de echarme en cara el tornado que había arrasado su hogar, tan evidente a pesar de mis desvelos. Por la noche lo vi desde mi habitación hablando con el señor Franklyn, nuestro vecino, por encima de la valla que separaba ambos chalets; cuando notaron que estaban siendo observados cesaron su cuchicheo y Phil me dedicó una mirada vacía, hueca, indiferente, como si estuviera disecado y los ojos fueran de esos que encargan por correo los taxidermistas novatos. Aquella mirada podía significar cualquier cosa; «paso de ti», «te vas a enterar», «me la suda» o «esto no quedará así». Más que nunca, maldije aquel rostro impenetrable y su mirar oblicuo, incluso odié el bigotito a lo Clark Gable aunque poco tenía que ver en mis cuitas. No podía asumir que mi puntual antipatía hacia Phil no era más que una proyección de los remordimientos que sentía por haber metido la pata de esa manera; en realidad estaba deseando que me echara en cara haber llevado a su casa a un montón de desfasados para poder así expiar mi culpa y sentirme liberado. Ya se sabe, el poso católico ha hecho mucho daño a varias generaciones de españoles y yo no iba a ser menos. Es más, si Phil me hubiera sostenido la mirada más de tres segundos probablemente me habría lanzado a sus pies renegando de mis pecados con ese lenguaje tan propio del Antiguo Testamento.

> Y viendo José que lo que había hecho no era bueno para sí ni para su familia de acogida, arrojose a los pies de Felipe golpeándose el pecho y mesando sus cabellos para pedir clemencia al abigotado varón achinado:
>
> —¡Sí! ¡Lo hice! —exclamó con los ojos llenos de lágrimas—. ¡Se montó un fiestón babilónico y desmesurado, pero no era mi intención! ¡Acudieron varones sedientos y hembras lascivas desde los confines del reino!

¡Y bebí con los varones, pero no yací con las hembras pues, como bien sabes, yazco menos que Robinson Crusoe! ¡Por Dios! ¿Qué puedo hacer para que me perdones y así dejar de hablar entre admiraciones?

Y viendo Felipe que el arrepentimiento de José parecía sincero, descalzó el pie derecho, lo alzó a media altura, retiró el calcetín y, acercó su dedo gordo a escasa distancia de la boca del pecador antes de susurrar con una leve sonrisa:

—Chupa, cabrón.

La cosa es que pasaron los días y la vida siguió como si allí, en el 1624 de Carpet Drive, nunca hubiera pasado nada.

Al menos eso creía yo, infeliz de mí.

Sobrevivíamos a base de burritos congelados y perritos calientes, gastronomía zoofílica que no difería mucho de la que habitualmente nos dispensaba la viuda. Tampoco nuestros lazos se estrecharon debido a la obligada convivencia, pues, ni ésta era tan intensa, ni los lazos tenían mucho donde apretar. La noche anterior al regreso de Betty, tirados frente al televisor —el *Here Comes The Rain Again* de los Eurythmics estaba en pantalla—, Phil me propuso acompañarlo al acuario Waterland y acepté con cierto entusiasmo; aquella tienda era como un oasis irreal de penumbra, silencio, algas flotantes y ojos acuosos envueltos en un olor denso, extraño, que tenía mucho que ver con la comida de los peces. Aunque nunca habíamos dejado claras unas pautas de comportamiento dentro de la tienda, nuestra rutina allí era siempre igual: nada más llegar nos separábamos para pasear entre las peceras, como si aquel establecimiento fuera una especie de templo budista en el que el silencio formara parte ineludible del ambiente. En cierto modo, esas visitas a Waterland eran mi momento más cercano a cierta mística religiosa, muy alejada de los aspavientos del reverendo Stackpole en el canal religioso o de McCain en la Iglesia metodista. De vez en cuando, coincidía con Phil en alguno de los pasillos, comentábamos en voz baja este o aquel pez extraño y seguíamos nuestro camino. Al cabo de un buen rato, mi compañero submarino se dirigía al mostrador y compraba un saquito de comida para peces, un nuevo inquilino para la pecera o un adorno para el fondo. Era la señal para volver a casa.

Aquel día me detuve a contemplar un llamativo animal azulado, con una fabulosa aleta dorsal que desplegaba y cerraba pausadamente mientras nadaba de lado a lado. Me agaché un poco, apoyé las manos sobre las rodillas y acerqué mi cara; tan sólo un grueso cristal separaba nuestros silencios y nuestras densidades, tan cercanas en el espacio y diferentes en la forma. Aquel enorme pez pasaba a escasos centímetros de mi nariz, ajeno a mi curiosidad, quizá preguntándose si al final de su breve paseo se encontraría de nuevo con esa pared que desde hacía un tiempo le impedía nadar a donde le diera la gana, como hacía antes de que una red lo atrapase en su reino de coral. Al fondo de la pecera me pareció ver una anguila, quieta y curvada. Me extrañó mucho; cerré los ojos y apreté los párpados para enfocar mejor. La silueta alargada seguía allí, sin moverse, hasta que, inesperadamente, se separó en dos mitades. Del mismo centro de la abertura, sin despegar sus extremos, salió una voz muy clara que decía:

—Hola, Joe.

Salté hacia atrás del susto y escuché una carcajada al otro lado de la pecera. De allí surgió una chica que enseguida identifiqué como compañera de alguna de mis clases en el instituto. ¿O sería de la autoescuela? No acababa de ubicarla.

Por lo visto llevaba un rato observándome sin que yo me diera cuenta.

—Hola... —contesté en blanco.

Mi cerebro funcionaba a toda máquina pero no acababa de reconocerla.

—Me llamo Janine —dijo respondiendo a mi pensamiento—; No te preocupes, es nor-mal-que-no-se-pas-mi-nom-bre.

¿Por qué me hablaba tan despacio?

Janine rio con ganas y pidió disculpas; intentaba ser amable porque sabía que yo era español. Mi autoestima subió varios enteros. ¿Cómo sabía mi nacionalidad? ¿Había un algo irremediablemente latino en mi porte, en mi caminar, en mi forma de mirar? ¿Eh?

—La señora Elliot nos lo dijo el primer día de clase, ¿no te acuerdas?

Ah, sí, la señora Elliot. Mi mecanismo de defensa y anulación de sucesos lamentables había borrado de mi memoria el día en que mi amable profesora de Psicología anunció mi nacionalidad en clase. Según entendí, pedía comprensión para mis posibles lagunas de entendimiento en los grupos de trabajo. Es verdad; al fondo de la clase, cerca de la ventana. Janine.

—¿Cómo te va? ¿Qué clase tienes ahora? —indagué.

—Trigonometría... ¿Y tú?

—Gobierno de Estados Unidos, con el entrenador Dalton.

—Yo la hice en el primer cuatrimestre —me explicó. Se acercó un poco más y, en voz baja, añadió—: Es un coñazo.

Rompimos a reír. Como si lleváramos años charlando en aquel acuario y aquélla fuera nuestra broma recurrente para cualquier situación desagradable: «Es un coñazo». Venga risas.

—Lo peor es verle las piernas al señor Dalton —bromeé.

Esta vez la risotada de Janine llamó la atención de varios clientes de Waterland. Instintivamente le tapé la boca con una mano y ella me miró con los ojos como platos burlones. Permanecimos en silencio. Intentaba comprender por qué no había reparado en Janine durante cuatro meses de convivencia en el aula 5. No recordaba ni una sola intervención suya en clase. No era llamativa, tampoco fea. Había un brillo en sus ojos y en aquella sonrisa que, junto a sus espontáneas carcajadas, me atraparon de alguna manera.

Phil apareció con un pez marrón de rayas blancas en una bolsa y me despedí de mi nueva amiga. Prometimos vernos en el instituto.

—¿Quién es? —preguntó mi querido Cousteau.

—Janine. Va a Catworth. Se gradúa este año.

—Ni idea.

Si yo fuera detective y toda mi carrera dependiera de la investigación que estaba realizando sobre la muerte del señor Johnson, ya podía ir entregando la placa y la pistola a mis superiores. Y no era por falta de tesón; desde el descubrimiento de aquellas fotos ocultas, había prestado especial atención a cada conversación de la familia esperando una pista, un desliz o una contradicción. Como no obtenía ni un mísero avance, me entregaba a los delirios con demasiado ímpetu; incluso tuve que convencerme de que una mancha en el suelo del garaje era un antiguo rastro de aceite y no cemento removido.

No podía seguir así.

Por eso se me iluminó la cara cuando Judy Sternberg telefoneó para hablarme del picnic que iba a organizar con los siete estudiantes europeos a su cargo. La idea me entusiasmó, no sólo por la posibilidad de conocer gente y romper la rutina de mis fines de semana, sino porque aprovecharía para preguntarle a la Sternberg por las circunstancias de la muerte del señor Johnson. Tenía la certeza de que ella no me ocultaría la verdad.

El día estipulado, Judy frenó bruscamente delante de casa y me saludó con una abierta sonrisa antes de bajarse del coche. Nos íbamos a Santa Cruz, localidad costera a una hora de San José por la autopista 17, de la que todo el mundo hablaba maravillas: «música, surf, universidad, bohemia y libertad», en palabras de Judy. Con ella venía una chica alemana que también residía en San José; en la playa se nos unirían otra alemana, dos franceses, una sueca y un suizo.

La costa del municipio de Santa Cruz está salpicada de pequeñas entradas al mar; al llegar a la ciudad nos dirigimos al Boardwalk, paseo de madera que jalona la playa principal, donde se ubican varias tiendas, salas de juegos, restaurantes y una montaña rusa de madera construida en 1911, una de las más famosas atracciones, no sólo de California sino de todo el país. Me sentí, por decirlo de forma cursi, lleno de vida; un montón de gente variopinta paseaba sin prisa alguna bajo un californiano sol de justicia, junto a una californiana playa de arena fina y frente a unas californianas olas repletas de surfistas. El estereotipo saltaba a mi encuentro y yo lo recibía con los brazos abiertos, riendo como Heidi en las nubes.

En una de las terrazas ya nos esperaba el resto del grupo con sus viandas encima de la mesa; añadimos las nuestras —yo aportaba un fabuloso pastel de manzana gentileza de Betty— y nos sentamos en aquel oasis europeísta en medio de California. Efectivamente, allí había dos franceses, un suizo, otra alemana —sentada frente a su compatriota parecían dos luchadores de sumo a punto de iniciar el combate— y, sobre todo, una sueca. Y cuando digo «sobre todo», no me refiero a aquella mesa de madera oscura a juego con el Boardwalk, sino a la playa, a la ciudad, al estado, al país y al planeta Tierra; Katia era rubia, menuda, con una mirada entre tierna y desafiante, con un cuerpo de impresión a pesar de las pequeñas dimensiones y con esa actitud de displicencia que tan nerviosos pone a los adolescentes enamoradizos. Pronto me di cuenta de que no era el único en reparar en los encantos de la sueca; allí mismo, en la mesa, tenía a dos franceses y un suizo dispuestos a dejarse la piel en el intento.

La comida discurrió sin grandes sobresaltos. Judy, curtida en esas lides, nos invitó a que cada uno contara cómo iba su «experiencia americana». Mi intervención no tenía nada que envidiar a aquella hiperbólica conversación con el padre de Tina Barlow, pero no era el único en exagerar la realidad; enseguida comprendí que mis contrincantes también se habían lanzado al noble arte de impresionar a la bella nórdica que, por cierto, parecía aburrirse bastante con nuestras invenciones. Por fin llegó su turno, pero la expectación creada no se correspondió en absoluto con el lacónico resumen que hizo de su experiencia californiana:

—Está bien, bueno, ya sabéis, del instituto a casa y de casa al instituto… No hay mucho más que contar.

Cinco alarmas saltaron alrededor de la mesa, la de Judy, preocupada ante la evidente apatía de la chica, y la de los cuatro varones, viendo una puerta abierta a la consolación de la sueca triste.

Ocurre a veces que las ambiciones también unen; por alguna razón, yo había congeniado con David, uno de los franceses, más que con los otros dos compañeros de asedio y, ahora que las mujeres charlaban aparte —por lo que podía ver, era más bien un monólogo de Judy que una conversación normal—, David y yo hablamos de música: Police —¡también había estado en el concierto de Oakland!—, los Clash —envidió sanamente que yo los hubiera visto— y los Stray Cats —se había puesto un tupé exagerado para verlos en su concierto de San José. No tardó en proponerme que me quedara esa noche en su casa; vivía en Santa Cruz y estaba seguro de que su familia americana no pondría ningún problema.

Pensé que a Betty tampoco le importaría. Más aún, seguro que se alegraba de perderme de vista aunque sólo fuera una noche.

Judy se tomó la molestia de hablar con nosotros por separado, por si acaso queríamos hacerle alguna consulta de tipo personal. No podía disimular mi impaciencia cuando llegó mi turno y abordé el tema sin rodeos:

—Quiero saber cómo murió el señor Johnson.

La señora Sternberg abrió los ojos y la boca en gesto de sorpresa. Sólo fue un momento; enseguida recuperó su habitual tranquilidad.

—Si te soy sincera, no tengo ni idea. Pero dime, ¿hay algo que te preocupe?

—No... Sólo me gustaría saber cuándo y de qué manera murió; nadie en esa casa parece querer hablar del tema.

—Bueno, tú mismo lo has dicho; puede que *simplemente* no quieran hablar de un recuerdo tan triste.

Me quejé sin mucha insistencia; Judy aseguraba que no disponía de esa información y yo la creía, sobre todo cuando se ofreció para preguntárselo a Betty ella misma si así me quedaba más tranquilo. Le dije que no era necesario; la sola posibilidad de pensar en el ridículo que haría si, en efecto, el señor Johnson hubiera muerto de cáncer y todo lo demás fueran elucubraciones mías paralizaba mi ánimo investigador. Estuve tentado de contarle a Judy lo de la foto rasgada, pero también me parecía peligroso autoinculparme de aquel delito de cotilleo compulsivo.

Resumiendo: sabía lo mismo que antes, es decir, nada, pero ahora, además, tenía cargo de conciencia.

Poco después pude quedarme a solas con Katia. Ella se había sentado en un banco del Boardwalk, frente al mar y a un par de horas de la puesta de sol. Las alemanas se habían ido a dar una vuelta, David hablaba con Judy Sternberg sobre no sé qué papeles para una beca y los otros dos tipos se habían subido a la montaña rusa. Perfecto. Alineación de sucesos favorables. Todo dependía de mí. Me acerqué al banco y me senté con calculado descuido. La ruptura de hielo debía ser fulgurante, tenía que impresionarla desde la primera palabra, quizá no tendría otro momento como aquel en toda mi vida. Pero cuando ella clavó sus ojos —tristes, tiernos, indolentes— en los míos —alegres, crueles, ansiosos—, no tuve más remedio que decir lo primero que se me ocurrió:

—¿Qué tal?

—Bien —respondió encogiendo los hombros.

—Pareces… triste.

—No es nada.

—Pero no sonríes.

—Bueno…

—¿No lo estás pasando bien?

—Sí, sí, sois muy amables.

—Me refiero a California, ya sabes, a estar aquí todo este año.

—¡Ah! No sé, a veces.

—Vaya.

Volvimos a quedarnos en silencio. Si esta conversación fuera un combate de boxeo, definitivamente había perdido mi primer asalto a los puntos. Menudo desastre. El eco del «vaya» final resonaba en mi cabeza atormentando una ocasión perfecta para indagar en la naturaleza de su desidia. Ahora, transcurridos cuatro segundos, ya era demasiado tarde para preguntarle por qué había dicho «a veces»; se notaría que había vacilado antes de interesarme, que me había recreado en la desgracia para iniciar una segunda ronda de preguntas…

—Vosotros sí que os lo pasáis bien.

—¿A qué te refieres?

—Os he escuchado hablar de conciertos y fiestas; yo no he disfrutado eso.

—¿Por qué?

Desde luego, hay días en que mi oratoria deja mucho que desear.

—Es que vivo a las afueras de Santa Cruz con una familia que sólo tiene dos hijas pequeñas. Yo creo que me han traído de canguro.

—Vaya…

Ahí estaba otra vez; un «vaya» inoportuno e innecesario que cerraba un nuevo tramo de conversación. Quedaba claro que su año en América no estaba resultando una experiencia reveladora, apasionante y enriquecedora, en cambio el mío… Bueno, zanjé el proceso mental que me habría llevado a sentirme tan desgraciado como mi sueca favorita.

—¿Y no sales con amigos del instituto? —pregunté con la mezquina esperanza de que la respuesta fuera negativa.

—No muchos; he salido con algún chico, pero, bueno, ya te imaginas lo que querían.

—¡Vaya! —exclamé de nuevo, esta vez intentando mostrar cierta indignación.

¿Por qué sabía ella que yo podía imaginarlo? Reparé en la farsa que los cuatro europeos habíamos montado alrededor de Katia y me dio bastante vergüenza. Entendía muy bien a los desalmados de su instituto y lamenté su falta de tacto, nunca mejor dicho. Katia necesitaba un caballero español que la mimase durante varias citas antes de tocarle un pelo, que la enamorase con versos de verdadero poeta, que la protegiese del resto de la humanidad, de la lluvia torrencial y de las bacterias diminutas. Yo sabía lo que quería Katia.

—¿Quieres que salgamos algún día? —pregunté en uno de mis inesperados arranques de playboy de pacotilla.

Ni siquiera contestó, sólo miró hacia al horizonte entrecerrando los ojos mientras la brisa le removía la media melena, como si buscara un barco que la llevase de vuelta a Suecia, lejos de aquel país inhóspito y de aquel españolito brasas que no sabía leer entre líneas. Yo también volví la mirada hacia el horizonte, no para ensimismarme, sino deseando que la línea azul del mar se levantara veinte metros de golpe para que un furioso maremoto me barriera del mapa.

—Puede que sí... —dijo para mi sorpresa—, pero es muy complicado, ya sabes, tú estás en San José y yo vivo en las montañas de Santa Cruz. ¿Tienes coche?

—Muy pronto lo tendré; estoy a punto de sacar el carné —respondí con alegría.

Aquello era casi como ligar.

El que no se consuela es porque no quiere.

Cuando todos regresaron, telefoneé a Betty y, tal como esperaba, no puso ningún tipo de objeción a que me quedara en casa de David. Por si acaso la viuda se mostraba reticente, tenía a Judy —a estas alturas adoraba a esta mujer— para explicarle que ella daba fe de la familia de mi nuevo amigo francés y, además, había anotado el número de teléfono de su casa por si Betty quería localizarme. Nada de eso hizo falta; no pidió referencias ni modo de localizarme y prácticamente colgó mientras me despedía.

Aquello me dolió. Muy poco, la verdad.

Nos despedimos allí mismo, en el Boardwalk de Santa Cruz. Las alemanas sólo gruñeron un «hasta siempre» que todos agradecimos; al igual que Betty, no hicieron ni amago de intercambiar teléfonos. Sin embargo, los cuatro varones quisimos el número de Katia y ella, amable, ausente, nos dictó sus siete cifras, idénticamente escritas en cuatro papelitos, en cuatro ilusiones, para cuatro cuatreros. El padre americano de nuestra sueca apareció sonriente a recoger a su canguro europea y comprendí aún mejor la tristeza de sus ojos. Aquel americano medio representaba el prototipo de ciudadano aburrido; había algo en sus gafas de pasta, en su camisa de cuadros abotonada hasta la nuez, en sus pantalones beis de pinzas y en su rectilínea raya a la derecha del pelo que transmitían plomo soberano, tedio profundo, monotonía eterna.

Desde luego, estaba del lado de Katia; aunque hubiera venido el mismísimo Joe Belushi a buscarla, lo habría despreciado por lo que ella me había contado.

Sin embargo, el elemento que vino a buscar a David era otra cosa. Se trataba de un tío muy alto, fibroso, con barba de náufrago y pelo revuelto que respondía al nombre de John. Se presentó en el Boardwalk con un todoterreno rojo con caja de carga, una Toyota pick up en la que transportaba dos tablas de surf y un par de trajes de neopreno.

—¿Quién es este tío? —pregunté sin ocultar mi admiración.

—Es John, mi padre americano —aclaró David sonriendo.

Subí a la camioneta y John me tendió la mano efusivamente; fue como si me apretaran cinco alambres alrededor del puño.

—¿Haces surf?

Mi respuesta fue una abierta carcajada, pero cuando terminé la risotada John seguía muy serio, mirándome en la misma postura. Es decir, no lo preguntaba en broma.

—No, nunca lo he hecho —respondí en voz baja mirando hacia el suelo del coche, donde por cierto había más arena que en algunas partes de la playa.

Esta vez, los dos se rieron con ganas. De repente, John recuperó su seriedad inicial:

—Hoy es un buen día para tu primer baño; entrarás conmigo.

Si esa frase me la hubiese dicho Brooke Shields mi vida habría cobrado sentido para siempre, pero el que me invitaba a meterme en el agua era un barbudo con los pómulos quemados por el sol y un par de tablas a sus espaldas. De todas formas, me amoldé a mi recién estrenada condición surfera; ajeno, como siempre, a mi evidente falta de condiciones atléticas —necesarias para un deporte tan duro—, me imaginé remando con los brazos sobre la tabla en busca de la rompiente, como tantas veces había visto en las películas, para después deslizarme con elegancia, sin esfuerzo aparente, hasta la orilla y saltar a la arena ignorando los entusiastas aplausos de un grupete de rubias saltarinas. Me vi reflejado en el enorme retrovisor ojo de pez que ocupaba medio parabrisas; la deformación óptica en las comisuras de mi idiota sonrisa me confería cierto aspecto de pazguato.

¿Y qué?

Al llegar a Pleasure Point, nombre con el que los surfistas locales conocen la playa que se encuentra al norte de la avenida 41, la sonrisa pazguata se me borró de un plumazo. Yo me había imaginado olitas manejables, leves ondulaciones picaronas para pasear la tabla, pero al momento entendí por qué los surfistas de Santa Cruz habían rebautizado de esa manera aquel trozo de agua. Cada serie de olas era como un desfile de muros de contención, y esos muros parecían murallas según nos acercábamos a la orilla, con una tabla corta John, con un enorme tablón bajo el brazo yo, el más falsario de los deslizantes, el menos Beach de los Boys.

¡Que no son olas, mi señor, que son gigantes!

Pero John a lo suyo, nervioso, alegre, inquieto ante aquella muerte segura que nos esperaba a unos metros de la arena, feliz mientras se embutía el traje de neopreno —imprescindible dada la baja temperatura del agua— y me urgía a hacer lo propio con uno negro y rojo que también había sacado de la caja de su pick up. Imitando sus movimientos, metí primero las piernas y tiré de las costuras hasta que el traje se ajustó como un guante alrededor de mis caderas. En ese punto, me giré un momento buscando la mirada de David. Se había sentado en la arena a una distancia prudencial; pude adivinar en su gesto que él ya había pasado antes por ese trance y que disfrutaba viendo a alguien sufrir como él lo había hecho. No lo culpé; yo habría hecho lo mismo. Seguí ciñéndome aquel flexible ataúd como el torero que se viste antes de la corrida, en silencio, con ese mal presagio que seca la garganta y despeja la nariz.

Una vez disfrazado de surfista, seguí copiando los gestos de mi barbudo maestro Jedi del surf. Tras unos estiramientos y flexiones que aquella espiga humana forzaba como si quisiera romper su cuerpo en varios trozos, se dirigió a mí y, mirando de reojo las olas, me ofreció unas fugaces explicaciones sobre la forma de remar, dónde colocarme y cómo pillar la ola para deslizarme sin interferir en la ruta de los surfistas con preferencia. Todo ello, mientras me sujetaba con un velcro alrededor del tobillo una cuerda que iba atada a la tabla: «Para que no la pierdas». Por supuesto, no me estaba enterando de nada; el batir del agua, los gritos y aplausos de la gente que seguía las maniobras más arriesgadas, las carcajadas de las gaviotas, mi taquicardia y la propia excitación formaban un muro de sonido que convertía las voces de John en un ruido hueco y lejano, como en esas pelis de boxeadores en las que el púgil más sonado mira a su entrenador y éste gesticula a cámara lenta y el tío sólo oye el rebote de un eco y entonces le cae una guantazo de verdad y el sudor salpica en todas direcciones como si fuera un aspersor, y ya no puede abrir los ojos de hinchados que los tiene y se cae en la lona...

—¿OK? ¿Lo tienes? —gritó John devolviéndome a la pesadilla real.

Pensé que se refería al miedo, y tuve ganas de decirle que sí, que lo tenía, tenía mucho miedo y prefería sentarme en la arena junto a David, pero, eso sí, vestido de neopreno que era lo máximo que me podía molar el surf, estar en una playa de California vestido como Batman pero sin capa. Y sin máscara, ni botas. Y sin guantes. Bueno, digamos con el kit básico de Batman. Pero no pude decirle nada; John, preso de la inevitable histeria que atenaza a un verdadero surfista cuando está cerca del mar agitado, ya entraba en el agua agarrando con ambas manos el borde de la tabla, tumbándose sobre ella y remando hacia las olas con una velocidad que me hizo pensar que llevaba algún tipo de motor incorporado. Era el momento de retirarme; John ya estaba demasiado lejos como para tirar de mí y observé que no se volvía ni se preocupaba. Por un instante dudé entre darme la vuelta y sentarme junto a David o imitar la llamativa entrada de mi tutor acuático. Fue un relámpago de indecisión, porque, cuando quise darme cuenta, ya corría hacia el agua, gritando como un histérico, salpicando mis zancadas con la espuma batida y vencida como vestigio de lo que había sido una ola gigantesca. Con medio metro de nivel deslicé la tabla por la superficie y me lancé sobre ella para quedar tumbado mientras remaba al mismo tiempo. Me sorprendió la eficacia de mi entrada, parecía que llevaba toda la vida haciéndolo y aquello me dio ánimos de verdadero surfista, mar y naturaleza, fuerza y libertad, destreza y determinación ante la ola, cuanto más grande mejor.

Tras un buen rato de remo inútil no había avanzado ni tres metros, pero John ya se confundía entre el numeroso grupo de surferos que, a lo lejos, esperaban la llegada de olas vírgenes. Empecé a fatigarme seriamente. Un par de inesperados tragos de agua salada y el temor a que una nueva serie de olas lanzara sobre mí varias docenas de nativos montados sobre sus afiladas tablas acabaron por descomponer mi efímera ilusión deslizante. De repente, casi sin darme cuenta, avancé en un minuto lo que no había logrado en lo que ya me parecían varios años de remo a brazo y me aproximé a la zona de rompiente justo cuando el mar, tan sabio, tan cabrón, comenzaba a levantar unos cuantos frontones en forma de ola. Había superado lo peor y el vaivén de las gigantescas ondulaciones que pasaban debajo de mí comenzó a marearme igual que en las norias de verbena. Para colmo, como me temía, molestaba a todos los que iniciaban la cabalgadura y escuché varios improperios que me resbalaron por el neopreno como el agua que me rodeaba; mi único objetivo era pasar esa invisible línea enemiga y poder sentarme a horcajadas sobre la tabla, mirando hacia el horizonte como el que espera la gran ola. Y una mierda, sólo quería llegar allí y descansar; salir sería mucho más fácil. Pero me faltaba el aire, no me llegaba oxígeno a la sangre, ni glucosa a los músculos, podía sentir las agujetas y los tirones, reales e imaginarios, pinchando mis bíceps. ¿Podía ir aquello a peor?

Nunca te hagas esa pregunta en una situación difícil.

No la vi. No sé de dónde salió, surgió a medio metro del pico de mi tablón y se alzó en una millonésima de segundo hasta ocultarme bajo su sombra. Sólo tuve tiempo de mirar de abajo arriba aquella enorme ola antes de que su base se metiera por debajo de mi plancha para alzarme en posición vertical buscando la cresta; un grado más de inclinación y habría caído de espaldas. Repetí la secuencia por la espalda de la ola con la cabeza hacia abajo y el corazón desbocado, justo a tiempo de ver cómo una segunda ola se acercaba con las mismas aviesas intenciones.

Todo sucedió muy rápido.

La ola no venía sola, lo cual ya hubiera sido un evidente riesgo; allá en lo alto, su cresta —apenas un ribete de espuma— estaba partida en dos por la tabla de John, que remaba furiosamente con la frente pegada a la tabla para poder pillarla. Venía directo a mí y yo no podía hacer nada, ni apartarme, ni moverme, ni siquiera levantar un brazo para taparme la cara. No pude ni intentarlo porque el cansancio y el pánico me habían inmovilizado y sólo restaba malherirme violentamente por el impacto de la afilada y veloz tabla y después morir desangrado en las frías aguas del norte de California. Menudo titular. Fue entonces cuando John apoyó las manos en su plancha, levantó la cabeza para incorporarse y me vio exhausto, rendido, tumbado con ojos de cordero a punto de degüelle. Recuerdo todos sus gestos como si los hubiera vivido en cámara lenta; abrió los ojos, apretó los dientes, se volvió a tumbar, abrazó la tabla, giró sobre su espalda y se sumergió sin soltarla. Por un levísimo instante recuerdo ver el timón de la tabla boca arriba, mientras John se mantenía agarrado por debajo como un chimpancé al vientre de su madre. Siguiendo el movimiento en espiral, giró de nuevo y emergió a mi izquierda, un metro más allá, justo a tiempo de incorporarse sobre la tabla y correr la ola como si tal cosa, como si lo que acababa de hacer fuera lo normal, como si no me hubiera salvado la vida, así, sin darse importancia.

El susto me dio alas o, mejor dicho, aletas; remé vigorosamente unos metros más pasando sobre el arranque de varias olas hasta llegar a esa zona mágica donde apenas hay perturbaciones, donde los surfistas se sientan a escudriñar el horizonte, donde la costa queda oculta tras el batir de las olas. Me senté sobre el tablón, su punta se alzó ligeramente por encima del agua y así permanecí, recuperando las pulsaciones habituales, retomando la respiración, rescatando el control de mis músculos. A lo lejos, el sol se aproximaba al horizonte acuático; era un sol naranja, intenso, justo en esa hora en que se puede mirar sin que moleste. Dejé pasar varias series de olas y la tranquilidad empezó a obrar un milagro místico en mi percepción del momento; el sol se ponía a lo lejos y varios surfistas permanecían sentados sobre sus tablas, esperando en silencio la unión entre fuego y agua. Cuando el sol tocó el mar, la superficie se tiñó de naranja como si la recorriera un veloz incendio acuoso.

Miré a los compañeros que me rodeaban con el pecho hinchado y la emoción en los ojos, pero ellos ni se enteraron porque ya se formaba una nueva serie de olas, las últimas del día antes de que se hiciera de noche. Con un suave movimiento de cadera, orientaban la tabla hacia la costa y remaban, primero con un esfuerzo delicado, después con fuerza desmedida. Desde mi posición observaba cómo la cresta espumosa los abrazaba e impulsaba hasta que desaparecían en el vientre de la ola.

En esta ocasión no lo dudé ni un momento; imité la secuencia tal cual, es más, seguí de reojo a un surfista que iniciaba la carrera y comencé a remar al mismo tiempo que él, agité los brazos con desesperación y en un par de segundos me vi lanzado como si una fuerza superior e incontestable, pero amable y gentil, tirara del tablón. Todavía estaba tumbado; veía el pico de mi plancha planeando sobre el agua, cabeceando ligeramente, y pensé que aquello era lo más parecido al vuelo de una alfombra mágica. A mi derecha, el surfista que me había servido como guía ya se había incorporado y subía desde la base de la ola hasta su cresta para girar arriba y volver a bajar. Opté por permanecer tumbado sobre mi intrépido tablón; me parecía imposible levantarme, eran muchas sensaciones nuevas las que experimentaba y la ola tardaba en morir, se resistía a quedarse en nada mientras avanzábamos veloces hacia la orilla.

Allí me esperaba John, sonriente, barba mojada y pelo revuelto, con ese brillo en los ojos que sólo tienen los genuinos surfistas tras una buena sesión. Cuando flotaba sobre medio metro de agua tranquila, me bajé del tablón y lo agarré bajo el brazo. Ya no recordaba el esfuerzo que me había costado entrar, los problemas que había causado en mi camino o el verdadero peligro que había corrido frente a la tabla de John; es más, una ovación torera de la poca gente que ya quedaba en la playa no me habría parecido fuera de lugar. John, todo corazón, refrendó mi ilusión óptica con un abrazo:

—Enhorabuena; no todo el mundo pilla una ola en su primer día.

## ABRIL

## *GIRLS JUST WANT TO HAVE FUN*

El primer domingo de abril desperté muy temprano, pero no me levanté hasta que Betty se fue a la iglesia, por si se le hubiese ocurrido alguna ingrata tarea doméstica que requiriera mi esfuerzo físico. Tras desayunar sin mucho entusiasmo y vagabundear por los treinta y cinco canales de televisión, decidí visitar a Ken, el querido u odiado —según el día que tuviera— dependiente de Needle Records. Me recibió en uno de sus días malos, esto es, ni me miró. La escueta sección de Reggae —tres cubetas de vinilos— estaba ocupada por un comprador tan orondo que hacía imposible situarse a su lado, así que me puse a ojear el aún más parco departamento de Ofertas con la inocencia del que espera encontrar un disco interesante en los retales que no se venden ni a tiros. En su premeditado plan por echar a la clientela blanca del local, Ken pinchaba el *White Lines* de Grandmaster Flash; aun así, dos treintañeros merodeaban en el apartado Disco y una anciana se había anclado en el de Jazz.

Mi domingo ideal.

De pronto, uno de los empleados negros de la zapatería situada en el local contiguo apareció en la entrada y desde allí se quedó mirando a Ken. Alguna vez los había visto departiendo con pasión sobre música, incluso cantando y acompañando con palmas algún estándar del soul de los sesenta; el amigo de Ken era todo un clásico en cuanto a gustos musicales. Cuando salía de trabajar gastaba trajes de terciopelo, camisas con cuellos exagerados, botín con tacón y patillas anchas bajo un afro moderado; se había quedado en los setenta y lo demostraba con una chulería bastante irritante para muchos blancos e incluso para algunos *brothers*. A mí, simplemente, me fascinaba. Habría dado un brazo por poder andar con ese balanceo, con ese arqueo de piernas, con esos llamativos trajes, y hacerlo con naturalidad, como si ya hubiera aprendido a andar así desde niño y mis primeras palabras, en vez de «mamá» o «papá» hubieran sido *«Like a Sex Machine»*. Pero no, yo era otro blanco sin ritmo en el cuerpo —mi padre siempre decía que los negros lo llevaban en la sangre—, que ahora contemplaba boquiabierto al dependiente de la zapatería del centro comercial West Market de San José, California, petrificado en la entrada de la tienda de discos Needle Records con la mirada fija en Ken, el empleado que la atendía los domingos. El hecho de presenciar esa escena era lo más cerca que nunca había estado de ser auténticamente cool.

Claro que no era el único. La irrupción del dependiente había sido tan aparatosa que los otros clientes también habían abandonado la observación más o menos mecánica de carpetas alineadas y dirigían sus gestos expectantes hacia el fosilizado visitante; es decir, yo era cool en la misma medida que dos treintañeros despistados, un gordo desmesurado y una anciana enclenque. Aquel tipo parecía tener algo importante que decir pero no acababa de arrancar, algo inusual en él. Durante un par de segundos eternos se mantuvo disecado con la mirada fija en Ken; en ese lapsus de tiempo, sus ojos se encharcaron de lágrimas hasta que su amigo rompió la tensión que ya contagiaba a los presentes.

—Tío, ¿qué pasa? —preguntó.

Su respuesta cayó como una piedra en un estanque. La onda expansiva me alcanzó de pleno.

—Es Marvin, Marvin Gaye... Ha muerto... Su padre lo ha matado...

Nos quedamos petrificados, como esperando que nuestro informante explicara esa última frase tan enigmática. Con un gesto de incredulidad, Ken desconectó el tocadiscos y sintonizó la radio; la suave melodía de *Mercy Mercy Me* confirmaba que algo grave había pasado. El dependiente de Needle abandonó el mostrador y abrazó a su amigo; nunca habría imaginado que aquellos dos hombretones, auténticos divos funk, pudieran emocionarse de tal manera. Los dos lloraban en silencio y yo no sabía dónde meterme cuando mis ojos también se humedecieron, más por mímesis que por verdadera aflicción; el español medio no está preparado para ese tipo de demostraciones públicas de afecto y sensibilidad. Los demás seguíamos estáticos, pero el gordo fue el primero en reaccionar. Aprovechando que la sección de Soul estaba a su lado, buscó la letra G y se hizo con toda la discografía de Marvin Gaye disponible en aquel momento: dos copias del *Midnight Love* (desde luego, Needle Records no tenía un fondo de catálogo muy boyante) que llevó con sumo cuidado hasta la caja. Ken lo miró con los ojos aún llorosos, agarró ambos elepés y dijo con un hilo de voz:

—¿Se los lleva entonces?

El gordo asintió con gesto grave y sacó una gruesa cartera de su bolsillo posterior mientras el dependiente abría un armario situado debajo del mostrador, depositaba los discos, y cerraba con llave. El asombrado cliente, la cartera en una mano, los billetes en la otra, levantó las cejas en demanda de explicación.

—Fuera de aquí —respondió Ken dejando bien claro el esfuerzo que le costaba hablar sin gritar.

El cliente hizo un amago de protesta, pero el fuego en la mirada del vendedor le hizo desistir. Se fue mascullando entre dientes «esto no se quedará así» mientras la voz del locutor de la emisora sintonizada hablaba sobre el final de *Mercy Mercy Me:*

—Seguimos recibiendo llamadas de oyentes que quieren confirmar la que es, sin duda, una de las peores noticias del año: el cantante y compositor Marvin Gaye ha fallecido a consecuencia de los disparos efectuados por su padre, Marvin Gay, senior. Gaye fue declarado muerto a la una y un minuto de esta tarde en el Hospital California de Los Ángeles tras el incidente armado ocurrido en la casa que sus padres tienen en el distrito de Crenshaw. El autor de *What's Going On* habría cumplido mañana mismo cuarenta y cinco años. Mientras esperamos el comunicado oficial del Departamento de Policía de Los Ángeles, Marvin sigue con nosotros en KFJC; lo recordamos ahora en uno de sus grandes temas junto a Tammi Terrell: *You're All I Need To Get By.*

Volvió la música a inundar el local, pero yo seguía sin moverme del sitio hasta que, imitando a los dos treintañeros y a la anciana, me dirigí hacia Ken, que sacaba de nuevo los dos ejemplares de *Midnight Love* del pequeño armario y los depositaba sobre el mostrador. Los tres clientes que me precedían le dieron la mano, esto es, el pésame, como si él fuera hermano del fallecido; la anciana, que ya lloraba copiosamente, abandonó el local entre gemidos. Me quedé a solas frente a Ken, observando el despreocupado retrato de Marvin, que nos miraba desde la portada con media sonrisa, la cabeza ladeada y apoyada sobre el puño cerrado. No pude evitar pensar que aquellos dos discos eran de los últimos editados en vida del artista, es decir, que aunque ahora llovieran reediciones de sus gloriosos trabajos, todos iban a ser, irremediablemente, discos póstumos; se habían grabado antes de su muerte, claro, pero las nuevas copias serían prensadas e impresas con el autor bajo tierra. Para siempre. Entendí la reacción del gordo al querer llevarse aquellas dos copias, y esa comprensión me hizo sentir mal. Tan absorto estaba en todas esas meditaciones que no reparé en la compasiva mirada que me dedicaba Ken.

—¿*What's Going On,* tío? —preguntó retóricamente en el más fácil juego de palabras posible sobre estrellas del rock recién muertas.

—Ya… —contesté redundante, igual de retórico.

—Llévatelo.

—¿Cómo? —respondí con un respingo.

—Que te lo lleves si quieres. El otro es para mí.

Me sentía mal; en realidad, mis ojos se habían empañado al ver a dos personas que lloraban y mi vista se había quedado absorta en aquella portada pensando en términos de baboso coleccionista de pacotilla. Y antes estaba su amigo, el de la zapatería. Yo no merecía aquel disco.

Pero lo quería más que nada en la vida.

Así que lo cogí, acepté la bolsa de plástico que me tendía —al introducirlo dentro no pude evitar pensar en las fundas en las que envuelven a los cadáveres— y metí la mano en el bolsillo temeroso de no llevar encima los dólares necesarios.

—No, no —interrumpió el Santo Ken—; que te lo lleves sin más. Es un regalo.

Aquello ya era demasiado, una prueba definitiva, un asalto en toda regla a mi conciencia. «No puedo aceptarlo», pensé mientras cerraba la bolsa con sumo cuidado para que su contenido no se viera desde fuera. Le tendí mi mano ceremoniosamente y creo recordar que dije algo así como «un gran hombre». Hoy en día, todavía no sé si quise referirme a él o a Marvin, supongo que a ambos. Salí de la tienda conteniendo las ganas de gritar, preso de una absurda emoción taquicárdica.

El domingo siguiente, la sonrisa con la que entré en Needle Records se me cayó a los pies.

Ken ya no estaba. El puto gordo ocupaba ahora su lugar. Y en la tienda sonaba el tema central de *Flashdance*.

Todo en la vida tiene un final. Todo. Incluso la mayor de las perezas, la más incombustible desidia, la más absoluta de las indeterminaciones no impide que lo que tenga que pasar llegue a ocurrir. Me refiero a mi carné de conducir. Había tardado dos meses y medio en completar las treinta horas de clase teórica que casi todo el mundo concluía en una semana; hasta Bill —el amiguín que una vez por semana venía desde Santa Cruz— había finalizado sus lecciones antes que yo. Brad, el profesor de la Autoescuela Saratoga, me despidió sin mucha ceremonia; me dio la mano, una sonora palmada en la chepa y me deseó suerte con el desdén de una cajera de supermercado en su primer día de trabajo tras las vacaciones. Me apetecía echarlo de menos, ponerme nostálgico o pedirle un teléfono. No pude.

El siguiente paso, necesario para poder examinarme, eran las preceptivas seis horas de práctica bajo la supervisión de un profesor de autoescuela. Esta vez, bastaron dos días para completar el trámite, aunque una gigantesca sombra de duda vino a turbar mi hasta entonces animosa decisión de convertirme en conductor de primera. Había entendido el porqué de mi desinterés a la hora de completar las clases teóricas; de alguna forma irracional, mi subconsciente rechazaba la complicada operación física y mental que conlleva la conducción de un automóvil tal y como se entiende en nuestra era. Cuatro extremidades en juego, prácticamente todos los sentidos en funcionamiento, el cuello rígido... Demasiado absorbente, muy engorroso, bastante difícil.

Y eso que era un coche automático.

Seguí adelante porque ya había pagado mis cien dólares, pero desde la primera lección práctica supe con certeza que nunca conduciría con normalidad. Así que un buen día de abril, recién duchado y con jazmines en el pelo, agarré los certificados amarillo y naranja que probaban mi presunta destreza a la hora de interpretar señales y accionar mecanismos al mismo tiempo y me dirigí a la central del Departamento de Vehículos Motorizados del Estado de California para realizar el examen teórico.

Y es aquí donde tengo que explicar algo. Veamos, Brad lo había dicho un buen día como quien no quería la cosa, a raíz de un comentario sobre un alumno que había suspendido el examen teórico. Fue como si a Brad se le escapara un dato esencial que todos los adultos con carné de conducir ocultaban a los imberbes en pleno trance de conseguir su licencia. Lo que el profesor vino a decir es que había tres exámenes posibles y que la funcionaria de turno escogía uno de los formularios aleatoriamente, así que íbamos a repasar otra vez los tres cuestionarios para que todos acudiéramos bien preparados.

Recuerdo que me tensé en la silla, incluso Brad me dirigió una breve mirada que anulé simulando un amago de estornudo. ¿Íbamos a repasar tres cuestionarios y uno de ellos sería el que nos entregarían en el examen? ¿El profesor de la autoescuela nos iba a revelar las respuestas correctas del examen teórico que días más tarde —en mi caso, semanas— tendríamos que pasar? Me puse nervioso y miré de reojo a mis compañeros. Nadie parecía haber reparado en la importancia vital de la información que Brad nos transmitía. Mi entusiasmo fue decayendo al ver que nadie agitaba el bolígrafo, movía rítmicamente una pierna, me guiñaba un ojo o empezaba a sudar, es decir, mostraba cualquiera de los tradicionales signos externos que delatan una buena copiada. Cuando el profesor había encontrado los ejercicios en su carpeta y se disponía a leer las preguntas en voz alta para que fuéramos contestando, me rendí a la presión y alcé la mano:

—Perdón…

—Dime, Joe.

—¿Estas preguntas que vas a leer son las mismas que nos harán en el examen teórico?

¡Mierda! Demasiado directo, muy evidente, poco sutil.

—Eso acabo de decir, Pipi. —El muy canalla me llamaba por mi nombre original cuando quería resaltar mi condición de extranjero—. Hay que estar más atento.

Me puse colorado, agité el bolígrafo, moví rítmicamente la pierna derecha, guiñé los ojos como si tuviera un tic y empecé a sudar, todo a la vez; parecía uno de esos desquiciados peluches tamborileros. Cualquier profesor español de secundaria me habría expulsado de clase por sospechoso, pero en Estados Unidos no se copia, y si no existe el delito, tampoco hay represión específica, así que fui copiando todas y cada una de las respuestas correctas —la prueba era tipo test— y recordé mentalmente cuál era la primera pregunta de cada cuestionario para cotejar y encajar. Corte y confección. El sueño de mi vida —asistir a un examen con las respuestas en el bolsillo— estaba a punto de hacerse realidad.

El Departamento de Vehículos Motorizados de San José era un enorme cubo con grandes ventanales, similar a los cientos de cubos gigantescos que albergan las instituciones que rigen la convivencia californiana. Betty insistió en acompañarme en tamaño trance, aunque su servicio consistió en depositarme en la entrada y señalar un Taco Bell situado enfrente del edificio en el que nos encontraríamos transcurridas dos horas.

A partir de entonces, los acontecimientos se sucedieron, los sucesos se precipitaron y las precipitaciones acontecieron hasta cerrar el círculo y acelerar la secuencia a ritmo vertiginoso. Siguiendo las indicaciones de un enorme e inconfundible letrero bilingüe que colgaba del techo, me coloqué en la fila de individuos que esperaban el test; la cosa iba rápida porque en la correspondiente ventanilla, una funcionaria que nos miraba a todos por encima de las gafas colocadas justo al borde de su nariz, escogía, en efecto, aleatoriamente, uno de los tres exámenes que, en tres montones como tres soles, descansaban a su vera. A mí me tocó el examen de la derecha, di las gracias a la funcionaria —mentalmente, también a Brad— y me retiré a un lado. Una larga balda dividía la pared del fondo a modo de mesa flotante sobre la que varios aspirantes a conductores se apoyaban para rellenar sus formularios. La balda estaba situada al lado de la puerta de salida y allí no había ningún sistema de vigilancia humana en forma de instructor que me impidiese salir, sentarme en el Taco Bell de enfrente para hacer mi examen teórico y volver con el estómago lleno y la conciencia tranquila. Estuve tentado de hacerlo, no por necesidad, sólo para poder contarlo en España, pero me contuve.

Comprobé la primera pregunta y vi que correspondía al segundo modelo de cuestionario; por si acaso, repasé las respuestas que llevaba escritas en una minúscula y típica chuleta española, y constaté con alegría torera que encajaban como un guante. Había acabado el examen más fácil de mi vida en menos de tres minutos. El tipo de felicidad exultante que sólo un machacado estudiante español de BUP podría entender invadió mi ser de arriba abajo. Aquello había que compartirlo; a mi lado, un hispano que aparentaba unos treinta años fruncía el ceño ante una de las preguntas.

—Hey, amigo —le dije en español—, ¿necesita ayuda?

Me miró como el que ve a Lucifer, pero cierto brillo en sus ojos delataba lo tentadora que le parecía la diabólica oferta.

—Pues no le digo que no, mi amigo —respondió con media sonrisa.

El edificio era un continuo trasiego de voces, ruidos metálicos e hilo musical ajenos a la balda de los examinados, así que no tuve reparo ni especial cuidado a la hora de agarrar su hoja, mirar la primera pregunta y marcar las respuestas correctas copiándolas del tercer modelo de examen, desvelado como los secretos de Fátima en la minúscula chuletilla adherida a mi antebrazo. Me sentía como el Robin Hood de los Tests.

—¿Está seguro entonces? —preguntó mi protegido, desconcertado ante la destreza de El Zorro de la Autoescuela.

Disipé sus dudas con una sonrisa que yo imaginaba destellante y, después de recoger sus bártulos, se dirigió a la ventanilla musitando un «muchas gracias» que me supo a gloria. Decidí seguirlo con la vista; cuando la funcionaria correspondiente corrigió y aprobó su ejercicio estuve a punto de gritar de alegría. Me habría acercado al mostrador colgándome de lámpara en lámpara, pero, afortunadamente, allí sólo había tubos fluorescentes. Cuando llegó mi turno, yo ya era Errol Flynn y me apetecía pedirle a la funcionaria un piano para aporrearlo sin manos.

Ella cogió mi examen y le puso encima una plantilla que sólo dejaba al descubierto la casilla correcta en cada pregunta, es decir, en un santiamén comprobó que en todas las casillas asomaba una crucecita marcada con firmeza.

—Enhorabuena; ¡ni un solo fallo! —exclamó con la mejor de sus sonrisas—; puedes dirigirte a la siguiente ventanilla.

Por un momento pensé que era una broma, o que estaba soñando, o que, una vez más, había entendido algo mal y en vez de un examen de conducir estaba presentando una solicitud para formar parte de un coro metodista. Cualquier cosa antes de creer que allí no había gato encerrado.

Sobre el mostrador de la siguiente ventanilla —a la que llegué dando tres pasos laterales— había una especie de catalejo como los que funcionan con monedas en parques y miradores. Otra funcionaria, más seca que un Martini, me invitó a mirar por los visores y preguntarme por las letras, números y dibujos que veía. Prueba superada. Siguiente ventanilla.

—Sitúese sobre la línea amarilla y mire al frente —me indicó la tercera empleada pública.

Obedecí y un fogonazo perpetuó sobre negativo fotográfico mi sincero gesto de asombro.

En la cuarta y última ventanilla, la más amable de las funcionarias me entregó dos papeles. En uno figuraba la fecha para el examen práctico. El otro, según me explicó lentamente al advertir cierta pastosidad en mi entendimiento del inglés, era un permiso provisional de conducción, válido hasta que me dieran el definitivo. Que sí, que sí, con éste ya puedes conducir. Eso es, ya te daremos el permiso con foto y todo cuando apruebes el práctico. Sí, sí, de nada, no hay de qué. Adiós, adiós. Sí, mi familia está bien, gracias. No hay de qué. Hasta luego.

Abandoné el Departamento de Vehículos Motorizados con un papel amarillo en la mano que me convertía en conductor legal. Pensé en Tina Barlow y en la bicicleta que aparqué en su jardín; en el casi beso que un día me dio Debbie, mi compañera en la clase de Gobierno de Estados Unidos; en Katia, la sueca triste que miraba el horizonte en la playa de Santa Cruz; y en Janine, mi mejor amiga por no decir la única. Pensé en todas ellas y me puse a tararear *To All The Girls I've Loved Before.*

El sol de California me daba en la cara.

Janine, la compañera perdida y hallada en la tienda de peces, fue ocupando, poco a poco, el tiempo libre a la hora de comer en Catworth. Tenía una fabulosa capacidad de atención y todo lo que yo le contaba parecía interesarle más que a mí mismo. Durante días hablé y hablé de lo que me gustaba Tina Barlow, de cómo me habían expulsado del equipo de fútbol, del concierto de Police y los Clash, de las juergas con mis amigotes y de las tribulaciones que sufría en España porque mi madre no me dejaba llevar el pelo largo.

Un buen día cerré la bocaza, más por agotamiento que por prudencia.

Y entonces pude escuchar a Janine.

Había crecido en San Diego junto a sus padres y su querido hermano Todd, hasta que sus padres se divorciaron. Los dos niños se quedaron con la madre y los tres se mudaron a Los Ángeles, pero pronto su hermano se metió en asuntos de heroína y acabó muriendo por sobredosis. Una casualidad las trajo entonces hasta San José, donde las dos tuvieron que trabajar en lo que fuera saliendo. Poco después, su madre empezó a salir con un camarero que se las arregló para robarles todos sus ahorros. Ya hacía más de un año de eso; las cosas iban mucho mejor ahora.

Todo esto lo contaba con una serenidad tan aplastante, que lograba, sin quererlo, que me sintiera pequeñito y mezquino con mis problemas de andar por ahí. Me estaba enamorando. Antes de reconocerlo habría permitido que me arrancaran las uñas con tenazas, pero no cabía duda: estaba cayendo en las legendarias redes de la atracción total. Y lo mejor es que aquella sensación me gustaba. Hasta que de forma natural, sin nervios ni precipitaciones, decidí proponerle una cita para ir al cine o a una hamburguesería, habituales y únicas propuestas posibles entre adolescentes que quisieran quedar fuera del instituto. Su habitual sonrisa dio paso a un gesto sombrío que no anticipaba nada bueno.

—Verás, es que..., bueno..., está Dave... En realidad, todavía no te he hablado de él.

¿Dave? Repasé las cintas de grabación que almacenaba mi megacasete cerebral; efectivamente, no me había hablado de alguien llamado Dave que nos impidiese ir al cine.

—¿Quién es Dave? —pregunté con la voz colgando de un hilo de celos.

—Es... mi novio —respondió mirando al suelo.

Me quedé de piedra. No había contemplado la posibilidad de que Janine tuviera un novio. Era guapa, cariñosa, inteligente y simpática, ¿cómo no se me había ocurrido que pudiera tener novio?

—No me importa; esperaré el tiempo que haga falta —repliqué orgulloso mientras cruzaba los brazos para demostrar que desde ya estaba esperando.

—¡Pero si te vas a España dentro de dos meses!

Lo dicho. Soy un bocazas.

La excursión surgió de la nada, como todas las ideas de Betty. Me entró de sopetón, me pilló por sorpresa, fue una auténtica emboscada a las siete y cuarto de la mañana, cuando me dirigía medio dormido hacia el baño, el pelo revuelto, dos surcos de la almohada marcados en la cara y las legañas pegajoseando mis pestañas. Juraría que la viuda apareció en el pasillo descolgándose del techo como un hombre de Harrelson:

—Phil, Lori y yo nos vamos el jueves a la cabaña de los Yates en el lago Tahoe —dijo arqueando las cejas y ladeando la cabeza acompañando la mímica con el absurdo gesto de doblar el brazo derecho y dejar la mano muerta en lo alto. Respondí al plan recién expuesto —la combinación de las palabras «cabaña», «Yates» y «lago» sonaba terrorífica— con un balbuceo imperdonable, dubitación que ella aprovechó para añadir algo así como «vienes, ¿no?»; en el breve trayecto que separaba mi dormitorio del baño, y sin apenas detenerme, ya me había embarcado a pasar las breves vacaciones de Semana Santa en una cabaña de mierda.

A veces hablo demasiado, lo sé, le doy muchas vueltas a la cabeza y casi siempre para mal. Eso pensaba tumbado en el embarcadero propio que los Yates tenían en Tahoe, un impresionante lago de montaña que separa California y Nevada. La cabaña resultó ser una mansión en toda regla propiedad de Nathan Yates, hermano millonario de nuestro vecino Paul, que había cedido por unos días el refugio a su pariente pobre de San José. Eso explicaba el elegante acabado rústico de la casa, muy alejado de la pareja de flamencos rosas que custodiaban la entrada a Carpet Drive.

El embarcadero, además, no estaba de adorno; servía para amarrar una preciosa motora con cabina que Phil y yo usamos para soltar adrenalina adolescente acelerando como acuáticos Ángeles del Infierno. Mi hermano americano se había traído sus aparejos de pesca y una cañita como de juguete para que yo no me sintiera marginado sino ridículo. Estuvimos toda la mañana del sábado lanzando aquí y allá, con un cebo de huevas rojas de salmón que había que engarzar de tres en tres en el anzuelo. Por un instante, sentí el fogonazo de la afición a la pesca, palpé la emoción del contacto con la naturaleza —olvidando el Buick que nos había dejado en la misma puerta de la «cabaña» enmoquetada con calefacción—, experimenté la adrenalina del enfrentamiento con la vida salvaje que latía en el agua —aquí ignoré la motora que rugía bajo mis pies— y ya me vi posando para el *Tahoe Daily Tribune* con un pez grandote…

Vaya porquería de ensoñación: «Un pez grandote». Ni siquiera sabía cómo se llamaban los peces que podían habitar aquella agua oscura que se tragaba la luz como un agujero negro.

Unos cuantos lanzamientos nulos en distintas zonas del lago apagaron sin titubeos mi deslumbrante futuro como pescador de agua dulce. Volví a casa algo cansado, bastante aburrido, derrotado por completo y hasta los huevos de las huevas.

El marco era incomparable, cierto, y la casa estupenda, no miento, pero lo de la motora iba a ser, con diferencia, el momento más emocionante de aquel largo fin de semana. Pasamos la tarde en el salón de la casa, sentados alrededor de una gran mesa de madera noble con vistas al lago, un espacio ideal para… jugar a las cartas. La segunda emoción del día ocurrió cuando gané por amplia puntuación una interminable partida de Continental que no me reportó ni un centavo porque allí sólo se apostaban sonrisas y palmas. Donde sí se manifestaba el verdadero carácter rústico de la chabola era en su televisor; se veían tres cadenas bien y otras tres regular. Muy poco para la oferta a la que ya me había acostumbrado.

Mi malhumor fue creciendo por días —menos mal que sólo fueron tres— y sólo se aplacó ligeramente al ver una enorme publicidad en el periódico local anunciando un concierto de Julio Iglesias en la sala Circus Maximus del casino del Caesars Tahoe, un hotel situado cerca del lago, ya en Nevada —donde el juego está permitido— y a unos metros de la línea divisoria con California. Poco después constaté mi avería mental cuando, sentado en el embarcadero, imaginé que Julio Iglesias pasaba por allí en una lancha motora, distinguía mi inequívoco porte español y me invitaba a una juerga en el Caesars, que paga la casa y coge un par de botellas de champán y una rubia y súbete a mi suite que yo me voy a la lámpara, o mejor aún, cógete una de champán y dos rubias... ¡Hey!

El domingo pasamos por tres autopistas para volver a casa; primero la 50 hasta Sacramento, después la 80 hasta Suisun City y, por último, la 680 hasta San José.

Como si los números de las autopistas indicaran el grado de mi cabreo.

Hacía tres semanas que el señor Nealon había alegrado mis martes y jueves en la clase de inglés, por supuesto sin saberlo. Por alguna razón, pensó que mi evidente falta de interés en sus enseñanzas estaba relacionada con el sitio que ocupaba en el aula, esto es, en la última fila y en una de las esquinas, así que me obligó a adelantar mi posición hasta la primera línea de fuego, cerca de su mesa. Lo mejor de mi nueva ubicación era que a mi derecha tenía a Karen Pastene, una de las más amables y sonrientes animadoras de Catworth. Cada martes y jueves Karen acudía a clase con la ropa de faena, esto es, la minifalda color burdeos con ribetes amarillos y el jersey con la letra W, ya que al finalizar la clase las chicas debían entregarse a la infatigable animación de nuestro paupérrimo equipo de baloncesto. En parte por lo exiguo de la tela, en parte por lo cómodo de la posición, Karen era propensa a cruzar una pierna sobre la otra; cuando era la izquierda la que dominaba a la derecha, mi animadora favorita mostraba una generosa porción de muslo que, en contadas y felices ocasiones, insinuaba un minúsculo pero redondeado fragmento de nalga. Cuando esto ocurría —y muchas veces sin que llegara a pasar— la concentración de riego sanguíneo en partes ajenas a mi cerebro llegaba a causarme mareos extraños y dolores concentrados.

Resumiendo: los martes y jueves no me enteraba ni de una sola palabra de las que nos decía Nealon.

La tensión era insoportable. A veces tiraba el bolígrafo al suelo para lanzar un furtivo vistazo mientras me agachaba, pero dejé de hacerlo cuando Karen y el mismo señor Nealon empezaron a mirarme como si aquellas torpezas fueran causadas por espasmos musculares que anunciaban algún tipo de enfermedad nerviosa degenerativa. A pesar de cazarme en más de una ocasión con la vista absorta en sus muslos, en sus rodillas redondas o en sus pequeños calcetines blancos —¡qué bonito nacer al fetichismo sin saber lo que es!—, Karen nunca dejó de lanzarme aquellas sonrisas amables que, en otras circunstancias —por ejemplo, seis meses atrás— yo hubiera interpretado como una insinuación, pero que ahora, después de unos cuantos malentendidos sin final feliz, sabía que formaban parte de la fabulosa e inútil educación universal del mundo civilizado.

Vivía sometido bajo la motivación visual de aquellos muslos inalcanzables, por eso el 24 de abril de 1984 decidí prescindir de ellos. Sí, señor. Todo había comenzado el día antes mientras me lavaba las manos tras mi último abandono onanista dedicado a las extremidades de Karen Pastene. Cuando la pasión, el deseo y la lujuria se iban desagüe abajo, me miré en el espejo y decidí que nunca más me dominarían aquellas piernas lechosas, suaves al tacto, pálidas a la vista, bien torneadas…

Tuve que cambiar de tema mental rápidamente para poder llevar mi determinación a buen puerto.

Así que aquel martes le dediqué una mirada seca, abrupta y malhumorada a los muslos que de nuevo se me ofrecían bajo la tablilla enganchada con bisagras a la silla de Karen Pastene. Ella, es decir, la parte que quedaba por encima de la mesa, no tenía nada que ver; aquello era entre sus piernas y yo, entre sus rodillas y mis hormonas, entre sus tobillos y mi deseo, entre su porción de nalga y mi órgano de la generación. Hasta el momento, ganaba yo; Karen y sus extremidades empezaron a formar un todo al que se le podía mirar a la cara.

Y sonreír.

Es más, llegó un momento en que empecé a prestar atención a lo que decía el señor Nealon, que aquel día hablaba del incorrecto abuso de la contracción en el lenguaje escrito. Pero de repente, mi animadora favorita se incorporó y gritó a toda la clase:

—¡Terremoto!

Nadie se movió. La miré con mi habitual sonrisa bobalicona sin llegar a comprender exactamente qué había dicho. Y en esa décima de segundo, el silencio se espesó sobre el eco de su grito hasta convertirse en un zumbido grueso. Un leve tintineo surgió de las mismas entrañas de la tierra y explotó en la superficie en forma de trueno acelerado.

Terremoto.

Todo sucedió con vertiginosa lentitud. El suelo subía y bajaba en zigzag y en sucesivas oleadas que extendían la vibración hasta donde llegaba la vista. La puerta de la clase estaba abierta; parecía que un gigante agarraba el césped del campus y lo agitaba como se hace con las grandes alfombras para alisarlas. Pude ver cómo el señor Nealon pegaba la espalda a la pizarra y extendía los brazos como si sujetara toda la pared. También vi con claridad que hablaba a gritos, o eso parecía, pues abría y cerraba la boca con el gesto del que hace un tremendo esfuerzo.

Pero yo no oía nada más que estruendo.

Permanecí sentado. Mi silla empezó a trotar hacia el señor Nealon que, ahora sí, seguro que gritaba y, además, juraría que se dirigía a mí. Allá fuera, sobre el césped del campus, pude ver un tío que se levantaba y volvía a caer al intentar correr y encontrar el suelo más arriba o más debajo de lo que sus pies esperaban.

Poco a poco el ruido y la vibración disminuyeron hasta desaparecer por completo. Me giré para contemplar si mis compañeros tenían la misma cara que yo. No vi a nadie; todos estaban agachados bajo las mesas y abandonaban sus cuclillas con risas nerviosas y ojos húmedos. Al momento comprendí qué era lo que me gritaba Nealon y supuse lo retrasado que yo le debía de haber parecido desde su posición; toda la clase protegiéndose correctamente bajo las tablas y yo sentado en mi silla, trotando por el aula con mi sonrisita de gilipollas asustado. Más tarde entendería que uno de los peligros de los terremotos es la violenta fractura de cristales a causa de la vibración desatada o el desprendimiento de fragmentos de construcción. A buenas horas. El profesor nos ordenó salir y desde el campus todos los alumnos de Catworth comprobamos, con cierta decepción, que el instituto seguía en pie.

Mientras observaba en silencio el panorama de voces, abrazos y polvo levantado, busqué la forma de positivizar la experiencia. La parte buena era que no había sentido miedo, la parte mala era que, en realidad, no había sentido nada; había asistido a un terremoto en toda regla como si lo viera en una pantalla. Es decir, que podía haber muerto decapitado por un cristal planeador, pero, eso sí, habría muerto sin miedo, sin haberlo previsto a pesar de que una falla milenaria se retorciera bajo mis pies, incluso habría palmado con una sonrisa, con una sonrisa idiota dirigida al profesor que, a grito pelado, me ordenaba protegerme bajo la mesa.

**UN PANOLI FALLECE EN SAN JOSÉ, CALIFORNIA, EN UN TERREMOTO DE 6,2 EN LA ESCALA RICHTER**

ASSOCIATED PRESS, San José

Una víctima mortal es el triste balance del terremoto que sacudió ayer la bahía de San Francisco a las 13.15 horas. Se trata de un estudiante español que resultó decapitado por los cristales de un aula del instituto Catworth en San José, donde recibía clases de inglés. El panoli (en la foto adjunta, cedida por Betty Johnson, es el que está junto al adolescente con bigotito) se quedó sentado en la silla sin atender las indicaciones de su profesor, Zach Nealon: «Le grité que se protegiera la cabeza, pero sólo me miraba con esa sonrisa estúpida que siempre llevaba dibujada en la cara. Era una lacra que llegaba tarde y no participaba en clase. La sociedad ha ganado con esta pérdida», aseguró antes de ser sedado por los servicios sanitarios.

Una de sus compañeras de clase y animadora en Catworth, Karen Pastene, ocupaba la silla contigua al fallecido: «Era muy valiente. No tenía miedo a la muerte y la miró de frente. Lo echaré de menos; de buena gana le hubiera dejado hundir su rostro entre mis muslos lechosos».

El movimiento sísmico, cuyo epicentro fue localizado en el monte Hamilton de la localidad de Morgan Hill (dieciséis kilómetros al este de San José), tuvo una intensidad de 6.2 en la escala Richter y es el más fuerte que se ha registrado en California desde el terremoto del lago Coyote en 1979.

—Joe, ¿estás bien? —preguntó a mis espaldas la cálida voz de Karen.

—Sí, sí, gracias, ¿y tú?

—¡Uff! —exclamó abanicándose con una mano.

—Y tú lo sentiste antes que nadie… —recordé con sincero asombro.

—Ya, no sé, ¡mi sentido arácnido! —chilló divertida.

Cuando se alejó no pude evitar mirarle las piernas y entonces comprendí todo: el Dios de la Tierra y el terrorífico Señor de los Muslos habían conjurado sus fuerzas al saber que yo ignoraba los lascivos reclamos de mi compañera. Con el terremoto me transmitían su enfado por haber decidido prescindir de las deliciosas vistas que Karen ponía a mi alcance. En ese instante prometí que no volvería a contrariar a los dioses.

Todo en la vida empieza con una llamada de teléfono. Si fuéramos conscientes de la extraordinaria dimensión que pueden alcanzar nuestros acontecimientos a partir de una simple llamada, temblaríamos cada vez que suena el irritante riiiiing. Pero no; suena el teléfono, corremos hacia él, descolgamos con irresponsable despreocupación y, encima, decimos «¿diga?» como retando al destino a que nos sacuda la cabeza.

Por lo menos lo tratamos de usted.

Fue un día entre semana. Una de esas tardes anodinas en las que llegaba a casa y sólo me recibía Cat, el perro, con su habitual mirada desinteresada —no por altruista sino por antipática.

—¡Pepe! ¡Qué alegría oír tu voz!

Era Judy, la única californiana sobre la Tierra capaz de pronunciar correctamente mi nombre de pila.

Enseguida me preguntó si todo iba bien. A estas alturas, yo sabía que se refería, más que nada, a la preocupación que le había transmitido en Santa Cruz respecto al silencio de Betty y Phil sobre el señor Johnson.

—Todo bien —mentí.

—¿Seguro?

Su insistencia demostraba que mi mentira no había colado, pero no quise ahondar en el tema; durante los siguientes minutos hablamos de mi vida académica en Estados Unidos, de la inestable meteorología y de lo buena que resultaba la pectina MCP para hacer mermeladas y gelatinas. Es decir: no teníamos muchos temas de conversación interesantes, así que mi tutora no tardó en saltar al verdadero motivo de su llamada.

—Pepe, ¿te acuerdas de Katia?

No dije nada, sólo emití una risita hueca que incluso a mí me sonó pervertida; afortunadamente, Judy ignoró mi reacción simiesca y yo proseguí con cierta dosis de teatrillo:

—Katia... —musité convencido de que mi tutora no podía preguntarme en serio si había olvidado a la dulce sueca triste que había conocido en Santa Cruz.

—Aquella chica sueca que te presenté en Santa Cruz —añadió con cierta impaciencia.

—Sí, sí, ¡claro que me acuerdo!

—Verás, tiene que ir el próximo sábado a la Universidad de San José para una entrevista; es muy probable que le concedan una beca...

Si como pieza informativa la combinación de Katia, universidad, San José y beca no era gran cosa, ¿por qué me puse tan nervioso? ¿Por qué se me aceleró el corazón y una enorme mariposa desplegó sus alas perezosas en el centro de mi estómago?

—... así que había pensado que el próximo sábado durmiera en tu casa. Por supuesto, con el permiso de Betty. ¿Qué te parece...? ¿Joe? ¿Joe, estás ahí?

# Mayo

## *Let's Hear It For The Boy*

Una serie de fabulosas casualidades había llevado a la familia adoptiva de Katia, con la inestimable colaboración de Betty y Judy, a decidir que lo mejor y más fácil para todos era que ella pasara la noche del sábado, no sólo en San José, sino en mi propia casa. Una prodigiosa sucesión de acontecimientos propiciaba que durante una noche yo fuera anfitrión de una mujer escultural y pequeñita que estaba triste porque no tenía amigos: la entrevista en la universidad sólo podía ser ese día, Judy recibía la visita de sus tres hijos (hecho que sucedía, casual y aproximadamente, cada dos años), los padres adoptivos de la sueca no podían recogerla en San José hasta el día siguiente pues el sábado asistían a una convención de dentistas en Fresno y Betty decidió que Katia podía dormir en una cama plegable que guardaba en el estudio-trastero. Era como si todos los adultos que conocía en California se hubieran puesto de acuerdo para que yo, y sólo yo, pudiera ocuparme de la atribulada nórdica.

Demasiado bonito para que saliera bien.

A eso de las siete de la tarde, un taxi rojo depositaba a la diminuta escandinava en Carpet Drive después de una entrevista satisfactoria en la San José State. Yo me había ofrecido a ir a buscarla en alguno de los coches de los Johnson, pero una muy prudente charla de Betty me convenció de la evidente posibilidad de que me perdiera en el intento. Aunque me lo explicó con ese tonillo que me hacía sentir algo retrasado, tuve que reconocer que su argumento era irrebatible; además me había dado permiso para usar el Buick por la noche, bajo estrictas órdenes de no hacer tonterías. Cuando hizo ese matiz dudé por un momento. ¿A qué tonterías se refería? ¿Sabía Betty de mis juergas bañadas en alcohol? ¿O intentaba disuadirme de escarceos sexuales en el asiento trasero? De alguna manera, estaba convencido de que a Betty no se le pasaba por la cabeza que yo pudiera beber, ni mucho menos que tuviera relaciones íntimas con una sueca. La verdad, esto último no me lo podía imaginar ni yo mismo.

Katia apareció sonriente, de buen humor, mucho más animada que en nuestro primer encuentro; le planté un beso en cada mejilla al modo cañí y ella los recibió con sorpresa y agrado, quise creer. Después de vagabundear por la casa y ver unos vídeos en la MTV —pasé por alto el entusiasmo que mostró cuando emitieron el *Oh, Sherrie* de Steve Perry—, le abrí la puerta del coche familiar y me acomodé al volante; si ella supiera que era la primera vez en mi vida que iba a conducir solo probablemente habría preferido ir en zancos. Desde mi asiento dirigí una mirada de terror a Betty y ella me devolvió la misma sonrisa que gastaba para alimentar a la morena del acuario con pequeños peces vivos: yo era el pececito; Katia, la morena, y el Buick, un acuario. En todo momento quise parecer despreocupado, aunque si llego a agarrar el volante un poco más fuerte lo habría arrancado de cuajo. Mi acompañante no dejaba de hablar de la universidad, de las montañas de Santa Cruz, de la MTV e incluso del peinado de Judy Sternberg. Lo agradecí porque no me estaba enterando de nada; bastante tenía con calcular los giros a la derecha, predecir el aleatorio comportamiento de los semáforos y atender a posibles invasiones de mi carril. Me limité a reír cuando ella reía y a callar cuando hablaba. Para aparentar seguridad en mí mismo, sacaba el codo por la ventanilla de vez en cuando y en los stop tamborileaba sobre el volante. Todo menos natural que un yogur de frutas.

Cenamos en el Taco Bell del centro comercial Redwood Complex, el mismo al que había ido con Tina Barlow y sus amigos. La elección del sitio no era casual; no sólo me permitía invitar a cenar a Katia por un precio moderado, sino que nos pillaba muy cerca de la fiesta que organizaba mi amigote Greg Reynolds en su propia casa. El muy cuco cobraba dos dólares de entrada para asegurar avituallamiento y derecho de admisión, pero yo estaba seguro de que después de aquella juerga en mi casa, no sólo entraría gratis sino entre vítores, aplausos y lluvia de confeti.

—Son cuatro dólares, dos por persona.

El alarde matemático del gorila apostado en la puerta no dejaba lugar a dudas, discusiones o rebajas. La dimensión de su espalda me hizo desistir de una presentación mafiosa al estilo «dile a Greg que Joe está aquí», así que desembolsé los cuatro pavos que me quedaban, gesto que Katia también recibió con agrado y sin amago alguno de colaborar. Una vez dentro, me encontré con el paisaje habitual de tantas fiestas: música estridente, grupos vociferantes, desorden generalizado y algarabía creciente. En circunstancias normales, el ruido y la gente me habrían parecido deliciosos, pero aquella noche yo sólo tenía un objetivo.

Katia.

Ella, por su parte, se movía por la casa y el patio trasero con los ojos como platos, los dientes como perlas y las tetas como balones de playa. Yo la seguía discreta y ferozmente, consciente más que nunca —mi inseguridad al volante me impedía beber con normalidad— de las miradas lascivas que arrastraba a su paso. Katia bebía un sorbo aquí, bailaba un poco allí y sonreía en todas partes; yo parecía su chófer Bautista, atento, solícito, serio, distante, sólo me faltaba llevar el abrigo de la señora doblado sobre el brazo.

En un momento dado estábamos sentados cerca de la piscina —la casa era de ese nivel— cuando oí ruidos y golpes amortiguados al otro lado de la valla. Miré hacia allí y divisé el casco blanco de PM de Troy; mis amigotes se colaban en la fiesta como tantas otras veces habíamos hecho. Dos minutos después, ya tenía a Rob acomodado a mi lado.

—¿Es esa la sueca que duerme hoy en tu casa? —preguntó guiñándome un ojo.

Asentí con la firme convicción de que algunos días hablo demasiado. Unos trescientos al año.

—La estás moñando, ¿eh? —diagnosticó.

Me quedé helado. Yo no la estaba incitando a beber. No había hecho falta; ella misma se había abalanzado sobre el barril de cerveza y las botellas de Schnaps, como si en una noche quisiera compensar la abstención de nueve meses. Recordé ciertas historias que me contaba Fonso, un primo mío marino, sobre las fabulosas cogorzas que pillaban los nórdicos: el frío animaba a calentarse el cuerpo con vodka, ginebra o whisky y el ímpetu propio de la juventud hacía el resto.

—La combinación resulta, en ocasiones, esperpéntica —solía apostillar sin inmutarse.

El hecho de que Fonso, famoso en los bares de mi ciudad por su tendencia a bajarse los pantalones en plena borrachera, hiciera esa observación había disparado mi imaginación sobre las bacanales nocturnas en Estocolmo. También hacía que me preguntara qué significaba «esperpento» para mi primo.

Rob hablaba pero yo no recibía. Por encima del hombro de mi amigo estaba viendo a Katia tonteando con un jugador del equipo de fútbol americano de Catworth. Ella bailaba arrítmicamente, balanceaba los brazos como los gigantes en un desfile de cabezudos, se agarraba a la cerveza y sonreía con los ojos cerrados, despeinada, descamisada y bellísima mientras… caía al suelo y rodaba hasta quedarse quieta al lado de la piscina.

Salté como un resorte y llegué a la sueca antes que aquella masa humana en forma de atleta que me miró como un tiranosaurio molestado en plena siesta. Bramó no sé qué abriendo las aletas de su nariz desmesuradamente y me vi muerto; podía imaginar cómo aquel animal aplastaba mi cabeza entre sus manazas como si apagara una cerilla con las yemas de dos dedos. Para mi sorpresa, su semblante cambió y adquirió la expresión de un manso tapir; fue como si reconociese que, al fin y al cabo, yo había llegado a la fiesta con ella, y que era justo que con ella me fuese. Amé a ese pedazo de animal, igual que san Francisco de Asís amaba a los pajarillos y a las bestias.

Sonreí.

Mi sueca favorita yacía entre mis brazos. Yo, de rodillas; ella, inconsciente y espatarrada; formábamos la piedad más cutre, extraña e internacional de cuantas se han visto en las fiestas caseras de California. Y a pesar de todo, me sentía como un héroe de película.

—Katia, Katia, cariño, ¿me escuchas?

[*Katia abre los ojos a duras penas*]

—Pepe… ¡Eres tú!

—Sí, mi vida, aquí estoy.

—Pepe, mi amor [*tose*]… No me queda mucho…

—¡No digas eso! Te pondrás bien [*solloza*]… No te preocupes, ¡nos queda tanto por vivir!

—Sé que [*tose*]… Que estoy muy mal… Pero quiero decirte algo…

—No hables, respira hondo, pero no hables [*solloza*], no quiero que te canses, pronto nos sacarán de aquí.

—Escúchame [*tose y un hilo de sangre sale por la comisura de sus labios*]… Sálvate tú, mi amor, déjame un par de granadas y sigue sin mí, yo esperaré a esos vietcong y cuando vengan a por mí…

Una tos real de Katia puso fin a mi disparada imaginación peliculera.

—¡Katia! —grité.

La realidad es mucho más prosaica.

Abrió los ojos intentando enfocar el rostro que la observaba. Cuando lo hizo, dibujó una leve sonrisa que me tranquilizó.

Durante un segundo.

Porque, acto seguido, abrió la boca y me llamó por mi nombre:

—¡Pepregg…!

No es que no supiera pronunciarlo o que, súbitamente, hubiera recuperado un marcado acento sueco; lo que ocurrió es que la segunda sílaba vino acompañada de un copioso vómito líquido. La parte buena fue que, en una inesperada reacción de pura supervivencia higiénica, Katia había ladeado la cabeza lejos de su pecho y de mi cara, por lo que la inesperada regurgitación había caído limpiamente sobre el césped. Además, en un movimiento digno de Karate Kid, yo me había levantado del suelo a la vez que la volteaba para sujetarla boca abajo por las axilas, logrando que la segunda arcada diera con sus cartílagos medio metro más allá; la tercera nos alejó aún más del borde de la piscina. Rob sonreía como deseando que continuáramos aquella extraña danza, a ver cuántas arcadas más aguantábamos sin mancharnos, pero el resto de los congregados sólo veían, con cierta compasión, cómo cargaba con una chica seminconsciente e intentaba en vano ponerla en pie. Había llegado a la fiesta con la más guapa y ahora me iba con la más borracha. La inicial envidia masculina se había transformado en simple ascopena.

Mis esfuerzos por manejar el peso muerto de Katia resultaron inútiles al principio y patéticos después, aunque tuve la suerte de que el jugador de fútbol pusiera fin a tan triste escena; se acercó y con un gesto indicó que me retirara un poco para levantar a la sueca en sus brazos como si ella fuera un bebé chiquitín y él un padre grandullón:

—¿Dónde está tu coche? —preguntó Barbapapá mirándome desde allá arriba.

—Por aquí… —respondí con un hilo de voz.

Los murmullos cesaron. Me daba la impresión de que la gente se apartaba y nos hacía pasillo hasta la puerta, como si fuéramos un cortejo fúnebre en el que yo, por cierto, me sentía como un cura diminuto e inútil. Además, alguien había puesto el *Hold Me Now* de los Thompson Twins, que parecía subrayar la escena. No había manera de superar la humillación de aquella salida.

Mi improvisado amigo depositó a Katia en el asiento delantero del Buick con una delicadeza que casi me hizo llorar. Apoyando una de sus manos en mis hombros me dirigió una paternal sonrisa:

—Y ahora, conduce con cuidado.

Comencé a empequeñecer hasta que mi cabeza apenas superaba las briznas de hierba; él tuvo que agacharse del todo para mantener la manaza sobre mi hombrito.

—Gracias —musité a ras de suelo.

Me dieron ganas de añadir: «Los gnomos jamás te olvidaremos».

Durante la primera mitad del trayecto odié a Katia con todas mis fuerzas. Como, en general, las fuerzas son una cuestión de voluntad, ésta y aquéllas se me apagaron en poco tiempo; antes de llegar a Washington Street, el penoso incidente que me había humillado delante de medio instituto había pasado a mejor vida. Katia estaba radiante. Dormida como un cepo, pero radiante.

El desembarco en casa no fue tan silencioso como yo pretendía; manejar una sueca pequeña parece fácil, pero el cúmulo de cuatro extremidades sueltas a su libre albedrío complica el panorama. La agarré como había hecho el enorme voluntario en la fiesta, pero yo no tenía su altura, ni sus espaldas, ni su destreza, ni su fuerza descomunal... Eso pensaba como si fuera Caperucita hablando con el lobo disfrazado de abuelita.

Pero lo peor estaba por venir; a estas alturas de curso, y gracias a mi empeño cafre, Betty ya había abandonado —sin traumas, todo hay que decirlo— la exagerada hospitalidad mostrada al inicio de nuestra convivencia, por eso la cama plegable del estudio ni siquiera estaba abierta. La viuda se había limitado a dejarme las sábanas dobladas encima de una silla. Decidí que podía tumbar a Katia en mi propia cama mientras preparaba su lecho de invitada, así que la deposité en mi colchón sin delicadeza, más bien como librándome del peso. Una vez acomodada al cálido mecer de los muelles, se desperezó sin abrir los ojos, ronroneó como una tigresa y sin perder la sonrisa cayó en un profundo sueño.

Y yo me puse malo.

Comprendí que mi lascivia había quedado levemente oculta bajo el vómito de Katia, pero aquel estiramiento había despertado de golpe una lujuria disfrazada de amor. Cerré la puerta con sumo cuidado, me tumbé junto a ella y susurré su nombre. No hubo respuesta. Pasé mi brazo por debajo de su cabeza, pegué mi cuerpo al suyo y permanecí muy quieto. También asumí que, si bien no había desfasado en la fiesta de Greg, sí había tomado unas cervezas que ahora, una vez llegados sanos y salvos a casa, liberaban su efecto euforizante. Volví a susurrar su nombre y volvió el silencio. Nada. La luz de la luna llena bañaba la habitación y teñía de blancoazul las sábanas, su pelo rubio, mis ojos como platos, sus labios entreabiertos, mis manos inquietas, sus pechos, los dos, uno al lado del otro. Clavé la mirada en aquellos montículos, tan fijamente que temí hacerles daño. Susurré de nuevo «Katia» y me sorprendí pensando que, a lo mejor, sólo estaba comprobando que no recibía. Le di un leve beso en la mejilla, inocente en apariencia, con la intención de sugerir un torrente de deseo contenido. Nada. De nada. Katia dormía ajena a mis desvelos. Mis ojos, dominados por una fuerza superior, volvieron a su escote; lo recorrí una vez más con mis pupilas, memoricé cada costura de los bolsos de su camisa, respiré al compás que marcaba su pecho y volví a cuchichear:

—Katia…

Nada de nada de nada. ¿Y si le tocaba una teta? Mi mano izquierda —la derecha, por debajo de su cuello, se me estaba durmiendo pero antes manco que retroceder— decidió ella sola que sí, que aquella teta había que tocarla, e inició una lenta y temblorosa parábola hacia la blusa hinchada. La luna brilló con fuerza, los grillos se callaron y toda la naturaleza se detuvo, toda menos mi mano izquierda que ya descendía a cámara lenta ensombreciendo la ubre antes de llegar a rozarla con las yemas de los dedos.

No me dio tiempo a más.

El guantazo me alcanzó de lleno en la oreja y la mejilla izquierda; sentí como un latigazo que me estallaba en el tímpano, me reventaba el lóbulo y me ardía en la cara. Había sido la mano izquierda de Katia que, en un prodigioso ejercicio de puntería instintiva, había hecho diana a ojos cerrados. Sucedió tan rápido que no vi su mano hasta que impactó en el objetivo; nada más golpearme de forma certera y brutal, la extremidad volvió a su posición original y la dama letal continuó su profundo sueño entre ronroneos. La luna siguió a su bola y los grillos empezaron a reírse de mi semblante idiotizado; sólo se me ocurrió colocar mi mano izquierda sobre la zona dolorida y presionar para calmar la irritación. Poco a poco me apoyé en la almohada; la huella del sopapo latía en mi cara, pero Katia olía bien, estaba calentita, dormida como un tronco, tan guapa, tan quieta, tan...

Me despertó un dolor agudo en el brazo derecho, como si me lo atravesaran con un cuchillo de cocina; abrí los ojos y lo moví en un acto reflejo, despertando a Katia al mismo tiempo, pues la causa del dolor era la interrupción del riego sanguíneo en mi extremidad debido al peso de su cabeza. Ella me miraba como el marciano que ve llegar a su planeta al primer astronauta mientras yo doblaba y estiraba el brazo para recuperar, entre pinchazos, la sensibilidad. Allí estaba ella, tan guapa y bella como la recordaba, a pesar de la resaca, a pesar del sol que le daba en la cara...

¡El sol!

Con un gesto de terror que habría helado la sangre al mismísimo Stephen King, giré la cabeza hacia el reloj: las diez menos cinco.

—Son las diez menos cinco —dije en voz alta buscando el horror reflejado en los ojos de mi amiga.

—¿Las diez? Juraría que era más tarde... No me acuerdo de nada, ¿qué pasó ayer?

—Son las diez menos cinco; Betty habrá visto que no has dormido en tu cama —añadí para aclararle la prioridad de mi pánico.

El silencio de Katia me hizo comprender que entendía la magnitud del problema.

—Ayer no pasó nada —añadí para tranquilizarla.

—Eso ya lo veo; estamos vestidos.

Por un momento me pareció entrever una leve invitación a que nos desnudáramos ahora mismo, pero hay momentos en la vida de un adolescente en que hasta la libido se queda lívida. Yo sólo tenía sitio en la cabeza para pensar cómo le iba a explicar a Betty que no había pasado nada; incluso podría contarle el lance de la bofetada, quizá tenía marcas o secuelas y eso probaría que, si bien mis intenciones no eran del todo limpias, la castidad de la sueca había puesto vallas al campo de mi lujuria. ¡Lo primero era dejar claro que no habíamos intercambiado más fluidos que los propios de una conversación civilizada!

No podía seguir comiéndome la cabeza. Aunque no me apeteciera ni lo más mínimo, debía conocer el alcance de aquella imprudencia; salí muy despacio al pasillo. La puerta de la habitación de Betty estaba entornada, señal de que ella se había ausentado, y de la cocina no llegaba sonido alguno, así que, con el alma hecha añicos en la garganta, me acerqué. Nadie, ni allí ni en la habitación de Phil. Volví al pasillo y miré por el ventanal; fuera no había coches, es decir, ¡no había nadie en casa!

—¡Domingo! —grité enrabietado por no darme cuenta antes.

Regresé a mi habitación preso de una alegría desbordante, feliz porque mi lapidación se había retrasado tres o cuatro horas, las que tardaría en llegar Betty. Ahora era Katia la que parecía apesadumbrada.

—Betty se lo contará a mi familia, ¿verdad?

Asentí con gesto lastimero.

—¿Y cómo les haremos creer que no pasó nada?

Estaba tan contento por el aplazamiento de mi ejecución que, de nuevo, pensé en la posible insinuación que podía encerrar su pregunta; algo así como que, ya que no nos van a creer, ¿por qué no nos revolcamos como bestias pardas en celo? Ella misma se encargó de frenar en seco mis ilusiones.

—Pero ¿por qué no me acostaste en la otra habitación? —increpó con ojos llorosos.

Le propuse un buen desayuno como terapia sin saber que, sobre la mesa del comedor, me esperaba la cruda realidad en forma de nota de Betty:

> Joe,
> Estoy muy disgustada con el arreglo de las habitaciones.
> Hablaremos cuando llegue.
>
> Betty

¿Cómo un par de frases escritas a toda prisa podían causar tanta desazón?

Pasamos la mañana meditando el plan a seguir y llegamos a la triste conclusión de que no había plan; se trataba de aguantar la que cayera como buenamente pudiéramos e insistir, hasta el llanto si fuese necesario, en que no habíamos pecado. Su familia llegó antes que la mía; habíamos decidido que si eso ocurría, ella se lo contaría antes de que llamara Betty y lo bastante lejos de San José como para que no dieran la vuelta.

La viuda llegó a eso de las cinco y media de la tarde; la recibí de rodillas, con los brazos extendidos y una corona de espinas clavada alrededor de la cabeza. Yo me sentía así, pero supongo que ella sólo veía un adolescente salido y cabizbajo. Me citó en el salón mientras iba a cambiarse la ropa de los domingos por algo más cómodo, quizá un mono de cuero y un buen juego de látigos.

Me senté en el salón, al lado de la torre donde todos los domingos, de seis a nueve de la tarde, escuchaba el programa de reggae de Spliff Skunking. Betty apareció enseguida y se sentó a mi lado con gesto grave. Yo llevaba horas ensayando lo que tenía que hacer, y había decidido que adelantarme era la mejor opción para minimizar el chaparrón:

—Betty, antes de nada quiero que sepas que…

—¡Cállate! —gritó encolerizada—. ¡Cállate ya! —repitió por si no había quedado claro—. ¡Hoy mismo haces la maleta y te vas de esta casa!

La estrategia de toda una tarde tirada por la borda en un segundo.

Lo que siguió fueron tres horas, tres, de bronca en formato monólogo, sin opción de réplica. Betty aprovechó aquel Pisuerga para echarme en cara todos los rencores que había ido acumulando durante el año. Algunos me los imaginaba y otros, francamente, me pillaron por sorpresa —como el exceso de MTV que consumía—; al principio recibí aquella paliza verbal con profunda contrición y sincero arrepentimiento, pero a las dos horas —seguro de que la amenaza de echarme de casa era un farol— empecé a aburrirme como una ostra y a notar cierto dolor en las cervicales después de tanto asentir.

Al día siguiente llamé a Katia. A ella le había ido mucho mejor; cuando estaban llegando a casa se puso a llorar y a decir que había ocurrido algo que no les iba a gustar, de manera que se asustaron antes de tranquilizarse al saber —y creer sin mayores problemas— que nada había pasado entre nosotros.

Exactamente: nada. Ahora que ya habían transcurrido veinticuatro horas desde el incidente me sentía cada vez más disgustado con mi torpeza, con mi inutilidad; nunca había tenido entre mis brazos a una mujer de ese calibre y probablemente nunca la volvería a tener.

—¿Por qué es tan complicado? —pregunté a Janine que, una vez más, asistía a mi vieja teoría de lo bonito que sería este mundo si se pudieran proponer relaciones íntimas con la misma naturalidad con la que se pregunta la hora o se comenta el tiempo. Ella me escuchaba atentamente, dejaba que me desahogara con ganas y, tras una pausa, soltaba uno de sus haikus:

—Si el amor no fuera complejo, Marvin Gaye nunca habría sido músico.

Definitivamente, no sólo se había convertido en mi mejor amiga, también era mi mejor amigo, mi otro yo, mi alma gemela. ¿Por qué existía Dave? ¿Qué pintaba él con esa mujer?

—Por cierto, ¿vas a ir a la playa la semana que viene con los del último curso? —preguntó como si nada.

—¿A la playa? ¿La semana que viene? —redundé incrédulo.

—Sí, el jueves —respondió con tranquilidad oriental—. Todos los del último curso nos vamos a la playa. Creo que a Santa Cruz.

—¿Quieres decir que todo el mundo hace novillos?

—Claro, ¿cómo vamos a ir a la playa si estamos en clase?

Sonreí. No en plan Gioconda, más bien al estilo Joker de *Batman*. Recordé el férreo control de asistencia, la lista que pasaban en cada una de las aulas y la práctica imposibilidad de perderse una clase porque sí, que es uno de los mejores motivos para hacerlo. Me tomé la iniciativa como una rebeldía en masa, como un gesto antisistema, como un asalto al orden.

Me pasé todo el fin de semana relamiéndome en casa; era una especie de autocastigo para que a Betty no le entraran ganas de enviarme con otra familia.

Por si acaso.

El lunes recibí una nota en mi primera clase que me llenó de inquietud. La señorita Scalone nos la entregó sólo a tres alumnos; en ella, el director del instituto nos recordaba amablemente que, por distintas razones, necesitábamos pasar un examen general para poder graduarnos en Catworth. Al acabar la clase, le pregunté a la profesora si sabía de qué iba aquello.

—No te preocupes, sólo son unas preguntas de cultura general; matemáticas, geografía, historia... Todo eso.

«Pero ¿por qué yo?», pregunté con la mirada, sin despegar los labios.

—Tú tienes que hacerlo porque no has estudiado los tres primeros años aquí. Sólo es una formalidad, lo pasarás sin problemas.

Me estremecí, más por los poderes telepáticos de la Scalone que por la inminencia del examen.

En el recreo busqué al señor Powers y le transmití mis inquietudes académicas. Como siempre, el jefe de estudios se concentró extraordinariamente antes de darme una respuesta; cruzó los brazos, apoyó el índice de la mano derecha en la barbilla, se inclinó un poco y, aparentemente, fijó la vista en los cordones de mis Vans. Yo hice lo mismo —me refiero a lo de mirar mis cordones— y pensé que estaban realmente sucios, que tendría que quitarlos, lavarlos, esperar a que se secaran y...

—¡Entiendo! —exclamó Powers sacándonos a ambos del trance antes de pasar su brazo por detrás de mi cuello, apoyar la manaza en mi hombro y mirar hacia el horizonte, esto es, la cafetería al otro lado del campus. Mi cara quedó a la altura de los bolígrafos que asomaban en el pulcro bolsillo de su camisa.

—Vamos a ver... —musitó como buscando algo más allá de la explanada de césped. Yo también miraba aquel mar verde; era como si un viejo ranchero mostrara a su hijo la herencia agrícola que le esperaba. La intriga me estaba matando.

—¡Bien! —exclamó complaciente—. ¡Ya lo tengo!

Powers había encontrado la prueba suprema, la pregunta definitiva, el último argumento que haría de mí un sabio con diploma o un tonto sin COU; estaba a punto de enfrentarme al test que medía mi valía y que justificaba mi año académico. El jefe de estudios, como siempre, se tomó su tiempo; si llega a tardar un segundo más me habría lanzado a su cuello con los dientes por delante.

—Veamos... Imagínate que este gran cuadrado que tenemos aquí —dijo señalando el césped que nos separaba de la cafetería— mide cinco metros en cada lado. ¿Cuál sería el área del cuadrado?

La última frase la había pronunciado alto y deprisa, al mismo tiempo que adelantaba el cuello y un pequeño remolino de flequillo se agolpaba sobre su frente. Si lo hubiera hecho en alemán, habría creído a pies juntillas que imitaba un discurso de Hitler.

Pensé que la respuesta era veinticinco, pero, al mismo tiempo, dudé de la facilidad del test, así que empecé a buscar la trampa de la pregunta: un cuadrado... Cinco metros de lado... ¿Tendrá algo que ver que sea de césped?, como si los cuadrados de hierba fueran deformables o tuvieran variables que calcular. ¿Por qué había dicho cinco metros si era evidente que aquel campus medía mucho más? ¿Sólo era un ejemplo o escondía un truco? Powers me miraba fijamente, sus pupilas brillaban como las de Heidi antes de empezar a llorar. Yo mismo iba a empezar a llorar si no decía algo rápido.

—¿Veinti... cinco?

Powers recompuso su figura, alineó los capuchones que asomaban en el bolsillo de su camisa, se alisó el flequillo hacia un lado y me dio una palmada en el hombro.

—Hijo, no tendrás ningún problema para pasar ese examen.

Americanos. Van a acabar conmigo.

Tenía que haberlo sospechado; no era normal que si todo un curso va a hacer novillos se citen en el parking del instituto para irse a la playa, pero así estaba decidido.

—A las ocho y media en Catworth —me había dicho Janine—. Tú vienes conmigo.

Phil habría confirmado su creencia de que yo era ligeramente retrasado porque le repetí las palabras de mi amiga para disculparme por no acompañarlo hasta la playa en su coche. El muy zorro no dijo nada y disfrutó con mi sorpresa al llegar al parking y ver, perfectamente alineados, los autobuses amarillos de Catworth. Varios profesores apuraban a los alumnos a subirse para iniciar la excursión; en la puerta de uno de ellos, el mismo señor Nealon me recibió con un «buenos días» que me produjo un respingo indescriptible.

—¡Yo creía que íbamos a hacer novillos! —protesté en voz baja una vez sentado.

—¿Y qué importancia tiene si el instituto nos lleva gratis hasta la playa? —sentenció Janine.

Ella y sus haikus.

Llegamos a Santa Cruz inusualmente temprano; las diez menos cuarto de un soleado día de mayo. Lejos de los profesores, Rob y Troy —Steve no había venido porque, según su propia explicación, pasaba de que la gente lo viera en bañador— organizaron rápidamente la operación canalla:

—¡Colecta para cerveza! —decían en voz baja caminando entre los alumnos.

Creí que nos íbamos a quedar solos, pero, en pocos minutos, Rob apretaba un buen fajo de billetes de dólar en su mano derecha; todo el mundo parecía querer cerveza, incluso gente a la que no habría imaginado bebiendo sacaba su cartera de piel para extraer el pertinente tributo alcohólico. ¡Y no eran ni las diez de la mañana! Rob, erigido en líder por autoproclamación indiscutida, nos señaló a Troy, a Kurt y a mí, como si fuera uno de esos sargentos que en las películas de guerra escoge soldados para una misión peligrosa.

—Vosotros, conmigo a por la cerveza.

Nos alejamos del grupo hacia uno de los supermercados. Al echar a andar, giré la cabeza un instante; juraría que algunas compañeras nos miraban como si fuéramos aguerridos guerreros que partían voluntariosos buscando un destino incierto. O quizá era el sol, que les daba de frente, el causante de ese mohín fruncido. Cuando llegamos a la tienda me pareció que el fajo de billetes había disminuido notablemente; como no cabía esperar una repentina flojera muscular de Rob que hubiera propiciado alguna disminución de las funciones prensiles en sus dedos —y, como quiera que yo iba detrás y no había notado ningún desprendimiento monetario— sólo quedaba asumir que parte de la colecta había pasado de la mano al bolsillo de Rob por decisión unilateral e incontestable del dueño de dicha mano y dicho bolsillo.

Rob. Conocerlo no era quererlo.

Desde luego, el famoso plan A no era aplicable en esta situación; comprar cien latas de cerveza sin levantar sospechas insalvables sobre nuestra edad era poco menos que imposible, así que se imponía la ardua tarea de buscar un adulto que nos hiciera el trabajo sucio. Por anteriores escaramuzas en busca de alcohol, sabía que a Rob no le agradaba en absoluto el trance de suplicar semejante favor; siempre lo asocié a la vergüenza que le daba reconocer ante cualquiera que, al fin y al cabo, era un niñato de dieciocho años que estaba a tres calendarios de poder consumir alcohol legalmente. Troy, por su parte, no se cortaba, pero se ponía nervioso, le entraba la risa floja y acababa por parecer un zumbado en busca de problemas; más de un adulto predispuesto a comprarnos la bebida acabó por largarse al verlo acercarse doblado de risa con unos billetes en la mano.

Lo de Kurt era más triste.

Resulta que, meses atrás, estábamos aparcados frente a la puerta de servicio de un Seven Eleven en Story Road, cerca del aeropuerto, y Kurt se ofreció a buscar a alguien que nos comprara unas latas. Se dirigió a la entrada principal y lo perdimos de vista; a los pocos minutos vimos a un tipo muy extraño con sombrero de cowboy que salía por la puerta trasera con una bolsa de papel de estraza y mucha prisa. No le dimos importancia. Al cabo de veinte minutos, ante la tardanza de Kurt, Rob se bajó del coche y se encontró a nuestro amigo apostado en la puerta de la tienda.

Esperando a un tipo con sombrero de cowboy.

Desde aquel día fue como si Kurt se hubiera caído de pequeño en la olla de gente a la que le timan el dinero de la cerveza. O algo así, la cosa es que nadie quería que él, a pesar de su predisposición, fuera quien llevara a cabo el reclutamiento de adultos amorales.

Así que ahora, los tres me miraban fijamente y en silencio. Clavé los ojos en los de mis amigos, eché un vistazo al fajo de billetes que me tendía Rob, volví a mirarle a la cara y de reojo a Troy, observé de nuevo el dinero y volví la vista lentamente a Rob que, impaciente, me dijo:

—Bueno, ¿qué?

—¿Qué de qué?

A veces soy más bien lento.

A pesar de las movidas con la policía, con los profesores, con el género adulto californiano en general, había algo muy dentro de mí que seguía diciéndome que comprar cerveza no era delito, que si yo era educado con un señor de aspecto dudoso y le pedía que me comprara unas cuantas latas de cerveza a cambio de quedarse él con tres o cuatro, ese señor no gritaría como un loco para llamar a la policía —como me contaron que le ocurrió una vez a Steve, qué pena no haberlo visto—, así que agarré los dólares arrugados, no sólo por el uso sino por la presión nerviosa de los dedos de Rob, y me fui decidido hacia la tienda.

Pronto caí en la cuenta de que la moña de unas treinta personas dependía de mí. Había atravesado el Atlántico y todo el país para, en uno de los días más importantes en la vida académica de un grupo de americanos, proveerles de cerveza. Me di la vuelta para recibir la mirada de orgullo de mis tres compinches.

No estaban, los muy cabrones.

Entré en el supermercado y me dirigí a la bien señalizada y separada sección de licores. Para no levantar sospechas entre las cajeras o la encargada, debía pasar por delante de las neveras sin detenerme, fijándome en los precios y reteniendo las marcas. La oferta del día era un paquete de doce latas Miller a tres dólares con cincuenta y cinco centavos. Pasé de largo, pillé una lata de Coca-Cola, la pagué, salí y me aposté al lado de la puerta.

Abrí mi bote, eché un trago y lo escupí violentamente. Sin querer, había cogido un Tab.

Digamos que un jueves laboral es un jueves laboral, en Santa Cruz y donde te pongas, así que el tráfico de individuos era más bien escaso. Una señora de cierta edad dobló la esquina y enfiló los veinte metros que restaban hasta la puerta. Lo hizo muy despacio, tanto que llegué a pensar que la acera era una cinta transportadora en sentido contrario a la puerta. Cuando por fin llegó, llevábamos un buen rato viéndonos el careto, así que decidí justificar mi absurda y estática presencia abriéndole la puerta y cediéndole el paso, detalle que recibió agradecida.

Los siguientes minutos no vi ni un solo comprador potencial de cerveza; todos eran recios deportistas o robustas amas de casa, hasta un policía de servicio entró después de mirarme con cara de pocos amigos. Si llega a aguantarme la mirada dos segundos más, creo que habría cantado de pleno:

—¡Sí, señor agente! ¡Quiero cerveza para moñarme, no sólo yo sino unos cuantos alumnos de Catworth! ¡Lo reconozco, pero, por favor, no dispare esa arma que acaba de desenfundar y que ahora introduce en mi boca impidiendo la correcta pronunciación de mi súplica!

Evidentemente me estaba empezando a aburrir.

Al cabo de un rato, la anciana de antes volvió a salir con un tetrabrik de leche bajo el brazo. No me pilló de sorpresa, pues la vi venir a través del cristal durante el buen rato que tardó en llegar, así que, de nuevo, abrí la puerta y la sostuve con una sonrisa porteril que ella me devolvió durante todo el tiempo que tardó en franquear la entrada. Una vez fuera hizo el gesto de entregarme algo muy pequeño; extendí mi mano y depositó en ella una moneda de diez centavos.

A ese ritmo, calculé que sólo tardaría trece horas en reunir dinero suficiente para seis latas de cerveza.

En fin.

Estaba a punto de abandonar cuando a lo lejos, más allá de la esquina contraria, divisé lo que parecía el gancho perfecto. Llevaba una camisa estampada de flores pintadas y mugre real, lucía una barba poblada, calzaba gorra de béisbol descolorida y, sobre todo, sujetaba una botella abierta y envuelta en papel de estraza. En ese momento, se entretenía en observar atentamente el cartel publicitario de un concierto de Steel Pulse en el Santa Cruz Civic Auditorium.

—¿Te gusta Steel Pulse? —pregunté al llegar a su lado.

Me miró como si hubiera eructado en vez de hablar.

—¿Qué? —bramó abriendo muchos los ojos.

La impaciencia, el rato que me había chupado de portero en la entrada de la tienda, el sol en mi nuca y las ganas de estar con Janine, me empujaron al grano directamente:

—¿Te importaría comprarme unas cervezas? —dije mostrando el dinero con cierto disimulo.

Su cara se iluminó gracias a la sonrisa que ahora asomaba bajo el bigote y sobre la barba.

—Claro, *amigo* —la última palabra la dijo en español—; ¿hay algo para mí?

—¡Por supuesto! —estaba dispuesto a besarlo si era necesario—. Me compras cuatro paquetes de doce latas Miller; eso son catorce dólares con veinte centavos, yo te doy diecisiete pavos y en paz, ¿te parece bien?

Había tenido mucho tiempo al lado de la puerta de la tienda para calcularlo.

Por un momento parecía que el barbudo de la camisa estampada intentaba calcular sus ganancias en el negocio; yo ya estaba a punto de incrementarle la propina en un par de dólares, pero inesperadamente abandonó el esfuerzo mental con un gesto de impotencia, agarró el dinero y exclamó:

—¡Vaya cogorza que vas a pillar, hijoputa!

Y se echó a reír camino de la tienda.

Al llegar a la playa supe cómo se habían sentido los marines norteamericanos al liberar París. Gente que sólo conocía de vista me abrazaba como si fuera el hijo, el padre o el hermano al que habían dado por muerto. Al final del grupo, Janine esperaba con una sonrisa, un bikini y un pareo, así que me acerqué y la abracé como si fuera la novia a la que yo había dado por muerta. Se dejó abrazar, pero la alargada sombra de un tal Dave nos tapaba el sol, y no es que él estuviera allí —ni siquiera estudiaba en Catworth—, sólo que Janine era fiel.

No podía ser de otra manera.

El día fue transcurriendo como en una de esas juveniles películas surferas de los años cincuenta, hasta Troy y unos amigos alquilaron unos tablones para pillar olas, mientras Rob —animado por el alcohol ingerido— se hacía cargo de las siguientes tandas de cerveza, un rasta paseaba por la arena ofreciendo porros de maría ya liados —dos por tres pavos—, los miembros del equipo de fútbol jugaban al freezbe, algún intrépido osaba bañarse —el agua estaba de un frío glacial, cortesía de la corriente de Alaska—, las chicas reían sus moñitas en bikinis fucsia y los chicos se hacían los machos, alguno sin disimular el bulto hinchado en su bañador, otros vomitando bajo el famoso paseo de madera de Santa Cruz.

Al principio del día, Janine y yo habíamos colocado nuestras toallas juntitas y bien estiradas; por la tarde, eran nuestros cuerpos los que estaban pegados, los dos tumbados boca abajo y unidos por el costado como siameses mellizos al borde del incesto, pues, si bien la proximidad física, mental y alcohólica no podía ser mayor, la fabulosa responsabilidad de Janine impedía cualquier quebranto carnal del pacto no escrito de amistad pura. Y eso que yo no cesaba de lanzar toscas indirectas:

—Si quieres arar la playa, sólo tienes que tirarme de los brazos.

Y ella, venga a reírse, y yo, venga a maldecir a Dave, donde quiera que estuviera.

A eso de las tres, la cerveza se acabó de nuevo y yo mismo, más que nada para que me diera el aire y se me bajaran las dos cogorzas que llevaba encima —una etílica, la otra libidinosa—, me ofrecí para conseguir más cerveza. Reuní siete dólares con setenta y ocho centavos —ya escaseaba el dinero— y me dirigí al Boardwalk, a esas horas mucho más poblado que en mi primera incursión. Me sentía eufórico, desbordante y alegre, aunque un observador imparcial lo habría resumido en una palabra: borracho. Ahora no me valía cualquier colgado para comprar cerveza, no, en este momento quería buscar a la persona más cool de la ciudad para compartir unas latas y reírnos del peinado de Nancy Reagan.

Después de descartar probables compradores de alcohol para menores —así estaba el patio—, divisé a un individuo, apoyado en la barandilla del paseo, que llamaba la atención desde cualquier ángulo; sólo vestía gorra caqui del ejército, bañador ceñido del mismo color y gafas de espejo. Un enorme tatuaje en el brazo derecho coronaba su magnética estampa. Me acerqué sin dudarlo, cegado por el destello de sus lentes, y lo saludé de la única forma que se me ocurrió:

—Hey…

—¿Qué hay? —respondió sin sorpresa.

—Me llamo Pepe. Estoy con unos cuantos amigos; quería saber si nos comprarías…

—¿De dónde eres?

—Español de España, Europa.

—Sé dónde está España —contestó sin enfado—. He estado en Barcelona.

—¿En serio?

—Los marines, amigo: con ellos conoces mundo.

—Ya...

—¿Qué quieres? ¿Cerveza?

Supongo que el brillo de mis ojos y los billetes arrugados en mi puño delataban mis intenciones, pero aquel tipo me pareció en ese instante el ser más inteligente de la Tierra. Le hizo una señal a otro tío que estaba apoyado unos metros más allá; tenía una larga melena rizada y vestía un chaleco de cuero que dejaba al descubierto un torso trabajado. Me miró de arriba abajo con expresión absolutamente neutral.

—Frank, ¿podrías conseguirle unas cervezas a mi amigo español? —preguntó el de las gafas de espejo.

El melenudo asintió y el marine volvió a dirigirse a mí:

—¿Te importa que sea mi amigo Frank quien compre la cerveza?

—No, no, claro que sí, estupendo —respondí con un tono de voz parecido al de Epi de *Barrio Sésamo* mientras le entregaba el dinero con la sensación de niño pequeño al que un grandullón le roba la merienda en el recreo.

—Esperadme aquí —explicó Frank mientras guardaba el dinero en el bolsillo de su vaquero—. Ahora vuelvo.

Al alejarse, vi que Frank llevaba la leyenda «Ángeles del Infierno» escrita en la espalda. Creo que hasta puse pucheros.

—Me llamo Ron —dijo el de las gafas tendiéndome la mano.

Quise notar algo tranquilizador en su voz, en el tono, en su mano, o quizá yo sólo quería evitar el «síndrome Kurt» que todo adolescente californiano experimenta en el lapsus de tiempo que transcurre desde que da su dinero a un desconocido hasta que éste le entrega la cerveza ilegal. Ron empezó a hablar y yo acabé sentado a su lado sobre la barandilla, flipando con sus historias navales, que empezaban, nada más y nada menos, en Vietnam y seguían por mares que nunca había oído nombrar, o puede que fueran sus nombres en inglés los que me sonaban raro, la cosa es que no nos reímos de Nancy Reagan ni falta que hizo porque Ron puso a caldo al Sistema, así con mayúscula, o puede que hablara de un equipo de fútbol, no lo sé, aquel marine retirado era muy cool, demasiado hip para mí, hablaba sin descanso pero suave, bajito, o a lo mejor el barullo de la gente que abarrotaba el paseo no me dejaba oírlo bien. En definitiva: ya había pasado demasiado tiempo.

Y Frank no aparecía.

Sentí cómo la paranoia crecía en mi interior. Quizá Ron y Frank eran miembros de una famosa banda de timadores dedicada a estafar a los adolescentes con ganas de cerveza. Noté que mi actitud hacia Ron había cambiado, quiero decir, yo lo notaba pero él ni se inmutaba; seguía hablando con aquel tono susurrante, ladino y esquivo. Yo era el nuevo Kurt; la admiración que había despertado aquella misma mañana cuando llegué con las primeras birras se iba a tornar ahora en cachondeo, reprobación y quién sabe si destierro. Las nuevas generaciones adolescentes hablarían de Pepe, el tipo al que un pasota disfrazado de ex marine y su colega con una chupa de palo le habían levantado siete pavos y pico en un golpe cuidadosamente planeado.

—Perdona, tío —dijo Frank a mis espaldas—. La primera tienda estaba cerrada y tuve que ir hasta el otro extremo del paseo —añadió descargando en el suelo dos bolsas con veinticuatro latas de cerveza.

Hablo mucho, pienso demasiado, nunca acierto. ¿Podía sentirme peor?

—¡Ah! Y aquí tienes la vuelta; han sobrado sesenta y ocho centavos.

No podía irme sin más. Intenté rechazar los míseros centavos, pero Frank insistió en que me los quedara; su amabilidad sólo ahondaba, de manera inconsciente, en mis remordimientos por haber dudado de su honradez. Les propuse tomarnos alguna birra allí mismo y aceptaron de buen grado. Con suma destreza, Ron vertió el contenido de tres latas en otros tantos vasos de plástico para refresco, repartió las bebidas y alzó la suya:

—¡Del bar a la tumba!

No sé a qué venía aquello, pero me uní al brindis y bebí con ganas. La cerveza entró en mi organismo reestructurando la borrachera que agonizaba debido a la espera; casi podía sentir mis tejidos absorbiendo el líquido como la tierra seca de una maceta chupa el agua de la regadera. Ron empezó a relatar una misión que había realizado en Vietnam junto a cinco compañeros; tenían que registrar una pequeña aldea abandonada en la zona controlada por los marines, un trabajo rutinario al que se dirigieron sin la tensión habitual de otras misiones. Resultó ser una emboscada; al llegar al poblado, dos casas saltaron por los aires al mismo tiempo, matando en el acto a los tres soldados que caminaban entre ellas. Otro perdió ambas piernas y el quinto sufrió desgarros y fracturas por la metralla. Sólo Ron, que cerraba el grupo, salió ileso de la trampa.

Nos quedamos un buen rato callados. Frank no había abierto la boca y ahora bajaba la vista con la mirada perdida en las ranuras que separaban las maderas del paseo. Ron parecía realmente emocionado, pero la amplitud y el inescrutable reflejo de sus gafas de sol impedían calibrar el grado de la misma. Yo estaba absolutamente fascinado con la historia que acababa de escuchar; después de tantas películas sobre el tema, estaba viviendo una historia real que había sucedido trece años atrás. Mi borrachera entraba en la fase de exaltación de la amistad:

—¡Por tus compañeros! —exclamé alzando el enorme vaso de plástico.

Me miraron con sorpresa, supongo que asombrados ante mi inmediata adhesión. Su evidente lentitud a la hora de reaccionar y responder a mi brindis casi congela mi entusiasmo, pues me dio tiempo a considerar que no venía a cuento mi arrebato por la 11ª Brigada Ligera de Infantería —como pude leer en el tatuaje de Ron—. Tras unas cuantas disquisiciones más sobre las putas de Barcelona, la marihuana de Panamá, los chiles habaneros de Guatemala y el vodka finlandés, Ron completó su geografía del vicio antes de resoplar y emprenderla contra la exigua pensión del soldado retirado. Frank seguía mudo; el hecho de no verse obligado a hablar le dejaba mucho tiempo libre para beber como el Ángel del Infierno que parecía ser, así que despachaba latas a ritmo de récord Guinness. Y como quisiera que el tono épico de su amigo se había mutado en lastimosa queja de pensionista, aproveché un receso en el monólogo de Ron para informarle de mi urgente partida a la busca de mis sedientos compinches.

—Realmente ha sido un placer charlar contigo, Joe —me dijo para que me sintiera aún más rastrero y mezquino.

—Cuídate —añadió Frank, muy en su línea lacónica.

Me tendieron la mano, les di un abrazo y sentí no saberme algún himno de la 11ª Brigada porque mi borrachera ya tenía ganas de entrar en la fase de cánticos y bailes.

—¡Born to be wild! —dije tirando de tópico sesentero.

Volvieron a mirarme con asombro, pero esta vez con una sonrisa ladeada que sonaba a mueca paternal ante la gracia del chiquillo.

Cuando llegué al grupo de la playa, la recepción de mis compañeros fue distinta a la de la primera incursión cervecera; en esta ocasión me sentía miembro de una misión humanitaria repartiendo alimentos de primera necesidad entre famélicos civiles sometidos a asedio. La turba llegó a romper las bolsas de papel y en medio minuto me libraron de todo el peso que acarreaba. Como un grupo de monos salvajes después de repartirse un racimo de plátanos maduros, mis camaradas se habían dispersado por la playa para beber atragantados buches de cerveza furtiva. A mis pies, los restos de papel y del cartón que envolvía las latas se dejaban mecer por la brisa marina. Observé mi propia silueta proyectada sobre la arena; la sombra de una gaviota que en ese momento volaba por encima pareció emerger de mi cabeza, como una idea peregrina que se me acabara de ocurrir.

—¡Janine! —exclamé en voz alta mientras la sombra del pájaro volvía a fundirse con mi silueta.

¿Dónde estaba Janine? Se lo pregunté a una de sus amigas, sin importarme que tuviera la lengua dentro de la boca de uno de los jugadores del equipo de fútbol; a él sí le importó.

—¿Sabes dónde anda Janine?

Me miró de reojo; sin sacar la lengua de donde la tenía y sin cesar en los lascivos movimientos circulares de cabeza propios del trance, se encogió de hombros y señaló el paseo.

Volví la vista al Boardwalk de Santa Cruz; allí a lo lejos la gente se movía como una legión de hormigas soldado en busca de alimento. Sopesé la posibilidad de unirme al hormiguero en busca de Janine; lo fui sopesando mientras mis rodillas se doblaban poco a poco acercando mi torso al nivel cero. Una vez tumbado, con los ojos semicerrados, extendí la mano hacia el lejano paseo y musité «Janine» como un soldado de la 11ª Brigada de Infantería Ligera alcanzado por la metralla de una emboscada.

Finalmente, expiré y… me dormí.

Una buena torta en la cara es una forma muy desagradable de despertar.

—¡¿Dónde te habías metido?!

Un volumen exagerado de voz nada más abrir los ojos no mejora las cosas.

—Eeeeh… Esto, yo…

Si a todo ello añadimos cierta pastosidad bucal provocada por una ingesta convulsiva de cerveza previa al sueño, un despertar brusco acaba por ofrecer una imagen lamentable.

Era Janine, riñéndome por haber tardado tanto tiempo. Preocupada, había ido en mi busca y no se había enterado de mi llegada al campamento base. Lo primero que pensé es que a ella también le había afectado el alcohol —al fin y al cabo, llevábamos bebiendo desde las once de la mañana—, pero el brillo de sus ojos y la sinceridad de su inquietud me hicieron pensar que había algo más.

Y, literalmente, me derretí.

La abracé con mucho cuidado, como si la presión fuera a romperla, y ella se dejó querer. Nos tumbamos pegados como lapas, su barbilla apoyada en mi hombro, la mía en el suyo, y permanecimos callados un buen rato.

Amaba a aquella mujer. Imaginé que si en ese momento pasara por la playa un jeep con el cura de mi pueblo y mi madre con peineta me casaría al momento con Janine. No reparé en lo mucho más fácil y probable que hubiera sido imaginar una boda civil. Lastres de la educación católica, qué le vamos a hacer.

La tensión aumentaba; no podíamos movernos porque cualquier cambio en la postura significaba besarnos o separarnos. Pensé que Janine no quería separarse de mí, pero que tampoco se decidía a enfrentar su rostro al mío por lo que pudiera pasar. Mientras tanto yo le acariciaba la espalda delicadamente, feliz como un adolescente con novia nueva, ansioso de besar sus labios, reloj, no marques las horas...

Cuando ella roncó por primera vez, cerré los ojos con fuerza esperando que sólo hubiera sido una impresión mía, pero el segundo ronquido despejó cualquier duda; Janine se había quedado como un cepo. La desilusión duró poco; en realidad, me quitó un peso de encima porque ya era seguro que, de momento, no habría beso ni nada que no fuera dormir plácidamente, así que me relajé y, sin despegarme ni un milímetro de la Bella Durmiente, me abandoné al sopor más delicioso de mi existencia.

Su amiga nos despertó bruscamente veinte minutos más tarde; el posible romanticismo de la escena duró un par de segundos —los que Janine tardó en enfocarme con sus ojos dolidos por la luz— antes de levantarnos a trompicones; los autobuses volvían a San José, estaban a punto de irse, no había tiempo que perder, rápido, rápido.

Iniciamos el camino en silencio, conscientes de la oportunidad perdida, seguros de que nunca jamás tendríamos otro momento de intimidad como aquél. Caminando por el paseo de madera hacia el autobús amarillo, nos mirábamos cada poco y sonreíamos nerviosamente.

—¡Joe! —gritó una voz lejana a mis espaldas.

Era Ron, que levantaba un vaso de plástico; a su lado, Frank hizo un leve gesto con la mano derecha.

—¡Cuida mucho a tu chica! —añadió el ex marine señalando con el vaso a mi amiga.

Miré a Janine. Acerqué mis labios a los suyos, deposité en ellos el beso más casto que ha conocido la humanidad y devolví el saludo a Ron.

—¡Nos vemos! —grité tan alto que medio paseo se volvió para ver quién chillaba de esa manera.

Antes de empezar mi año en California estaba totalmente convencido de que me quedaría a vivir allí una vez finalizado el curso, pero el paso de los meses había enfriado esa posibilidad.

Hasta ahora.

De un tiempo a esta parte, el deseo de seguir en aquellas tierras se había hecho firme, pero de una manera demasiado vaga. Tendría que estudiar una carrera, sí, y no podría seguir en casa de los Johnson, así que era necesario vivir en un campus —cada vez que lo pensaba recordaba *Desmadre a la americana*— y para ello, no cabía otra solución: necesitaba una beca como dios manda.

Había dos posibilidades: la beca deportiva o la académica. La primera estaba lejos de mis aptitudes. Greg Reynolds, mi compañero de taquilla, había logrado una para la Universidad de California en Irvine gracias, básicamente, a la potencia de sus piernas y al empuje de su tórax a la hora de impedir el avance de los jugadores enemigos. ¿Qué podía argumentar yo? ¿Que cabía la posibilidad de que en la pretemporada de soccer metiera un gol por la escuadra? Mi única opción era presentar el expediente de mi estoico BUP, anterior al COU vacacional, aquellos tres cursos repletos de áridas y espesas asignaturas, tan ajenas a la californiana ligereza de los estudios de mis compañeros. Entre las distintas charlas que las universidades de la zona organizaban en el instituto para captar alumnos, me apunté muy decidido a la promovida por la Universidad de Santa Cruz. La reunión, a la que sólo asistimos catorce alumnos, tenía lugar a la hora de comer en la biblioteca de Catworth. Me acerqué a uno de los más sonrientes comerciales; una placa metálica enganchada al bolsillo de su camisa le identificaba como Kyle. Le pedí información sobre becas, me invitó a sentarme y me entregó un folleto de la universidad.

—Dime, ¿por qué te gustaría estudiar en Santa Cruz?

Pensé: «Porque en la playa conocí a un par de tipos que me compraron cerveza y casi beso a Janine», pero dije:

—Porque creo que es la mejor, ¿no?

—¡Sí, señor! —respondió Kyle con entusiasmo—. Dime, ¿qué asignaturas estás estudiando este año?

Cabrón.

—Bueno, soy español y he estudiado los tres cursos anteriores en…

—Ya entiendo, pero ¿qué asignaturas tienes ahora?

—Bueno; Psicología, Inglés…, Dibujo, ya sabes.

A Kyle se le borró la sonrisa de un plumazo. Noté cómo se le esfumaba el interés. Me entregó dos formularios con la misma desgana que lucen los tipos que reparten publicidad en la calle. Eché un vistazo. Una hoja era sólo para datos personales y la otra incluía un extenso cuestionario; la primera pregunta era «¿Qué asignaturas ha estudiado en COU?».

Justo entonces comprendí que me quedaban menos de tres semanas en Estados Unidos.

# Junio

## *When Doves Cry*

Cuando quise darme cuenta, ya era partícipe de la inquietud que en las últimas semanas de primavera acecha a todos los estudiantes del último curso del bachillerato en Estados Unidos. Como un nativo más, me encontraba en el trance de buscar pareja para los dos eventos que marcaban el fin de la adolescencia académica: la ceremonia de graduación y el famoso baile de fin de instituto llamado Prom. De nuevo la realidad imitaba la ficción de tantas películas y series de televisión que ahora recordaba apelotonadamente; los que tenían novia mataban dos pájaros de un tiro y no sufrían este problema, que sólo padecíamos los lobos solitarios, también conocidos como colgados.

Fue Janine la que me libró de uno de los pesos. Al ver que no me decidía —en realidad temía que la sombra de Dave volviera a cubrirnos con su negro manto—, ella misma me propuso acompañarla en la ceremonia de graduación. Cuando me lo dijo eché en falta una gorra de béisbol en mi cabeza y unas serpentinas en mi bolsillo para lanzarlas al aire y subrayar mi alegría. Sólo me faltaba solucionar lo del Prom; como ya sabía que Janine sólo acudiría al baile del instituto de su novio, le pedí ayuda directamente:

—Tengo que encontrar a una suicida dispuesta a bailar conmigo toda la noche —declamé con falsa voz de Cyrano aunque me parecía recordar que esa frase se la había oído a Michael J. Fox en un episodio de *Lazos de familia.*

Rio con ganas mi comedia y yo la acompañé con unas carcajadas agudas y entrecortadas; cualquiera que pasara por allí podría haber jurado que en vez de reírme lloraba.

Algo de eso había.

Esa misma tarde Janine me había conseguido una candidata a la que, sutilmente —la discreción fue la única condición que le supliqué—, había preguntado si ya tenía pareja para el Prom. En efecto, a dos semanas del suceso carecía de tan necesario complemento; se llamaba Tracey Reeder.

—¿Tracey Reeder? No me suena…

—Seguro que la conoces; es animadora.

¿Cómo? ¡Ir al Prom con una animadora! ¿Dónde estaba la trampa?

No había trampa. Tracey estudiaba tercero de BUP y el baile de su promoción tendría lugar al año siguiente, por eso, aunque no se había ni molestado en asistir a este Prom, la posibilidad de ensayar su gran noche con un año de antelación era demasiado tentadora para una estudiante tan involucrada en la vida social del instituto. Con su habitual pericia, Janine se las arregló al día siguiente para que los tres coincidiéramos en el campus a la hora de la comida. Ellas se conocían desde hacía años; con la excusa de consultarle algunos datos sobre la ceremonia de graduación —las animadoras también colaboraban en la organización de dicho evento—, se presentó tirando de mí como de esos niños que no quieren ir al cole.

A pesar de unas piernas bien torneadas, Tracey no estaba en mi Top Five de cheerleaders, pero sí entraba entre las veinte mejores y por los pelos; teniendo en cuenta que había veintinueve animadoras en mi instituto, podía haber sido peor. Llevaba el pelo teñido de rubio —como bien me había avisado Janine en un gesto tan inesperado como arpío—, tenía espaldas de nadadora de largas distancias y a veces te miraba con un ojo totalmente bizco, avería que ella misma corregía cerrando los párpados con fuerza antes de enfocarte otra vez. Si bien su atractivo físico no resultaba impresionante —en un sentido positivo—, Tracey compensaba ese defecto con una desmedida amabilidad que la llevó a aceptar con presunto entusiasmo la invitación astutamente formulada por mi amiga —me había ordenado callar, escuchar y asentir cuando fuera conveniente— para que ambos fuéramos juntos al baile de marras. Intercambiamos nuestros teléfonos para ir adecuando los detalles y seguí a Janine hasta la cafetería como un perrín abandonado.

Pronto caí en la cuenta de que mi cita no era tan rara como pensaba; de hecho, Kurt y Troy acudían al baile con las hermanas Robeck, dos alumnas especialmente dicharacheras y simpáticas, muy amigas de la hermana de Troy. Rob y Steve no iban al Prom; no intenté entender las rarezas de Steve y estaba seguro de que Rob pasaba del idílico momentazo por una simple cuestión monetaria.

No tan simple.

Al enterarme, poco a poco, de los numerosos desembolsos que debía realizar cada pareja que asistía al baile, pronto asumí que el Prom era uno de los más fabulosos negocios del tinglado americano. Si hubiera un estudio serio e independiente sobre las repercusiones económicas de los miles de bailes de fin de curso que se celebran cada primavera, se vería que son causa directa del despegue económico de la nación. Con la evidente intención de preservar tan pingües beneficios, la tradición oral transmitía de generación en generación la idea de que el evento constituía una suerte de rito iniciático, de transición entre la adolescencia de instituto y la madurez universitaria, por eso era necesario que los imberbes vistieran esmoquin —en el peor de los casos, alquilado— y las mozas aparatosos remedos de Sissí emperatriz, eso sí, siempre nuevos y a estrenar.

Como la noche era tan especial, la cena debía ser de copete, de ahí que el pobre imberbe se viera en la obligación de empeñar un par de muelas de oro de su abuelo para pagar muchos dólares —cuantos más, mejor— por una cena más lujosa que opípara. Los más pudientes no escatimaban a la hora de alquilar una limusina con chófer que les salía por un riñón, total, tienen dos. Eso sin contar las entradas que había que pagar para asistir al baile —ya que suele celebrarse en el salón de algún club de campo— y los gastos que pudieran derivarse de una noche romántica que, en el caso de parejas más o menos consolidadas, incluyera motel de primera y otros dispendios.

Total, que la buena salud de las industrias textil, automovilística y hostelera del país dependía de la ilusión de miles de adolescentes que de esa manera sentían que entraban en una nueva y trascendente etapa de su vida.

Pensé en la fiesta, a secas, que habría en mi instituto de España nada más acabar el examen de Selectividad. Imaginé a todos mis amigos corriendo al bar para celebrar que por delante, fuera cual fuera la nota, había casi tres meses para rascársela.

Estuve un buen rato así, de pie, con la mirada perdida.

Pero unos días antes del Prom debíamos superar otra de las pruebas tribales que la sociedad estadounidense ha discurrido para dotar los dieciocho años de cada persona de un halo casi místico: la ceremonia de graduación. El Departamento de Difusión Costumbrista Norteamericana, a través de su eficaz división en Hollywood, había inundado mi esponjoso cerebrito de imágenes reconocibles que incluían toga oscura, bonete plano con borla y diploma de graduado, por lo que asistía a la preparación del evento con la ilusión del extra que participa en un rodaje y que sabe que tendrá unos segundos en pantalla. Por supuesto, para contribuir al manteniendo del PIB del país, había que pagar el alquiler de la toga y el bonete.

La preparación incluía, dos días antes, el ensayo de la ceremonia; no me sorprendí al ver a Tracey Reeder, carpeta en mano, ayudando en la operación. El señor Powers nos fue llamando, pareja a pareja, para que nos colocáramos en fila de a dos cerca de la grada donde iba a tener lugar el acto; una vez allí, quietos y expectantes, nos invitó a recordar el sitio exacto que ocupábamos, la pareja que nos precedía y la que teníamos detrás, para que fuera en ese orden, y no en otro, en el que atacáramos el último suspiro de vida académica. Powers, nervioso como un flan ante la agonía de su mandato sobre nosotros, se liaba más de lo debido a la hora de explicarse aunque la operación no encerraba dificultad alguna: antes de llegar a la grada y ocupar nuestro asiento a razón de diez parejas por banco, debíamos atravesar el pasillo que varias alumnas de otros cursos formaban en nuestro honor. Una vez acomodados, esperaríamos turno para acercarnos al atril donde el señor Crosby nos entregaría el diploma y regresaríamos a nuestro sitio original. Simple.

Durante el ensayo había visto a mis amigotes diseminados por la grada; la pareja de Kurt era un compañero del equipo de lucha libre, mientras Troy y Steve iban juntos. Casi al final me di cuenta: ¿dónde estaba Rob? Al acabar el ensayo, todos los alumnos, hasta los más macarras del instituto, aplaudieron muy contentos y no puede evitar, de nuevo, imaginar una ceremonia similar en mi clase de España; me quedé en blanco.

Enseguida fui a por los libros de la siguiente clase. Mi taquilla, alejada del bullicio que se había formado alrededor del ensayo, se encontraba cerca de la valla que cerraba el perímetro del instituto; apoyado en ella, vi a Rob con la vista fija en una pequeña piedra que giraba entre sus dedos. Al llamarlo, se sobresaltó y me miró fijamente; avancé hacia él y, sin darme cuenta, empecé a soltar impertinencias:

—¿Cómo no has ido al ensayo de la graduación? ¿Quién es tu pareja?

Su gesto era tenso y sus ojos se iluminaron ligeramente, lo justo para que un estremecimiento helado me recorriera la columna al darme cuenta de lo que iba a contarme:

—No me gradúo, tío —dijo lanzando la piedra lejos de sí.

No supe qué decir. Debería haberle preguntado qué había pasado, qué iba a hacer, si repetiría curso o qué, pero una vergüenza muy poco amistosa me impidió abrir la boca. Esa falta de confianza me hizo comprender que una de las personas con la que más horas había pasado en California era un total desconocido para mí.

—No me importa, ¿sabes? —añadió con los ojos encharcados—; no me importa una mierda lo que digan estos hijoputas —sentenció señalando los despachos del instituto.

—No te preocupes, tío... —dije con cara de funeral antes de darle una palmada en la espalda.

Me miró, creo que agradecido. Mi mano había quedado depositada en su hombro. Aunque Rob no era una persona predispuesta al roce y yo era español, la sombra de un abrazo se cruzó entre nosotros. Fue sólo un instante, porque al momento Rob se incorporó, ocultó el rostro con las palmas de las manos y las retiró súbitamente, como arrancándose la pena de la cara.

—Bueno, ¿y este viernes qué hacemos?

Estaba viviendo demasiadas emociones en pocos días y me costaba reconocer que aquel teatrillo —graduarme con Janine, ir al Prom de pingüino, apurar mis últimos días en California— me afectaba más de lo debido. Llegué a casa con la idea de tumbarme frente a la tele, esperando que la rutina devolviera serenidad a los acontecimientos que se precipitaban. Me tragué sin sobresaltos *The Reflex* de Duran Duran, el vídeo que la MTV emitía esa semana a todas horas, pero después arrancó el *Time After Time* de Cyndi Lauper, cantante que ya era objeto de mis odios irracionales. En cualquier caso, el horror era finito; lo bueno de una cadena que dedicaba las veinticuatro horas del día a la música era que los espantos sólo duraban tres o cuatro minutos. Sólo hacía falta paciencia para que apareciera algún videoclip que mereciera la pena. Justo cuando empezaba el pizpireto, colorista y siempre binvenido *You Might Think* de los Cars, escuché la llave que abría la puerta principal seguido del habitual «hoooola» de Betty; instintivamente, me incorporé con rapidez mientras cambiaba con el mando a distancia a un canal de documentales. Aunque las aguas entre ella y yo, centímetro a centímetro, habían vuelto a su cauce, dicho disimulo era un acto reflejo desarrollado desde la gran bronca de la viuda. Betty me miró sonriente, tan mono, tan sentadito en el sofá con la espalda recta y los pies juntitos, tan atento al documental sobre la confección de edredones patrióticos en Wisconsin que su alma metodista se reblandeció como una caja de cartón expuesta a lluvia intensa.

—Joe —dijo con tono zalamero—, realmente me encantaría que el próximo domingo vinieras a la iglesia con Phil y conmigo.

Contesté que cómo no, faltaría más, que eso ni se pregunta, a ver, hombre, que voy encantado de la vida, tralará.

Me miró complacida, con una de sus frecuentes y amables sonrisas, pero a mí me parecía estar viendo sus pensamientos subtitulados: «Hay que ver lo suave que andas ahora, pequeño cabrón. Ojalá no hubiera esperado tantos meses para echarte una buena bronca».

El domingo me puse mis mejores galas —a estas alturas sólo me quedaba una camisa que no pareciese infecta— y me uní a la caravana metodista con una alegría desbordante totalmente injustificada. Una vez acomodado en el Buick, pensé que mi alborozo se debía a que aquel servicio religioso era el último al que asistiría antes de regresar a España, aunque dicha certeza, fiel a mis altibajos emocionales, me sumió en una tristeza inesperada.

Después de recibir muchos saludos y gestos de sorpresa al verme de nuevo en la parroquia, me acomodé en uno de los bancos dispuesto a soportar, junto a los entusiastas feligreses, el asfixiante calor y el plomizo sermón. El reducido espacio y la cantidad de gente nos obligaba a permanecer muy unidos, no en sentido religioso sino estrictamente físico, por lo que no cabía ni un folio entre los hombros de los que nos habíamos sentado; al no poder despegar los brazos del torso, noté cómo se me humedecían las axilas y supuse que lo mismo estaría ocurriendo con todos los sobacos metodistas.

Al cabo de diez minutos, la suposición se convirtió en certeza; un espeso olor a humanidad inundó el local. Me entretuve en imaginar que de cada una de aquellas concavidades formadas entre el arranque del brazo y el cuerpo surgía un aroma tan visible como el de las tartas de manzana que aparecían en los dibujos del oso Yogui. La diversión duró muy poco; despistado como estaba, y sin haber escuchado con atención una sola palabra del reverendo McCain, no sabía a qué venían los aplausos de los asistentes, que, además, parecían mirarnos a nosotros, concretamente a Phil y a mí, mientras él se levantaba del banco con una sonrisa, y yo miraba a Betty, que me animaba a imitar a Phil, que ya se dirigía al pasillo, mientras todo el mundo aplaudía y yo estaba de pie sin saber por qué, y los del banco de atrás me daban palmadas y algunos la mano y una anciana con sombrero ridículo me abrazó como si quisiera partirme en dos, y al otro lado de la iglesia, vi que otra chica —a la que no conocía ni de vista— también se levantaba y caminaba hacia el pasillo, en el mismo instante en que McCain gritaba por el micrófono el nombre de Phil, después el mío y por último el de aquella joven, supongo, porque ella también sonreía y parecía recibir la ovación con agrado, y yo miraba perplejo a aquella gente tan contenta de que yo me hubiese levantado y les sonreía con una mueca de terror, siempre detrás de Phil, que ya caminaba a la tarima conmigo detrás y detrás de mí la chica, donde el reverendo nos esperaba aplaudiendo y también sonriendo como si fuera el presentador de *La ruleta de la fortuna*, ¿dónde está mi cámara?

Por dios, ¡que alguien detenga esto! ¡Que suene ya el despertador!

Cesaron los aplausos y volvió el silencio a inundar el bochorno. McCain cogió de nuevo el micrófono, miró complacido el trío de jóvenes promesas a su lado y, sin saberlo, me aclaró el lío en el que estaba metido:

—Como os venía diciendo, es un orgullo para esta comunidad contar con tres jóvenes que esta misma semana se gradúan en el instituto…

Volvieron los aplausos. Apareció la señora McCain en la tarima y nos encasquetó a cada uno un ramo de flores que nos convertía, como poco, en damas de honor de Miss Kentucky. Tenía ganas de gritar: «Basta ya de tonterías, ¡por el amor de dios, sólo es un COU!», pero decidí que lo mejor era disfrutar de aquel absurdo momento de gloria, así que alcé mi mano y saludé como si fuera el gobernador del estado en campaña, al fin y al cabo, ¿qué más podía pasarme?

—Joe, seguro que a todos los presentes les gustaría que comentases lo que ha significado este año para ti.

Se hizo un silencio denso, expectante, como si Frank Sinatra fuera a cantar el himno nacional antes de un partido de los Yankees. Acerqué el micro a la boca lentamente y separé los labios, pero ni una palabra salió de ellos. Observé a la anciana que antes me había abrazado; estaba sentada al borde del banco, inclinada hacia delante, con las cejas alzadas y una mano ahuecada alrededor de la oreja para oír mejor mis palabras.

—Ha sido… ¡un gran año! —grité intentando contagiar júbilo. Esperaba que volvieran los aplausos, que una explosión de alegría religiosa inundara el templo, que un coro gospel surgiera a nuestras espaldas y entonara el *Please, please, please* de James Brown para que yo mismo cayera de rodillas y el reverendo saltara a protegerme colocándome una capa de lentejuelas sobre los hombros y yo me pusiera en pie, arrancara la capa de un manotazo y volviera a gritar entre los desmayos de las ancianas de la primera fila:

—¡Un año enorme!

Tampoco la segunda vez obtuve el efecto deseado. McCain me quitó amablemente el micrófono, con la misma delicadeza con la que se le quita un cuchillo a un maníaco depresivo y le hizo una pregunta similar a Louise —así se llamaba la tercera en concordia—, que no vaciló ni dudó a la hora de largar un discurso de agradecimiento, paz, amor y verano soleado que ya quisiera el gobernador de California para su campaña. Cuando llegó el turno de Phil, yo ya me sentía el más tonto de los tres, por eso su impecable dicción, sus buenas maneras, la perfecta construcción de sus frases y la armoniosa elaboración de contenidos —entre los que no faltaba una referencia a la gratificante experiencia que había supuesto compartir un año de su vida con un estudiante extranjero— no hicieron más que hundirme como un clavo en un tablón de mantequilla. A la salida del acto, varias ancianas se acercaron a saludarnos. A Phil le daban la mano y a mí me besaban en la frente con la compasión escrita en sus rostros.

Catarro y California no son palabras que suelan aparecer en la misma frase. Eso pensaba en aquella espléndida mañana de junio mientras el señor Campbell hacía honor a su apellido ofreciéndonos una sopa de vaguedades históricas con recíproca apatía. Aunque faltaban unos días para que llegara el verano oficial y académico, ya estábamos en la mejor estación del año climatológicamente hablando. Y a pesar de encontrarme en medio de la tierra de las mil danzas, llena de sol y surfistas, vivía ajeno al decorado; sólo sentía que me dolían la cabeza, las rodillas, los gemelos y los hombros, por ese orden, y que además padecía un paradójico calor helado que tembleaqueaba en mis huesos y que, a ratos, parecía molar y todo.

Un catarro. En California.

Me sentía el ser más desgraciado del estado, que era como decir del planeta. No sé qué cara estaría poniendo para que el mismo Campbell interrumpiese su monólogo e hiciera que toda la clase me observase atentamente:

—Joe, ¿te encuentras bien?

Debía de llevar un buen rato con la boca abierta, los ojos entrecerrados y la mirada ausente. Entre otras intuiciones, lo noté porque al cerrar los labios tuve que sorber sonoramente un grueso hilo de baba que estaba a punto de hacer puenting desde mi barbilla hacia el libro de historia, abierto en medio de la mesa.

—No me encuentro bien... Creo que estoy enfermo —declamé con lentitud, asombrado de lo convincentes que suenan las excusas cuando son verdad.

—Toma —dijo garabateando un pase—, vete a ver a la señora Ceseski.

Me levanté despacio, no por mantener la tensión dramática, sino porque el cansancio había convertido mis extremidades en piezas de plomo macizo. Arrastré mis pies de plomo hasta el profesor y sujeté el papel con las yemas del pulgar y el índice. En pleno delirio, intentaba retener los movimientos y los gestos de mi debilidad por si me fueran de utilidad en futuros catarros fingidos, sin darme cuenta de que apenas me quedaban diez días de instituto antes de ingresar en la anarquía universitaria, libre de listas de asistencia.

La señora Ceseski, una cincuentona cortada por el habitual patrón del preámbulo californiano a la tercera edad, se encargaba del dispensario. Era la primera vez que entraba en aquella pequeña habitación y me alegré de que no lo hubiera necesitado en todo el año; una urgencia en aquella clínica Feber habría supuesto una muerte segura, lenta y dolorosa entre paredes rosáceas.

—Tienes fiebre; no mucha, pero la suficiente para enviarte a casa —diagnosticó con el termómetro en la mano, como si la comprobación le causara cierto desánimo, tan acostumbrada como estaba a detectar teatrillos de todo tipo.

Ella misma, tras decirle al jefe de estudios que el Hospital Central de Catworth se quedaba momentáneamente sin enfermera jefe, me llevó en su coche hasta Carpet Drive. Al iniciar la marcha, pensé que también era la primera vez en todo el año que hacía ese recorrido a esas horas de la mañana. Pronto dejé de pensar; apoyé mi cabeza contra la ventanilla, cerré los ojos y me dediqué a escuchar cómo la señora Ceseski se cansaba de intentar una conversación. Le costó, que yo recuerde, tres preguntas triviales sin respuesta alguna.

Cuando llegamos, la enfermera conductora depositó delicadamente su mano sobre mi hombro en la más mínima expresión de agitación que haya conocido ningún ser humano.

—Joe…

Ya sabía que estábamos delante de casa, pero pensar en todas las tareas que me separaban de la cama anulaba mi voluntad de ponerme a ellas; tenía que abrir los ojos y la puerta del coche, andar un poco, franquear la entrada, hablar con Betty —si es que estaba—, dirigirme a la habitación, levantar la sábana e introducirme en el lecho de agonía, descanse en paz, amén.

—¡Joe! —gritó inesperadamente la doctora Cacatúa acentuando la presión en mi maltrecho hombro.

Le dirigí una mirada de odio con los ojos inyectados en sangre, aunque dicho atrezzo fuera secuela inequívoca de mi estado febril más que un signo de malevolencia, y volví la vista hacia la casa de los Johnson.

En la rampa del garaje había un coche desconocido para mí.

Iba a decirle a la Ceseski que se había confundido de casa, de calle, de ciudad, quizá de país. También pensé que su coche era una carroza camuflada, que ella misma era un ángel, que yo me había muerto en clase de Historia con un hilo de baba colgando de la boca y que ahora volvía del más allá en un maltrecho Ford para ver cómo era el mundo sin mí.

—¡Venga, hombre! —apremió sin asomo de compasión.

Abandoné el carromato de aquel demonio —su último tono de voz me había animado a mudarle la condición celestial— y me enfrenté a la casa que, en efecto, era la misma en la que llevaba viviendo diez meses. ¿Qué hacía aquel coche allí? El vehículo era un Mustang viejo y oxidado, tenía la puerta del conductor de un color distinto al resto, el salpicadero lleno de papeles arrugados, las ventanillas traslúcidas debido a la acumulación de sucesivas capas de porquería, el tubo de escape colgando y una pegatina amarilla en el parachoques trasero con un enigmático mensaje: LA MÚSICA COUNTRY LO ES TODO. Aquel trasto no era propio de Carpet Drive, ni siquiera de aquella zona de San José: ¿por qué estaba aparcado delante de la casa de los Johnson?

En otras circunstancias habría tomado alguna precaución como largarme a dar una vuelta o fisgar por el ventanal del salón en previsión de males mayores —como que el coche perteneciera a un asesino psicópata de gira por el país—, pero la fiebre tiró de mí hacia la puerta de forma insensata y decidida. Con tal de meterme en la cama a dormitar y gemir bajito, no me hubiera importado encontrarme en casa al mismísimo Freddy Kruger.

Ojalá.

Lo que tiene la fiebre es que te hace andar pausadamente, con sigilo, como si cada paso fuera a quebrarte los huesos, por eso Betty no me oyó llegar a la puerta, ni escuchó mi llave deslizándose en la cerradura, ni me sintió hasta que ya estaba dentro, en el pequeño recibidor con vistas al salón. La vi sentada en el sofá, a cierta distancia de un señor cuyo rostro —con ojeras y barba de varios días— me resultaba lejanamente familiar. En ese momento Betty tenía su cartera sobre el regazo y le entregaba varios billetes al visitante, pero al verme se incorporó apresuradamente mientras su invitado, igualmente azorado, hacía una pelota con los dólares y los guardaba en el bolsillo del pantalón.

Nos quedamos los tres callados; por una vez, fui yo quien rompió la incomodidad:

—Estoy fiebre, tengo enfermo —balbuceé atropelladamente en un amago de dirigirme a mi habitación.

Digo amago pues me detuve al pensar que Betty querría presentarme a aquel individuo cuya cara demacrada seguía sonándome y que, por cierto, parecía tan confundido como yo. Para mi sorpresa, Betty permanecía estática, más bien paralizada, así que sonreí al extraño, musité una disculpa y me retiré a la cama.

La fiebre, unida a la inminencia de mi ingreso en el paradisíaco lecho, me impedía pensar con claridad, pero los aspectos más extraños de la escena que acababa de contemplar no encajaban en la forma de ser y actuar de la viuda metodista. Calibré la posibilidad de que aquel tipo, a pesar del coche cutre, fuera fontanero o electricista; eso explicaría lo del dinero, pero el hecho de que Betty no me lo hubiera presentado le confería una categoría rara, confusa, absurda.

De pronto, un golpe de calor que no tenía nada que ver con la fiebre me sacudió el pecho. Ya sabía de qué me sonaba aquella cara. Esos ojos caídos, la boca irregular, la nariz, el cabello en versión canosa... ¡Era la de Phil con cuarenta años más! Un momento; no. No y no. Desvariaba. Repasé los escasos datos que tenía sobre el señor Johnson; Lori me había dicho claramente que su padre había fallecido debido a un cáncer, pero enseguida rebatí que había hecho aquella confesión bajo presión, así que bien podría haberse inventado una mentira piadosa. Rebobiné hasta recordar las palabras exactas de Phil y una nueva ola febril me abrasó la frente; él había dicho «se nos fue», expresión que yo interpreté como frase hecha para evitar el más directo «se murió», ¿había intentado decirme algo entre líneas? Lamenté mi torpeza y falta de atención hacia otros detalles que se me pudieran haber escapado; revisé atropelladamente mis paupérrimas pesquisas, volví a las fotos ocultas, a las conversaciones con Betty, a los pequeños gestos… Nada. No había ni un solo indicio que apuntara a que el señor Johnson siguiera vivo, aunque enseguida argumenté que tampoco tenía pruebas de su fallecimiento. Lamenté que mi naturaleza dispersa y poco amiga a nadar cómodamente en las aguas de la aflicción ajena no me hubiera empujado a haber profundizado en el misterio.

Intenté calmarme. Ese hombre no podía ser el marido de Betty, era una mentira demasiado grande y extraña para que yo la estuviera viviendo. Quise creer que se trataba de su hermano Bob, súbitamente avejentado por un traumático divorcio. O sólo se trataba de un mendigo que pedía limosna de casa en casa con su viejo Mustang y al que Betty atendía debido al extraordinario parecido físico que guardaba con su marido. Absurdo. Repasé la teoría del fontanero; igual no me lo había presentado porque era un inmigrante sin papeles… Deseaba con todas mis fuerzas convencerme de que aquel hombre no podía ser el padre de Phil, pero lo único que pensaba era: «Dios mío, ¿por qué me han ocultado que el señor Johnson sigue vivo?».

No pude torturarme mucho más porque enseguida escuché cómo se abría la puerta de la calle. Agudicé mi oído de Orzowei —incluso levanté la cabeza de la almohada—; lo único que escuché fueron unos pasos sobre la gravilla y el carraspeo del Mustang mientras se alejaba.

Un espeso silencio inundó la casa.

Me había olvidado de la fiebre y del cansancio; estaba inmóvil en la cama intentando averiguar por vía acústica qué hacía Betty. Al cabo de unos interminables segundos sentí sus pasos en dirección a mi habitación; cuando llamó dos veces en la puerta, mi corazón empezó a saltar entre las costillas como un saltamontes encerrado en un tarro.

—¡Sí! ¡Adelante! —grité para transmitir amable jovialidad.

—¿Estás bien? —preguntó al entreabrir la puerta.

—Sí, sí, mucho mejor, muy bien, bien —redundé en mi afán de normalizar la tensión, como si ese par de minutos en la cama hubieran obrado un milagro.

—¿Necesitas algo? —preguntó con un tono grisáceo en la voz.

—Nooo, no, ¡qué va! ¡Muchas gracias!

Pensé que hablar a gritos no era la mejor manera de disimular mi vergüenza y turbación, pero era incapaz de domar mis emociones y éstas habían decidido liberarse dando voces. Cuando Betty entró en la habitación y se sentó al borde de la cama, de buena gana habría empezado a chillar como una actriz de segunda en una peli de terror.

—Joe...

Ahí se quedó. Parecía abatida, aplastada por una pena superior que le impedía encontrar las palabras adecuadas. Sentí una sincera lástima y lamenté ser causa indirecta de su abatimiento; al fin y al cabo, si yo no estuviera en California, no se vería obligada a dar explicaciones a un extraño. Yo permanecía tumbado con la sábana a ras de cuello; sólo se me veían la cabeza y las manos, firmemente agarradas al embozo. Al darme cuenta de que tenía los dedos blancos de tanto apretar, aflojé la fuerza prensil y, por extensión, relajé todo el cuerpo. También decidí aliviarle a Betty la carga que la afligía:

—Era el señor Johnson, ¿verdad?

Estaba tan atento a la reacción de Betty que si alguien hubiera estallado un globo al otro lado de la cama me habría encaramado de un salto a la lámpara del techo. Ella asintió levemente, mantuvo la mirada perdida en el suelo un par de segundos y me miró a los ojos; parecía que tomaba fuerzas para explicarse, pero volvió el silencio de antes mientras un machacón «¿por qué?» brincaba dentro de mi cráneo como una de esas pequeñas pelotas de goma pensadas, precisamente, para botar alocadamente. Juraría que la pregunta no llegó a salir de mis labios, pero quizá la mezcla de fiebre, taquicardia y curiosidad confundió mi frontera entre pensamiento y habla, la cosa es que Betty decidió contarme de un plumazo las líneas maestras de su historia conyugal.

Anthony Johnson (por fin conocía su nombre de pila) había sido un buen marido. Era director de ventas en el área de Los Ángeles de una multinacional de papelería; aunque el trabajo le obligaba a pasar varios días laborales fuera de casa, siempre dedicaba los fines de semana a su mujer e hijos. La familia prosperaba, la vida iba bien. Pero todo se quebró inesperadamente el día en que alguien del banco se presentó en casa de los Johnson con una orden de embargo. Betty supo entonces, de golpe y porrazo, que el padre de sus hijos llevaba años jugándose hasta las pestañas en el póquer, bebiendo más de la cuenta y, lo que era aún peor, manteniendo un piso en San Diego en el que vivía su amante. Se las había arreglado para ocultarle a su mujer una doble contabilidad; una dedicada a la familia y otra a los vicios. La vida de Betty se desmoronó como un castillo de naipes. Se sentía culpable de no haber detectado a tiempo los cabos que ahora ataba entre lágrimas; siempre achacaba las pequeñas evidencias de que algo iba mal al estrés de su marido. Acabó sumida en una profunda depresión que superó tras dos años de tratamiento. Cuando ella y sus hijos se mudaron a San José, había decidido dar por muerto a aquel desgraciado; aunque era consciente del infantilismo de la decisión, le servía como terapia de superación y le evitaba tener que explicar en su nuevo entorno el calvario de su candidez. De ahí que no dudara en marcar la X de «viuda» en el formulario que yo había recibido.

En ese punto volvió a callarse y me miró fijamente, no sé si calibrando el impacto de tamaña revelación o tomando aire para explicarme qué hacía Anthony en su salón. No pude apartar mis ojos de los suyos, aunque me habría encantado. Por primera vez en diez meses, Betty me miraba de adulto a adulto. Por fin, como atendiendo a la súplica escrita en mi mirada, retomó la palabra:

—La cosa es que en los últimos años mi marido ha rehecho su vida. Lo sé gracias al reverendo McCain, que está en contacto con una iglesia de San Francisco a la que Anthony acude regularmente; no bebe, no juega e intenta llevar una vida digna. Ha perdido todos los contactos empresariales que tenía, pero sobrevive haciendo chapuzas y trabajos en el muelle. Es difícil, ya sabes, por eso muy de vez en cuando le ayudo con algo de dinero...

Betty aspiró profundamente en lo que parecía un preámbulo de llanto, pero logró dominar la emoción cerrando los ojos y expirando con tranquilidad antes de continuar muy seria:

—Joe; nadie sabe que le doy dinero a Anthony. Es algo muy puntual y esporádico, pero, al fin y al cabo, es el padre de mis hijos. Jamás podré perdonarle lo que hizo, pero intenta ser un buen hombre y mi deber cristiano es ayudarle.

Se me ocurrían varios argumentos en contra, como por ejemplo, que Betty tenía un grave problema de adicción a su marido, pero no los habría expuesto ni bajo tortura.

—Es importante que Lori y Phil no sepan nada de esto —añadió finalmente bajando la vista.

Por supuesto que no iba a decir nada, no sería capaz de ninguna manera. Quería hacérselo saber para agradecerle la confianza que había tenido en mi discreción; así sentía que, de alguna manera, le devolvía el absurdo sacrificio que había hecho teniéndome aquel año bajo su techo.

—No diré nada, no te preocupes —añadí con la gravedad propia del trance.

Me lo agradeció con una leve sonrisa, como si su ruego hubiera sido una petición retórica y en realidad supiera que podía confiar en mí. También pensé que la proximidad de mi partida me convertía en un confidente inocuo, una especie de válvula de escape para esa pequeña traición que sus hijos ignoraban.

—Gracias —susurró antes de incorporarse y salir de la habitación cerrando la puerta delicadamente tras de sí.

Permanecí inmóvil. La sobredosis de información, dudas, preguntas y certezas que giraba en mi cabeza formó una noria que echó a rodar conmigo dentro. La percepción del mundo que me rodeaba se fue ablandando poco a poco.

Me dormí. Profundamente.

Por fin llegó la graduación. El día anterior nos habían entregado una toga azul oscuro y un bonete a juego con borla en amarillo y burdeos —los colores de Catworth—. Temiéndome lo peor, había tenido la previsión de averiguar quién iba a leer los nombres de cada estudiante para, de esa manera, poder instruirle en la correcta pronunciación de «Pepe». Hice bien; al señor Peterson, encargado de tan importante tarea, le costó cuatro o cinco «Pipis» antes de dar con el adecuado tono castizo.

Pensé que el sol lucía como nunca, y al pensar eso, me di cuenta del ingenuo optimismo que me invadía; el sol lucía como lo venía haciendo desde marzo, aproximadamente. Con la toga y el bonete en su sitio me dirigí al vestíbulo desde donde se suponía debíamos partir hacia la grada; allí encontré a Janine, guapísima, maquillaje y peluquería para la ocasión, que, a pesar de mi desproporcionado saludo, me recibió con una frialdad desconocida.

—Dave está entre el público —me dijo entre dientes.

No hizo falta que dijera más. De hecho, no volvería a pronunciar otra palabra en toda la ceremonia; por lo visto su novio había reaccionado de forma tosca y poco amigable al enterarse de que yo sería su compañero de graduación. Por Janine sabía que Dave medía un metro noventa centímetros y que jugaba al fútbol americano que era un primor; decidí que mejor evitar los problemas, no fuera a lesionarse los nudillos contra mi nariz de roca y se echara a perder una carrera deportiva por un quítame allá esa novia. Con esas mismas palabras se lo hice saber a mi amiga, lo que arrancó su última sonrisa del día mientras nos acercábamos al pasillo que debían formar las amables estudiantes de otros cursos.

Un momento.

El pasillo humano estaba allí, sí, pero las otrora alumnas de Catworth se habían convertido en una especie de representación medieval de ópera de tercera; todas llevaban vestidos ligeros, vaporosos, de falda larga a base de gasa y escote prudente. El pelo iba recogido y adornado con florecillas, a todas luces naturales. Y lo más sobrecogedor; cada una de ellas sostenía medio aro cubierto de hojas y hierbajos silvestres cuyo otro extremo sujetaba la ninfa de enfrente. Observé el rostro de mis compañeros; yo parecía ser el único al que le daba vergüenza aquello, o quizá era yo el que peor lo disimulaba, o puede que el sentido del ridículo español fuera en realidad una enfermedad congénita, la cosa es que avancé bajo aquella rosaleda improvisada con la borla de aquí para allá y las nalgas prietas por aquello de liberar turbación y sonrojo.

Ya sentados, Janine no me miraba ni de reojo y yo evitaba la grada de enfrente, repleta de familiares, por si entre ellos veía a un gigantón con camiseta de los Rams señalándome con una navaja albaceteña, pues quién me decía a mí que no hubieran comenzado ese mismo año las importaciones de tan afilado instrumento. Una avioneta publicitaria pasó por encima de nosotros arrastrando un enorme cartel en el que se leía:

¡ENHORABUENA, MATT!

¿Quién era Matt? No me atrevía a preguntarle a Janine pero, afortunadamente, el tío detrás de mí se preguntó lo mismo en voz alta y su novia le contestó que se trataba de Matt Miller, cuyo padre era millonario. El dato me tranquilizó en gran medida, ya que explicaba de manera feliz el dispendio al que acabábamos de asistir, en vez de que el padre de Matt viviera de fumigar campos de maíz y se hubiera desviado esa mañana de su ruta con el cartelón de marras. Con asombrosa precisión telepática, el tipo detrás de mí también expresó en voz alta mi siguiente pensamiento:

—Pues no he oído hablar de él en todo el año.

Las ganas de identificar al tal Matt me entretuvieron durante el soporífero discurso del señor Crosby y el adormecedor plomazo leído por Tina Barlow en representación del alumnado. Finalmente, el señor Peterson comenzó a llamar por su nombre a cada uno de los graduados para que se aproximaran al atril y recibieran, de manos del director, el diploma encuadernado con tapa roja. El primero de todos era mi buen amigo Tim Holley, el compañero del equipo de fútbol que me había llevado a ver a Police, así que aplaudí con ganas, grité como un poseso, silbé y no salté por evidente riesgo de precipitación al vacío que separaba la grada del suelo.

Pero no fui el único.

Todo el público presente en ambas gradas vitoreaba a Tim, el querido y admirado Tim: compañeros, alumnas, madres, padres, novios, profesores y abuelos ovacionaban al héroe local, seguro que hasta el de la avioneta —que volvía a sobrevolar nuestras cabezas— soltó los mandos un momento para aplaudir.

Y entonces me invadió el pánico; ¿qué sucedería cuando llegara mi turno?

Los siguientes graduados recibieron una ovación aceptable; de vez en cuando la intensidad subía dependiendo de la popularidad del homenajeado, pero, en contadas ocasiones, los aplausos arrancaban tímidos y la vergüenza ajena de los que estábamos sentados removía las conciencias para aumentar el bullicio y simular regocijo. Yo era uno de los más activos en redoblar esos aplausos de prórroga por si yo mismo los necesitara en mi momento de gloria. El turno ya había llegado a los alumnos sentados delante de mí; fue justo entonces cuando el señor Peterson gritó alto y claro:

—¡Matt Miller!

Se hizo el silencio. Yo mismo me quedé callado, sin reaccionar, porque el tipo que se estaba levantando sólo me sonaba vagamente. Tampoco parecía tener familiares, pues desde enfrente no llegaba ni un ay —y aquéllos sí que eran insobornables—; Matt se dirigió con rapidez al atril en medio de un silencio atronador. Se notaba que él, más que nadie, quería que aquel trance pasara lo más rápido posible, sobre todo, cuando la avioneta volvió a volar, más baja y ruidosa que nunca, ondeando la inútil felicitación.

Supliqué al cielo que no me ocurriera lo mismo —pensando en el silencio, no en la avioneta— y de puro nervio me agarré las rodillas con fuerza hasta que los dedos se me quedaron blancos; los de la mano por hacer fuerza y los de los pies por falta de riego.

Cuando Peterson gritó mi nombre, me levanté como un resorte; dos filas más atrás, Troy y Kurt empezaron a gritar y vitorear, Phil y su club de ciencia se unieron a la bulla y cuando Tim Holley se levantó y agitó el puño en el aire, medio Catworth le siguió en el empeño.

Y yo, que me creía inasequible al desaliento, llegué hasta el señor Crosby con la piel de gallina.

A partir de ahí el único hecho reseñable en la ceremonia sirvió unas carcajadas en bandeja a la concurrencia y me llenó de un gozo absurdo, sólo explicable por la estéril alegría que producen las venganzas en frío; Karen Pastene, como animadora que llevaba el ánimo en el alma, se había empeñado en soltar una paloma blanca tras la entrega del último diploma como símbolo de… yo qué sé. La cosa es que Karen, con ese intransferible optimismo que caracteriza a las animadoras emprendedoras, pensó que para el pobre animal no habría mejor habitáculo, ni más confortable, que una caja de cartón agujereada, a pesar de los treinta grados que nos tostaban los bonetes. Y sin pertenecer a la familia de los colúmbidos, bien puedo imaginar el trastorno del inocente pichón sometido a dicho encierro mientras fuera de la caja se oían ovaciones intermitentes y una avioneta ocasional. La cosa es que cuando Karen decidió soltar la paloma, ésta echó a volar de forma harto desordenada; en su fuga a quién sabe qué parajes, el ave liberó parte de su estrés en forma de hez acuosa a través de la cloaca que a tal efecto poseen estos animales, yendo el íntegro contenido de tal envío a parar a la toga de Brian Long, el jugador que había forzado mi expulsión del equipo de fútbol.

Cuando vi que las entrañas de la paloma descansaban sobre Brian, casi me di de codazos hasta situarme en una posición en la que no le quedara más remedio que mirarme a los ojos. Le aguanté la mirada con la más cínica de mis sonrisas mientras él no sabía si matar a Karen, romperme la cara, ir a por la paloma o enfrentarse a todos los alumnos que se reían a mandíbula batiente.

El siguiente peldaño en la escalinata de mi despedida era el famoso Prom. Tras consultarlo con Janine, decidí hablar con Tracey de hombre a animadora; mis posibles a fecha de junio eran más bien imposibles, a ella no la conocía, yo a ella se la sudaba y después del baile de fin de curso no nos volveríamos a ver en la vida, ni siquiera nos escribiríamos una postal. Bien, no se lo dije con esas palabras, pero sí empleé un discurso firme, serio y maduro que había ensayado y corregido varias veces. Le dije que me había planteado seriamente prescindir de la juvenil algarabía que rodea dichos bailes debido a mi precaria disponibilidad económica, pero que una especie de extraño mecanismo de autodefensa me obligaba a asistir al Prom, como un americano más, para vivir una experiencia única; en ese punto, me lancé a enumerar muchos de los argumentos que, generación tras generación, consolidan el baile de fin de curso como hecho irrenunciable. Hubiera seguido con mi rollito, pero Tracey me interrumpió:

—Joe, lo entiendo; no es necesario que me invites a cenar.

¡Bien!

—¿Y el coche? —pregunté por si acaso.

—Lleva el que quieras, no me importa, de verdad.

—Gracias, Tracey, ¿y la entrada del baile?

Había que aprovechar las rebajas.

—Bueno —la entonación aquí no fue tan entusiasta y desprendida—, yo pagaré la mía.

—Tracey, eres un cielo, gracias, gracias...

Tenía cuerda para otros dos «gracias» por lo menos, pero Tracey soltó un «hasta luego» desganado y colgó.

De momento el Prom me iba a salir por cuarenta y cinco dólares del esmoquin alquilado, más quince pavos de gasolina y otros quince para la entrada. No estaba mal teniendo en cuenta los trescientos que se iba a pulir Phil. Así se lo comenté un día antes a la sensata Janine, quien, con su habitual presteza para evaluar situaciones, añadió un gasto con el que no contaba:

—¿Y qué me dices del bouquet?

Repasé mi diccionario mental; la B estaba vacía.

—El bouquet —repitió mi amiga—. ¡Las flores! —exclamó viendo que sufría una de mis habituales crisis de retardo neuronal.

Mi teoría del endeudamiento compulsivo para celebrar el fin del instituto se reforzaba con un nuevo gasto con el que no contaba; era costumbre tradicional —por supuesto, se desconoce en qué momento de la evolución americana se impuso semejante hábito— que el chico adquiriera un bouquet de flores y se lo entregara a ella en el momento de recogerla para que lo luciese en su muñeca con despreocupado donaire.

—Y eso tienes que comprarlo tú, ni sueñes proponerle a Tracey otra cosa —atajó Janine.

Cuando le conté mi pena, Phil se hizo partícipe de mi relativa angustia y me trasladó él mismo a la floristería donde había encargado ¡dos semanas antes! —¿por qué nadie repartía folletos informativos para extranjeros explicando estos manejos?— el bouquet que adornaría la muñeca de su amiga al día siguiente.

En la tienda, una amable señora me regañó zalamera por haber dejado un detalle tan importante para última hora mientras yo le decía la verdad: que venía de otro planeta, que sólo llevaba diez meses en esta civilización y que era imposible que me enterara a tiempo de que las chicas que van al Prom necesitaban un aporte extra de oxígeno adosado a su muñeca. Ajena a mis desvelos, la señora desplegó ante mí un catálogo tamaño códice y lo abrió por su última página, la que mostraba bouquets que parecían oasis; no sólo temía perder de vista a mi pareja si se colgaba del brazo semejante vergel, sino que no estaba dispuesto a pagar los ochenta dólares que figuraban en lo alto de la página. Directamente, pasé todas las hojas hacia la derecha y señalé uno de los fotografiados bajo el rótulo de 18 dólares.

—Mañana lo tendrás listo —añadió sin ocultar su decepción.

—¿Quieres un poco más de ponche?

Juré mentalmente que si Tracey me hacía de nuevo esa pregunta saltaría como un tigre y la estrangularía allí mismo, cerca de la pista de baile, la pista del baile de la promoción del 84, a la que yo pertenecía con franca indiferencia. Eran las once de la noche y ya llevábamos un par de horas metidos en el selecto club de San Andrés —una hora larga de trayecto en dirección Walnut— escuchando una selección de grandes éxitos MTV. Cada media hora, aproximadamente, sonaba el *All Night Long* de Lionel Ritchie, tema que el Consejo de Ancianos de Catworth había escogido como lema de este Prom y que adornaba cualquier superficie capaz de ser estampada: entradas, lazos, globos, copas —con la entrada nos regalaban una por barba—, carpetas y hasta servilletas de papel. También cada media hora, más o menos, Tracey abandonaba la pista de baile, se dirigía a la mesa que yo ocupaba al borde de la pista y me preguntaba si quería más ponche; las tres primeras veces dije que sí porque parecía que le hacía ilusión, pero tres copas de dulcísimo ponche rojo después no podía ni olerlo sin riesgo a sufrir una extrema subida de glucosa.

El baile de fin de curso no discurría según lo había previsto, sino mucho peor. En la mesa que me negaba a abandonar, me acompañaban, de vez en cuando, Kurt o Troy, según estuvieran o no bailando. Cuando al llegar vi que brincaban en medio de la pista supuse que ya iban ciegos hasta las orejas, acentuada tal impresión por los deslumbrantes trajes que lucían; esmoquin rosáceo para Kurt, marfil el de Troy, ambos con camisas de chorreras y pajarita desmesurada. Parecían guitarristas de Elvis versión Las Vegas 76, y pensé que tamaño conjunto, acompañado de una cogorza considerable, era un disfraz mucho más apropiado para esta pantomima que el sobrio dos piezas negro que me confería, sin duda, aspecto de camarero novato en boda tumultuosa. Pronto comprobé, con cierto desaliento, que mis amigos no sólo estaban más sobrios que lo habitual, sino que con aquellos trajes chirriantes no pretendían ningún tipo de desacato sarcástico; aquella combinación de colores y hechuras anacrónicas era su genuina interpretación del ser elegante.

Ahí mismo empecé a pensar que, efectivamente, el Prom tenía algo de rito iniciático.

Y entonces lo vi claro.

Llevaba casi un año de duro entrenamiento para convertirme en un auténtico americano: cenar a las seis de la tarde, memorizar las listas de la MTV, hablar como ellos —incluso utilizaba la coletilla «déjame decirte algo» antes de pronunciar frases evidentes— o asimilar que cortar el césped forma parte irrevocable de la tarea humana en la Tierra. Todo eso eran peldaños hacia mi californización, fases mutantes que había superado para lograr la integración total. Pero ahora, sentado en aquella absurda mesa de club de campo, rodeado de un grupo de adolescentes disfrazados de pasaje de *Vacaciones en el mar,* todo el aprendizaje se tambaleaba como una chalupa a la deriva. Volvía a sentirme como un pulpo en un garaje, igual que al salir del avión que un año antes me había llevado a San Francisco; el círculo se cerraba a pocos días de volver a España, la gráfica de mi ciudadanía americana trazaba una leve onda ascendente en su cuerpo central que decaía en los últimos días y tocaba fondo en aquel mismo instante, sentado en aquella mesa, rodeado de jóvenes saltarines con pajarita.

Cuando asumí que al baile de fin de curso lo llaman así porque, básicamente, se trata de bailar y nada más, me abandoné al más puro estado contemplativo, del que sólo me distraían las graciosas piruetas que Tracey ejecutaba por la pista con su vestido amplio, su escote generoso y una melena endurecida por kilos de laca. Sin duda, era la alumna que más estaba disfrutando del evento —seguida muy de cerca por las hermanas Robeck— y hasta me sentí como un buen samaritano al convencerme de que ella estaba allí gracias a mí. Recordé —y lo hice como ejercicio nemotécnico, más que nada para que no se me olvidara— el momento en el que fui a su casa a recogerla sin los nervios del día que visité la casa de los Barlow —Tina me gustaba y esta mujer me daba igual—: la versión de Tracey dentro de veinticinco años que era su madre, las palabras de admiración que exhaló su padre cuando ella descendió por la escalera entre los flashes de la cámara que accionaba su hermana pequeña, el momento de entregar el bouquet de flores como el alcalde que entrega las llaves de oro de la villa a la vedete de paso por el pueblo, las fotos de rigor en el salón, en el porche o delante del coche, la despedida en el Buick que los Johnson me habían prestado tan amablemente —el hermano rico de los Yates le había dejado a Phil un fabuloso Corvette— y la inmensa alegría de mi pareja de baile a pesar de haber cenado cada uno en su casa, a pesar de pagarse la entrada, a pesar de mí, que llevaba en el maletero —sin que ella lo supiera— suficiente alcohol barato como para dos bodas y un bautizo, toda la bebida que me había podido agenciar con el dinero que Kurt y Troy me habían entregado confiados en mi irresponsable capacidad para conseguir licores.

Todo eso recordaba mientras volvía a sonar *Loverboy* —por tercera vez; tenía tiempo y cabreo para contarlas— y Tracey que, ya sin preguntarme, me servía otra copa de ponche y me recordaba —por cuarta vez— que mi nombre todavía no figuraba en su carnet de baile, porque ésa era otra, al entrar en el club, el portero entregaba a cada muchacha un carné diminuto con hilo dorado que ellas debían sujetar en la muñeca libre de flores, para ir apuntando a todo aquel varón esmoquinado que les ofreciera un rítmico retozo. Sólo al quinto intento, la voluntariosa animadora quebró mi ermitaña disposición; tras registrar mi nombre en la sexta y última página del librito —no creo que quedara en el recinto caballero que no hubiera danzado con ella—, me agarró de la mano y avanzó hacia la pista con un entusiasmo envidiable. Y como en suerte nos tocara un tema de Huey Lewis and The News, y como quiera que no había en California grupo por mí más detestado, ataqué los pasos de baile con desgana y apatía, mientras, a medio metro de distancia, Tracey ejecutaba una briosa convulsión de todas sus extremidades, más próxima al descoyuntamiento que a la rítmica gimnasia que se espera de una bailarina acompasada.

Y después, otra vez Lionel Ritchie.

La cosa acabó a eso de la una de la madrugada. Para entonces mi ansia por llegar a casa de Kurt —que esa noche estaba solo—, abrir las cervezas y poner a los Clash ya ocupaba gran parte de mi cerebro, por eso recibí la propuesta de Troy con inusitada alegría:

—Síguenos a la salida, vamos a parar en un prado que he visto al venir para abrir una botella de champán.

Se lo dije a Tracey con labios temblorosos; temía una reacción fundamentalista de la perfecta adolescente responsable, pero, literalmente, dijo que un poquito de champán sería la guinda ideal.

Ni Los Brincos lo habrían definido mejor.

Seguí a Kurt, Troy y las Robeck —en un plan ahorrativo aún más elaborado que el mío, las dos parejas compartían coche— hasta el prado de marras, que resultó ser un terreno nada acogedor al que se accedía por una pequeña pista sin asfaltar, llena de baches y sin más iluminación que la desprendida de los faros de nuestros coches. Una vez detenidos, y con ambos vehículos enfrentados, dimos buena cuenta del champán más infecto que jamás hubiera conocido California. Las arcadas y muecas de disgusto empujaron a Troy a señalar el origen de la botella que contenía tan repulsivo brebaje.

—Se la regalaron a mi viejo en su empresa las pasadas Navidades —explicó sin la menor intención de justificarse.

La ceremonia de trasgresión fue breve, pues no dejábamos de ser seis invitados a beber de una botella más bien pequeña. Como ninguna de nuestras parejas era propensa al vicio de la bebida —ni a ningún otro que supiéramos—, nadie propuso la eventualidad de abrir el maletero de mi coche y abandonarnos allí mismo a una campestre juerga nocturna.

Esperé a que el coche que conducía Kurt pasara a mi lado en su regreso a la carretera que llevaba a la autopista. Cuando iba a arrancar el Buick para dar la vuelta y seguirles, vi que un pequeño haz de luz avanzaba hacia mi ventanilla por la izquierda. Era tan débil e inestable que incluso calibré la remota posibilidad de que perteneciera al faro de un ciclista que se hubiera aventurado en plena madrugada por aquellos parajes. Nada de eso. La luz resultaba ser la de una linterna que ya me enfocaba a poca distancia mientras una voz gutural y cabreada gritaba algo ininteligible desde fuera. Al bajar la ventanilla escuché con claridad una orden enérgica:

—¡Baje del coche con las manos a la vista!

Miré a Tracey un instante y por su gesto de terror comprendí que había entendido bien. No parecía la voz de Kurt o Troy, no parecía la voz de nadie que yo conociera; sin tiempo a pensar, sólo se me ocurrió sacar la cabeza por la ventanilla:

—¿Cómo dice? —grité con los nervios pinchándome la lengua.

Y entonces lo vi.

A un palmo de mi frente.

El cañón de una pistola que me apuntaba.

Más atrás seguía la luz cegadora y, en todas partes, como un dolby surround, la orden tajante:

—¡¡Salga del coche con las manos en alto!!

Recuerdo la secuencia con nitidez; la amenaza de cada una de aquellas sílabas, el gritito apagado de Tracey, mis manos que no aciertan a encontrar las llaves, el freno de mano o la manilla de la puerta y el temor de que aquel policía —luego me di cuenta de que, a pesar de creer que era un policía, no me había tranquilizado en absoluto— pensara que buscaba otra cosa, por ejemplo un revólver para atacarlo por sorpresa. Quizá con los nervios acabaría disparándome y a aquella distancia mi cabeza saltaría hecha pedazos y luego él me pondría en la mano una pistola no fichada para justificarse con los de Asuntos Internos y, dios, ¿por qué no habré dedicado más tiempo a practicar cómo se para un coche en vez de ver tantas películas y series?

Salí con las manos en alto, tan altas que más bien parecía Larry Bird poniendo un tapón que un sospechoso a punta de pistola, porque la pistola, efectivamente, seguía allí, moviéndose nerviosa de lado a lado para indicarme —según rugió la voz— que me colocara frente a los faros. Obedecí sin rechistar, cosa que siempre hago cuando recibo órdenes de pistoleros nerviosos.

Sin dejar de apuntarme con el arma, enfocó la luz al interior del coche —francamente, habría preferido una inversión de acciones entre linterna y pistola— y se encontró a la pobre Tracey, encogida como un gorrión envuelto en tul; su «¡usted también, señorita!» lejos de sonar conciliador añadió más tensión al momento. Al instante, mi pareja y yo compusimos una divertida estampa; esmoquin negro y vestido de noche con los brazos en alto, él lívido, ella gimoteando, ambos adolescentes. Me tranquilizó el hecho de que la suma de tan evidentes coordenadas, además de la cercanía del Club San Andrés, no dejaba lugar a dudas sobre el motivo de nuestra presencia en aquel paraje.

—¿Qué coño estáis haciendo aquí? —bramó el agente de la ley.

Seguro que de pequeño no acertaba ni una adivinanza. Ni una. Los demás niños se reían, y él les decía: «Algún día seré policía y os vais a enterar de lo que vale una multa».

—Acabamos de salir del Prom del instituto Catworth en el Club San Andrés —chillé sin poder evitar que me salieran un par de gallos durante la frase.

—Con que un Prom en el San Andrés, ¿eh? —repitió mecánicamente dando un paso al frente.

Su aproximación a la luz de los faros me permitió constatar la ausencia de luces en su rostro. Había algo tosco y cetrino en su ceño fruncido, en su desconfianza supina e injustificada. Además, el uniforme que vestía acabó por desconcertarme, pues no era de policía sino más bien de guarda forestal, con un sombrero de ala plana que inmediatamente me recordó al agente Smith que perseguía al oso Yogui, motivo de chanza en cualquier otra ocasión, pero que ahora no restaba ni un ápice de peligrosidad al instrumento que sostenía en su mano derecha. Por simple curiosidad científica me habría gustado tener acceso a su mecanismo mental para cotejar, desde su punto de vista, qué delitos podíamos estar cometiendo en aquel prado vestidos de etiqueta.

En ese momento recordé el alcohólico contenido de mi maletero y al tembleque que ya tenía se me unió una ansiedad que nada bueno podía deparar. Lo importante era que Smith no sospechara que habíamos ingerido alcohol.

—¡Sólo paramos un momento a beber champán! —gritó de repente Tracey antes de romper a llorar con gran aparato de secreciones.

Intenté sonreír con suficiencia, como indicándole al amable saltaprados que hay que ver las mujeres, menuda imaginación, pero el guardián entre las briznas volvió a sorprenderme con la menos esperada de las sospechas:

—No sabía que hoy había un Prom en el San Andrés.

Definitivamente nos había tocado el vigilante más incapacitado del estado; si la seguridad de los bosques dependía de su talento, la deforestación sería inevitable. Por lo menos, mientras confesaba su ignorancia sobre la vida social del club situado a menos de un kilómetro, había guardado la pistola en la funda adherida a su cinturón de boy scout y ya nos miraba con ojos de rinoceronte. A pesar de que el revólver descansaba en su ataúd de cuero, ni Tracey ni yo habíamos decidido bajar las manos de donde estaban, sumisión que, lejos de apaciguar los ánimos del vigilante, lo enfureció aún más:

—¡Quiero que subáis al coche inmediatamente y os alejéis de aquí ahora mismo!

No me molestó ni el tono de su voz ni la urgencia de su orden, aunque el primero fuera arisco y la segunda redundante. Quizá me excedí en el número de veces que farfullé «gracias» mientras subía al coche, lo ponía en marcha y me alejaba de la escena del presunto crimen; incluso extraje el torso por la ventanilla para saludar y agradecer a voces tanta amabilidad, ajeno al hecho de que aquel gorila me había encañonado y humillado, ignorando que con aquellas maneras serviles y poco decididas en realidad estaba liberando la adrenalina agolpada en el pecho, en las palmas de las manos, en los pulmones, en las nalgas, en todo mi cuerpo serrano que volvía al interior del coche, tan agitado que no hacía recomendable la conducción a gran velocidad.

Tracey, por su parte, no dejó de llorar hasta que llegamos a San José.

El plan posterior funcionó según lo previsto; tras depositar a Tracey sana y salva en su hogar, fui a mi casa, me quité el esmoquin, dejé el Buick bien aparcado y esperé a que llegaran mis amigotes, ya liberados de las hermanas Robeck, cuya energía y disposición al baile compulsivo eran del todo incompatibles con la ingestión de alcohol, por ocasional que ésta fuera. Y alegres como maridos sin responsabilidades conyugales, por tangenciales que éstas habían sido aquella noche, nos dirigimos hacia la casa de Kurt, donde se nos unieron distintos conocidos, con pareja o sin ella, pero siempre con alguna aportación líquida de alta graduación y bajo precio que aumentó la improvisada bodega de saldo y el peligro de coma etílico. De entre todo lo hablado y tratado en tan desordenada reunión, sólo recordaba, por inusual e intenso, el inesperado magreo al que me había sometido Debbie, mi compañera en clase de Gobierno; por educación y, digámoslo todo, por el fabuloso calentón propiciado por la abstinencia y el deseo acumulados en mis días junto a Janine, le devolví a mi desatada compañera, si no con igual pericia, sí con creces, dicho palpamiento lujurioso, amén de hocicarla con baboso desparpajo. Todo ello ocurrió en un más que notable descuido de su acompañante, que ella aprovechó para acorralarme en el jardín con la excusa de despedirse porque me quedaban pocos días en California.

Si lo llego a saber antes, habría anunciado que me iba en abril.

Poco más recuerdo de lo ocurrido en casa de Kurt aunque, de vez en cuando, algunas imágenes se presentan fugaces: Troy jugando a la moneda y el vaso; Greg subido en una mesa tocando, en el palo de una escoba, el solo de guitarra del *Beat It* de Michael Jackson; un amigo suyo corriendo detrás de una rubia despampanante que se reía como una hiena; un tío teñido de rubio y con camisa de cuadros que esa misma noche había visto a los Dead Kennedys en el concierto que cerraba el teatro On Broadway de San Francisco; dos amigos de Kurt disfrazados como Boy George, un tipo con esmoquin ofreciéndome perritos calientes en la cocina…

Eran mis últimos vídeos en California. Eso pensaba la noche antes de volver a España mientras la MTV se despedía de mi fidelidad con el *Borderline* de Madonna, canción que, desde hacía un par de semanas, me sumía en una profunda tristeza. Menos mal que después vino el *Legs* de ZZ Top y la alegre lascivia de sus figurantes me devolvía al mundo de los vivales, aunque el siguiente clip era el *Eyes Without A Face* de Billy Idol y la penosa empatía que, a ciertas edades, producen las baladas, me hundía de nuevo en una melancolía inexplicable. El círculo se cerraba para ahogarme lentamente; igual que en mi primera noche californiana volvía a empantallarme mirando sin ver, en blanco, consciente de que diez meses atrás iniciaba una inmersión y ahora estaba en el mismo punto de la zambullida pero en plena descompresión.

Fue Irene Cara la que, definitivamente, me echó a la cama. Inicié el camino hacia la habitación como el condenado a muerte que quiere fijarse en cada detalle a su alrededor para cerciorarse de que aún está vivo, pues sabe que en breve ni siquiera podrá contemplar esa mesita, aquella foto, este horrible jarrón o el barato reloj de pared. Todo tenía sentido para mí; en una fabulosa experiencia sensorial percibía cada objeto de la casa como parte de un todo universal e indisoluble, como un orden superior e inalterable conectado a mis constantes vitales. Mi respiración mantenía en su sitio el soporte plateado que enmarcaba el retrato de Lori en su graduación, mis riñones aseguraban el falso Lladró sobre la estantería de la entrada, mis pulmones ondeaban las pesadas cortinas del salón y mi corazón bombeaba cada pelusa de la moqueta. Perdí la noción de tiempo y ralenticé mis pasos hasta convertirlos en un leve deslizamiento; alcancé el nivel cero más uno de movimiento o, lo que es lo mismo, un zen de andar por casa.

Resumiendo: no me quería ir de California, o mejor dicho, no me quería ir de mi California, de aquella vida que dependía más de la rutina que de la geografía, y que bien podría haber desarrollado en Arkansas, Cuenca o Reikiavik. Aquella despedida de la cotidianidad que había ignorado durante diez meses era una buena prueba de ello. Llegué a mi habitación, di media vuelta y apoyé la espalda contra la puerta cerrada, situación que aproveché para abandonarme a meditaciones más profundas: ¿Qué coño iba a hacer yo en España? ¿Qué carrera estudiaría si no había vocación alguna que destacara sobre la de la mera contemplación de las cosas? ¿Para qué, con qué objeto debería entregarme a la fatigosa tarea de estudiar cinco o seis años más y enfrentarme a una oposición o varias entrevistas de trabajo? ¿No sería mejor tumbarse en la hierba y prescindir de todo alimento hasta que llegara la expiración final? ¿Todos los españoles que regresábamos mañana lo hacíamos con el ánimo tan bajo?

—Ésta era mi novia, ¿sabes?

Mierda.

—Mira, aquí estamos delante de su casa, la que se asoma por la puerta es su hermana.

¿Y a mí qué?

—Y éste era su perro. Se llamaba Bull.

Todavía no habíamos despegado y aquel tío —otro estudiante español que, sin ser preguntado, se identificó como Esteban y de Santander— ya había desplegado su álbum de fotos sobre el reposabrazos que separaba nuestras butacas.

—Aquí está otra vez mi novia; era guapa, ¿no?

—¿Se ha muerto?

—¿Cómo?

—Tu novia, que si se ha muerto; como dices que *era* guapa.

—Bueno, tío, no seas borde, quiero decir, o sea, como ahora me voy, no sé, como que…

Esteban, cántabro, dejó la frase colgando, momento dubitativo que aproveché para, de forma evidente y, efectivamente, borde, darle la espalda y mirar hacia el pasillo de la última fila que ocupábamos en aquel impresionante Boeing que nos llevaría de vuelta a España. Phil me había acercado al aeropuerto; Kurt y Troy también se habían apuntado a tan triste excursión, detalle que agradecí profundamente. Unas horas antes, mientras repasaba las maletas, Betty entró en mi habitación a despedirse; tenía una reunión inaplazable en la parroquia y no podría acompañarnos. La abracé con sincero y delicado cariño, y me pareció que ella respondía de igual manera mientras la sombra del incidente con el señor Johnson revoloteaba por la estancia. Permanecimos unos segundos entrelazados en silencio hasta que mi profunda respiración entrecortada anunció un nudo de llanto a punto de florecer. Betty me miró a los ojos, sonrió y me acarició la mejilla, gesto eficazmente universal a la hora de apaciguar emociones desatadas. Con las lágrimas ya domadas, alcancé a decir:

—Betty, espero que todo vaya bien…

Ahora más que nunca, deseaba no haber presenciado la visita de su ex marido; de esa manera nuestra despedida no estaría marcada por aquella casualidad de la que no habíamos vuelto a hablar.

—Quiero agradecerte que no le comentaras a nadie…

—Por favor, no me des las gracias —interrumpí abochornado.

No quería irme. Deshacer aquel abrazo significaba arrancarme de California, de los perritos calientes, de la MTV, de las mosquiteras en las puertas de casa, de la reposición de *Apartamento para tres,* de Janine.

Janine.

El día antes le pedí el Buick a Betty por última vez para acercarme a su casa. Estuvimos un buen rato hablando dentro del coche; balbuceando planes sobre el futuro inmediato, la universidad o el trabajo que nos gustaría desempeñar. Cuando llegó el momento de calcular cuándo nos volveríamos a ver, ella se echó a llorar y yo la seguí como un cordero.

—Vale, puede que haya dicho *era* sin darme cuenta, pero la quiero, tío, la quiero de verdad.

Era Esteban, el cántabro, que durante un rato había psicoanalizado los signos ocultos de su lenguaje. Por si acaso tenía intención de avanzar en el diagnóstico, no moví ni un músculo y seguí dándole la espalda.

Kurt y Troy también habían llorado, igual que yo lo hice mientras nos abrazábamos. Hasta Phil derramó alguna lágrima furtiva. Cuando asumí que aquella convención de plañideras, lejos de avergonzarme, me parecía lo más natural del mundo, supuse que realmente me había impregnado de cierta forma americana de ver la vida.

Los motores del avión rugieron una vez más como tomando aliento para la carrera que les esperaba antes de remontar vuelo. Las azafatas terminaban los simulacros de despresurización y corrían a ocupar sus plazas; una de ellas extrajo de la pared situada tras mi butaca una pequeña bandeja a modo de asiento y se abrochó el cinturón.

El Boeing aceleró por la pista 53 del aeropuerto internacional de San Francisco. Al paso de la aeronave, toda California se hacía añicos como un decorado de cartón piedra al finalizar un rodaje. La calle Carpet Drive, el instituto Catworth, el centro comercial West Market, el Boardwalk de Santa Cruz, la Jefatura de Tráfico y todos los lugares que había conocido estallaban por los aires al paso del avión que me sacaba de aquella ilusión. Y no sólo desaparecía la escenografía: Betty, Phil y Lori; Anthony Johnson; Kurt, Troy y Rob; Warren Crosby, director de Catworth; la señorita Scalone, profesora de Dibujo; Ken, dependiente de Needle Records; el padre de Tina Barlow; Sean, hijo del reverendo McCain; Brad, profesor de la Autoescuela Saratoga, y Ron, el veterano de Vietnam, se desintegraban abrasados por el calor a reacción de mi avión. Cuando me imaginé a Janine fundiéndose lentamente hasta convertirse en un charquito lleno de burbujas que se evaporaban, noté que también mis ojos se encharcaban. Las lágrimas rodaron sin que yo lo impidiese.

El morro del Boeing se alzó de pronto y la nave empezó a ganar altura. Abajo, toda California estallaba en millones de pedazos. La falla de San Andrés se abría como una enorme y siniestra sonrisa que se tragaba los restos del naufragio, de mi sueño, de aquella quimera, del paréntesis que ahora se cerraba.

Una mano envuelta en blue velvet se posó sobre mi brazo:

—¿Te encuentras bien?

Alcé mi acuosa vista hacia la azafata sentada detrás y sentí que mi pena se reflejaba en sus ojos. Aparté el grueso caudal que nublaba dicha panorámica, sorbí sin rubor y, con la mayor de las aflicciones en mi voz, susurré:

—Perdone, cuando salgamos del espacio aéreo americano ¿podré tomarme una cervecita bien fría?

# MAYO 2008

## *WITH A LITTLE HELP FROM MY FRIENDS*

Un día de mayo del año 2000, en el Mercado de Fuencarral, frente a un plato de lentejas, Enrique Bueres me convenció de que yo tenía una novela en la cabeza. Su apoyo fue fundamental para que aquel caos se convirtiera en *California 83*. El restaurante ya no existe.

Manuel García Rubio leyó la novela con pasión de amigo y rigor de escritor, y en ambas facetas supo aconsejar más que bien. Nunca unas cervezas dieron tanto de sí. Y las que nos quedan.

El entusiasmo de Nacho Garrido tras leer la primera versión iluminó cada una de mis reescrituras. La minuciosa disección, para bien y para mal, que José Ramón Pérez hizo del libro revitalizó mi ánimo en el momento justo. Otros lectores, tan oportunos como generosos, fueron Martín López Vega, Félix Romeo, Gregorio Belinchón o Ramón de España.

Jaime Fernández Andía, desde Berkeley, me ayudó a regresar a la California de los ochenta. Vicente Domínguez, desde Salinas, me instruyó en la guerra de Vietnam. Graham Jones, desde blackmarketclash.com, me cedió el cartel de The Clash. Jay Schwartz (Filadelfia) y Tom DiCillo (Nueva York) mantuvieron viva la llama de mi americanismo.

El camino recorrido ya me estaba quedando largo y cansino, pero la reacción de Miryam Galaz al leer este libro justificó el esfuerzo.

Impreso en Black Print CPI Ibérica, S. L.
C/ Torrebovera, s/n (esquina c/ Sevilla), nave 1
08740 Sant Andreu de la Barca
(Barcelona)